全家福

叶广芩

文集

北 京 出 版 集 团
北京十月文艺出版社

目 录 Contents

第一章

到了八月里秋风一刮人人都嚷凉，

咋得了？一场白露严霜一场。

小严霜单打那独根草，

呱嗒扁儿要甩子就在荞麦的梗儿上。

…………

清脆圆润的梅花大鼓唱腔在茶馆内徘徊萦绕，演唱者是才由天津挪到北京没两个月的筱粉蝶。筱粉蝶长得水灵，身段苗条，嗓子也不错。据说在天津三友轩落子馆眼看着就要混出点名堂，也有了三两个真心实意相捧的有钱爷们儿。谁料想，解放军一进天津，那些爷们儿就都有些往回缩，三五天不露面是常事。就是来了也是行迹匆匆，全没了往日的缠绵，没了往日的热情，一副魂不守舍的模样。这很让筱粉蝶失落，卖唱的没了人捧，那是件很失脸面的事，更何况是在筱粉蝶艺术道路很关键的火候上。筱粉蝶毕竟年轻，入世不深，她想不通一贯爱玩意儿的津门爷们儿怎么了，难道天下还有比泡茶馆听大鼓的事还大吗？直到有一天弹弦的瞎子老刘告诉她，白楼的冯三爷在家里抹了脖子，筱粉蝶还不明白冯三抹脖子跟她有什么关系。

老刘说，冯三爷是谁？冯三爷是码头上人人惧怕的一霸！你的衣裳首饰，吃喝用项，哪一样不是冯三爷供着的？冯三爷跟共产党不对付，有血债，畏罪自杀，你能跑得了干系？

筱粉蝶说，冯三是冯三，我是我，他们听的是唱，为吗躲着我？

老刘说，你是冯三爷养大的，谁都知道他是你干爹……

筱粉蝶说，那不是干爹，是禽兽！他在我身上干的事是爹干的吗？

老刘说，他干什么也是你干爹。不管怎么着，你还是得走。

筱粉蝶说，您让我上哪儿啊？

老刘说，上北京。

筱粉蝶说，上北京我举目无亲。

老刘说，我的小姑奶奶，您以为在天津您就有亲吗？

让老刘这么一说，筱粉蝶的眼圈就红了。她五岁被卖给冯家，长到二十大几，受尽了凌辱，除了师傅老刘也实在寻不出任何亲人了。她问老刘，您走不走？

老刘说，我怎么能走？六个孩子，拖家带口的。

筱粉蝶说，我养活您。

老刘说，先养活你自个儿吧。北京地方大，好活人，你这一走不一定是坏事，说不定能红。我兄弟在安定门"陶壶居"茶馆当账房，人实诚，也热心。你去找他，兴许能给你安插个吃饭的地方。

就这么着，筱粉蝶只身一人从天津来到了北京，在"陶壶居"落了脚。

“陶壶居”坐落在北京安定门里，成贤街西口斜对面，坐西朝东，三间门面，里面进深不小。据说道光时候就存在了。许是成贤街国子监哪位有雅兴的大学问心血来潮，踢开裕顺、天全、广泰大茶馆不论，单给这个并不高级的二荤铺茶馆取了这么个很别致的名字，很有“江南茶社”的派头。

其实并无江南茶社的内容。“陶壶居”是个坤书馆，所谓的坤书就是有一帮女演员，固定在茶馆里，为客人演唱大鼓、时调、曲子什么的。这些人通常被称为“大姐儿”或“姑娘”。“姐儿们”在半尺高的砖台子上的长板凳上坐了一排，轮着上场。也有客人专门点的，每唱一曲打钱一回，由唱的亲自下台，喝茶的人愿意给就给，不愿给就不给。不给钱，打钱的不能恼，得赔着笑脸一样热情，这是规矩。因为这是茶馆，人家是冲着茶来的，你的唱只不过是个捎带。当然，有意捧角的就得多给钱，点名要某某的也得多给钱，这也是规矩。

光顾“陶壶居”的客人是三教九流，五花八门。偌大厅堂里，有潦倒文人，也有引车卖浆者流。还有拉房纤的，放印子的，倒腾人口的。乱哄哄中各有各的范围，互不干扰。茶馆的柜上有盐水闷炉儿、蜂蜜、肉馒头出售，也有糖豆和瓜子儿。盐水闷炉儿是一种常见的比较粗劣的芝麻点心，跟烧饼不同，不禁饿，当不了饭，是吃着玩的，下苦力的对这些品种一般不予问津。他们常常是自带了吃食，烙饼、窝头、火烧一类，瓦壶粗碗，就着下等大叶茶，吸溜吸溜，竟也能吃得满脸放光，满头冒汗。

茶馆里，靠西两张桌子永远被几个黑红脸膛的壮爷们儿把持着。不明真相的以为他们是镖局的人，其实那是“隆记”营造场的大小把式。

营造场用现在的话来说就是搞土木建筑的，往大里说是建筑公司，往小里说就是个施工队。按老北京的规矩，建筑行在没有活计的时候要到固定的茶馆里喝茶等活儿。这本是针对打零工的小工而言，像“隆记”这样在九城都很有声誉的营造场绝不会到茶馆来。但现在由于战乱，由于国民党的大撤退，他们不得已，也“泡”了茶馆。在早先，“隆记”一直是做官活儿的，也就是说是给皇宫当差的。“隆记”老掌柜的赵万和是宫里带顶子的走工，手艺精细讲究，没人能比。赵家是建筑世家，都说一打建北京就有他们家的份儿。老先祖赵祥是南京人，少年时候就参与过南京端门的修建。永乐十五年，随大批南方工匠迁到北京，承担紫禁城的建造施工，是个聪明过人的人，被任命为“营缮所右丞”，人称赵鲁班。从赵祥到这会儿，已经是第十九代了。十九代，北京的五坛八庙加紫禁城，哪件都有赵家的心血在里头；哪件赵家的人都能对它说出个子丑寅卯来。

王满堂是赵家的第十九代传人。严格说他不是赵姓的直系子孙，他是赵家的姑爷。老爷子赵万和没有儿子，民国三十二年临去世的时候就把闺女赵大妞和一把手艺都留给了他，留给了他这个从山东流落到北京的徒弟。王满堂三十六七岁，有着山东人的挺拔与耿直，言语不多却说话掷地有声。黑红脸膛高鼻梁，浓眉下衬着一双单眼皮的眼，透出了他的干练和果断，也透出了他的男人风度。不止一回，街坊刘婶悄悄对他的妻子赵大妞说，我怎么看你们家鸭儿她爸怎么像关云长，越来越像。赵大妞不说话，只是乐，人家说她的丈夫像关公总不是坏事。

现在，像关云长的王满堂和他的同伴们在“陶壶居”等活儿。近半个月了，没等到任何活计。没有活计就没有进项，“隆记”底下几十户人家，有的家里已经揭不开锅了。

吃饭的问题让王满堂心焦。

筱粉蝶在砖台子上仍旧一板一眼地唱她的《王二姐思夫》：

…………

想二哥一天吃不下去半碗饭，

两天喝不下去一碗汤。

什么叫作饭？哪个叫作汤？

饿得奴前心贴在后腔。

…………

坐在桌角一个叫老剩儿的小伙朝台子上扔过去一嗓子：吃不下去给我哎，爷们儿这儿也正前心贴后腔哪！

王满堂瞪了老剩儿一眼，老剩儿缩了缩脖子不敢言语了。

坐在老剩儿对面的风水先生萧益土也嫌老剩儿轻狂，不满地嗔怪道，瞎搅和什么？你给我好好儿听唱！听听人家筱粉蝶那嗓，脆得跟小水萝卜似的。

老剩儿说，萧先生，我要像您，早晨肚子里有一碗炒肝儿俩薄脆垫底，我也能坐这儿细细地品王二姐。

老萧说，就是让你吃饱了你也听不出滋味来，你就没这根弦。

老剩儿反驳说，那不见得！我从小就听我妈唱“小老妈在上房打扫尘土”，我不是听不出好来。

老剩儿姓史，家住西郊。有个寡妇妈，家里孩子不少，他是老小，所以才叫了“老剩儿”。也是命，史家的孩子多虽多，却落不住，小小年纪便一个个急匆匆地奔了黄泉之路，只剩下这个“剩儿”，跟着老母亲相依为命。用现在的话说是老剩儿的恋母情结很重，动辄就是“我妈怎的怎的”，把妈老挂在嘴上。史家穷，孩子却养得娇，老剩儿十三进“隆记”的时候，脑袋后头还拴着一根小辫，扎着红绳，完全是个大孩子。

王满堂没理会老萧和老剩儿的争辩。他喝了一口茶说，今天锣鼓巷李先生家要修房，挑顶换椽子，顶是单檐歇山顶。老剩儿你叫上三个壮工把这个活儿干了。

老剩儿不想去，他说歇山顶他干不了。

老萧也说，老剩儿的活儿软，戳不起来……

王满堂说，怎么叫戳不起来呢？当初修成王府卷棚的时候我也觉着自个儿不行呢，还不是摸着干着，就把活儿干出来了？不能什么都指着师傅，靠着师傅，有话说，师傅领进门，修行在个人，早晚都有单独挑大梁的时候。

老剩儿还是有些犯怵。

王满堂对老剩儿说，修歇山顶是古建里最常见的活儿，你跟着我也修了不少了，去年修故宫神午门的东大房你还记得不？就照那个干。

老剩儿说，师傅您不去呀？

王满堂说，一个小院挤得下那么多人？说不定待会儿还有大活儿，我得在这儿候着。又嘱咐说锣鼓巷李家是个大宅门，上大宅门干活得懂规矩，进门记着穿长衫，干活儿时脱了，上房前言语一声，让人家茅房里的人提早回避。干自己的活儿，别东张西望。无论活儿干完没有，走的时候都把院子给人家打扫干净……

老剩儿点头称是，准备招呼人上锣鼓巷。

王满堂要来三个肉馒头，让老剩儿趁热吃了。老剩儿有些不好意思。王满堂说，你别推了，吃饱了快走，还能抢出半天的活儿来。

老萧在一边慢条斯理地说，先别急，容我算算。今天是十月初四，忌土瘟、土府，忌天贼、月建，天地转杀九土，怕是动土不宜啊！

众人看着王满堂。

老剩儿也有些犹豫地说，师傅……要不就等明天……

王满堂对老萧说，老剩儿他妈病着，他挣一口是一口，你没看见他都急成什么了？老萧，你那老皇历该收也得收收，不能不管不顾，什么时候都往外晾。

老萧没有说话，把脸转向台上的筱粉蝶。

王满堂没理会老萧的态度，对老剩儿说，你走吧，活儿干细点儿。

老剩儿答应了一声，正要出门，有人进来说，锣鼓巷的房主李先生刚才捎话来，说下礼拜再开工，主要是这几天手头钱不凑巧。

老剩儿看着王满堂不知如何是好。

王满堂说，那就先别去了。这年月，白干拿不着钱的事多了，北京城跑了多少大官啊！

老萧脸看着台上说，人家李先生就不会跑，这个李先生要跑就不会修房，还是挑顶大修。一句话，人算不如天算，人要是跟天硬掰着，不行。

老剩儿说，咱们快半个月没活儿了……

王满堂安慰他说，咱们有手艺，不愁没饭吃，我让大摊儿出去找活儿了。你放心，有大活儿咱们全上，有小活儿就是你一个人的。

老剩儿说，咱们见天儿在茶馆里死等怕不是个办法。

王满堂叹了一口气，很是有些一筹莫展。

老萧望着台上赞道，这丫头越唱越有味儿了。

旁边一个喝茶的问，萧先生，您说这筱粉蝶来北京，也是应着术数？

老萧得意地说，那当然。筱姑娘是属牛的，往西来是顺，如今又站在艮位上，照这样，不出一年，准是大红大紫。

另一喝茶的说，萧先生，现在解放了，您这“隆记”养的风水先生怕也该歇了，共产党好像不信迷信。

老萧大大咧咧不以为然地说，谁说这是迷信？这是科学！大科学，一辈子也钻不透的大科学！天地未形，曰太始，太始生虚廓，虚廓生宇宙，宇宙生元气；元气有涯垠，有气则生，无气则死。是盖房就得讲风水，讲风水就得有风水先生。共产党也得服祖宗几千年传下来的经验。坐北朝南的大瓦房谁不爱住？没风水先生盖得出坐北朝南……

王满堂说，你行了吧，少说两句，下一步我最担心的就是你。

老萧说，担心我干什么？大可不必，吉人自有天相。咱们土木行，顺于道德而理于义。下步棋我算过了，咱们要启大运……

老萧正说着，满头汗水的大摊儿领着一个干部模样的人来找王满堂。

王满堂赶紧让座，让泡好茶。众人见来了官面上的人，都觉着新鲜，呼啦啦围过来好几个，为的是听听干部说些什么。大摊儿介绍说那干部姓张，正在茶馆外头四处打听师傅呢，刚好让他碰上。又对干部老张说，这就是我师傅王满堂，瓦、木、扎、石、土、油漆、彩画、糊都是行家。

张干部就跟王满堂握手，亲亲热热地叫王师傅，没有一点儿架子。大家都认为张干部是来找大伙儿干活儿的，由官方出面，这活儿小不了，至少两三个月的嚼裹儿有了。张干部很客气，一口一个王师傅地叫。说他是建筑部门的，知道“隆记”是藏龙卧虎之地，有一批技艺高超的老师傅，就想跟大伙儿商量商量，成立古建队，抢救修复北京一些濒危的古旧建筑。张干部说，新中国刚刚建立，百废待兴，建筑方面首要的就是古建行，北京毕竟是一座古城。

王满堂有些沉吟。成立古建队，这关系到“隆记”老的小的，几十口子人的前程。他得细细掂量掂量，这不是一句简单的干或者不干。

年轻人则有些急切，他们问古建队拿不拿国家工资，算不算国家的人。

张干部说，算。

大家就都看着王满堂，眼神迫切，希望他不要错过这个好机会。而王满堂却还在犹豫。这时，老萧挡开众人，不紧不慢地说，我们这些人大部分都是“隆记”营造场的，按说也都是国家的人。“隆记”营造场不是一般的营造场，那是给宫里伺候差事的，手艺都是一顶一的棒。远的不说，就说我们的老掌柜赵万和吧，西太后时代是戴红帽子的，珊瑚顶哪，派头大了，在土木行，谁提起来谁竖大拇指！宣统时候，我们修过水晶宫。御花园甬路的砖雕故事，就是王满堂和他师傅码的；袁世凯时候我们修过中南海；段琪瑞时候我们修过铁狮子总理府。也就是到了日伪以后，我们才接些外边的零散活计。

张干部说，我知道，诸位都是有能耐的人。我们靠的就是你们这样的人，就是要把你们这些能耐人收拢起来。

王满堂问张干部是不是要收买他们。张干部说不是收买，是要把大伙儿组织起来，一块儿建设新中国。还说了些革命的话。

王满堂向张干部提出，既然要组织起来给公家干，那么“隆记”的老少爷们儿就一个不落，都进建筑队，其中也包括老萧。张干部问老萧在“隆记”是干什么的。王满堂说老萧是看风水的。说萧家几辈儿都在“隆记”，是土木行离不了的人。

老萧很自得地介绍自己是设计师的先行官，说没有他的建议，再有本事的设计师也画不出第一条线。

张干部说，行，老萧来我们也欢迎。要是大伙儿没意见，就请老萧给造个花名册。大伙儿下礼拜来单位办手续，领工作服，上班。

老萧说干吗要等下礼拜，明天就很好，是大好的日子。张干部说明天就明天。

老剩儿问一个月给多少薪水。

张干部说先自己根据技术评定，再按国家规定发给，总之，不会亏待了大伙儿。

老剩儿问，往后就按月给薪水了？

张干部说，不但薪水按月给，干得好还有奖金，得了病国家全包。

老剩儿说，天下会有这么好的事情？老萧，您祖上给皇上干的时候也没拔到这份儿上吧？

张干部说，解放了，整个国家都是咱们自个儿的了，咱们盖房建楼全是给咱们自己盖，不是给什么皇上干了。工人是国家的栋梁，中国这座大厦，全靠大伙儿支撑着。

王满堂说，要说栋梁，这可是我们土木的老本行，我们知道它的分量。

大伙儿跟张干部又聊了些别的，张干部就走了。

大伙儿都很高兴，老剩儿冲着台上喊，粉蝶姑娘，别老思夫啦，给咱们唱个好听的。

筱粉蝶说，我给大伙儿唱段《风雨归舟》助助兴？

大家都说要热闹的，不要凄凄惨惨的。

筱粉蝶就抖起精神开唱：

过山林狂风如吼冷飕飕，
堪堪的大雨临了头。
望江天电掣雷鸣一阵阵风云骤，
获金鳞鱼的摆桨荡归舟。
…………

众人喝彩。

王满堂对掌柜的说今天大家高兴，茶钱全由他包了。老剩儿听见了，就要换新茶叶可着量喝。老萧拍着他的后脖子让他留神晚上别尿炕。

掌柜的说，王师傅，您高兴我可不高兴，打明儿开始，再没人来喝茶等活儿了。您诸位倒是拿了国家工资了，我还得一个小钱一个小钱地挣。

大摊儿让掌柜的改行，也当工人，说工人吃香。掌柜的说要不行真得改辙了。

大伙儿都乐，老萧更是高兴，卖乖地说，我说什么来着？我说今天咱们要启大运，怎么着，没瞎说吧？众人都赶紧应和：没瞎说，没瞎说。

王满堂说，老萧，我虽然把你保下来了，心里却是没底，不知道你到了建筑队能干什么。肩不能担，手不能提，就要这一片嘴，在“隆记”营造场你是个宝，在共产党的建筑队里怕不行。

老萧说，我萧益土凭本事吃饭，不用你替我操心。

大家谈论着明天的事情，从门口进来了一个梳着分头的清秀青年，筱粉蝶的声音立即变得分外响亮：

…………

哎我猛回头，

筱粉蝶炽热的目光与青年相对，接下来柔声唱道：

见一个贪午睡的小牧童儿，
他在那雨地里啼哭哇，
看那光景是去找牛。

筱粉蝶与那年轻人彼此会心一笑，年轻人就着台口找了个座坐下了。

筱粉蝶一曲唱罢，拿着笸箩下来敛钱。走到王满堂跟前王满堂给了一张大票。

筱粉蝶说，王大哥您老这么疼我，谢谢您啦。

王满堂说，不是我疼你，是你的玩意儿好。

筱粉蝶嘴甜，告诉王满堂下回给他唱段新学的《丑末寅初》，说那个段子词雅，曲子也配得好。

老萧掏了两张大票，有与王满堂争高低之意。

筱粉蝶说，恭喜您另有高就了。

老萧说，是我的运走到了这一步。闺女，你的运也开了，往后瞧好儿吧。

筱粉蝶给老萧道了谢，走到前面去了。筱粉蝶来到青年跟前，青年掏了张大票，被筱粉蝶悄悄挡了回去。

老萧意犹未尽，还想跟筱粉蝶说点什么。扭头一看王满堂正注视着他，便说王满堂的印堂发亮，人中光润，眉间带喜，今天准有好事。

王满堂说老萧是没话找话。说明天都有单位了，这就是大好事。老萧说不是，说明天的好事是大家的好事。他说的这好事是单属王满堂一人的好事，说王满堂的右眼眼角发湿，这就是说，老王的好事出自于内宅。

老剩儿仔细地将王满堂打量了半天，说他怎么也看不出来“人中光润”“眼角发湿”。

老萧说，你要看得出来你就不是史老剩儿了。

两人正在抬杠，王满堂的二女儿坠儿从人群里钻过来，惶惶地说，爸，我妈完了！

众人一下静下来。

王满堂问怎么个完了。坠儿说已经死了。

王满堂一听脸有变色，站起身抱上坠儿就走。大摊儿、老剩儿等人也一溜儿地跟出来。他们的师傅家里出了大事，作为徒弟，他们得帮着料理一把。

老萧喝着茶没动窝，他看着打狼似的拥出去的一群人说，死了，未必是坏事。你们跟着去起什么哄，添乱！

王满堂领着众徒弟一路踢土攘烟，火烧火燎地拐进灯盏胡同九号，一行人转过精美的砖雕影壁直奔北屋。

王家的小院干净齐整，一棵枣树在西厢房窗下静静地挺立，南房刘家的花门帘一动不动地垂着。爱咋呼的邻居刘婶竟也能让小院在白天没有响动，这的确是少有。王家檐下炉子上的水开了，呼呼地冒着蒸气。小院的静谧让王满堂的心一下提到了嗓子眼。他从炉子上那无人招呼的开壶，切实地感到家里出了事情，而且是大事。王满堂在房门口放下坠儿，拉开屋门，拉门的时候他感到了自己的手有点微微发颤。

随着房门的拉开，一声响亮的儿啼从里间传出。

王满堂愣了，来“帮忙”的徒弟们也愣了，大家一时回不过神来。

随着婴儿的哭声里间旋出了刘婶。没等王满堂张嘴，刘婶很利落地给满堂请了个安说，我给王大哥道喜了，您添了个大儿子，母子平安。

王满堂张着嘴啊了几声，半天才说，不是……还……还不到日子……

刘婶说，不到日子架不住这小子性急，非得这会儿出来，差点儿没要了大人的命！鸭儿她妈死过去两回，血流了一脸盆……

王满堂问现在怎么样。

刘婶说命保住了，人还是虚，得慢慢补。

徒弟们听了就往里屋推师傅，弄得王满堂很不好意思，有的人吵嚷着要让王满堂请酒。外间屋正喜气洋洋地闹腾时，不提防从里间屋飞出一碗小米粥，啪的一声在堂屋地上摔得粉碎。温热的粥洒了一地，溅在大家的脚上、裤腿上，将热闹的气氛凝住了。

外屋一时鸦雀无声。

刘婶搭讪着说，这边也没什么事了，我们福来该下班了，我得回家给他做饭去。说着侧身闪出门去，小跑着奔向自家的南屋。

王满堂和徒弟们战战兢兢地进到里屋，看见大妞头上蒙着手巾，脸上满是愠怒，眼睛哭得红肿，坐在炕上老虎一样盯着师徒们。

气氛有点僵。

王满堂没话找话地说，生了？

大妞没有理睬他。

王满堂装着很有兴趣地凑到床前去看儿子。大妞一把把王满堂推了个趔趄，吼道，别碰我儿子！

王满堂说，你这是干吗？早晨还好好儿的，哪儿来的这么大气？

大摊儿给师傅打圆场说，师傅，师母这么重的身子，您就不该再上茶馆去。这可真是您的不对了，这事搁谁，谁心里也不忿儿。

王满堂说，娘儿们家生孩子，我在跟前顶什么用？这又不是上房梁，人越多越热闹。

大摊儿暗中示意王满堂别说。

老剩儿说，师母气也罢，恼也罢，都是表面，心里头是高兴着呢！老王家得了大儿子，长门长子，应了老萧的话，好事，大好事！

大妞突然呜呜哭出声来，呜咽着说，再别说什么长门长子的话……在这个家里，别说孩子，连我都算不上什么！

王满堂丈二和尚摸不着头脑。

大妞越哭越来气，顺手抄起炕上的东西朝王满堂拽，一边拽一边骂。害得王师傅的徒弟们一边往后退一边忙不迭地捡东西。炕上的小孩子也凑热闹，哇哇地哭，屋里乱成了一团。

周大夫出现在门口，给王满堂做了个手势，叫王满堂出来。王满堂来到院里问有什么事，周大夫说，你到我屋里来一趟。王满堂就随着周大夫来到后院，后院三间北房周大夫住着，两间东房作为王家堆房空着。

周大夫推开了自家房门，房间里坐着一男一女。看见王满堂，女的有些发愣，男的站起身毫不拖泥带水，清清爽爽地叫了一声“爹”。

王满堂的脑袋轰地一下炸了。他觉得自己在“轰”中感受到一种撕裂，痛彻心骨的撕裂，将他扯成无数碎片。那些碎片迸发着浓艳的鲜血，战栗着，飘落着……

是那颗落在老王家土房上的炸弹。

十四年前的那个晚上，王满堂从家里后墙匆匆翻出去的时候，留下了一句话，过段工夫俺就回来！

那时候，抓夫的日本人已经到了村口，村里已经鸡飞狗跳墙地乱了。

王满堂一走就没了信儿，他离开时儿子三岁，现如今十七。十四年了，好漫长的“工夫”。

王满堂走后，麦子曾经领着公公婆婆，拖着儿子逃了无数回反后，躲在一个叫窦庄的小山村。听说老家被日本人炸了，老王家那两间低矮的土房也被炸成了大坑。那一回，村里的大部分人没跑出来……

有人指着那个坑说，老王家，绝了。

人们想麦子和她的儿子是死了。

王满堂后来得到消息回了一趟家，见识了那个积满了雨水的大坑。坑里有蜉蝣在徘徊，坑沿有蛤蟆在跳跃，一地半人高的荒草，半棵烧焦的柿树……

王满堂在坑边烧了一刀纸，扭头走了，从此再也没有回去。

他不能再回去，不能再见那个让他心碎的坑。他没有家了，在山东临州，他什么也没有了。

但麦子还有。日本投降后她在坑上又搭起窝棚的时候，她想的是她的丈夫王满堂。她坚信满堂活着，坚信满堂没有忘了她和孩子。她托人四处打听丈夫的消息，终于她带着儿子寻到北京来了。

今天，麦子挎着篮子，抱着一只鸡，柱子背着包袱，从前门下了火车。一路走一路问，寻寻觅觅地寻找灯盏胡同九号。对她这个从没出过远门的乡村妇女来说，在北京找人，很有点孟姜女千里寻夫的悲壮。她不识字，没念过书，她也不会说她的家乡山东临州以外的官话。一句话，她是个没见过世面的乡下女人。但是乡下女人并不意味着愚昧，也不意味着退缩。她之所以能带着儿子来到京城，是她对丈夫的信念，不可动摇的信念。

王满堂是她的男人。

麦子一步步向灯盏胡同靠近的时候，王满堂的续弦赵大妞正拖着沉重的身子和刘婶在门口挂国旗。

送水的木头水车来送水，停在九号门口。送水的汉子把堵在大木桶上的塞子一拔，水由洞眼流出，淌入下边接水的两个木桶里。水桶满了，送水的堵上塞子，用扁担钩起两桶水，颤颤悠悠地走进后院。大妞和刘婶脸上的表情都有点嫉妒和不屑。水是给住在后头的周大夫送的。周大夫当过国民党军医，单身一人，没有家眷，人随和，没脾气，好帮助人。不但在九号，就是在这条胡同里都很有人缘。

刘婶看着送水的背影说，一个国民党……天天让人把水倒到缸里，舒坦得……

大妞顺着说，我这双身子，谱也没摆到这份儿上……

两人正说着，周大夫穿着长袍由院里走出来了。周大夫梳着分头，面容清俊疏朗，皮肤白皙，一看便很“国民党”。周大夫跟两个挂旗的点了点头，算是打了招呼，将手里的空奶瓶子放在奶箱里，又打开信箱看看有没有信。

刘婶揶揄地说，又盼南边来信哪，光信来不见人来顶什么用？

周大夫冲刘婶笑笑，对正往墙上画道道的送水的说，月底一块儿算。

大妞堆出笑脸说，周大夫，今儿几号啦？

周大夫脱口说三号，又突然想起什么说，王嫂，这月的房钱我待会儿就给您送过去。

大妞说她没别的意思，说早两天，晚两天没什么，让周大夫不必着急。周大夫说前段时间，北京城郊炮声不断，人心惶惶的没人有心修房子。往后就好了，日子一平稳，王大哥不愁没有活儿干。刘婶听了周大夫的话老大不高兴了。刘婶说周大夫的话不对，前段时间是国民党反动派人心惶惶，老百姓并没有人心惶惶，不能混杂到一块儿说。周大夫脸上很尴尬，嘴上不住地重复，是反动派人心惶惶，反动派人心惶惶……说着转身想走。

刘婶说，你先别忙着走，过来给我看看这国旗哪边是正，哪边是反。

周大夫说旗子挂上去两面都能瞅，不分反正。

刘婶说，怎么能说没反正呢？你瞧，这么看黄五星在左边，翻过来看黄五星就在右边……

周大夫说，您要是在西边看它，它就在左边，您要在东边看它不就又过去了嘛。

刘婶转不过弯来，比画着旗子不知怎么办好。大妞从刘婶手里拿过旗子，踮着脚往高里挂。一抻胳膊，忽然觉着不对劲儿，捂着肚子嘴里直吸溜。

刘婶看见大妞扶着门框，皱着眉，额上直冒汗，便问，要生？

大妞不说话，捂着肚子蹲下去。

刘婶说，说不让你伸手，怕抻着，你急呀！你看，怎么样？

刘婶拉大妞，拽不动。刘婶说，你顺着我的劲儿来，别跟我别扭着。又四下张望，见周大夫已经进院，急切地喊，回来！我喊你哪！

周大夫没听见。

刘婶焦急地看看院里，喊，院里有人没有哇？

坠儿骑着根竹棍跑过来。

刘婶说，怎么是你？

坠儿说，这院里就剩我了。我姐上学去了。

刘婶让坠儿叫周大夫来，越快越好。坠儿说她得骑着马去。刘婶说骑炮打灯都行，只要快！

坠儿骑着竹棍往里跑，刘婶在后面喊，别骑棍，丫头家不兴那样！又低下身拽大妞说，这阵过去了咱们还是得进去，在当街算怎么档子事。

大妞说她不行了，这肚子不是她的了……

刘婶说，不是你的是谁的？又不是第一胎，别吓唬人。

刘婶架着大妞艰难地从门口走进院里。大妞已经迈不开步了……血顺着大妞裤管汩汩流出，洇了一片地面。刘婶不得已扶大妞歪在枣树下，直起身子喊，来人哪！

那声音已经急得变了调，散了。

周大夫随着坠儿奔到前院。刘婶冲着他就嚷嚷，我叫你别走，叫你别走，你连头也不回，跑得比兔子还快。看看吧，这儿要生了。

周大夫不理刘婶，拉过大妞的手腕数脉。

大妞的手在抖……

刘婶看着周大夫不急不慢的样子说，你到底行不行？不行我就上隔壁医院叫大夫去，你别把人耽误了。

周大夫说，您到隔壁医院叫来的也是我。

刘婶说，我就不信那个医院除了你就没别人。

周大夫说还就没别人，妇产科正式的主治大夫就他一个。周大夫说产妇这么抽不是个好征兆……让刘婶把病人扶好了，从兜里取出一包针来，挑出一根就往大妞手腕子上扎。

坠儿一把拦住，哭着说，不许你扎我妈！

周大夫说，小孩子家别捣乱。上门口玩去。

刘婶也拦住不让扎。她说，孕妇不能挨针，一扎就流产，扎坏了你担得起吗？

周大夫说，孩子都出来一条腿了，还怕流产……扶住，别让她乱扭。

坠儿还在哭，死活不让扎她妈。

刘婶让坠儿去关大街门，别让外人进来。坠儿刚走到门口，正碰上了寻来的麦子。麦子拖着一副很侉的山东土腔问坠儿，这儿是不是灯盏胡同九号老王家。坠儿眼睛一闪一闪地看着两个土得不能再土的乡下人问，你们是谁？

柱子说，俺是山东临州王家庄的，俺找俺爹。

刘婶说山东王家的一大家子人都死了，一颗炮弹落在房顶上。

柱子大声说，俺还活着！俺来找俺爹，找王满堂。

躺在地上的大妞突然一口气上不来，昏了过去。坠儿急得拽着大妞的衣裳大声喊妈，她认为她的妈已经死了。

周大夫让麦子搭把手，把病人抬进屋去。麦子看这架势也不便再说什么，搁起大妞上身帮着周大夫往屋里抬人。刘婶让坠儿快到茶馆喊她爸爸回来。坠儿骑着棍子在院里迂回着跑了一大圈，才向门口跑去。

刘婶冲着外头喊，跑直线，留神车！

王满堂被周大夫叫到后院半天不见出来，他的徒弟们谁也猜不出家里发生了什么事。想了想觉着还是走了对，他们几个大老爷们儿在师傅家里待着总不是个事。几个人走到门口的时候正好碰见王家的大女儿王国英下学，王国英小名叫鸭儿，是方家胡同小学三年级学生。老剩儿们告诉她，她妈给她生了个小弟弟，模样挺俊。鸭儿一听扔下书包就往屋里跑，一边跑一边喊妈。

鸭儿兴冲冲地跑进里屋，一见屋里零乱的情景闹不清怎么回事，她扑到床前问她的妈怎么啦。

大妞脸色苍白，闭着眼无力地在床上淌眼泪。

鸭儿说，妈，您说话呀！

坠儿在一边学着麦子的腔调说，俺找孩儿他爹。

大妞的眼泪扑簌簌往下滚。

坠儿说，姐，山东人来了，在周叔家。爸不要咱们了。

鸭儿眼一瞪说，他敢！

怒火中烧的鸭儿不愧是王家的大闺女，她黑着脸，噔噔噔，三步并作两步地来到后院。

周大夫为麦子娘儿俩买烧饼去了，屋里只有王满堂和他的山东亲人。麦子告诉王满堂，家里老娘还在，还在盼望着儿子回去。王满堂听说娘还在，激动得只是满屋转，恨不得当下就打火车票回山东。

麦子说要走就尽早，她带着回去的盘缠，在家里种地比在北京更踏实。娘年纪大了，身边也得有儿……

王满堂也说，回，一定得回！我想娘想得苦。

麦子说既然是这样，不如明天就回。王满堂也认为明天回挺好。话一出口王满堂又感到有些草率，他想了想说，明天不行，明天还要上班……

的确，明天是“隆记”进古建队的第一天，那么多人在等着，说好了的事，哪能说走就走……王满堂告诉麦子还有古建队的事情，他现在是身不由己了。麦子则不管什么古建队不古建队，咬定了王满堂，让他跟她回山东。

王满堂说，我现在是公家的人了。

麦子更加斩钉截铁地说，你是俺的人！

王满堂和麦子两个在谈论回不回山东的时候，柱子就在一边不动声色地审视着母亲身边这个高大魁梧的男人，这是他的父亲；是他祖母和母亲时常念叨的父亲；是他们王家的主心骨，是给了他生命，并且在血管里与他流动着同一种血液的父亲。也是将他们抛弃在乡村，十余年没有音信的父亲……父亲在北京又成了家……

柱子的脸上满是怨恨与冷漠。他不能投入到父母的情感之中，也不能理解一贯刚强的母亲在父亲面前，何以能这样容忍，这样低声下气。来北京之前，母亲反复地嘱咐他，不能跟爹发脾气，要跟爹亲，只要爹能回家……现在爹不想回家，柱子觉得母亲的一切心计都是白费。他不耐烦了，挡住母亲的话头说，娘，你甭说了，他是舍不得那女人。

麦子惊奇地看了半天儿子说，柱，你是咋说话呢？你怎能他、他的，这是你爹！又转身对王满堂说，俺都看见了，他爹，俺不怪你，怪俺。麦子把柱子推到王满堂跟前说，柱，给你爹跪下，他不回你就不起。

柱子死活不跪。

王满堂说，你干吗难为孩子……

柱子咬着牙，恶狠狠地看着父亲。

鸭儿一脚踹开门，站在门口叉着腰，单刀直入地说，这个女的，你什么时候走哇？

柱子脖子一梗说，俺们不走。俺来找爹。

鸭儿说，找爹，爹是找来的吗？你爹是谁，我不认识，哪儿凉快哪儿歇着去，别以为到了北京在哪儿都可以认爹。

鸭儿一口利落的京腔当下就噎得柱子没了话，山东小子的嘴没法和北京的丫头片子对阵。

王满堂刚要喝住女儿，麦子在旁边就把话接上了，麦子说，看你这妮子嘴还挺厉害，可是说话得站在理儿上。这是你们家不假，你不能占着地利就欺负人。俺也不是没来头的，俺是受他奶奶的嘱咐寻来的，来给老太太寻儿。

柱子这会儿又跟他母亲站在了一边，机械地说，俺来找爹。

鸭儿说，告诉你们，这儿是周大夫的家，人家周家既不该着也不欠着你们的，你们该走就走，甭赖在这儿！说完，不容分说，拽上王满堂就往前院走，一边走一边说，您不能不管我妈！

麦子在屋里也不示弱，大声说，你不认俺，不能不认娘！

柱子抻了抻麦子的袖口说，娘，咱待的是人家的屋，我爹他住前头。

麦子说，拿上东西走，咱们上前院。

王满堂被大女儿揪到前院，揪到脸上没有一点儿血色的大妞跟前。大妞没说什么，王满堂搓着手，忧心忡忡地看着炕上的媳妇。炕上新落生的男孩还在哭，王满堂没心思看那个包在小包袱里的猫儿一样的儿子。

大妞淌下泪水说，这个难道就不是你的儿子吗？你连看也不看他一眼。

王满堂说是，是儿子。

在大妞的目光下，王满堂笨拙而别扭地抱起了孩子。新生儿用一双亮晶晶的眼在搜寻着什么，目光停留在王满堂的脸上。王满堂的心一下软了，他亲了亲小婴儿，婴儿把眼闭了，面孔扭曲成一团。

王满堂对大妞说，这孩子秀气，将来有出息。

大妞说，我也给你生了三个儿女，你无论如何不能留下山东那娘儿俩。

王满堂说那娘儿俩在北京举目无亲，他们没地方可去。大妞说那娘儿俩上哪儿去她不管，这是她的家，这院房是她爸爸盖的，姓赵……

周大夫提着烧饼夹肉进了院，却发现麦子和柱子正坐在王家的台阶上。周大夫问他们怎么坐这儿来了，麦子说不想给周大夫添麻烦。周大夫说也添不了什么麻烦，就让娘儿俩吃烧饼，说是刚出炉的。柱子接过烧饼大口大口地咬，麦子说不饿，眼圈里分明有泪在转。刘婶提过来一壶开水，怕临州娘儿俩啃干烧饼噎着。跟周大夫商计说总得把人安顿下来。周大夫也这么想，就叫出了王满堂，问王满堂有什么办法没有。王满堂也没有办法，说没想到会是这样……

周大夫说，已然这样了……

王满堂说……一下都乱了套……鸭儿她妈不让留人。

周大夫说不让留人怎么着呢？不行就先到外头找个旅馆，让临州娘儿俩住下，再说下一步。刘婶则认为周大夫的主意不好。刘婶认为，人家娘儿俩大老远从老家赶来了，让住旅馆不合适。别说有这层关系，就是没关系的乡亲来了，也不能让住旅馆。这事她做主了，说后院王家还有两间做堆房的东屋，拾掇一下让娘儿俩先住下，鸭儿妈的工作由她来做。

刘婶的脑袋是永远够用的，往往在男人们都没了辙的时候她就成了诸葛亮。

周大夫说她这是个没招的招。

刘婶说这是个锦囊妙计，高招。

第二章

麦子住进尘封蛛网的破东屋已经两天了，东屋里除了靠西窗一盘土炕，周围全是烂旧的杂物，霉味从旧物件上散出，让人一阵阵恶心。满屋的尘土，麦子和柱子在中间稍一活动，一股烟尘就会腾起，呛得人想咳嗽。刘婶常来，周大夫也来，送吃的送水，招呼得不能说不周到。王满堂几乎很少露过面，这个“公家的人”每天到天黑才回家，回来后抽个空到麦子的东屋转一圈，翻来覆去就是一句话：你们先凑合一下……

麦子是铁了心，她有自己的一定之规，王满堂不走她就不走。她就在东屋里住着，灰归灰，土归土，她一概不管，她只等着王满堂一句话：回家。只要王满堂说声回去，她站起身就走。北京这块地方实在没有什么可留恋的。她不明白丈夫为什么对这个车多人多，乱哄哄的地界这么偏爱，对盖房子修房子的事这么上心，对那个母老虎一样的娘儿们这样喜欢。麦子的心里很平静，她想得很开，丈夫是她的，有顶天立地的儿子为证。这是王家庄几百口子人都认可了的，是老王家的公公婆婆认可了的。这一点哪怕王满堂走到天边去也不会改变。

她急什么，她一点儿也用不着急。她只是在东屋这么住着，用不着说什么，也不用做出什么响动，对前院那个女人就是个威胁，大威胁。

柱子却没有他娘的心劲儿，他在屋里闷得发慌，外面只要有一点儿响声，他都会把脸贴在窗户上往外看。外面的事也是很吸引他，隔着破窗户纸他看见周大夫在要一柄很亮的剑，看见刘婶在前后院的夹道用劈柴和煤球笼火，扣上个拔火罐，小铁炉子就冒大烟。他还看见房顶上有十几只鸽子在绕着圈飞，看见那个很厉害的丫头跟她的妹妹扯着一根橡皮带子蹦来蹦去，唱着：

一个毽儿踢八踢，

马莲开花二十一。

二五六二五七，

二八二九三十一。

…………

更多的时候柱子是百无聊赖地看着堆在地上的瓦刀、抹子、凿子、刨子一类工具发呆。他用脚踢了踢一个长木头盒，盒里两个小鸭子形状的木头骨碌碌滚出来。柱子把鸭子捡起来细细摆弄，饶有兴致地问他娘这是什么。

麦子说多半是木匠用的东西，让柱子别乱动。柱子说一块木头，动也动不坏。麦子说动不坏也是人家的，是人家的东西一根线头也不许碰。柱子说这不是人家的，是爹的，爹的东西他自然动得。

麦子说，你记住，除了你爹这个人以外，北京的一切物件都跟咱们没关系，你爹从王家庄出来的时候身上可是什么也没带。

太阳下山了，刘婶给麦子娘儿俩端来两碗粥，两张发面饼，说是王满堂早晨招呼了让给送来的。麦子问王满堂这会儿回来了没有，刘婶说下班了，刚进门。麦子问谁给王满堂做晚饭，刘婶说没人给做，他自己张罗。麦子说怎么能自己做呢？大男人家的。刘婶说，鸭儿她妈还起不了炕，他家的大闺女不会干别的，就会熬粥。

麦子说，前院的日子整个就是个瞎凑合。

王满堂家的晚饭真就是凑合，一碗水疙瘩丝，两根蘸酱的生葱，一锅死眉瞪眼的窝头不是现蒸的，是剩的，唯一一碗小米粥是鸭儿为月子里的母亲熬的。吃饭的时候，鸭儿对父亲提出意见，说得给母亲做点特殊的，母亲虚得厉害。

王满堂说明天他下班捎点猪头肉来。

鸭儿把筷子一拍说，您再捎二两老白干来更好，那是月子人吃的东西吗？

王满堂向来对这个大闺女有几分宠爱，家里不少事都是由大闺女做主的，小小年纪的王国英当了王家半个家。鸭儿说她让刘婶的儿子福来到市场上买鸡去了，没买来。王满堂说不行再让老剩儿往西郊跑一趟，他们家或许养了鸡。鸭儿听了打开铅笔盒就写了个让老剩儿买鸡的纸条，她让父亲装在兜里，明天一掏烟就能看见条，看见条就交给老剩儿。她知道不这样父亲准忘。

吃完了饭，王满堂让坠儿到后院东屋去一趟，帮他把水鸭子拿来。

大妞在里间炕上说，想过去就正大光明地过去，甭拿水鸭子说山。王满堂说现在已经正式上班了，他得把吃饭的家伙收拾收拾。

坠儿得了命令很兴奋，终于有和那两个山东人接触的机会了。她觉得那两个让她的妈很堵心，让全院的人都很不安的陌生人很有意思，他们一整天一整天地在东屋猫着，不出来透气也不到前院来串门。她想知道那两个人在那两间破屋里都干些什么。坠儿一溜小跑来到后院。天色已晚，东屋却还黑着，她奇怪这两个人怎么连电灯也不开。坠儿在门口咳嗽了两声说，我进来啦。许是她的声音太小，屋里没人应声，坠儿猫一样地蹭进东屋。屋里比外面还黑，她什么也看不见。坠儿摸着门口的灯绳，不言声拉亮了电灯，霎时满屋通亮。

柱子和他娘都吓了一跳。他们在这间屋里住了两天，不知道屋里还有一拉就能亮的灯。柱子不解地看着吊在半空的“东西”，小东西很亮，晃得人睁不开眼睛。麦子端详着刚进来的这个漂亮的小妮儿，小妮儿细眉细眼的，跟王满堂很像。

坠儿细声细语地说，大妈，我爸叫我来拿水鸭子……

麦子不懂。

坠儿从炕上拿起柱子刚刚摆弄过的木盒子说就是这个。又指着里面的木头块说，水鸭子是我姐，她叫鸭儿。我是坠儿，吊线用的。

麦子问坠儿有没有大名，坠儿不知道什么是大名。麦子说就是外头人叫的。坠儿说那就是学名了，学名当然有，她叫王国兰，她姐叫王国英。

柱子听了不高兴地说，娘，你看你看，这个妮儿的名字怎按着咱老王家的排行排，顺着俺的名往下走，俺不干！

麦子推开柱子，拉过坠儿的小手说，多好看的妮儿啊，几岁了？

坠儿见山东人夸自己好看，更是来了精神，巴不得跟人家多说。不但告诉人家自己六岁半，还告诉人家她爸三十七，她妈三十四，她姐九岁，她爸属鼠她妈属兔她姐属龙她属羊……

麦子问，你爹待你们亲不？

坠儿说，当然亲。我爸比我妈亲，我妈动不动就打我；我爸就不，我爸过年还给我和我姐买花袄呢。

麦子又问，你爹待你娘亲不？

坠儿想了想说，也亲。

麦子问，你爹和你娘怎么个亲法？

坠儿说，他们一天谁不见谁就想。

麦子问，怎么想。

坠儿说，用心想。

小坠儿为自己的回答很得意。她是个很聪明的小姑娘，她知道眼前这个山东人套她的话是为了什么。她认为她是她妈的人，她事事得向着她妈。这女人表面和气，其实是想把她的爸爸带走，这点坠儿心里是极清楚的。

在王家的里屋，王满堂在擦拭一个吊线的玉坠儿。玉坠儿晶亮温润，莹绿可爱，一看便知是个有年头的传家宝贝。大妞在用干瘪的乳房给新生的儿子喂奶，她望了一眼专心擦玉的丈夫说，我也不是个不通情理、刁钻古怪的人。成亲的时候你红口白牙地告诉老爷子，说你山东的媳妇死了，你山东的一家人都死了。我爸爸看你老实，才把我给了你。哪知道，这一切都是假的。

王满堂什么也说不出来。大妞说得没错，连他自已也没想到事情会是这样一种结局。他觉着理亏，有种对不起师傅，对不起大妞的感觉。可是掉过来想，他又觉得自已理亏得冤枉，这一切跟他究竟有什么关系！

大妞再次强调这院房是她爸爸留给她的，王满堂没有权利让给外人住。

王满堂说，那你让我怎么办？把他们赶街上去？

大妞说，怎么办那是你自己的事，反正这个家你不能不管，仨孩子你不能不管。

王满堂说，我说不管的话了吗？

大妞说，你甭在我跟前装。我知道，自打那娘儿们一来，你的心就飞了，一天到晚魂不守舍的。你别忘了，你的手艺，包括这个乾隆赏给我们赵家的吊线坠儿，都是我父亲留给你的。我们原本指望能传给儿子……只好传了你……

王满堂说，传给我也没埋没了你们。

大妞气上来了，尖声说，你是只白眼狼！养不熟的白眼狼！

王满堂说，我怎么是白眼狼了？怎么是白眼狼了？

大妞说，你要不是白眼狼你就把那娘儿们给我请出去，我眼皮底下不能戳着根棍儿。

王家两口子正在争吵，刘婶拉着坠儿一掀门帘进来了。刘婶对大妞说让那娘儿俩住下，不是王满堂的主意，是她的意思，她替大妞做的主。

大妞说，我什么时候委托过你办这件事？

刘婶没接大妞的话茬儿。对王满堂说，鸭儿她爸你上周大夫屋里坐会儿，我跟鸭儿她妈说点话。

王满堂答应一声出门了。刘婶追出来，悄声对王满堂说，去跟麦子说会儿话吧，九点钟记着回来，千万别过了十点，这边有我支应着。

王满堂对刘婶的周到很感激，他说，福来妈，你替我劝劝她。

刘婶大包大揽地说没问题。转身来到里间，对大妞说，鸭儿她妈，现在屋里也没有外人，我说几句落后的话，你别介意。过去有钱的，有本事的人都讲纳妾……

大妞没等刘婶把话说完便坚定地表示她绝不当小老婆。

刘婶笑着说，什么大呀小的，薛平贵在西凉娶了代战公主，你说那公主是大呀小呀？

大妞说她是平民百姓，平民百姓不能跟公主比。

刘婶故作惊讶地说，你是平民百姓？骗谁呀？你爹过去是叫响九城的“隆记”掌柜，是带顶子的走工，紫禁城里真正一日不可缺的人物。她麦子是谁，是一个乡下来的什么也不懂的怯娘儿们，怎么能跟你比。你这么闹，把她硬赶出去，说不定就把鸭儿她爸爸赶出去了，反倒成全了人家。

大妞一时没了话，不知怎么办好了……刘婶让她拿出大家子的气势，说不妨就让那娘儿俩住着，让鸭儿她爸爸挑不出理儿来。要闹让麦子闹去，她越闹，对大妞越有利。大妞认为刘婶的主意也有道理，自己不能把丈夫逼得太狠了，物极必反，真反了她后悔也来不及。不过想来想去，这个山东的麦子总是一块心病。大妞问刘婶，你说鸭儿她爸爸这会儿真在周大夫那儿？

刘婶说没错，她刚跟出去了，是进了周大夫屋。

后院东屋，麦子在跟王满堂谈判回山东的事情。王满堂对麦子说，你别逼我。

麦子说，反正俺就跟着你，你在哪儿俺在哪儿。

王满堂说，柱他娘，我是不得已……我觉着我跟戏里头的陈世美也差不多了。

麦子说，俺没怨你，俺一点儿也没怨你。

麦子这样一说，王满堂简直不知怎么样才好了。他说，麦，我对不住你……

麦子深情地注视着丈夫，打开包袱取出一件棉袄，让王满堂试。王满堂试了试棉袄，有点瘦，说他发福了，给柱子穿吧。

麦子说，柱子有柱子的，这件是俺专门给你做的。说着又拿出一双新鞋，亲手往王满堂脚上套。王满堂穿上新鞋走了两步说正好。

麦子说，不管走多少路，人的脚都不会变。

王满堂说，也亏你还记着。

麦子说媳妇忘不了男人的脚。

王满堂掏出十五块钱给麦子，说是新发的工资。麦子说怎才上班就给钱？王满堂说公家是先发钱后上班。麦子问把钱都给了她，前院那个产婆子怎么办。王满堂说前院有前院的。麦子就把钱收了。

王满堂说，你还是得回山东去。

麦子说，你不走俺就不走。

王满堂说，你不回去咱娘怎么办？

麦子说，娘的意思就是让你回去。

王满堂又坐了一会儿，跟麦子说了一会儿老家的话，说不早了，明天队里还有活儿，就穿着新鞋朝外走。柱子问王满堂那个像鸭子一样的木头块是干什么的。王满堂说那是个找水平的家什，叫水鸭子，是祖师爷鲁班传下来的玩意儿。要是柱子喜欢，明天就教给他水鸭子的用法。尽管柱子对水鸭子很感兴趣，很想知道它的原理和用法，但是他嘴上却说，就是问问罢了。

王满堂出了东屋走到前院，他想看看大街门插好了没有。刚转过影壁，就见到影壁角有人影。王满堂咳嗽一声，黑影走过来，原来是刘婶的儿子福来。这个福来就是在“陶壶居”跟筱粉蝶眉来眼去的那个青年，人长得眉清目秀，说话也细声细气的，很是文质彬彬。福来在大光照相馆当学徒，学了三年了，可还不能单独操作。不是他笨，是师傅不让他上手，净让他干些个烧水买菜抱孩子的打杂的事情。偶尔让他帮着裁裁纸，配配药水什么的也像给了很大恩典似的，弄得福来觉得很窝囊。

福来走过来跟王满堂打招呼。王满堂说，这么晚了，你在大门口干什么？福来说他什么也不干，他就是出来遛遛，看看这雕花的砖影壁，他特别喜欢影壁上的这些花。又说，这些花是鸭儿姥爷雕的吧？真比工艺品还工艺品。

王满堂让福来别拿影壁说事，说他刚才明明看见是两个人。福来肯定地说再没谁，就他一个。王满堂说不对，就是还有一个。福来说王满堂是眼花了，他妈就常这样，把一个看成俩。

王满堂说，是我看花了还是你小子玩花了。听着，你爹死得早，你可不能让你妈跟着你淘神。

福来说，王叔，我懂。您放一百个心。

王满堂把大街门插好了，看着福来走进家门，这才向自家屋走去。他刚迈进门槛，就听鸭儿大声说，爸，您穿了一双什么鞋?!

王满堂说，山东靸鞋。

鸭儿说，怯啦吧唧的，您快脱了给他们还了去，这是拉拢您哪。

大妞在里间说，鸭儿，你爸要爱穿就让他穿。

鸭儿说，妈，您不知道，这双鞋要多难看有多难看。

王满堂抬起脚欣赏着说，过去武松就穿这鞋。

柱子上茅房，将这些话都听了进去，回到东屋自然要给他娘学说。麦子躺在炕上说，还笑话俺做的鞋，那产婆子就做不出俺这样的鞋来，连饭也不给男人做，她就不配给人做媳妇。柱，俺生你的当天就下炕烧锅了，不像她，一躺躺几天。

柱子对麦子说，娘，我爹那个水鸭子，我喜欢。

麦子说，你喜欢就让你爹给你做几个。

柱子说，我爹他给?

麦子说，他是你爹，怎么不给。

柱子躺下了，麦子问灯怎么灭。柱子说就让它点着。麦子说点着太费油。柱子说费也不费咱的油。麦子说，那也是你爹的油。

娘儿俩躺下了好半天，麦子忽然又说道，柱子，你是老王家的大儿子，有什么事你得撑住，你得替娘做主。

柱子说，娘你放心，俺知道，爹不走，咱也不走。

麦子说，咱们得咬着牙在这儿扎下去。

柱子说，娘，你瞧着，到明天俺再不在这屋里闷着了。你说得对，俺是老王家的大儿子，俺藏个什么呀！

麦子说，你可别出去惹事。

柱子鼾声如雷。室内灯光如昼。

同一时辰，王满堂躺在大妞身边，两口子为给儿子起名争执着。王满堂说，你听我的，叫国梁没错。咱们家上一个是国柱，这一个是国梁，有梁有柱，这大厦还愁起不来吗？

大妞这才明白丈夫心里还装着后院的那个怯小子。那小子叫王国柱，那是他们王家的大儿子。柱是支撑家的柱子，眼下这个小婴儿不过是根横梁。看来无论她怎样努力，也都不能将丈夫的心和感情全部垄断过来了，这实在是她为人之妻的悲哀。她也为自己的父亲，为王满堂的师傅悲哀。作为师傅，作为岳父，他怎么就将自己的女儿轻易地交给了这个人呢？

许久，大妞才迷迷瞪瞪地睡去。

王满堂看见大妞睡熟，蹑手蹑脚地溜下炕，向后院东屋走去。

月光由窗棂照进，照在大妞身上，也照在水鸭子和线坠儿上，一切都模糊得有点儿说不清了。

这是北京一个新鲜清冷的早晨。太阳刚在东天泛红，房的檐及树的枝杈上落着一层薄薄的霜，霜在晨晖中闪烁着晶莹的光。胡同里还没有行人，特别是像灯盏胡同这样僻静的小胡同，就是在正午，这儿也难得有几个人走过。

九号的小院里也是冷冷清清的，王家的窗户还上着闸板，刘家的窗帘在低低地垂着。偶尔几声咳嗽，打破了清晨的静寂，这表明王满堂已经起来了。

柱子早早就出来了，他抄着手，傻里傻气地站在大门口，用无限新奇的目光打量着空空荡荡的胡同。昨天夜里，爹来到了东屋，和娘睡在一个被筒里。娘哭了，又不敢大声，怕吵醒了他。其实他什么都知道，他一动不动地躺在角落里，不敢翻身，不敢大声喘气，他怕影响了爹和娘。他听到了娘压抑的呻吟，听到了爹粗重的喘息，好像娘狠狠地咬了爹，爹就把娘紧紧地往怀里拥。

柱子以一个十七岁青年的心态，感受着父母的亲热，体味着父母久别重逢所迸发的能量。他再也睡不着了，他睁着眼睛看着西窗发白，听着爹出去了，他才起来。他看到了熟睡的娘，娘的脸上是一脸的舒展，一脸的幸福。他认为从他记事起，他从来没看到娘这么漂亮过。

爹就是爹，娘就是娘。

柱子来到大门口，从今天起，他要好好儿看看这座城市。

周大夫托着油饼从胡同口走来，由门口墙上钉的小木箱里取出一瓶奶，又打开另一个木箱子，从里面取出一封信。周大夫细细端详着淡蓝色信封上的地址，为上面那些秀丽的小字所陶醉。周大夫见柱子在一边站着，他感到了自己有些失态，掩饰地说，你起得挺早。

柱子翻了翻眼睛没理周大夫。周大夫把油饼递过去让他尝尝。柱子退后一步，盯着周大夫不言语。周大夫想是不是他的北京话对方听不懂，一想又觉得不至于。周大夫说，你大早晨起来就这么门神似的戳在这儿，问你话也不言语，你在你们临州也这样？

柱子看着周大夫还是不说话。周大夫说，这是北京，你得懂北京的规矩，早晨见了人得问好儿。

柱子仍旧愣愣地看着周大夫。周大夫一边往里走一边说，整个一个没熟。

柱子反驳道，你才没熟。

周大夫说，敢情你会说话，还是个刺儿头！我得让你爸爸教教你怎么跟大人打交道。

周大夫进去了，柱子对那个装牛奶的小木箱反复察看，将门打开、关上，关上、打开……

鸭儿起来了，她来到母亲房里。看到母亲在伤心地哭泣，她问母亲是不是又为后院的娘儿们伤心。大妞不置可否，有些话她跟孩子说不出口。

鸭儿问她爸呢。大妞说……一大早就走了……鸭儿说才几点，走那么早干什么？大妞一脸委曲，想了想说，鸭儿，到现在你就是妈的主心骨了，你是妈的大闺女，在关键时候你得替妈说话。鸭儿问到底怎么了，大妞说，你爸他昨天晚上在后院睡的。

鸭儿一听就炸了，她说那娘儿俩欺负人欺负到家了，这还了得！

鸭儿来到后院东屋，踢开房门，怒视着正在梳头的麦子。麦子坐在桌前，也不退缩，迎着鸭儿的目光。两人四目相对，无半点言语。

鸭儿说，你把我爸还给我们！

麦子不甘示弱地说，俺不认识你爸，俺就认识俺男人。

鸭儿说，趁着我爸上班了，你跟你的儿子给我早早地收拾东西走人。

麦子说，俺们走不走，不是你说了能算的。

鸭儿说，你不走就别怪我不客气了！说着抄过麦子的包袱就往外头扔。麦子也不动，看着鸭儿把东西一件件扔出去。

刘婶由厕所出来，见状，赶忙走过来，拉住鸭儿，让鸭儿快回去。说坠儿在哭，等着鸭儿给她穿衣服呢。鸭儿不走，鸭儿要让山东娘儿俩走人。刘婶说山东娘儿俩走不走不是鸭儿的事，让鸭儿不要管。鸭儿说，怎么不是我的事，它关系到我的切身利益。刘婶说，新名词还不少，还会谈什么利益！告诉你，这事我都不敢往里搅，你还往里搅。鸭儿说，您是外人，您当然不敢往里搅。

刘婶说，这孩子怎么说话哪？你把我当外人，你妈都不敢把我当外人，你跟我到你妈跟前理论理论去。刘婶说着就把鸭儿往前院拉，周大夫出来见了，自言自语地说，没你搅倒好，有你搅，越搅越乱。

刘婶一下松了鸭儿，回身说，你说谁呢？

周大夫说他没说谁。

刘婶说，你说了，我明明听见你说了。

来到王家里屋，大妞劈头盖脸给了刘婶一顿数落。大妞说这都是刘婶的馊主意，说没刘婶那娘儿俩也不能在后院住，她这是引狼入室。这事她跟王满堂要说清楚，有她山东人就没她大妞；有她大妞就没她山东人。他王满堂不能两头都占着。

刘婶说，你别忘了，鸭儿她爸从今往后就是国家的工人了。政治上说了，工人都是要自己当家做主的。

大妞怒道，放屁！我不发话他敢做主。

做了主的工人们都在建筑队的大会议室学唱《咱们工人有力量》。

大家都穿着新工作服，就很有了新工人的意思。王满堂现在是队长了，唱完歌王满堂就开始派活儿。王满堂觉得现在的古建队和过去的“隆记”营造场是不一样了，这工作服，这唱歌，这精神，这气氛，这心劲儿都是以前所没有的。现在多好，现在他不必再忧心忡忡地找活儿等活儿，不必为几十号弟兄们的吃喝操心。现在他和他的弟兄们只要一门心思扑着干，别的什么也不用想……他们干的都是国家的大活儿，都是说得出名堂的紧要活儿，干着让人心里畅快。

王满堂说，咱们古建队领的头一个任务就是修东直门。北京几个城门楼子东直门建得最早，是样城，永乐年间咱们营造场的老掌柜就参与了东直门的修建。老辈儿建了，小辈儿修，靠这北京才一代代维护下来。解放了，国家刚一开始建设就想着修城门楼子。北京这几座城门楼子是真该修了，上个月我去了一趟东直门，东直门楼基沉陷，立柱倾斜，榫头拔出，墙体开裂，大部分立柱底部糟烂腐朽，整个城楼向北歪斜。这回咱们不是修旧，是抢险。施工难度非常大，大伙儿得有充分的思想准备。

老萧说东直门是北京的门口。北京城九座城楼，彼此不可替代，各有各的时辰，各有各的堂奥，各有各的阴阳，各有各的色气。城门是一城之门，是通正气之穴，有息库之异。东直门，城门朝正东，震位属木，五季占春，五色为青，五气为风，五化为生，是座最有朝气的城楼。每天太阳一出来，首先就照到了东直门，它是最先承受太阳的地方。这就是咱们中国建筑的气运，中国建筑的气势。

青年人对老萧的发言持听之任之态度，谁也没认为老萧的发言有多么重要，谁也没认为老萧能为修东直门拿出什么好主意，使出多么大的力气。大摊儿对王满堂表态说，师傅您放心，咱们队几乎集中了全北京的能工巧匠，修东直门，除了咱们，谁干得了？

老萧说，其实也是一种缘分，几百年才轮上的事，让咱们轮上了，这是定数。走到这一步了，谁要说他建过东直门城楼子，那稀罕；谁要说他修过城门楼子，那一百年也见不着几个。

王满堂说他跟工程师商议过了，修东直门，其他问题都好办，难就难在城砖上。永乐年建北京时候用的砖，包括紫禁城的砖都是由临州供奉，俗称金砖，是细料澄泥砖。造金砖的土，以临州为最佳。因为那儿的土是黄河水底泥沙的沉积，细腻含胶，可塑性强，澄浆容易。也只有这种砖做砖雕才最出效果，现在就缺这种上好的砖。有人问是不是还得上临州拉砖去，王满堂说现在临州已经没人烧砖了。

大摊儿说，没砖东直门怎么修？

王满堂说他也正为这事犯愁。修旧如旧，从工艺到材料，一点儿也不能走样，这才叫有水平的古建队。

老萧说，没砖是件大事……但修东直门上承天意，下合民心。至于缺城砖这个坎儿自有贵人相助，过得去，绝对过得去。

年轻人看着老萧那神里神经的模样，嘻嘻地笑。王满堂说，老萧，什么天意呀，贵人呀，你往后要少说。从明天起你跟着老剩儿一块儿打小工，清东直门的渣土。

老萧说他干不了小工，他是穿长袍的先生。

王满堂说，古建队里就没有先生这个建制。

会议结束后，老萧把王满堂拉到一边低声说，昨天夜里你干的事都带出相来了，别以为谁都不知道。你媳妇做月子，你在别处寻欢作乐，你对得起你师傅咱们的老掌柜吗？赵家跟我们家是世交，我们的友情比你深了去啦！你别以为你让我进了古建队就是对我有多么大的恩典，我就得感激你，没门儿！当初你个临州怯小子，背着烂铺盖卷进“隆记”营造场的时候我已经是赵掌柜手底下拿罗盘的先生了。临了，临了，你让先生清渣土……

王满堂没想到老萧看破了他昨天的行径，一时有些慌乱，语无伦次地说……那你说……你能干什么……

老萧说他能把握东直门主体施工的进程，全面安排建筑构置。甚至可以管理施工队伍。王满堂说这怕不成，队里有工程师，也有队长。老萧说工程师只是管工程，他比工程师和队长更全面一点儿。

王满堂说，得了，您明天还是运渣土去吧。

大摊儿的饭包里散着香味，老剩儿问是什么好东西，大摊儿说是给母亲买的烧鸡。提起鸡，王满堂想起了兜里的纸条，就问大摊儿鸡是打哪儿买的。大摊儿说北小街南口，路东一个回回馆子。王满堂就让大摊儿给他如样再买两只来。大摊儿不明白为什么要一下买两只，王满堂说，让你买就去买，问那么多干什么！

老萧一副明察秋毫的神情，对王满堂说，你虽然让我明天清渣土去，我今天还是要教你一招。你回家以后无论发生什么，就记住一条：以柔克刚。

王满堂下班走到胡同口碰见了周大夫，周大夫也正好下班，两人就一块儿往回走。周大夫称赞王满堂身上的工作服漂亮，说一穿上这套衣裳人就精神了，很有工人阶级的气派了。王满堂说不过是件干活儿的衣裳罢了，什么气派不气派的。周大夫问王满堂最近在干什么活儿。王满堂说修东直门。周大夫说东直门那个城门楼子打建成了就没好好儿修整过，是几个门里最脏、最破旧的一个。出了东直门脸儿就是粪场，护城河到了那儿就变成了稠粥，连寻短见跳河的都不上那儿去。王满堂说修好了城楼就通河。周大夫赞许地说，国家拿东直门先开刀算选准了地方。

王满堂掏出一只烧鸡给周大夫，让他帮着给东屋娘儿俩送过去，特别嘱咐别让北屋那位瞅见。周大夫说北屋呢？王满堂拍拍包说还有一份。

两人正走着，刘婶从后头追了上来。拦住王满堂说不得了了，麦子和大妞动了手，柱子抡了斧子，大妞把麦子的脑袋开了瓢。

王满堂一听吓了一跳，忙问伤得厉害不？刘婶说人事不省。周大夫问现在人在哪儿？刘婶说在医院里。

周大夫对王满堂说，你快上医院看看去吧，我回去看看鸭儿她妈。

王满堂转身就往医院走，刘婶说她也陪王满堂一块儿去。

原来，今天下午麦子用泥在后院墙根盘灶，凭感觉她认为她和柱子得在灯盏胡同打持久战。丈夫是她的，这是千真万确的，昨天夜里她进一步证实了她的丈夫没有变，一点儿也没有变。

柱子在一边做风箱。

山东娘儿俩在后院开工的消息传到了大妞耳朵里，她躺不住了。她没想到那个叫做麦子的女人在偷偷占了她的男人之后又得寸进尺，想在她眼皮底下长期安营扎寨了！什么是欺人太甚哪？这就是欺人太甚。大妞越想心里越不能平静，挣扎着穿鞋下炕，她要跟不讲理的山东娘儿们较量较量。

鸭儿看着母亲愤怒的面孔，有点害怕了，她说妈……我去帮你……

大妞说，这是大人们的事情，你千万别往里掺和。你记着，外头有什么响动你也别出来，看好了你弟弟。

鸭儿说怕妈吃亏。

大妞说，打小，妈就是这条胡同的母老虎，妈吃不了亏。

鸭儿说，那边是只野豹子，还带着一只崽儿。

大妞说，我就想着吃亏呢，他们把我打坏了才好，到那个时候他们就彻底占不住理了。

鸭儿让母亲出去的时候包上头，别着了风。

大妞包着头来到正忙碌的麦子跟前，麦子的泥灶已经初具规模了。大妞细细打量着眼前的这个山东媳妇，鸭蛋脸，匀身材，浓密的头发在脑后挽成了一个元宝髻，一绺散发由前额至鬓间垂下，透着村气也透着俏皮，是山东妇女典型的发式。身上是蓝大襟袄，碎花夹裤，扎着腿带，干净而利落。大妞是头一次和麦子正式打照面，她想，如果没有这层关系，这个山东女人应该是个很不错的女人。她感到了当年的王满堂还是很有眼力，很有欣赏水平的。乡下只有这样的女人才能配得上她的丈夫。

麦子感觉到了有人来到跟前，她直起身，看到了大妞病态的浮肿的脸，看到了对方囊囊的肥胖腰身，也看到了那双细眯着的、冷得不能再冷的眼。她知道来者不善。

大妞先开腔了，大妞说，你这是给谁砌坟哪？

麦子平淡地说，俺在安灶，俺得吃饭。

大妞说，这是我的家，这个院子它姓赵！

麦子说，俺就知道这是俺男人的家。

大妞说，你男人？谁是你男人？

麦子说，王满堂是俺男人，俺是明媒正娶，娶进王家大门的。王满堂娶俺时请了三桌客，花了十五块钱，都是俺娘家舅垫的。

大妞说，你知道我娶王满堂时花了多少？我们把赵家的家底连同手艺包括我在内全搭进去！

麦子说，俺是经他爹娘认可了的。

大妞说，他是经我爹认可了的。

麦子说，可你爹做不了他爹娘的主。

大妞说，我给他养了三个孩子。

麦子说，俺也没闲着。

大妞说，你们给我走，别在这儿找不痛快。把我的火逗上来，我可什么都不论（读 lìn）。

麦子说，俺山东那地界专出好汉。

大妞说，你个乡下娘儿们，嘴还挺损。嘴损架不住你没理，你给我把这东西拆了，拆了你走人！

麦子说，俺不拆，俺凭甚要拆？

大妞说，你不拆，你不拆我拆！

说着上去就扒灶。

麦子护着。两个女人为一个灶在撕扯。柱子正做风箱，见状，顾不得放下斧子，也来助战。柱子当然向着他的娘，他拉偏架，他不能让他的娘吃亏。

刘婶听到动静跑来了，离着八丈远就嚷，这是怎么了，动手干什么？这小子，你把斧子给我撂下！撂下！

刘婶不敢进前，她怕那把斧子。

大妞说，她刘婶，您都看见了，娘儿俩打一个，连凶器都上来了！我还顾忌什么，跟他们拼吧！说着顺手抄起一块半截砖，威胁着说，你拆不拆，不拆我拍死你！

麦子把脑袋顶过来说，你拍，你拍！俺已经死过了，俺不怕死。

刘婶抢大妞手里的砖说，可别价，打死人得偿命，咱们划不来。

大妞不顾一切，挣出刘婶的胳膊，一砖过去正抡在麦子脑袋上，麦子脑袋立时血流如注。血帘将麦子的眼睛糊住，麦子觉得脸上热乎乎的，什么也看不见了。她哇了一声倒在了地上。

刘婶惊慌地大喊，不得了啦，死啦！

柱子抛开一切去救他的娘。对大妞说，就是日本人也没把俺娘打成这样，俺娘有个三长两短，俺跟你没完！

大妞说，赖我吗？你娘她说了她不怕死。

刘婶说，她不怕死你也不能往死里打啊！快抬医院，还有口气儿。周大夫哪？周大夫，这个人哪，你有事找他，他从来就没在过；你不想看见他，他老在你眼前晃。又对柱子说，看样子周大夫是上班了，你背起你妈跟我走，咱们上完医院再上派出所。

柱子背起麦子向外走去。刘婶在后头跟着，临走刘婶回过身来对大妞说，鸭儿她妈，你这回把大祸闯下喽！

大妞说，我一人做事一人当。

刘婶说，这娘儿们要死了，你就得枪毙。

大妞说，枪毙我，我月科的儿子怎么办？

…………

大妞回到屋里，很是心神不定。一会把儿子抱起来，一会放下；一双眼睛老往外头瞄，一对耳朵老是支棱着，嘴里嘟囔着，去了这半天了，怎么还不回来。该不是真死了……

鸭儿说，妈，我看见了，那娘儿们满脸都是血。妈，您下手真狠了点，吓唬吓唬得了，您还真打？那小子的斧子没抡上来，他要对您下了手，让我们上哪儿找妈去呀！

大妞让鸭儿把自己的东西收拾收拾，说她的眼睛直跳，这征兆不好。说她要真让人逮走了，鸭儿得带好弟弟，说小咩咩儿才几天就没了妈，可怜着呢。鸭儿说想来不至于……坠儿哭了，说她要跟着妈一块儿走。弄得大妞心里也酸酸的。大妞郑重地给两个女儿交代，说就是她真给枪毙了，王家的女儿们也不能让她们的爸爸跟那个山东娘儿们在一块儿过。

鸭儿说，嗯。

坠儿也说，嗯。

娘儿三个正在犯愁，老萧提着一包槽子糕进屋了。老萧说他是来找刘婶的，看刘婶的屋门关着，就先到王家来坐坐。鸭儿问老萧，他下班了，她爸爸怎么还没回来？老萧说他是偷着跑出来的，明天东直门才正式开工。满堂已经给他分配了活计，是清渣土，说满堂在队里很不给他面子。坠儿对老萧拿来的槽子糕私下窥探了好几回，都被鸭儿用眼神给制止住了。鸭儿知道吝啬的萧叔是从来不会轻易给她们买什么吃的的，鸭儿也知道萧叔给对门刘家送礼，也绝不是无缘无故的。

老萧看大妞不高兴，还以为是为了昨天晚上的事。安慰说让大妞放心，说满堂手底下都是“隆记”的人，都是老掌柜一手提起来的。大家再怎么着，也忘不了老掌柜。谁也不会看着老掌柜的闺女受委屈。只要逮着机会，大家都会出面，为大妞讨个公道。大妞说她谢谢大伙儿了，说一提起她的父亲她就想哭，她眼下是很不想活了。

老萧说，好模当样儿说什么死，这天它塌不下来。你连放他一晚上的肚量难道都没有吗？

大妞愁苦地摇摇头。

坠儿快言快语地说，我妈打死人了。

老萧乐了，对坠儿说，你妈会打死人？别吹了，你妈有那本事早上国家行刑队当教头去了。

大妞说，我拍了她一砖，那娘儿们到现在在医院里还生死不明哪。

老萧问哪个娘儿们。

大妞说，还有哪个娘儿们？

老萧沉吟了一下说得容他算算。说着掐了半天手指头，斜着眼睛看着大妞说，真有你的！

大妞问死了没有。老萧一脸讳莫如深。

老萧说，这个刘婶，她怎么还不回来呢……这种场合她不宜老出现。

刘婶确实在一个很不该她出现的场合待着。胡同口的小饭铺里，王满堂叫了几样菜给妻子和儿子压惊。说是压惊不如说是接风，自打山东娘儿俩来到北京，还没有吃过一顿正经饭，王满堂心里很过意不去。难得有三口人都出来的时候，王满堂就借机会让乡下的娘儿俩饱饱口福。

刘婶却坐了上座。

头上缠了纱布的麦子正给刘婶倒酒，看来刘婶已经喝了不少。王满堂问麦子脑袋还疼不疼。麦子说没啥，破了个小口，粘了点橡皮膏。刘婶说，回去可别说就粘了橡皮膏，那样你这一砖就白挨了。

柱子在往嘴里大口填肉，吃得昏天黑地。

原本王满堂是想借着几分酒劲儿劝麦子娘儿俩回山东。毕竟乡下还有一个老娘，还得有人照顾，麦子这么长期在北京住着，终不是个事。谁想，没等王满堂开口麦子却说，他爹，俺就在北京住下了。

一个干炸丸子噎得王满堂说不出话来。

刘婶说，住下，住下，有什么困难就找街道，找我也行。我就是街道，街道就是我。柱子，把那碗扣肉给我推过来，我再不吃两口全让你一人招呼了，留神滑肠。你那吃草的肚子，这么吃肉不行……

柱子推过扣肉的同时又捞了一大箸子填进嘴里。

看着桌上的菜吃得差不多了，刘婶站起来抹抹嘴让王满堂们慢慢吃，说她先回去。还说柱子那个风箱做得巧，明天闲了给街道办事处钉个意见箱。柱子问啥叫意见箱，刘婶说就是木头匣子。柱子说钉木头匣子他没问题，那是他的拿手。又问尺寸。刘婶说随意。

刘婶喝得是有点多了，一张脸红扑扑的，走在胡同里脚底下有点发飘，心情却特别愉快，一边走一边嘴里哼着：

没有共产党就没有新中国，
没有共产党就没有新中国。
…………

刘婶刚进到院里就被鸭儿拽到王家屋里。大妞问山东娘儿们怎么样了，刘婶说情况不好。大妞问是不是死了？刘婶说是严重脑震荡，缝了二百多针。

老萧在一边插言说，二百多针？了得！那脑袋不成篮球了？

大妞问什么叫脑震荡，老萧告诉她就是打傻了。大妞说，傻了？我那一砖就把她拍傻了？

老萧说，你当怎么的，有时候一个喷嚏还打死人呢。

大妞这回真傻了。

老萧拿起点心说他找刘婶是为了一件要紧的事。刘婶问什么要紧事，老萧说为福来的亲事，说有个非常合适的姑娘要说给福来。刘婶说福来还小，也没有出徒，还是个小伙计，谈论婚娶是不是早了点儿。老萧说他没见过刘婶这样的妈，有人给儿子提亲还往外推。别人的妈都巴不得早早把媳妇娶进门呢，哪儿有这么不急不慌的。

刘婶说，这可是件大事，你到我屋里说去吧，我昨儿刚买了二两好茶叶。又对大妞说，回头那山东女人出了院，你千万别闹了。人命关天的事啊，真有点好歹，你儿子还小呢，人家的儿子可是五大三粗了。

老萧提着点心跟出去了。

大妞还在懵懂中。

坠儿哇的一声哭了，她说，姐，萧叔把槽子糕又拿走啦！

王满堂把烧鸡端到大妞床前，大妞看着油汪汪的鸡舍不得吃。说，给孩子们吃吧……太腻……我喝点儿小米粥就成了。王满堂说孩子们来日方长，不在这几口，让大妞好好儿补身子……说着撕下一条腿儿来递给大妞……

大妞不吃鸡，大妞说，那个山东女的真没事了吗？

王满堂说，你怎么了，告诉你多少遍了，没事了。

大妞问是不是真缝了二百多针。王满堂说不过贴了块橡皮膏。王满堂说待过两天就让那娘儿俩回去，家里的老娘终是没人照应。大妞问王满堂跟着回不回，王满堂说，我怎么能回，修东直门的工程马上就开始了。

大妞一把拉住王满堂说，她爹，看在我爹的分儿上，看在仨孩子的分儿上，你千万不能把我们蹬了！

王满堂说他绝不是那种忘恩负义的人。

大妞说，往后你夜夜得在我这儿睡。

王满堂说，我哪天没在你这儿睡？

大妞说，昨天。

王满堂一下没了话，半天，他说……我们在山东也是做了几年恩爱夫妻的。要是当时真知道她还在，我不会娶你，我那不是耽误你吗？现在她来了，拿眼睛巴巴儿地看着我，还是十几年前的那股劲儿，你说我……我……

大妞说，男人没有一个是好东西，以后没事不许你老往后院跑。

又是一个早晨。

周大夫在后院练剑，福来拿着根棍儿跟在后头瞎比画。

周大夫说，你这么瞎划拉不成，得把气灌到手上，运到剑尖，让剑随着走，气随着心走。

福来说，我就随着您走。

周大夫说福来是个二百五，再不理他，专心练自己的剑。

福来是有话要跟周大夫倾诉的，有件事他憋在心里许久了，他老想找谁絮叨絮叨，要不他得憋死。找来找去，这个院里能说上几句话儿的只有周大夫。所以，今天早晨就跟着周大夫来学剑了。

周大夫说，练剑要精神集中，不要一副作了贼的模样。

福来说，周叔，我要结婚了。

周大夫停了剑，吃惊地看着福来问，你，你今年多大？

福来说过了年十八。周大夫说嫩了点儿。福来说不嫩，说他爸有他的时候，比他现在还小两岁呢。周大夫问女方是干什么的。福来说是售货员，百货店里卖洗脸胰子的。周大夫问人品怎么样。福来自豪地说是百里挑一。说灯盏胡同小五他姐就很漂亮了，小五他姐跟她比，只能给她当丫鬟。周大夫说他问的是人品，没问长相。无论长得怎么样都不重要，关键得脾气好。就福来妈那个脾气，见谁跟谁打，见谁跟谁抬杠，十个媳妇九个得让她逼得上了吊。福来说女的很温顺，会体贴人，就是比他大一点儿……也不太大……

周大夫问，大多少？

福来说，四岁……

周大夫说，到底多少？

福来说，七岁、八岁，是八岁。

周大夫说，大八岁，你是找小姨儿吧。

福来说，我妈就比我爸大八岁，还不是我爸先死的。

周大夫说，我看你是掉情网里了。

福来说，您就没掉过情……情网里头吗？

周大夫似触到难言之隐，回避了这一话题。这时送奶的找到院里来了，送奶的告诉周大夫，说周大夫的奶箱让谁给拆了。周大夫就随着送奶的来到门口，奶箱果然被拆散了。周大夫望着散开的木板直纳闷儿，自言自语地说，谁会跟我这小木头箱子较劲呢，它招谁惹谁了？

柱子站在影壁前头说，是俺。俺拆的。

周大夫说，好好儿的，你拆它干什么？

柱子说，俺要看看那榫头。

周大夫问什么是榫头。柱子不屑地把脸一扭。

周大夫只好一块块收拾木头板。柱子说，甭心疼，待会儿俺给你原样钉上。

鸭儿和坠儿抬着一桶水晃晃悠悠地来了。桶的大半边压在鸭儿的扁担这头，就这也把坠儿压得直伸脖子，咧着嘴，要哭的模样。坠儿说，姐，我抬不动啦。

鸭儿鼓励坠儿再努把劲儿走几步。坠儿说她是真不行啦……

在门口的柱子见状，接过来，把桶提在手里问，倒哪儿？

周大夫说，房檐下头的水缸。

柱子把一桶水倒进缸里，水刚刚是个缸底。他看了一下，不言声拿起另一个桶出去了。

柱子挑了满满一挑水进来了。

柱子又挑着一挑水进来了。

柱子把全院的水缸都灌满了。

坠儿高兴地在院里一边扭一边唱：

解放区的天是明朗的天，
解放区的人民好喜欢。
…………

周大夫看着满头大汗的柱子说，小伙子不惜力，是个实诚人。刘婶说心眼儿好，善良。唯独鸭儿没说话，一拉门进屋去了。

坠儿把一条手巾递给柱子，脱口而出说，大哥，你擦汗。柱子听坠儿管自己叫大哥，一愣。坠儿天真无邪地看着柱子，柱子接过手巾，冲她一笑。

古建队的维修工程进入到了艰难的攻坚阶段。在一片忙碌的施工现场，王满堂拍着身上的土顺着马道走下城来。老萧也是一脸灰土，疲惫不堪地跟在后面。刚才，城楼上要换底部已被雨水泡糟的立柱，王满堂认为是截墩的活儿，只要把柱子下半截换了就行了。刚要上锯，在一边撮渣土的老萧说慢着，老萧让人上去看看。一工人登着架子上顶一探，敢情柱子顶也糟了。人们就说这柱子怪，它两头糟……

明摆着，这根柱子就不是锯墩而是要彻底更换了。锯墩的事临时停工，王满堂让大家去备柱子的料。

大家都很佩服老萧，说这根柱子不但连工程师，就是连师傅都差点给蒙进去了。萧师傅有萧师傅的能耐，料事如神，入木三分。让大家一捧，老萧又有些不知自己姓甚名谁了。

走下马道，王满堂对身后的老萧说，你是怎么看出来的？我想立柱都是打底下烂，没承想上头也……

老萧说，东直门年久失修，楼顶漏得跟筛子似的，雨水顺着柱顶往下流，不像廊檐下的柱子，雨水只溅泡下头，所以它上边比下边糟得还厉害。这是你勘察不严的一个大疏漏，搁有皇上那阵儿你是掉脑袋的罪，连你带下边的壮工，都得倒霉。咱们“隆记”名声之所以十几代经久不衰，是咱们给大内干活儿，向来小心谨慎，不敢有半点差错。别说立柱，就是一般彩画，画上的人儿连根头发丝儿都不带乱的。给国家干跟给皇上干是一个理儿。你别以为你当了队长就什么都对，就了不起。

王满堂说他没以为自己了不起。

老萧说，你心里以为了，别当我看不出来……你让我拉渣土……

王满堂说，我也跟大伙儿一块儿拉渣土。

老萧说，乾坤坎震，各有位置，我就不是运渣土的料。

两人说着来到了城楼下的工棚。大摊儿正在跟几个瓦工说什么，见王满堂进来，大摊儿愁眉苦脸地说，南边高碑店运来的砖不能用。

王满堂问怎的不能用，大摊儿没说话，递过来一块砖，王满堂拿起雕砖的刀子，用刀一旋，砖碎了。又拿起一块，用瓦刀一砍，酥的。众人都无言地看着王满堂的操作，王满堂失望地把刀撂在桌上。

老剩儿说，眼下咱们实在没地方弄好砖去。

王满堂说，老祖宗能造，咱们就能修。修得要跟造的一样，只能好不能坏。要是你差一截子，我差一截子，咱们中国的这点玩意儿成什么了。

老剩儿说都是砖，砌上去没人看得出来。王满堂说老祖宗看得出来，工人们的良心看得出来，几十年后老百姓看得出来。老剩儿说再过几十年，大家都死了，还顾得了那儿。

王满堂说，咱们死了可东直门还活着！

众人都觉得王满堂说得对，可又拿不出具体办法来……王满堂就让大家清理旧砖，有多少算多少，再动员附近住家户，有砖的都献出来。大摊儿说旧的砖不好清，三合土砌的，硬得跟铁似的，有的地方还灌了江米汁，一砍，震得虎口疼。王满堂说虎口疼也得干，这事没有讨价还价的余地。大摊儿说门脸儿的砖凑得差不多了，明儿就可以加固券顶了。一听这话，老萧抢先说明天加固券顶不行。大摊儿说队长还没有发话，老萧怎的先说不行。老萧说正东之门，动工修造需戊戌、辛巳、丙申才是吉日，明天戊午，犯水。

老剩儿说，萧先生您这个老迷信，留神我把您当镇城的物件砌到城墙里头去。

大摊儿说，现在社会上正反一贯道呢，说不定把您当点传师逮了去。

老萧说，一贯道是什么？一贯道是反动会道门，跟我能挨得上边吗？中国建筑有中国建筑的气运，这是科学！故宫太和殿坐北朝南，方方正正往那儿一蹲，任再大的建筑，方的、尖的、圆的谁也压不过它去。为什么？建筑的气运在那儿呢，这就是中国。

大家正说着砖的事，有个领导领着一个中年人进来了。领导对大家说这是给古建队派来的书记，专门负责政治思想工作的，往后大伙儿有什么为难的事就找他。

大摊儿说，我们不用书记，我们有这样的人。

领导问是谁。

大摊儿指着老萧说就是他。

大伙儿都乐。王满堂让大家严肃些，说派书记是件正经的事情，不要这样嘻嘻哈哈，显着咱们很没有组织。领导告诉大家石书记是代表党的组织的，以后队上要在工人当中大力发展党员。

老石很谦虚。老石说他什么也不懂，今后就跟大家在一块儿干，从头学起。

老剩儿说从头学您得拜师傅。老石说他就拜老剩儿。老剩儿说要拜他，老石的辈儿就惨了。王满堂制止老剩儿，带头鼓掌说，欢迎老石来我们队上。

大家鼓掌，掌声很热烈。建筑工们不拒绝任何新人，甭管你是谁。

下班的铃响了，大摊儿问王满堂明天到底券不券顶。

王满堂说券。老萧说不能券。王满堂说听你的还是听我的？老萧说听天的。

老石说，王师傅我看这样吧，大家有两个礼拜没休息了，明天换休一天，让大家好好儿歇歇。

大摊儿说，明儿上茶馆泡它一天。

老剩儿说，筱粉蝶有日子没出来了。

第二天下雨。

从早晨开始就是大雨如注。“陶壶居”茶馆里，王满堂、老石和大摊儿等坐在桌前喝茶。茶馆内非常冷清，往日筱粉蝶唱大鼓的台子已空空落落，那些卖唱的艺人们不知到哪里去了，这使得王满堂和他的徒弟们很有些寂寞和失落。这个茶喝得寡淡又无味儿，没有活儿可等了，没有唱儿可听了，干吗还要到茶馆来呢？对建筑工人来说，茶馆已经失去了它的意义。

寂寥中，大摊儿没话找话地说，昨天大晴天，今儿就这么大的雨，老萧说今天犯水，果不其然，就是上了班也窝工。

老石说，这个老萧挺有意思。

王满堂说老萧是个自以为是的老光棍儿，过去的营造场没有这么一个人不行，大伙儿都敬着、捧着，就惯出了一身毛病。其实人倒不错，是个好人。现在一切都变了，他却还找不准自己的位置。老石说还是要给老萧一些照顾，看看队里有没有文书一类的事情让他干干，再不要拉渣土了。王满堂想说老萧干不了文书，老萧只会扯闲篇儿。可又想了想，还是没有说出口。老石说东直门的工期重要，但质量比工期更重要。砖的问题，他向上反映，争取得到组织的支持。

大摊儿说，这比我们在下头干着急强。

老石说要学会依靠组织，学会依靠群众。

王满堂问老石为什么愿意到古建队来当书记。老石说他从小就在部队里，爹妈都死得早，他跟着部队走南闯北的惯了。他不懂古建，但他喜欢，走到哪儿都要看看当地的老房子。他特别忘不了他们村里那座明朝的老戏台，让日本人一把火烧了，现在想起来都让人心疼。那凌空飞檐，那雕梁画栋，再也找不回来了。王满堂说有爱古建的心就好，就能跟大伙儿扭到一块儿去。

老剩儿披块油布，浑身湿淋淋地进来了。从怀里掏出一块砖来，兴奋地说，你们都在，正好。我回家，我们家南边蓝旗村有个塌了的城围子，过去是皇上的演武场，那儿遍地都是这种砖。师傅您看行不行？

王满堂接过砖掂了掂，又审视了半天，取出刻刀，三两下刻出朵牡丹花来。

老剩儿拿过砖花左看右看，爱不释手，由衷地说，师傅，您是神仙。

老石看那砖雕说，老王，你没样子就能雕出这么生动的花儿来，这花儿简直活了。

王满堂说样子都在他心里呢。大摊儿问王满堂这砖行不行。王满堂说行，但是得到现场看看去。大摊儿说蓝旗村那么远，到那儿天就黑了。

王满堂说，天黑了也去。

老石也吵吵着要去。王满堂说那就一块儿去。

早晨，王满堂和他的徒弟们一身泥水地由蓝旗村回到了灯盏胡同。院子里，柱子钉的木匣子已经快完工了。坠儿蹲在一边，很有兴趣地看柱子钉匣子。

坠儿讨好地说柱子钉的匣子好。柱子说当然好，他这是用榫头接的板子，跟墙上的奶箱一样。坠儿说把小六放里挺合适。柱子问小六是谁。坠儿说就是西口三号的小六，上个月死的，他爸就给他买了一个这样的匣子。柱子说他这是意见箱。坠儿问什么叫意见箱？柱子说他也没见过，反正就是个匣子呗。

刘婶出来倒水，看见柱子钉的意见箱不高兴了。说，你这孩子，真是的，给我钉了一个火匣子。

柱子说，是你让俺钉匣子的。

刘婶说，我让你钉意见箱，意见箱，懂不懂？

柱子说，你说了，意见箱就是个匣子。

王满堂在一边看不过去了，让柱子把那个匣子拆了。柱子不干，说他学的就是这。王满堂让柱子再也不要给他丢人现眼，说打明天起让柱子跟他去古建队上班。

王满堂们进屋去了。

老剩儿凑到柱子跟前说，兄弟，有你的，您这手艺是打哪儿学来的？

柱子说是跟他二姨夫。

老剩儿说，贵二姨夫是——

柱子说，是县城仁记棺材铺的木匠。

老剩儿说，噢，难怪。

第三章

麦子娘儿俩在后院住下了。柱子进了古建队，成了大摊儿的徒弟，每天跟着王满堂上下班。

鸭儿当了新中国第一批少儿队员，还当上了中队长，胳膊上别着两道杠，进进出出的，生怕人家看不见。鸭儿没事就教给坠儿唱《少年儿童队队歌》，致使全院的大人孩子等几乎都会唱“队歌”了，都成了少儿队员。那首郭沫若作词的歌曲的旋律也是好听：

我们新中国的儿童，
我们新少年的先锋，
团结起来继承我们的父兄，
不怕艰难不怕担子重。
为了新中国的建设而奋斗，
学习伟大的领袖毛泽东。
…………
勇敢前进，前进，

跟着共产党……

日子一天天地“勇敢前进，前进”。老萧保媒成功，终于福来要娶媳妇了。这两天，刘家一通紧锣密鼓地张罗，快嘴的刘婶，把办喜事的消息嚷得一条胡同都知道了。外头的街坊已经开始凑份子，准备送礼吃喜酒了。50 年代的份子，相当于现在的币值少则两毛，多则五毛。如果谁出一块钱，那就非同一般，得包了红包另送了。尽管大妞手头很紧，鉴于王刘两家的关系，还是包了一块钱的红包，另外还给新人买了一对竹皮暖壶。嫌竹皮白不呲咧的不好看，就让鸭儿在每个竹皮暖壶上贴了张红纸。

鸭儿觉得得在红纸上写点儿什么，可大妞想不出什么合适的词儿来，就让鸭儿在一个上头写上刘福来，一个上头写上白新生。白新生是刘家没过门的媳妇，到九号来过几回，还特意到北屋来看过大妞。人随和、喜兴，不爱说话光爱笑。大妞很满意，刘婶更满意。

刘婶到王家来串门，看见了那对暖壶，直夸大妞想得周到。大妞问刘婶还有什么要她帮忙的，刘婶说没什么了。

大妞说，新人的被子你拿过来我给缝缝，怎么着我也算有儿有女的全可人啊。

刘婶说，不用了，看你也忙，我让对门李文玉他妈给缝好了。

麦子在后院东屋炕上给福来剪喜字，一双刚做好的小红鞋正搁在炕桌上。麦子问柱子上班这几天都学了些什么。柱子说什么也没学，光让拉土。

麦子说，你爹这回是爹又是师傅了。

柱子说爹不是他师傅，他师傅是大摊儿。麦子说一日为师，终生为父，让柱子敬重大摊儿。柱子说，娘，我爹的师傅是前院赵家女人的爹，您说一日为师，终生为父，那赵家女人的爹不就是我爹的爹了吗？

麦子说，这看怎么说……

坠儿溜进东屋，正盘腿在炕上做活儿的麦子招呼坠儿说，妮儿，上来。

坠儿说她不叫妮儿，她叫坠儿。柱子说不是妮儿是啥，明明就是个妮儿。坠儿说她就不是妮儿。麦子将坠儿抱上炕，将做好的红绣花鞋穿在坠儿的脚上。麦子说妮儿的这双鞋前头都张嘴了。坠儿说她妈让梁子缠得连吃饭的工夫都没有，甭说做鞋，就是鸭儿入少儿队穿的白衬衣，也是她妈让刘婶拿面口袋帮忙改的呢。柱子说谁说是刘婶弄的，是刘婶拿来让他娘给做的……麦子问坠儿鞋合适不。坠儿说合适，说她长这么大还没穿过红鞋呢，特别是没穿过还扎着燕模虎（蝙蝠）的红鞋。坠儿说得让她妈看看去，说着溜下地跑出去了。

麦子喜爱地说，俺跟前就缺个妮儿。

坠儿出了东屋，在后院刚好听到了刘婶和周大夫在谈论给福来办喜事的话。刘婶没遮没拦地说，鸭儿她妈要给福来缝被子，说自个儿是全可人，我没答应，这新人的被子我让谁缝也不能让她缝。

周大夫说，鸭儿她妈怎么招你了，连被子也不让人家缝了？

刘婶低声说，她是小老婆。

周大夫说，你说人家是小老婆怕不合适，这现状是历史造成的。

刘婶说，哪个小老婆不是历史造成的？

坠儿在一边忽闪着大眼睛听，她第一回听到“小老婆”这个词，凭感觉，她知道这不是什么好词。周大夫看见了坠儿，让坠儿上前院玩去，坠儿撇了撇嘴走了。周大夫让刘婶往后别再说“小老婆”这样的话了，这种话太伤人。

刘婶说，你甭跟我这儿假惺惺的，你不伤人，你不伤人你加入国民党干吗？

周大夫说，这是哪儿跟哪儿啊，我加入国民党怎么了？我们那是集体加入的，我连知道都不知道。

刘婶说，得了吧，你不坚定反人民，国民党能要你？我这么靠拢组织，这么积极要求进步，党组织还要考察再考察呢。

周大夫说，你那是共产党，跟我这不一样。

刘婶说，共产党考察为人民，国民党难道就不考察反人民吗？

周大夫不想跟刘婶继续抬杠了，妥协地说，我是大夫，就知道治病救人，不问政治。

刘婶说，你不问政治，可政治问你！

周大夫说，……那我就没办法了……

周大夫揣着一肚子气出去了。大妞的气比周大夫还大，听了坠儿回来一五一十的学舌，大妞怒火难抑，非要让那个姓刘的寡妇说个明白。如果姓刘的寡妇不给她当面道歉，她就咒她下辈子还当寡妇。

中队长的鸭儿现在已经很有工作方法了，搁往常她会蹿出去跟刘婶算账，就像她几次找后院的麦子算账一样。吵骂一通，痛快是痛快，但是什么问题也解决不了。有什么用？她妈甚至于把人家的脑袋开了，结果反而促使人家在后院住下来了。有些事并不是要急着在某一时刻争出个是非，时间长着呢，将来她有为妈说话的时候。鸭儿把自己的想法说了，劝她妈不要生气，权当不知道，权当没听见。

大妞觉得大闺女慢慢变得成熟了。细想也是，跟刘婶这样的杠头也争不出个理儿来。但总觉得窝囊，一胡噜，就把要送礼的俩暖水瓶扫到了地上。

砰的一声响。

坠儿吓了一跳，蹦起来喊，碎啦，碎啦，白新生碎啦！刘福来也碎啦！

傍晚的时候，刘婶跟福来很郑重地来到王家，邀请大妞在办喜事那天充任娶亲太太的角色。在老北京的婚俗中，娶亲太太是整个喜事中一个很重要的人物，非男方家有身份的人不能担当。一般是姑奶奶，是大舅母等才能胜任。刘家在北京没有直系的血亲，只好求助于王家。看样子刘婶把白天的事大概已经忘了，在晚上的言谈中就说到大妞关照福来确实如母亲一般；说到大妞的人品无可挑剔。还说了大妞在灯盏胡同无人能比的人缘，说了大妞作为娶亲太太是无可替代的人选。大妞听了很有些飘飘然，由不得满口答应下来，连“小老婆”的事也不计较了。

刘婶给大妞送了一块核桃呢布料，说是白新生亲自在商店里为大妞选的，从颜色到质地都是上乘。这也是北京的老规矩，意味着娶亲太太也不是白当的。大妞接过料子，用手摩挲，心说这正好是两个丫头过年的棉袄罩衣。

刘婶走后，大妞对鸭儿说，明天你上街，给白新生跟福来一人配一个胆。

鸭儿说，又得一块五。

到了福来大喜的日子。

九号院里摆了三桌酒席，枣树下的方桌上铺着桌布，摆着大家送的礼品，有手绢、袜子和香皂，也有茶壶茶碗和花瓶。王家的“刘福来”和“白新生”也挺显眼地站在礼品当中。

后院，麦子正给一笼刚出锅的白面馒头点红点儿，鸭儿把蒸好的小酥肉一碗一碗往桌上端。柱子满头是汗，呼哧呼哧地拉着风箱，麦子盘的柴火灶今天派上了大用场。大妞到老萧那儿接新娘子去了。新娘子没亲没故，是老萧的干女儿，老萧那儿自然就该是娘家了。梁子让坠儿临时看着，沿炕沿摆了一溜枕头，为的是防已经会翻滚的二小子掉下来。

来了不少胡同里的街坊，大家给刘婶道喜。刘婶穿着墨绿的对襟袄，毛哔叽的西装裤，很兴奋地在人群里忙来忙去。刘婶看看头顶明亮舒展的蓝天，看看花花绿绿的礼品，看看窗户上的红喜字，又看看嘴里不住说着吉祥话儿的老街坊，突然鼻子一酸，眼泪出来了。一个人称黄大姨儿的老太太递过来一块手绢，也陪着刘婶红了一双眼圈。刘婶说她这几十年……实在是不容易……黄大姨儿说苦尽甜来，已经熬出来了。

大家算计着路线，算计着时辰，估摸着时候也差不多了。门外有孩子们在嚷：新媳妇进胡同啦，新媳妇进胡同啦！

刘婶抻了抻衣裳，和一群人迎出门去。

王满堂点燃了炮仗。

装扮得花花绿绿的“华沙”牌小卧车停在九号门口。炮仗声起，唢呐声起，福来和白新生由车上下来，鸭儿往新人身上撒彩色纸屑。福来是照相馆的，老板特别给福来选了一身考究的藏青礼服，给新娘子挑了一套镂空绣花白纱长裙，在大光照相馆老板的安排下，新郎新娘宛若一对从画上走下来的人儿。跟着从车里下来的还有老萧和大妞，老萧今日打扮得也相当精神，一改往日邋里邋遢的不整。大妞身上的紫花软缎旗袍显出了华贵与沉稳，特别是发髻上的那朵喜字红绒花，明显地衬托出了她娶亲太太的显要身份。

应该说新娘的美艳是惊人的。在人们惊诧新娘那不同于一般的美貌时，新郎很得意地跟大家点头打着招呼，新娘则羞涩地垂目不语，一步不落地紧随在新郎身后。

在门口，正要上台阶的新娘白新生偶一抬眼，那目光与放鞭炮的王满堂刚好对视，彼此都吃了一惊。

王满堂手中的一挂万字头鞭炮突地失了手，在地上猛烈炸开，蛇一样扭动，崩得人四处逃散。王满堂刚要说什么，白新生提早叫了一声王叔。老萧将白新生推到刘婶跟前，说白新生应该先叫妈。白新生叫了妈，刘婶脆脆地答应了，接着把身后头的七大姑八大姨一一做了介绍。

大妞走过王满堂身边时问，你认识她？

王满堂无语……

大妞说，她怎么知道你姓王？

新人给毛主席、朱总司令的相片鞠完躬又给刘婶鞠躬。这时，众人已经在院里的方桌前落座。刘婶说承蒙街坊四邻关照，帮着张罗，福来也成了大人，娶了媳妇，如今，她替孩子们谢谢大家伙了。说罢就让福来跟新生给大伙儿敬酒。

坐在席上的大妞对鸭儿说，多吃肉，夹肥的。又挑了几块肉夹在坠儿的碗里。坠儿正偷偷往兜里塞糖，兜太小，已经塞满了，还塞。柱子大口大口地往嘴里填馒头，吃得直噎，还吃。街坊们也都不客气，包括老太太黄姨儿在内，吃得都很投入。50 年代的吃法，吃馒头、吃肉，没人动青菜。

麦子往上端菜。

新人周旋于各桌之间。

忽然鸭儿说，妈，我爸呢？

大妞说，是啊，你爸上哪儿啦……

此时，王满堂和老萧正在王家屋里争执。王满堂说当初是福来他爸爸把他引见给“隆记”掌柜的的，他得记着人家的好处，不能眼瞅着他们家娶这号媳妇。老萧说筱粉蝶在妇女生产教养院待了些日子，从教养院出来就被分配到商店当营业员，自食其力，更何况已经改名叫了白新生。王满堂说哪儿来的回哪儿去，妇女生产教养院也改变不了暗娼的历史。老萧说，共产党是要救妇女出水火，而你王满堂是把妇女往火坑里推。王满堂则说老萧把筱粉蝶认干闺女，瞒着他，瞒着福来他妈，撮合这门亲事，太缺德。老萧说他没瞒着福来就得了，人家福来愿意，福来不嫌，你王满堂在这儿搅和什么！

刘婶进来了说，我找了你们半天，你们老哥儿俩在这儿干什么呢？外头新人等着给你们敬酒哪。

王满堂说，不喝！

老萧说，不喝也得喝！

刘婶说，鸭儿她爸你怎么了？我们福来可是诚心诚意地敬你。人生大事，娶亲也就这一回……

王满堂说，娶什么呀娶，别娶了！

刘婶说，这是怎么了？

老萧说，喝多了。

刘婶说，他还没喝哪。

黄大姨儿端着酒杯进来说，满堂你个小子真没出息，刚开席你就喝高了。

王满堂说，黄大姨儿，您不知道——

老萧紧接上说，黄大姨儿什么都知道。你喝多了，到后院找个地方醒醒酒去吧。说着就把王满堂往后边推。

这个院里只有周大夫没有去喝喜酒。前院喜庆的场面引起他的伤心，他将自己关在家里，对着桌子上旧日情人的照片出神。那些淡蓝的信封，一封封摆在桌子上。

坠儿不知什么时候进来了，将几粒糖放在桌子上，说是特意给周叔拿的。坠儿问相片上的阿姨是谁，是不是周叔将来的新媳妇。周大夫苦笑着说她已经是人家的媳妇了……坠儿说相片上的阿姨很漂亮。周大夫说她是漂亮，太漂亮了，就由不得她自己了……

老萧和王满堂推门而入，后头跟着福来和白新生。老萧让坠儿先出去，坠儿就走了。

福来哀求说，王大爷，是我愿意的，这事不怪新生，我求求您了。

王满堂指着老萧说，我知道，全怪这个东西！

老萧说，怎么怪我，之子于归，宜其家室；窈窕淑女，钟鼓乐之。人家两相情愿，成婚成配，怎么怪起我来了？

王满堂说，她筱粉蝶是……半开门的……

老萧说，人家现在是商店的营业员，国家的正式职工。

白新生说，王大爷……

王满堂说，你前几天不是还管我叫大哥来着吗？咱们还是别变的好。我得为刘家的名声着想，我得对得起福来他爸爸，我们这院住的都是正经人家儿，没有你这样的，你还是走人吧。

福来说，王大爷，您让新生留下吧。

王满堂说，你要不走，我就把你的来龙去脉跟街坊们说清楚；跟福来的妈说清楚，看看她怎么决断。说着往外走。

白新生抱住满堂的腿，慢慢跪下。哭着说，王大爷，求求您给我点脸……

福来也跪下了，一口一个王大爷……

周大夫在后头拉王满堂的袖子，王满堂有些犹豫，说结婚可以，今天不许入洞房，这样还有回旋的余地。老萧说王满堂管得也太宽了点儿，想不让谁入洞房就不让谁入洞房?！白新生是他闺女，别人管不着。王满堂说老萧跟筱粉蝶的关系一直就说不清。老萧说筱粉蝶可是一直管王满堂叫大哥的。周大夫说，过了，过了，你们都说过头了。周大夫让两个新人起来，到前面去招呼客人。新人一走，周大夫就责备王满堂和老萧两个当老家儿的在小辈面前没点尊严，连“半开门”这样的话也说出来了。

王满堂说名声影响只是一方面，主要的是干这行当的多不能生养，将来老刘家打福来这儿绝了后，他怎么对得起刘家兄弟。老萧说保媒不保生孩子，这是历来的规矩。

王满堂说，你个老绝户，谁能跟你比。

老萧说，你倒不绝户，俩媳妇，你闹心不闹？连烧鸡都得买两份。

王满堂被噎得说不出话来……周大夫说这事情他看已经挽不回来了，首先福来愿意，这谁都没辙。让满堂、老萧也别说那些咸淡话了，说生孩子的事情他包了。王满堂和老萧你看我，我看你，噗地乐了，说真看不出……

周大夫说，你们忘了？我是妇产科医生。

…………

前院吃喝热烈。

鸭儿说也不知道他们交的份子吃回来了没有。大妞说光她们娘儿们几个不行，要加上临州那个傻小子就赚了。鸭儿说临州的小子已经吃了五个馒头了。

福来、白新生来给大妞敬酒。

新人走过去了，大妞对刘婶说，说是大几岁，也不显，看那屁股是多子多福的相。

刘婶说她就等着抱孙子哪。

小院头一天刚举行了婚礼，今天早上还留着热闹过的痕迹。三张从饭铺借来的大圆桌斜立在墙角，一摞摞借来的碗碟清洗得干干净净摆在房檐下。这都是麦子一人劳动的结果，昨天她一个人收拾到大半夜。

小院里第一个起来的自然是王满堂。天刚蒙蒙亮，王满堂就来到后院东屋檐下敲窗，叫柱子，得起来了，该走了。听见柱子在屋里应了声，王满堂才离开。他得替大妞把封着的炉子打开，这样孩子们一起来就能使上热水。

在枣树底下，白新生突然将王满堂拦住了，看得出她是匆匆忙忙从屋里跑出来的。头发蓬松着，脸还没有洗，一身睡衣睡裤还没有换去。王满堂看着昔日的筱粉蝶，今日老刘家的儿媳妇白新生，从内心涌出一种很滑稽的陌生。

王满堂冷冷地问白新生有什么事。

白新生说……我知道您瞧不起我，可我是真心对福来好……您能让我留下，我谢谢您了。您的大恩大德，我白新生一辈子也忘不了……我就是求您一件事，您千万别把我过去的事告诉我婆婆……

王满堂青着脸说，你还是得做走的打算。福来他妈现在是不知道，要知道了不会留你。

后院响起柱子的脚步声，白新生转身回自己屋去了。

有时候事情就是非常的巧，这天大妞偏偏比往常醒得早。听到院里有说话声，她将窗帘掀起一角，朝外看，见到白新生很急切地跟丈夫说些什么。大妞想，有什么事啊，一大早就站在院里说，她得看看去。就穿衣下炕，系着纽襻来到院中。院中一片安静，王满堂已经走了，刘家新媳妇的门也紧紧地闭着。大妞想过去敲，又觉不合适，看到周大夫在后院舞剑，就问周大夫刚才是不是看见了什么。周大夫说有两只家雀，在树上叫了两声，飞了。

福来懵懵懂懂从屋里出来，见大妞在自家门口站着，问大妞是不是有事？

大妞说没事，没事，你媳妇，她，她挺好？

福来脸一红说，有什么好不好的，瞧您。

这时刘婶正好出屋，听了他们的话头，刘婶说，饮食男女，人之大欲。大妈这是关心你，傻小子。

大妞说……是啊，是啊。

刘婶问新生还没起来，福来说早起来了。这时白新生一挑门帘从里面走出来，已梳妆一新，精神焕发，喜气盈盈，跟刚才在王满堂跟前满面泪痕的白新生判若两人。白新生亲热地叫了一声妈，又叫了一声王大妈。

大妞目瞪口呆。

古建队的建筑工人大部分是文盲，这些人中除了老萧有点文化以外，绝大部分的人连自己的名字也写不了。全中国掀起了扫盲运动，在老石的倡议下，古建队也成立了扫盲班，参加的多是大摊儿、老剩儿这样的年轻人。老石也动员老工人参加，老工人们说，干土木行用不着识字，只认得“东、西、南、北向，前、后、老檐、中”就行了。老石问为什么，王满堂说盖房的梁柱都得有标志，这几个字是木匠的准头，凭了这几个字，才不会把柱子栽倒了，不会把大梁的东西向弄反了。至于其他的字一概都用不上。老石问王满堂参加不参加扫盲班，王满堂说不参加，那是年轻人的事。老石知道王满堂是不愿意和他的徒弟们坐在一个课堂上，特别是不愿意和自己的儿子一块儿念书。老石也不勉强，说王满堂要是想学，他可以在下边单独教。王满堂不置可否。

扫盲班就设在隔壁小学校的教室里，一三五晚上上课。这些白天弄了一天砖头瓦块的五大三粗的建筑工人，被老石聚到了学校里，坐在小学生低矮窄小的课桌前，连他们自己也觉着可笑。教室里，他们一根接一根地抽着烟，开着彼此的玩笑，热闹得像开了锅一般。

老石领着一个俊秀的女教师进来了，向大家介绍说这是扫盲班的语文老师，朱惠芬朱老师。朱惠芬向大家问好儿，下边乱哄哄一片嘈杂。这些新学生们连一年级小学生的水平也没有，一年级的小学生还会起立，喊老师好。可眼前这些大男人连起码的礼貌也没有。

老石让大家坐好，众人别别扭扭坐在小椅子上了，既然是开学典礼，老石自然要讲话，老石先维持秩序，大伙儿半天才安静下来。老石说，以前，咱们建筑工人没文化，现在咱们是新中国的主人了，不能再当睁眼瞎，咱们得用知识把头脑武装起来，建设一个崭新的中国。今天，组织上给咱们派来了老师，把文化送到咱跟前来了，咱们得珍惜这个机会。朱惠芬朱老师是才从师范学院毕业的高才生，自愿到咱们建筑部门来，自愿到建设第一线来，咱们热烈欢迎。大家就啪啪地鼓掌。老石让大家以后跟着朱老师认真学，说年终评先进的时候，学文化算是一条标准，不及格的不行。

开始上课了，有人在下头让烟，还问老师抽不抽。朱老师说她不抽，也不让大家抽。说这是课堂，得有些纪律约束，不能谁想干什么就干什么。接下来是点名，点到谁谁答到。大摊儿说跟真的似的。朱老师耳朵很尖，说本来就是真的。

柱子不错眼珠地看着朱惠芬。他看这个女老师很顺眼，很招人喜欢。发了书，老师让大家用笔在上面写上自己的名字，结果全班学生除了柱子以外，没有一个带来铅笔的。老师说，上学不带笔如同砌墙不带瓦刀，不是学习来了，是混来了。老剩儿说带笔也没用，两眼一抹黑，写什么写！于是老师再不强调大家写而全由她一个人讲了。

下课了，众人呼啦啦地往外走，柱子有意地走在最后。不知怎的，他想跟朱老师多待一会儿，要是下了学还能跟着她走一段路那更是再好不过了。但是老师并没有走的意思，老师从墙角拿起笤帚认真地扫起教室的地来。柱子也从墙角拿了把笤帚，帮着朱老师扫地。

朱老师说，你叫王国柱？

柱子咧嘴笑了笑。

朱老师说明天小学生们来上课，教室里净是烟头烟灰，挺不好的。柱子说是不好，以后下了课由大家打扫，不能让老师一人干。朱老师笑笑说没什么。

出了校门，天已经黑透了，柱子问要不要送老师一程。朱老师说不用，说她家离这儿不远，说着推过一辆小坤车，骑上走了。

柱子望着渐渐远去的老师背影，发了一阵呆。

晚上，柱子拿着课本连描带画地在灯底下一通猛练：ㄅ、ㄆ、ㄇ、ㄈ、ㄉ、ㄊ、ㄋ、ㄌ……麦子问柱子学的是啥，怎的净写些怪模式样的字，发些怪模式样的声。柱子说他念的是注音字母。麦子问注音字母是不是外国话。柱子说是中国话。麦子说是中国话怎跟咱们说的不一样哩？柱子就说他娘没有文化。停了一会儿，麦子问柱子在队里咋样。柱子说挺好。麦子又问爹对他怎么样，柱子也说挺好。

麦子若有所思地说，俺怕该回去了，你奶奶一人在家……

老剩儿自从上次在茶馆里看见王满堂用老砖雕出了牡丹花就动了心思，他要跟着师傅学雕砖，他喜欢这个。于是就有事没事地往王家跑，就抱着胳膊细细端详九号门里影壁上的砖雕。这些砖雕不愧出自大内工匠之手，玲珑剔透，栩栩如生，那些花朵，那些小动物，仿佛要从墙上走下来一般。可惜的是影壁右下角缺了一块砖。王满堂说那儿缺的是个兔儿，一只很有意思的小兔。老剩儿问怎么是只兔。王满堂说雕这影壁的人就是属兔的。老剩儿说他也属兔，又在残缺处比比画画，琢磨着是只什么样的兔，怎么往上接。

王满堂今天心里高兴，要教徒弟两手，就在院里摆上小桌，招呼老剩儿坐下，又让坠儿把柱子叫来。王满堂给儿子和老剩儿讲刀法，讲雕深处用尖刀，偏锋，手要准，劲儿要狠，讲究透，这不是一两天能练出来的。王满堂说过去瓦工只是夏秋干活儿，冬春半年闲。要养家糊口，这半年干什么呢？卖萝卜，卖支炉瓦儿[①]。再好点，逢年过节上点心铺给人码蜜供，那蜜供码得一层层有一人多高。柱子奇怪点心铺码蜜供怎么也得瓦工。王满堂说瓦工有砌墙的手艺，什么样的造型都能给你码出来，连点心铺的徒弟都不如瓦工码得地道。又说冬天为什么要卖萝卜呢？北京冬天卖萝卜的要给买主把萝卜皮片了，把那

---

① 支炉瓦儿：旧式煤炉用以支锅的块状物，形如门楔子，一套三块，多用废砖块打磨而成。

心里美切得断而不散，跟一朵花似的。这没有雕砖的本事是不行的，所以会雕砖的瓦工都有一手刻萝卜花的本领，冬天卖萝卜是顺理成章的。社会上说谁谁是“二把刀”概指瓦工，夏天砍砖，冬天砍萝卜，典故就是打这儿来的。

大妞抱着儿子由房内走出，对老剩儿说，旧社会有闺女也不愿意给泥瓦匠，半年闲着。

老剩儿说，师母，我师爷把您给了我师傅真是有眼力呢。

大妞说，我爸爸是可怜他。你问问他，娶我之前，那半年闲他都干过什么？

老剩儿问王满堂当年是不是也沿街卖过萝卜。王满堂说没卖过。大妞说王满堂比卖萝卜还惨，他上杠房给人当过吹鼓手，上庙里当假和尚给人送过殡，混得有上顿没下顿。有一回抱着小喇叭冻得在东岳庙的门口差点儿成了倒卧……

柱子心疼地叫了一声爹。王满堂对柱子说那都是过去的事了，现在柱子是赶上了好时候，冬天用不着再为生计发愁。

白新生下班进院了，老剩儿没有参加福来的婚礼，自然不知道筱粉蝶身份的转换，他惊奇地站起来，一句“筱粉……”尚未叫出，被王满堂一把揪到凳子上。老剩儿说那不是筱……王满堂说，什么小，你先把手里这朵小西番莲给我雕出来。

老剩儿感觉到了什么，不再提筱粉蝶，疑疑惑惑地拿起刀。大妞眼睛一眯，她觉着这里面有猫腻。

晚上睡觉的时候，大妞问王满堂，新媳妇白新生那天早晨在树底下究竟跟他说了些什么。王满堂说没说什么。大妞说不可能没说什么，没说什么能在树底下站那么半天……王满堂说真的没什么。

大妞说，我看出来了，你跟那小娘儿们早就认识。

王满堂说，她在商店卖东西，谁能不认识她啊。

大妞把被子一揭，噌地一下坐起来说，你甭瞒着我了，你说，你们到底是怎么回事？

王满堂看挨不过，只好把白新生的来历说了。大妞突然明白了什么地说，敢情是这，那天怪不得你闹，这回他刘婶盼孙子可是盼不来了。王满堂让大妞别把这事告诉刘婶，大妞说那是自然。停了一会儿，大妞又不放心地问王满堂，是不是跟那小娘儿们真没什么。王满堂赌气不理她。大妞说就是以前真有一腿，她也不会吃醋。爷们儿家逛逛窑子，那是派，她爹活着时就常去。

在福来的新房里，福来正处在无限幸福之中。身边的媳妇很漂亮，墙上的喜字很鲜艳，大胖小子的年画很醒目，他想了想，除了那个胖小子是虚的以外，其余都是实的。福来高兴，就让白新生唱一段，白新生不唱。说福来是没事找事。福来非得让白新生唱，让小声唱，就让他一人听见。白新生还是不唱，福来把窗户门都关严了，白新生就是不唱。福来不高兴了，说不唱就不唱，蒙被装睡。白新生无奈，只好问福来要听哪段。福来坐起来高兴地说哪段都行。白新生清了清嗓子就唱：

大宋朝的天子驾坐在汴梁，
四外里狼烟滚滚不得安康。
南有方腊北田虎多么狂妄，

在淮西省反了一个公子叫王庆。

…………

福来说不听这个，这个没劲。白新生问哪个有劲，福来说要唱那种只能给他一个人听的。白新生点了一下福来的脑门小声唱道：

皓月当空明如昼，

妓女自叹在青楼。

斜倚着栏杆紧锁着眉头，

一阵阵儿的我泪悲秋。

…………

大妞是个肚子里装不下事的人，王满堂昨天晚上告诉了她白新生的事，今天早晨她就憋得慌。她得想方设法跟谁把这件事说出去，要不她今天什么也干不成。大妞在屋里转来转去，最后想了想，掂起两棵白菜向后院走去。

大妞实在是没有说道的对象了。对刘婶，王满堂指名道姓地说了“不能告诉她”；周大夫上班了，院里再没有谁能听“白新生的故事”了，唯一能指望的就是后院的那个麦子。麦子虽然是大妞的一块心病，是个搁在眼皮底下的定时炸弹，但她认为现在还不是起炸弹的时候。尤其是王满堂在麦子屋里过夜的那天晚上，她认真想过了，她不能把男人往人家怀里推。如果她母夜叉似的没完没了地闹，把男人惹恼了，索性住到麦子屋里，她真是一点儿办法也没有。不过看后来，王满堂也还明智守信，这个麦子也算是通情达理，两个人再没有发生过什么。这倒让大妞反思自己是不是做得太过分了，正如王满堂说的那样，人家毕竟做过几年的恩爱夫妻。

自从把麦子脑袋打破以后，大妞从来没跟麦子正面接触过。柱子因为在古建队上了班的缘故，没事常到前院来，跟坠儿们混得也有些狗皮袜子没反正的劲头。只是这麦子，却从未踏进过大妞的门槛。这次大妞豁出脸来主动去找麦子说话，并不是她的作战原则有了什么改变，而纯粹是一种为了说话而说话的临时需要。正如许多北京老太太一样，常常是没话找话，是看见街上的驴也想问好打招呼的主儿。当然，大妞不是老太太，但是大妞具备未来老太太的气质。

大妞抱了两棵白菜到后院来了，这两棵菜并不是非送不可的物件，是搭话的桥梁。北京人干什么都爱讲个由头，干搭话是不行的。所以这两棵白菜在这个时候就显得很重要。

麦子正在太阳地做针线活儿，大妞一扭一扭地来到麦子跟前说，也是我们吃不了，这是鸭儿他爸的徒弟打家里拿来的。人家自个儿种的菜，跟外头卖的是俩味儿。

麦子一见是大妞，慌忙将手里的针线放下说，俺有的吃，前几天柱子爹给了俺钱。

大妞把菜撂下，很大度地说，有钱那是给你的，这是才下来的新鲜菜，尝个鲜儿。

麦子说那就谢谢了。大妞说不用谢，说麦子给坠儿做的鞋，给鸭儿缝的白衬衫，她还没谢呢。麦子说闲着也是闲着。

大妞没话找话地问麦子手底下给谁做的小褂。

麦子说，俺娘。

大妞一时语塞，又很快掩饰说，她老人家还硬朗？

麦子说，常闹病。

大妞说，等我们梁子大点儿了，我把老太太接来。

麦子说，俺娘过不惯城里的日子。

大妞说，那你过得惯？

麦子说……俺过不惯也得过……

大妞说，我常想，什么时候我在城里住腻了，也要回临州住几天。

麦子一时无言……

大妞说，我给他们老王家生了一个儿子俩丫头，老太太见了这一帮孙男孙女，准乐得合不上嘴。

麦子把衣裳线头咬断，仍不言语。

大妞见墙脚放着一个新的水平仪说，咦，这水鸭子什么时候换了？

麦子说，是柱子照着旧的刻的。

大妞说，水鸭子是我们老赵家的传家玩意儿，那个旧的使了有几代了，这院房也是我爷爷带着我父亲盖的。别看小，都是磨砖对缝，精雕细刻的，可讲究了。主房进深一丈二，是寻常百姓家的最大尺寸了。

麦子说，俺乡下那房有三丈。

大妞说，三丈？那是烧砖的窑。

麦子说，俺娘家爹就是烧砖的。

大妞认为铺垫已够，便迫不及待地把话题绕到她想说的事上头。大妞说她要跟麦子说件事，前院刘家的新媳妇，白新生……

大妞俯在麦子耳边低语。

又到了扫盲班上课的日子。这天柱子来得特早，他把本来很干净的黑板又用湿布擦了一遍，又把桌子擦得干干净净，最后站在老师的位置向自己坐的地方望了望。

上课了，这堂课是朱老师教大伙儿用注音字母拼写字。老师说，ㄋㄧㄡ牛，ㄧㄤ羊……老剩儿说什么扫盲班啊？本来会说的话让她一教倒不会说了。又用拼音说，牛吃草，羊喝水！朱老师说对，就这么拼。老剩儿说他这么说话是有病！

朱老师说学会了注音字母就能认识生字了。说着转过身在黑板上用注音字母写了：ㄕㄖㄐㄧㄥㄕㄢ三个字，让老剩儿把它们拼一下。老剩儿哼哼唧唧终于艰难地挤出了“石景山”三个字。

老剩儿说，是石景山。往门头沟去的道上路过，那儿有狼。

众人也嚷是石景山。

朱老师说，后边两个字对了，前边这个声调错了，我写的是三声，你拼的是二声。应该是——朱老师在黑板上写出“史景山”三个字。

老剩儿问这三个字念什么。朱老师说念“史景山”，是老剩儿的名字。老剩儿说原来他的名字这样写，挺不好写的，说着咧着嘴乐了。朱老师让大家把自己的名字都练习着拼一拼。

众人开始练习，朱惠芬下来进行辅导。

柱子对老师说，您能把我的名字写下来吗？

朱老师在柱子的本子上写下了“王国柱”三个字。柱子认真临摹。朱老师看了柱子写的“国”字，说“国”字的“口”得大一点儿，大到差不多能把王字包进去……

下课了，老剩儿戏谑地对柱子说，你的口得大一点儿，得把前边的王包进去……

柱子就打老剩儿，老剩儿就跑，边跑边说，你的口得大一点儿！

猴皮筋我会跳，
三反运动我知道；
反贪污，反浪费，
官僚主义也反对。
…………

坠儿在院里跳皮筋，皮筋一头拴在枣树上，一头揪在福来的手里。福来大孩子似的，很认真地加入到坠儿的歌唱当中。

星期天的小院比往常热闹，白新生在帮着刘婶烙油渣饼，鸭儿在小桌上做功课，老剩儿跟着王满堂在一刀一刀地学雕砖。

柱子拿着本子来到鸭儿跟前，叫了一声鸭儿，让鸭儿帮他把几个字拼出来。鸭儿问柱子刚才叫她什么了。柱子说叫鸭儿了。鸭儿说这鸭儿不是柱子叫的。鸭儿说她有名字，她叫王国英。柱子低三下四地说想请教一下，就三个字。鸭儿说三个字也得看她有没有工夫。坠儿在一边帮助说情，让鸭儿给柱子写出来，说柱子天天给她们挑水。鸭儿不情愿地让柱子把本子拿过来问，哪三个字？

柱子指着注音字母说就这三个。

鸭儿看了想也不想就填了三个字，扔给柱子。

柱子如获至宝地拿着走了。

扫盲班的课堂上，朱惠芬老师说，上次留了作业，每人写自己的名字，现在我要检查。说完朱惠芬老师就挨着个儿地看本子，看到柱子跟前，柱子不好意思将本拿出来。朱惠芬老师说这是作业，用不着不好意思，错了也没关系。柱子这才磨磨蹭蹭拿出本，说他拼写的是……朱惠芬。朱惠芬翻开本一看，哪里有什么“朱惠芬”，满页都是“猪灰粪”。她把本合上给柱子，说字没写对，声调也标错了。柱子慌忙地说他练了大半天哩。朱惠芬说柱子是傻练。老剩儿插言说柱子是傻把式，怯把式。

朱老师说，我看看你的。

老剩儿说，我……没写。

朱老师说，那你就是懒把式。

老剩儿说他明儿一定补上。朱惠芬问老剩儿这几天都干什么了，三四个晚上写不出仨字来。老剩儿说他净干别的了，说着从包里取出块未雕好的砖来。朱惠芬说这不行，这跟作业是两码事。老剩儿说他不用学了，他下礼拜就走了。

众人听了老剩儿的话都问他上哪儿去。老剩儿说上朝鲜，当志愿军！

大家一下将老剩儿围起来。

说走就走，古建队送出了第一批年轻人到朝鲜去。出发的时候，老剩儿到灯盏胡同来向师傅告别。穿着志愿军军装的老剩儿一下好像变得沉稳、成熟了许多。他站在门口，望着影壁的那块残缺出神。

王满堂说，别看了，缺就缺吧。

老剩儿说，这是我的活儿，师傅您别忘了，我也是属兔的。

老石、老萧、大摊儿们也都来送行。大摊儿说他猜老剩儿就得上师傅这儿来，老剩儿惦记着这影壁呢。老师朱惠芬也来送学生了，老师给学生送了个笔记本，让她的学生到了战场也别忘了文化学习。

大妞有些伤感，大妞说，这就走哇？

老剩儿说这就走，待会儿在胡同口集合，他是特意跟师傅、师母道别来了。说着用眼环视了一下小院对大妞说，补上影壁这块砖，小院就齐整了，老师祖的手艺至臻至善，他现在才算有了点儿体会。

书记老石说，你当志愿军，就是去保卫千百万个这样宁静、和平的小院不受侵犯，不遭破坏。你拿枪保卫，我们拿瓦刀修建。

大妞让老剩儿甭惦记妈，有她呢，有他师傅呢。麦子也说让柱子每礼拜天都过去看老剩儿娘。老剩儿拉起柱子的手说他这一走，顶不放心的就是他妈。柱子让老剩儿放心，说老剩儿的妈就是他的妈。

街上大喇叭里在唱：

雄赳赳，气昂昂，
跨过鸭绿江，
保和平，卫祖国，
就是保家乡。

中国好儿女，

齐心团结紧，

抗美援朝打败美帝

野心狼。

…………

老剩儿说他该走了。大妞开始抹眼泪了，她让老剩儿多保重，早点儿回来。王满堂让老剩儿别给古建队丢人，老剩儿让王满堂放心。

老萧说，老剩儿，我送你一句话：你命里犯火，东四之离火，克西四之乾金。大凡朝东的时候你都要留点儿神。

大摊儿说，得了吧老萧，打起来了还分什么东南西北，还想什么离火乾金。

老萧说三国孔明作战都讲这个，千百年的经验了。大摊儿说诸葛亮使的什么兵器？志愿军使的什么兵器？再说了，阵法也不一样。

老石郑重地跟老剩儿握手，鸭儿给老剩儿别了一朵大红花，敬了一个队礼。老剩儿还了一个礼，又向师傅，向老石，向众人敬礼。

大伙儿将老剩儿送出大门。

麦子用衣襟擦着眼角说，送走了你，俺也该回山东了。咱娘儿俩要见面怕是不容易啦，多少年没有这样撕心裂肺的事了。

刘婶说，这是保家卫国，亏你还支援过前线，怎么没点儿觉悟。

麦子说，俺经过打仗，俺知道打仗是怎么回事。

有谁说在这分别的时候，大家应该合影留念。可惜的是谁也没有照相机，就是专业摄影师福来，也没有权利自己单独摆弄机器。照相这样的事情有点太奢侈，都觉得很应该，也很遗憾，就把这情景深深地记在心里了。

东直门的修复遇到了新问题，以柱子为首的年轻人认为，东直门北墙暂不能砌。他们的理论是北面砌到墙里的柱子，连接的方式为榫头和斗拱，目前榫头的粗细不及柱子的五分之一，这可能吃不住劲儿。王满堂则认为儿子太“张狂”，干建筑才几天，挂浆对多少灰多少水都没搞清楚，就提出“北墙不能砌”。

柱子说拆北墙的时候就发现那边基础下沿立柱顶斜了近二尺，再照原样修，过不了几年又会出问题。王满堂认为老祖宗当初造城楼时给的就是这个口分，有了这个口分东直门才巍峨屹立几百年。现在是修复古建，把祖宗的玩意儿改了，叫什么修复。柱子说老祖宗建得好干吗今天还让修？北边柱子不少接点的位置在建造时就有偏差。王满堂说有偏差也是老先人的偏差，原先怎么着就得怎么着。

柱子说，先人偏一分，到今天就偏一尺。您没看见拆北墙时，大部分的榫头都拔出来了？

王满堂说，你照原样再给我插上！

老石听了半天，问柱子，依你们的意思该怎么着？柱子说要扩大榫头与柱子的接触面，把立柱根部插进柱础石上，不是像现在这么浮搁着。再用1∶2∶3∶4的比例，把水泥、土、砂、白灰混合，加固柱基，保证新砌的北墙安全稳定。

大摊儿看着柱子在地上画出的图凝眉沉思。老石问大摊儿的看法。大摊儿说得容他再想想，东直门城楼是座南北对称的砖木结构建筑，周围虽有围墙但并不承重；承重的是南、北、中三排立柱，北墙立柱究竟起多少作用……这得计算。

王满堂说，它只起墙的骨架作用。

朱惠芬说她父亲是搞建筑学的，让他帮着算算。大摊儿问朱惠芬的父亲都搞过什么建筑，朱惠芬说她爸爸是过去老中国营造学社的。老萧说是梁思成那批人，喝过洋墨水，有真才实学的。老石问计算结果什么时候能出来。朱惠芬说她骑车回家，一会儿就折回来。

刘婶让大妞上街道开会去，发行公债的会，上边号召了，吃窝头，啃咸菜，千万别忘了买公债，说这是公民的义务。大妞说她不是公民。刘婶说不是公民是什么？大妞说她是家庭妇女，三个孩子他妈。刘婶就说大妞落后，说这不是钱紧的问题，这是对新中国态度的问题。什么时候街道要给他们这些后进的人开个会，让他们好好儿受受教育。大妞听刘婶说她落后，又想起“小老婆”的话，不由冒出一股邪火，张嘴就说刘家的儿媳妇是婊子。刘婶当然不答应，非让大妞把话说清楚。大妞让她去问媒人老萧，老萧什么都知道。

刘婶说，问就问。白新生要不是婊子，我跟你没完！

东直门建筑工地。朱惠芬拿出她爸爸画的东直门由于地基下沉，榫头拔出，力位移动的曲线。朱惠芬指着几个数字说，这个数据是基础与立柱之间最大的摩擦力，这个数据是加长加大榫头，它的弹性应变力在这儿……

王满堂对着那一大堆数字发蒙。他说，你父亲的结论是什么？

朱惠芬说，她父亲说古建筑木结构屋顶重量大，刚度也大，特别是挂瓦以后，屋顶太重可以加速地基沉降。现在，不承重的围墙与承重屋顶重量与地基沉降的关系已经计算出来。因此我们在维修的时候，必须加强屋顶与下部框架的连接刚度以及墙柱框架的刚度，才能避免以前发生的问题。

众人都看王满堂，王满堂说，拆！拆了重装。

年轻人们松了一口气，一哄而去干活儿了。

老石对王满堂说老祖宗建东直门的时候，绝没算出来几百年以后它的地基会下沉。王满堂说还是得信科学。老萧说其实这个隐患在建城楼子的时候就有了，还记得鲁班压平了东直门西北角的说法不？西北角上翘，正是由于东北角下沉的缘故啊！咱们就当故事听了，没往心里去。老祖宗在几百年前就暗示了东直门东北角下沉的事，是咱们悟性不够……悟性不够……

王满堂只是说，后生可畏。

老萧说，让年轻人这么一改，东直门这回可真是万万年啦。

有人对老萧说，外面有个姓刘的妇女找他。

明白了真相的刘婶不能容忍白新生的存在，她让白新生离开刘家。白新生只是哭，福来向周大夫求救。周大夫说，待得好好儿的怎么唱起《孔雀东南飞》来了？刘婶不听周大夫的劝，反复强调说这种女人不能进刘家的门。周大夫将一本新颁布的《婚姻法》递给刘婶说，人家小两口愿意，你就不能再说什么了，这些《婚姻法》上都写着呢。咱们的脑筋得跟得上趟，人家小两口要是想在一块儿过，您拆也拆不开，要是不想在一块儿过，您捏也捏不到一块儿去。这些都受法律保护。这是政府才颁发的《婚姻法》，我们医院一人发一本，让大伙儿学，你先拿去看看。

刘婶说她这样是为福来将来的子嗣着想。

周大夫说，你不是急着抱孙子嘛，公鸡、母鸡让你圈开养，你把母鸡赶走了能孵出小鸡儿来？人生看开了就这么回事。你也别急，我给福来媳妇开几服中药，慢慢调理调理，或许有用。

刘婶说，周大夫，你真给白新生治好了，我好好儿谢你……

周大夫说，别说谢的话，我说的是或许有用，没打保票。

东直门城楼修复竣工的大会上，柱子、大摊儿等人胸佩大红花，在众人掌声中满面春风地站在主席像下。《咱们工人有力量》的歌声振奋而响亮，城楼上挂着“庆祝东直门大修竣工”的大标语。

朱惠芬在众人中鼓掌鼓得很热烈，她的目光热辣辣地投在柱子身上。

福来和他的师傅扛着照相机来给先进们照相。福来将机子架好，伺候师傅上去“咔嚓”。师傅慢条斯理地把手里的小茶壶递给福来，又把西装上衣脱了递给福来，正了正脖子下头的蝴蝶领结，理了理小胡子，这才向照相机走去。师傅刚要往布里钻，只听大摊儿喊，让福来照！

柱子也喊，让福来照！

众人都喊，我们要让福来照！

照相馆老板不得已从布帘里钻出来。王满堂过去说，兄弟，该撤手的时候就得撒手啦。你放心，你一辈子都会是他师傅。

照相馆老板把快门交给福来，接过小茶壶和上衣。

大家热烈欢呼，掌声四起。

福来拿着照相机快门，眼里闪烁着泪光，激动地看着柱子、大摊儿、朱惠芬等这些熟悉的面孔。

庆功会已经结束，人们纷纷散去。朱惠芬约柱子今天上他们家吃晚饭。柱子高兴地答应了。

后院东屋，麦子在做抻面。

前院，大妞也把窝头、黄酱、小葱、臭豆腐之类摆上桌，净等着当家的王满堂往桌上坐。王满堂没上桌，对大妞说，我今天到后院吃去。说罢神情坦然地走出门去，把个大妞晾在桌前。

今天是麦子的生日。

柱子在朱惠芬家吃得投入而热烈，朱母不住地往柱子碗里夹菜，朱父不动声色地观察柱子的举动。柱子说太多了，吃不下了。朱母让他再尝尝醋焖肉，说这是他们朱家的传统菜。盛情难却，柱子只得大口吞咽，他吃得越猛，朱母越高兴。

柱子回到后院东屋时，已经是晚上十点了。桌上的面已经凉透发硬，没有了一丝热气，两瓣蒜，一双筷静静地搁在面碗旁。麦子问怎这晚才回来？柱子说他上朱家了。麦子说柱子忘了今儿是啥日子。柱子说是东直门竣工的日子。麦子说，我没跟你说东直门。

柱子看墙上日历，又看桌上的面，恍然大悟说，娘，今天是您生日，我真忘了。柱子愧疚地说，娘，这碗面我吃，您的长寿面，得吃。为了讨母亲高兴，柱子装模作样，假装吃得很香，但几口之后便有些勉强。

麦子让儿子不要乱花钱，不要乱交朋友，下了班就早早回家，把钱都攒上，明后年把桂花娶过来才是正理儿。柱子说学徒不让结婚。麦子问谁订的这章程。柱子说国家。麦子说国家咋啥都管，还管谁什么时候娶媳妇。柱子说新《婚姻法》上写着呢……

评剧《刘巧儿》的唱段从周大夫家的收音机传到小院。

巧儿我自幼许配赵家呀，
我和那柱儿不认识怎能嫁他，
那一回劳模会上我爱上了人一个，
他的名字叫赵振华，
…………

大妞说，唱得真好，新凤霞不愧是个角儿。周大夫，您把声再放大点儿。

唱戏的声音又大了许多，刘婶在读《婚姻法》，王满堂在收拾他的水鸭子，把两只水鸭子漂在水中，往一块儿连线。柱子问爹怎么又折腾起了这个。王满堂小声地对柱子说，小子，你知道古建队下一个任务是什么？

柱子说修西直门。王满堂说修西直门不值得他动用老物件，下个活儿要修故宫角楼。

柱子惊喜地说，真的？

王满堂说落地重建，跟盖新的一样，这活儿过瘾。

麦子见到刘婶在看小册子，问刘婶看的是不是《婚姻法》。刘婶说是《婚姻法》，她正看打离婚这一段。麦子说，先别顾着打离婚，给俺看看结婚那段是怎么说的？

刘婶翻找，说在这儿——你听好了。《中华人民共和国婚姻法》规定一夫一妻制，禁止纳妾，禁止一夫多妻……错了，错了，应该是前边这页……

麦子问啥叫纳妾。刘婶说就是娶小老婆，一个男人俩媳妇。

柱子说，爹，爹，您这水鸭子歪了，没对准。

王满堂已跑了神。

根据《婚姻法》的规定，王满堂犯了重婚罪，这件事一下把王家搅得上下不安。周大夫说王满堂这事得立断，不能拖泥带水。王满堂说这边有一堆孩子，那边有老娘，他该顾哪头……周大夫说哪头都得顾，还不能重婚。

麦子失神地坐在炕沿上。

柱子对他娘说，得跟俺爹讨个准话，这个时候不能乱了方寸，这可关系着娘的下半辈子。麦子说那不也关系着鸭儿她妈的下半辈子嘛。

柱子说，娘，现在不是谦让的时候。

大妞和她的两个女儿敏感地注视着王满堂的一举一动。这几天，不但王满堂的伙食得到了充分改善，大妞对他的态度也有了充分改善。就连小妞妞坠儿也怀着父亲说不定就要离开的不安，讨好着，巴结着父亲，以期通过自己的温情，留住父亲。

小院里静悄悄的，坠儿不再跳皮筋，也没了大妞的粗喉咙大嗓子。偶尔有几声梁子的哭声，也很快被哄住……刘家檐下，炉子上一锅中草药在无声地沸腾。王家铁丝上晾着梁子的尿布，在风里轻轻摇曳。

王满堂开始行动了，他一声不响地打点着行装，看样子，他已经下定了决心，一切都不可挽回了。大妞忍住眼泪问丈夫，你真拿定主意跟她回乡下？

王满堂说，跟她一块儿回。

鸭儿在一边无望地注视着父亲，坠儿拽着父亲的衣襟说，爸爸不走。

王满堂问鸭儿，那双布袜子呢？鸭儿说不知道。王满堂说，你都惯得没样了。

鸭儿说，那也是我妈惯的，不是您惯的。

坠儿讨好地说，爸，我是您惯的。

大妞无可奈何地从柜里拿出一个点心匣子，交给王满堂，让把这盒点心给临州老太太捎去。说原本想等梁子大点儿把老太太接来……看起来，她们娘儿俩是无缘……王满堂不客气地接过点心，打进包里。

大妞越看王满堂收拾东西越伤感，终于哭出声来。埋怨她爸爸说，爹，您当初……怎么这么糊涂哇！

王满堂说，你们家老爷子一点儿也不糊涂。

后院东屋，麦子也在收拾行李。麦子从墙上摘下柱子修东直门得来的大红花说，这朵花我给桂花捎回去，让她看看你多有出息。

柱子说，您别价。

麦子说，你留着它也没用，我寻个小盒，把它装了，别压坏了。

收拾好行李，麦子来到北屋，叫了一声大妹子，说她就要走了。在这种时候，大妞仍不失北京人的客气和礼数，赔着笑说，这么快就走，怎么不再多住些日子啊。麦子说这回来北京给大妞添了不少麻烦，说把柱子他奶奶一人搁家，时间长了也不放心，再过半个月家里就该种麦了。大妞说，以后有时间就常来。麦子说，俺把柱子交给你，你就当自己的儿看待，该说就说，该打就打……俺不多心……

大妞说，你怎么把柱子留这儿？

麦子说他在古建队上班，出徒还得两年，他只有留北京。看大妞仍旧犹豫，麦子说，大妹子，柱子虽不是你的亲生，可也是你们老王家的大儿子啊。

大妞说，怎么是我们老王家？

麦子说，他不是你们老王家的是谁的？

大妞说，可鸭儿她爸爸明天跟你走，跟你回临州。

麦子说，他爸爸没跟你说吗？我们那是……那是回去……离婚……

大妞呆住了，一句话也说不出来了。

…………

福来扛着照相机进院，说他把照相馆的机子拿来了，他想王大爷家难得团圆，他给照个相。刘婶说这主意好。

于是安排王家人坐好，福来给大家照相。福来是第一回单独操作，有点紧张，按快门的手直哆嗦。

一张黑白的全家福定格。

第四章

一晃几年过去了。

九号住进了一户苏联人，男的叫马斯洛夫，是搞电力的，专门建变电站的专家；女的叫柳芭，院里的人都叫她马太太。老马家还有一个叫别佳的小男孩，年龄跟坠儿不相上下，是个淘得出圈，贫得出奇的孩子。老马家一家就住在后院当年麦子住过的东屋。三口都是很热情开朗的人，尤其是老马家的孩子别佳，在九号院里竟然混得很有人缘，很有群众基础。他干的那些事，比中国孩子还中国，大家谁也想不起来，这还是一个外国孩子。

放暑假了，金发碧眼的别佳操着一口可以乱真的流利京片子，跟梁子在玩弹球。

别佳说，看我的，给你来个大搂拇。“大搂拇”是玩弹球的行话，除了孩子以外，大人根本听不懂。眼见着，别佳的大拇哥一别，小玻璃球从他手上蹦出来，旋转着向梁子的球撞去。

梁子冲着球喊，停，停！

球在相距不远处停下。

别佳说，喊什么喊，别吓着我的球。

梁子轻而易举将别佳的球击中。别佳输了球，从兜里掏出另一个球给梁子。梁子不要新的，就要地上的那个。别佳不给，别佳说那是他的老子儿，不能给。梁子说别佳赖皮，别佳说再比一盘。

梁子说，比就比。撞钟——

两人将球撞到墙上，玻璃球反弹回来的落地处，算是开局点。

不远处，刘婶和大妞在新安的压水机前压水、洗衣裳。别佳母亲在宰鸡，刘家的炉子上永远沸腾着药锅。

新安的压水机给小院带来了方便。不单是九号，就连八号、七号、对门的二十一号，都沾了光。附近的人吃水再也不用水车送，不用自己上水站去挑了。这眼井是去年经老萧选址设计，街道和有关部门用一个多月的时间打出来的。水质甘甜清冽，比自来水高出几个档次。据说这口井正好在玉泉山的水脉上，所以这水和玉泉山的水是一个味儿。院里的人就很感念老萧，能探出水脉来，没点真本事是不行的。北京有甜水井的地方不多，地底下的水又苦又涩，喝不成。就是在皇宫里，在紫禁城，大大小小的水井也不少，盖的井亭也讲究。要讲真能喝的水，只有东华门里文渊阁东边那口井，跟九号打出的这口井一样，它也在这条水脉上。一口水井造福了一片住户。梁子的语文书上正学了“吃水不忘挖井人，时刻想念毛主席”一课，所以梁子就对这课体会特别深。

王满堂和他的古建队在跟故宫的角楼较劲。修缮角楼的工程非常复杂，落地重修，等于是重新盖一座角楼。再说，故宫角楼的建筑样式，在中国楼式建筑中是独一无二的，十字交叉大脊歇山式楼顶，中座一个镏金宝顶，三层楼檐，二十八处出角，十六处窝角。楼身大木，全部是金丝楠木，一榫一卯，一升一斗，严丝合缝。檐角参差，高低错落，加上各种特制的奇形怪状的黄琉璃饰件，让人感到这是中国建筑的绝唱。

修缮这样的建筑，谈何容易！甭说修，就是看，把它的建筑结构看明白了，也不是一件简单的事。从筒子河边走过的人都为那个长期用席挡住的紫禁城角楼感到担心，说这个角楼啊，它怎么就修不完了呢？外边有传说，说古建队的人把角楼拆了却怎么也装不上了，装了几回，不是多出一块木头，就是少了一块木头。老百姓说古建队傻眼了，工头发话了，停工一年，让工人四下里找鲁班去。这样的话传到古建队耳朵里，听着挺窝火，他们觉着古建队的面子让那遮挡的席给丢完了。其实并不是多一块少一块木头的事，角楼真正修不起来的原因是缺了一根楠木的梁。到现在还没找到一根合适的木头，原先那根梁已经糟朽得不能用了。

洗衣裳的刘婶问大妞，故宫角楼修了这么些日子，还不见个眉目，究竟要怎么个修法。大妞说听说光拆下来的大小木头块儿就有几万个，编了号，再把糟了的照原样做了，重新搭。

马太太问是不是搭积木。刘婶说敢情比搭积木难多了。没听说过吗？那角楼九梁十八柱七十二条脊，榫卯相连，不用一根钉子……

大妞说，哪儿能没钉子，少罢了。角楼的钉子用的是河北获鹿的铸铁钉子，周围灌上银，永不生锈。四百多年了，拔出来还亮闪闪的。大妞又学着王满堂的话说，古建这东西，你越钻它越深，老祖宗留下这点玩意儿炉火纯青啊，想超越就得费老劲。

马太太说这样美丽的楼，不知当初是怎么想出来的。大妞说明朝建角楼的时候，可把他们老赵家祖宗难坏了，怎么建哪？没图纸，全凭皇上一个梦。皇上梦见了这么一座楼，醒了就让工匠照他说的做出来。要把皇上的梦变为现实，谈何容易！他们赵家的老祖为这个茶不饮，饭不思，正发愁呢，门口过来一个卖蝈蝈的老头儿。赵家的老祖就买了一个蝈蝈笼子解闷，没想到仔细一看这重重叠叠的蝈蝈笼子，不多不少，恰好是九梁十八柱七十二条脊。他赶紧追出一看，老头儿没了，这就是鲁班显圣，来点化他们来了。

马太太操着生硬的中国话说，一个优美的神话故事。

大妞说，怎么是神话，这是真事！

恰巧，门外又有卖蝈蝈的声音，别佳、梁子们扔下球一窝蜂地跑出去看蝈蝈了。大妞嘱咐梁子，看看那个卖蝈蝈的是不是个白胡子老头儿。一会儿，梁子提着个普通的圆孔蝈蝈笼子跑进来告诉大妞，卖蝈蝈的是个白胡子老头儿，说他买了一个，三分。

大妞说，这么个破笼子三分，你把它给我退了去，咱们不要。

马太太指着笼子说，这就是你们的角楼？

大妞尴尬地咧着嘴。

刘婶问马太太正在洗涮的鸡打算怎么吃。马太太说烤着吃。问怎么烤，说是用电烤炉烤。大妞奇怪老马家能把白不呲咧的鸡直接塞进烤炉，马太太说当然还要抹盐。大妞就教了马太太一个吃法，从自家抓了一把花椒大料，倒了一碗酱油和料酒，用这些香料和作料把鸡腌了。让马太太回去再搁上点白糖，腌半天再烤，准进味儿。

马太太说，这样已经很香了。

大妞说，味儿还没浸到肉里呢。

压水机边正在热闹着，山东的麦子抱着两只油鸡进门了，身后还跟着一个梳着大辫子的姑娘。对于麦子的到来，大家都觉着难得，自从七年前她回了山东，到现在还是头一回来看儿子。

刘婶、大妞都跟她寒暄，几年不见，老姐妹都有很多话要说。麦子将姑娘推到前面，跟大妞说这是她娘家的表侄女，叫桂花，打小跟柱子定的亲。虽说是柱子将来的媳妇，可到今天跟柱子连句话儿还没说过。被推到前面的桂花很腼腆，低着头，脸涨得通红，一句话也说不出。几个老姐妹为桂花该管大妞叫什么争论了半天，最后达成共识，说是应该叫表姑。于是，在麦子的指引下，桂花先叫了表姑，又叫了刘婶，轮到马太太了，又争论，又统一，决定叫马婶。

马太太问“婶”是什么东西？大妞指着梁子说是他爸爸弟弟的媳妇。马太太还是不明白。

别佳说，您回家慢慢儿想去吧。

麦子最关心的还是柱子，拿眼睛四处找。大妞说，你甭找了，上班了。现在忙得连我都见不着人，咱们进屋沏壶好茶，好好儿聊聊。

马太太说她那儿有俄罗斯红茶。

刘婶说，你那茶我们喝不惯。上回沏了一碗，老陈醋色儿却没味儿，喝了让人半宿睡不着。

别佳说，这就叫俄罗斯。

刘婶说，去，去，去，你甭跟我这儿贫，我这会儿不愿搭理你。

麦子奇怪这个小洋人儿还会说中国话。大妞说小洋人儿成天跟梁子他们在一块儿厮混，除了那张皮颜色不对，其他没两样。

刘婶说，怎么没两样？他比谁的话都多，主意也多。什么事都爱掺和，成事不足，败事有余。

别佳说，那是热情。

刘婶净顾了说话忘了火上的药锅，经梁子提醒刘婶才猛地想起来。慌忙把锅端了，将药仔细滗了，端到儿媳屋去。刘婶干这个活儿从来都是亲自操作，一丝不苟的。她信奉精诚所至，金石为开的古训，也相信功到自然成的道理。她坚信，以她的这种虔诚，白新生不给她生出一个大孙子来才怪。

福来在卧室里正给白新生洗头，小两口边洗边闹正在兴头上。刘婶端着药碗进来了，见此情景，一脸不悦。福来看见刘婶，赶忙叫了一声妈。

正低着头，顶着一脑袋肥皂沫的白新生笑着说，你管我叫妈，让你妈听见不撕你的嘴才怪。

福来很尴尬。

白新生还在催促，快浇水呀——把眼睛都迷啦！

刘婶制止正要举动的福来，从桶里舀了一瓢凉水，对着白新生脑袋浇下去。白新生哇的一声抬起头，大喊，激死我了，没你这样的！白新生抬起头一看是婆婆，霎时把对丈夫的一脸娇嗔都僵在脸上，难堪地叫了声妈。

刘婶不动声色地说，把药喝了。转身出门，低声训福来，没出息。

白新生担忧地说，你妈又恼了。

福来说，我没恼就得了。

刘婶的一肚子不满无处发泄，在院里转了两个圈，就直奔后院而来。周大夫正在屋里看信，门砰地推开，吓了周大夫一跳，一看是刘婶进来了。

刘婶气呼呼地说，成了什么样了？他竟然给她洗头，他都没给我洗过头！给她洗头，她的胳膊折了还是手掉了？惯得没样了。进我们家七八年了，连个响屁也没放过。当初留下她，你可是替她打了保票的，保证她能生养。

周大夫说他只是说试试，没有打保票。刘婶偏说周大夫打了，说吃周大夫的药吃了好几年了，少说也有上千服了，她那肚子还一点儿动静没有。可见周大夫的技术也不怎么样，狗掀帘子——嘴挑着。

周大夫说，我还没听说过生不出孩子怨大夫的。再说了，人家两口子在屋里，你进去搅和什么？我看是多余。

刘婶说，我看不惯。

周大夫说，不看就惯了。

刘婶说，她……不能这么欺负我儿子，让一个大老爷们儿给她洗头。

周大夫说，你儿子乐意。可能有比洗头更严重的事你还没看见呢。

刘婶说她的忍耐程度是有限的。往后，周大夫，她也不信了，筱粉蝶的肚子，她也不指望了。为了老刘家，她谁的话也不听了。周大夫问她到底要怎么着。刘婶说让他们打离婚。

周大夫沉吟了一会儿，突然想起什么说，你让福来有工夫上我这儿来一趟。刘婶说让福来来干什么。周大夫说有时候换一种思考问题的方法，换一个处理问题的角度，往往事半功倍。

福来很快就过来了，问周大夫有什么事。周大夫在福来耳边说了什么，福来低头不语了。周大夫说，这么着，你明天上我们医院找我，我给你开个化验单……

在麦子焦急地等待柱子和王满堂回家的时候。古建队办公室里的争论正激烈地进行着。主要是老萧为评级的事和老石们在论理，这次技术级别给他评了三级，他认为评得不公平。他跟老石说要论进建筑行，他比王满堂早多了，“隆记”营造场，利、益、满、德、顺、天，都是按辈儿排着的，他是益，王满堂是满，他比王满堂高着一辈儿呢，这工资却比他少四级！不能因为王满堂是评判委员之一就这么做事。

老石说这不是王满堂一人决定的，技术考试是凭能力定级别，说老萧这回考试连堵墙都没砌上……大摊儿在旁边插话说老萧砌的墙歪姥姥家去了。

老萧说，我就不是干这个的！

老石说，可咱们古建队就是干这个的，给您评三级，够照顾的啦。

大摊儿说，要是评风水先生，您能评一百级。

老萧说，去！

这时候，王满堂和柱子等一些人进了办公室，大家还在商量角楼横梁的事。有人说缺的这根梁实在不行用别的木头代替算了，也不一定非得金丝楠木。王满堂不同意，他认为老祖宗用的是楠木，不能到他们这儿就变了，就偷梁换柱了。再过几百年，轮到他们的后代修角楼时，楠木大梁里拆出一根榆木来，谁能说得清？

在这个问题上，老萧又同意王满堂的观点，跟王满堂成了一个战壕的战友。老萧说，不能换，坚决不能用别的木头替换，一换角楼就跑气了。楠木产于南方，质硬如铁固然是一个原因，也不乏它能为京师带来南边的灵秀之气的因素。江南是什么地方？江南物华天宝，人杰地灵。不说远的，光说明朝，二百多名状元、榜眼、探花三鼎甲，江南占了一多半。所以，角楼用南方的楠木，自有用楠木的道理，什么叫一丝不苟，说白了就是对祖宗要有敬畏精神，对后代也得有敬畏精神。

老石说老萧说得好，对后代有敬畏精神，这个思想很有积极意义。要想着验活儿的是你的后代，不是见天儿跟在咱后头的工程质量检验员。搞建筑的，怕的就是后代指着你戳你脊梁骨，这不是敬畏是什么？

王满堂说得尽快找到合适楠木。如今，要一根大梁的料，太难了。老萧也说要不工期就拖得太长了。大家又说了些其他的事。老石说老剩儿来信了。大伙儿让念念，老石掏出信来，最大的一张是立功喜报。大家都知道老剩儿立功了。王满堂说老剩儿能吃苦，有钻劲儿，到哪儿，干什么都不会差。信封里还有信，有照片。

照片上的老剩儿穿志愿军装，挂着冲锋枪，站在白雪皑皑的朝鲜土地上。

大摊儿说，长高了。

王满堂说，也壮实了。

信上说……年初我们从“三八”线附近转移到了平安南道，现在正在修整，不日即将回国参加祖国建设。老剩儿在信里特别提到了他的瓦刀和抹子走时保存在师弟柱子处，说他回来还要用……

柱子说，我都给他存着呢。

大摊儿说，老剩儿要回来，这下可好了，咱们青年突击队的力量又壮大了。

朱惠芬找柱子谈发展新团员的事。柱子让朱惠芬上他家里商量，朱惠芬说行，两人就一同来到了灯盏胡同。

柱子一进门就看到了娘，高兴得闭不上嘴。问娘是什么时候来的，怎不让他去接。

麦子说，妈知道你忙，不让你接，妈又不是不认识。麦子仔细审视儿子，几年不见都成大人了，过了年就二十四了。

麦子把桂花推到柱子跟前说这就是给柱子说过的桂花。桂花叫了声“柱子哥”，就羞怯地低下头。柱子很大方地跟桂花握了握手，回身介绍说这是他们队的文书，朱惠芬。麦子说见过，就是那年教柱子学文化的小老师嘛。柱子说朱惠芬现在是队里的团委书记。大妞说柱子也很有出息，是青年突击队的队长了。

朱惠芬说家里有客人，她先回去了。柱子不让她走，说娘也不是什么客人。朱惠芬让柱子跟他娘好好儿说说话，说名单的事明天在班上商量也不迟。

朱惠芬还是走了。

柱子去送。

麦子看着走出去的朱惠芬，心里产生某种预感，有点儿不是滋味。麦子让桂花到鸭儿们的屋里去，跟丫头们玩去，她一边喝茶一边与大妞聊天，她要跟大妞说说她的担忧。

麦子问姓朱的姑娘是不是常来，大妞说常来。麦子说看这姑娘好像对柱子有意思。大妞说这她倒没问过，柱子也是到年龄了。她跟满堂省吃俭用，好不容易攒了四年，想攒辆飞鸽车，等柱子成亲的时候送给柱子，也算个大件儿。麦子问一辆自行车得多少钱？大妞说怎么也得一百二三，不过再攒俩月就差不多了。麦子嫌太贵，又说不能这么宠柱子，他下边还好几个呢，到时候一人一辆飞鸽，怕大妞老两口供不起。

大妞说，这不是长子嘛，皇上的长子还继承王位呢，老王家的长子就不配要辆飞鸽车？

麦子说，我担心的是姓朱的那个姑娘。那年我在这儿，她就跟柱子走得挺近乎。我那时只想着柱子还小，没太往心里去，这回我看，好像不是那么回事了。

大妞说这得看柱子的态度。麦子说那不行，让他挑，他自然挑好看的，中看不中吃的。桂花是我从小看着她长大的，跟个亲闺女也差不了多少。

大妞却感到事情没有那么简单。

初来到北京，桂花对这里的一切都感到生疏。她是个有主意的姑娘，她之所以能跟着二姑到北京来，是想见见柱子，跟柱子说一句十分要紧的话。

桂花来到鸭儿和坠儿的屋里，很拘谨地坐在床沿上，看着两个城里姑娘在忙自己的事。在桂花眼里，两个姑娘长得都很文静，都细皮嫩肉的，都像是很有学问的样子。跟她们一比，桂花就觉得自己粗，脸粗，手粗，辫子粗，模样也粗。这么一想，本来就很拘谨的她更不知怎么待着好了，连气儿也喘不匀了。说实在的，桂花并不指望眼前这两个姑娘以及那个柱子对她有多么大的好感。爹妈们说了这桩婚事，她没有理由提出不愿意，可是她从心里对那个柱子没有什么感觉。刚才匆匆瞄了几眼，还握了手，也并没有觉得有什么特别。她知道，这主要怪她，其实她在临州有人……那人叫霜降……

鸭儿已成大姑娘了，在读高中，坠儿也已小学毕业，两个人都是三好学生，是胡同里谁见谁夸的好姑娘。怕冷落了客人，鸭儿对桂花说，今天你就睡这儿，挨着我。

桂花……

鸭儿问桂花多大了，桂花说二十一。

鸭儿说，好像你们临州的女的都不爱说话，柱子他妈刚来时也这样。

桂花……

鸭儿说，我给你打洗脸水去。

桂花……

坠儿说，我猜你是来跟我大哥结婚的。

桂花……

坠儿说，你甭不好意思，我都知道。我爸我妈月月攒五块钱，给我大哥买车结婚用。你看，这是鸭儿钩的车座套，车把套，将来啊都是你的。

鸭儿端盆进来，看见坠儿把那些东西拿出来就说，臭显摆什么，快给我搁回去。又笑着对桂花说，车还没影儿呢。

桂花……

鸭儿说桂花好像很不高兴。桂花说没咋，有点儿累。

礼拜天，大妞拿出几块钱给柱子，让他带着桂花上东安市场逛逛。特别嘱咐柱子要多往姑娘们喜欢的摊前走，比如卖花布的，卖绒花的，卖镜子的……柱子说他没时间。大妞说人家既然来了，柱子就不能不理人家。柱子说没不理她。大妞说要是不愿意逛商店就上北海划划船，上北海也挺好。

柱子说，划什么船？我们老家那片水比北海还大，连买趟盐都得划船，还值当上北海划去。

王满堂在一边听得不耐烦了，王满堂说，我知道你心里想的是什么，你是惦记着那只小母鸡儿。我说，那小巧玲珑的东西不是咱们这样的家庭供摆的玩意儿，你趁早甭往那儿想。

柱子说，我想什么啦我，我什么也没想。

大妞说，听说朱惠芬不但爸爸有学问，连她妈都是教会大学的毕业生。老太太多大岁数了还穿水缎旗袍，还烫飞机头呢！无论你娘还是我，都没法跟人家比。

王满堂说，总得讲个门当户对吧？你这样进了朱家门，永远比人家低一截子。

柱子说，那咱们王家跟他们赵家就门当户对吗？您是临州来的穷小子，我姨是"隆记"营造场掌柜的千金……

麦子说，怎么说话呢？几年没见，别的长进没见，嘴倒是硬了不少，脾气也长了不少。

柱子一赌气出去了。王满堂喊他回来，柱子说他要加班。大妞说他最近怎么老加班？

麦子说，他是躲我呢。

王满堂说，躲得了初一还躲得了十五？

其实柱子不是妄说，柱子是真加班。前天朱惠芬的父亲上通州，今年天旱，通州潮白河水下去了，在水底下淹了几十年的木场子露出来了。谁也没想到，老头儿竟然在其中找到了一根楠木……大家觉得数百年的东西恐怕这木头早已淹糟了，烂透了，不能使用。老萧提出了个不同的意见，他认为楠木的特点是外烂里不烂，刨去糟了的，只要尺寸合适就能用。柱子以突击队长的名义作出一个决定，先把木头拉回来再说。

于是就拉木头去了。

刘家的“战争”终于爆发了，没有大吵大闹，刘婶跟白新生彻底摊牌了。悲痛的刘婶先给儿媳妇洒了一掬眼泪，然后拉着儿媳妇的手，字字血声声泪地说，孩子，这么些年了，我们也没等出个结果。往后呢，你还是我的闺女，你仍旧把这儿当娘家，我也不把你当外人。我知道你跟福来好，可你也得设身处地地为我们福来想想……

白新生低着头不言语。

刘婶说不是她心狠，依着她的心是真想把白新生留下。但是留下了白新生，往后福来再……就难了。

白新生说，妈，您别说了……您说什么就是什么……怎么着我都没意见……白新生说着嘤嘤地哭起来了。刘婶一见白新生哭就烦，刘婶说她就不爱听白新生哭。这回，任白新生再怎么哭，她也不会改主意了。

因为是过礼拜天，别佳和他妈上街买了不少东西。娘儿俩抱着大包小包走进院来，遇到正坐在檐下吃药的大妞。马太太问大妞吃的什么药，大妞说是治胃病的药。最近几天，她的消化特别不好，泛酸反胃，八成是得了胃溃疡。大妞问马太太大包小包都买了些什么。别佳抢着说大包的是烤鸭，三只，小包的是月盛斋的酱羊肉，那些不大不小的盒子是茯苓夹饼跟江米条。大妞说买这么些吃的啊，听着都让人消化不良。烤鸭在馆子里现烤现吃才是味儿，你们这样拿回家来就皮了。还买三只，不怕它长毛啊。别佳说他爸今儿发工资。大妞劝马家不管挣多少都得悠着来，不能这么花。马太太说中国的东西好吃，她见了什么想买什么。别佳说自从上次大妞教他妈怎么烤鸡以后，他们已经吃了九只烤鸡了，到今天一打嗝还是鸡味儿。大妞说这东西好是好，可别吃伤了。马太太问什么叫“吃伤了”，大妞说就是永远不想再吃了。别佳说他们已经吃伤了。

马太太从包里掏出一块黄油送给大妞，大妞闻了闻，一股奶香，很诱人，就问马太太怎么个吃法。马太太说是抹面包吃的。大妞就称赞苏联老大哥日子过得好，说街上唱的牛奶加面包，小车满街跑，楼上又楼下，电灯和电话，看来不是瞎说。

别佳说，您先别夸，您等到下半月再看。

大妞说她得赶紧做饭了，晚上他们家的柱子跟桂花还要看电影去。别佳马上问看什么电影，大妞说是《山间铃响马帮来》。别佳说那大概就是说马的电影了，他最爱看马，街上拉车的马，他哪一匹都爱。

大妞说，你贫不贫啊。

别佳问带不带他去。大妞说没他的份儿。

马太太说院里好像有人在哭。大妞说她没听见，其实她是不想让老马家参与到中国人的家庭纠纷里来。毕竟内外有别，中国人生不生孩子，让苏联人操心干吗？马太太说院里的确有人在哭，大妞说她的确没听见，什么也没听见。

福来捧着一张化验单急匆匆从后院跑出来，一副沮丧的模样。连理也没理院中的马太太和大妞，刺溜一下钻进屋去了。

刘家的屋门突然一下紧闭了，哭声停止，里面变得无一点儿声息。

晚饭桌摆在当院，桂花在摆饭桌，王满堂照例就着花生仁喝着他的小酒。对面，刘家的门仍旧关着，仍旧有人在低低地哭，好像哭的已经不是白新生。王满堂听得心烦，让大妞过去劝劝。大妞说，劝什么劝，你能帮刘家生出孩子来吗？王满堂说大妞说话忒不中听。大妞说铁嘴老萧下午就到刘家来了，跟刘家密谋了半天了。

王满堂问今天吃什么饭。大妞说小米粥，丝糕抹黄油。王满堂说丝糕抹黄油是什么吃食？大妞说是苏联吃食。

王满堂吃两样面丝糕抹黄油吃得龇牙咧嘴，黄油碰上热丝糕，顺着手指头缝往下流，给人的感觉实在不怎么好。大妞扬起胳膊去舔流下来的油，又滴到衣服上，又用布擦，总之吃得热火朝天，手忙脚乱。全家人对“苏联”饭感兴趣的只有大妞，王满堂说她是有病。大妞说她最近还真就有病。麦子问是什么病，大妞说是脾胃不和。王满堂哼了一声说看这吃法像是火化食，哪里是脾胃不和。

门口有小贩吆喝：臭豆腐，酱豆腐，王致和的臭豆腐。

王满堂让坠儿赶紧拿碗买了两块臭豆腐来。他说他决定无论如何再也不“苏联”了。大家都认为王满堂的举动很英明，纷纷响应，只有大妞说他们不会享受外国的现代化，不懂得洋派儿。

麦子还在惦记着柱子，主要是怕柱子误了晚上的这场电影，农村青年搞对象，双方只要一进电影院，事情就是成功了大半，人们往往说，谁跟谁连电影都看过了，就是说这件婚事进展到了冲刺阶段，好像那黑咕隆咚的电影院是成就恋爱升华的催化剂，很少有谁看过电影还跟对象吹的。在农村，恋爱青年看的什么片子和恋爱实际并没有联系，《李二嫂改嫁》也罢，《平原游击队》也罢，电影内容对于恋爱没有指导意义。关键是看电影这件事本身，关键是那黑咕隆咚……麦子在为她的设计而得意时却没有料到，出去拉木头的柱子竟然一走两天没有露面，柱子要是还不回来，这电影就看不成了。

大妞看了桂花一眼。

桂花没有表情。

大妞说不碍的，今天看不成，下礼拜记着再买两张票。今天就让鸭儿带着那个别佳去，那小子憋着看这场电影哪。鸭儿说别佳看什么片子不好，偏要看搞对象的还有什么特务。大妞说别佳是想看马。

大家正吃着饭，一个农村青年背着包袱，找到九号来了。青年人鞋上净是土，一双裤腿挽得高高的，脑袋上顶着一个只有乡下才能见到的茶壶盖头，衣兜里还假模假式地别了一根钢笔。

大妞刚要问找谁，桂花惊喜地叫道，霜降哥，你咋来了？

被喊作霜降的青年看到桂花，神情一下活泛起来，看见了旁边的麦子，亲热地叫了声二姑。麦子向王满堂介绍说这是临村的霜降。王满堂说他不记得有个叫霜降的了。麦子说满堂不记得霜降应该记得霜降他爹，他爹就是那个往王家茅坑里扔石头，溅得屎汤飞上墙的二歪。王满堂说原来是二歪的小子，说他记着二歪扔石头的时候还没眼前这个大。麦子说都是几十年前的事了。

桂花热情地招呼霜降，给他打水洗脸，之后让他坐，要给他盛饭。于是添碗加凳子，霜降也不客气，就在王满堂旁边坐了下来。

麦子问霜降怎么找到这儿来了。霜降说家里没什么活儿了，他去王家庄看姑奶奶，姑奶奶说二姑带着桂花去北京了。他寻思北京他也没去过，不如借着二姑在，也来看看皇上的金銮殿，就寻来了。

桂花听得两眼放光。大妞看了看桂花，不动声色地喝了一口粥。大妞说，我看这两张电影票就让桂花跟霜降去吧。麦子说霜降刚到，累了，得歇歇，还是让那个小洋人儿去，那孩子盼了半天了。霜降说他一点儿也不累，他最爱看电影了。

大妞说，这样的电影我也爱看。

王满堂嫌乱，吃完饭站起身来就到队上去了，他要看看那根拉回来的木头怎么样了。

柱子和他的青年突击队拖着一身的泥水，疲惫不堪地把木头拉了回来。王满堂赶来的时候，柱子刚刚把木头刨完。老石一见到王满堂就高兴地喊，满堂，好楠木，里面果真是硬铮铮的好木头啊！一青工说，死沉死沉的呢，我们二十个人上去都抬不动。

王满堂从柱子手里接过尺，把木头上上下下地量——

众人对木头的尺寸也很关注。王满堂量完，不多不少，正好是一根大梁。

大伙儿松了一口气，这下好了，解决大问题了。有人说这也是天意，通州老木场的水早不干晚不干，偏偏这时候干，不就是为着把木头亮出来吗？有人说又是鲁班爷显圣，有人说这回是龙王爷献宝。有人说应该让老萧给论道论道，大伙儿找老萧，没见人，说是在干闺女家呢。

王满堂对老石说，有了梁还是不能盲目乐观。永乐十四年（1416年）的砖都酥了，风化得厉害，没有新砖不行。这儿的砖不比东直门的砖，这可是货真价实的金砖，哪儿弄去？

老石也说修角楼的工程一点儿也不能马虎，得开全体党团员会议，发动群众想办法。大摊儿就说这回老剩儿不在，没有练武场可拆了。老石告诉大家说下午接到通知，老剩儿他们那个部队明天就回国到北京了。柱子们要去车站接，朱惠芬说她组织秧歌队。

王满堂说，老剩儿是从我家里走的，明天我还在家给徒弟接风。

电影院里，霜降和桂花的兴趣果然不在电影上。霜降攥着桂花的手，从一进场就攥着一直没有松开。他们只对彼此有兴趣，至于银幕上演的什么他们连看也没看。

桂花说霜降真没脸没皮。霜降说他从临州追到北京，这足以表达了他对桂花的忠心。桂花说当突击队长的柱子也是个挺不错的人。霜降说他绝不能让桂花嫁给什么柱子，他之所以这么急急火火地追来，就是为了阻挡这桩婚事。桂花说她不会嫁给柱子。霜降说他来到北京，第一是要跟城里的柱子摊牌，别看他霜降是乡下人，乡下人一点儿也不比城里人窝囊；他的第二件事就是要看金銮殿，不但是他看，也是替他爹看，看皇上住的地方，这不是所有的中国农民都能有的福气。

霜降桂花们看电影的时候，大妞也正在家里折腾，她把晚上吃下去的"苏联吃食"几乎一点儿不剩地全吐出来了。麦子一边帮着打扫秽物一边让大妞明天上医院看看，说这样吃什么吐什么终不是好事。大妞也说她明天一准上医院，绝不再拖了。

别佳在周大夫门口急切地叫出了周大夫，周大夫从屋里趿拉着鞋出来问别佳有什么事。别佳说还是得让周大夫给开点焦三仙。周大夫问这回是别佳还是他妈。别佳说当然是他妈，他哪能吃成那样。周大夫问他们晚上都吃了什么。

别佳说，半个面包半锅绿豆粥，半只鸭子半瓶酱豆腐，半听奶酪半斤萨其马，半盘酸黄瓜半截腊红肠……

周大夫说，行了，光那半只鸭子就够我开焦三仙的了，你妈的胃有多大。

别佳说他爸在工地上班，一礼拜回家一趟，他妈在家不鼓捣吃干吗呀！

周大夫将药方开出，让别佳到胡同西口济仁堂药铺去抓药。别佳说，我知道，掌柜的姓宋，小伙计姓孟。看了一下方子说，周大叔，您再给下头添十丸大山楂丸，那是我的。

周大夫说，十丸，你拿它当糖吃啊？

别佳说，我跟山楂丸有缘。那回我拉稀，一下吃了二十丸，您猜怎么着？

周大夫说，你的脸都成了山楂色了。

别佳说，好了。一下四天没拉屎，大便干燥。

周大夫说，我算服了你了。

福来来找周大夫，周大夫让福来坐下，说是要给他好好儿号号脉……别佳也让周大夫给他号脉，被周大夫骂出去了。

这天王满堂和柱子很晚才回来。王满堂嘱咐大妞明天多准备几个菜，说是老剩儿要回来，麦子说她正好从老家带来两只油鸡，不如一并杀了。王满堂问明天给老剩儿吃什么，大妞说当然吃面。上马饺子下马面，这是老北京的规矩。

九号小院这天回来最晚的是那对看电影的人。

志愿军同志今天回国，孩子们在鸭儿的指挥下，在制作“欢迎最可爱的人”的小旗。别佳笨手笨脚，做了几个都坏了，鸭儿不让他做了，说他净浪费材料。别佳说那我干吗？你们都有事干，也得给我找点儿事啊。梁子说别佳的嗓子好，让别佳给大伙儿唱歌。别佳说这有什么难的，张嘴就来：

水牛儿水牛儿，
先出来犄角后出头哎。

你爹你妈，

给你买了烧肝烧羊肉哎。

…………

坠儿说不听这个，这是什么歌啊，吱吱呀呀的。她让别佳唱个苏联歌，唱个有气魄的。别佳就又换了一首：

听吧，战斗的号角发出警报，

穿好军装拿起武器，

共青团员们集合起来踏上征途，

…………

这首歌中国的孩子们都会，不用指挥，就变成了几个孩子的合唱：

我们再见了亲爱的妈妈，

请你吻别你的儿子吧，

…………

忽然别佳换了俄语，中俄文混杂的歌声飘荡在小院上空。

…………

我们再见了亲爱的妈妈，

请你吻别你的儿子吧，

…………

麦子擀出了又细又长的面条，大妞择黄花木耳，准备打卤。八仙桌上的酒菜已经上齐，炸花生、拌粉皮、拍黄瓜、酱肚子，都是家常菜，也都是老剩儿爱吃的菜。大妞从厨房端出了一碗八宝饭，热腾腾地也摆在了桌子上。王满堂随时随地在监视着大妞，防备她把苏联的黄油往上端。

王满堂问二歪儿子上哪儿了。麦子正在杀老母鸡，说跟着桂花逛隆福寺去了。老萧来了，老萧说年轻人都到车站接老剩儿去了，他先来九号等着。鸭儿的小旗也糊好了，她将几个孩子拢到大门口，指挥他们一边站俩人，不许乱跑，志愿军同志来了要热情，要亲切。

坠儿说，咱们这么站着跟跑龙套的似的。

别佳说，这不叫龙套。这叫列队。

鸭儿让大家注意衣服整洁，注意情绪高涨，注意精神饱满。

别佳是个没长性、闲不住的孩子。在门口等待的时候他看上了坠儿背后的书包，坠儿的书包是用线钩的那种网扣书包，他在苏联没见过这种书包。他夸坠儿的书包好。坠儿问他怎么好。他说凉快。坠儿说他德行，没正经，不理他了。别佳就跟鸭儿说，让鸭儿也给他钩一个坠儿那样的书包。鸭儿说那样的书包是丫头背的。别佳说他就爱丫头背的。

王满堂和老萧在桌前坐着喝茶等待老剩儿。王满堂说老剩儿这一走一晃几年了，别看是个壮工，回来可是把好手，底下这些杂活儿交给他放心。老萧说枪林弹雨，出生入死的，好不容易停了战，回来好，回来就让人放心了。

老萧看看表说这会儿到车站了，柱子他们迎上去了。

王满堂说，好像你真看见了似的。

老萧说，我会算。

王满堂看了看座钟。老萧说甭看了，这会儿下铛铛车了，正朝胡同走呢，不出两分钟，准到。

王满堂说，老萧，人要活到你这份儿上也没意思。

老萧问为什么。王满堂说什么都能掐出来，连自个儿什么时候咽气都一清二楚，还活个什么劲。老萧说话不能这么说，其实还是失算的时候多。

这时坠儿飞奔进来告诉说：来了！

王满堂和老萧以及大妞等都随坠儿来到门口影壁前。只见柱子、老石、朱惠芬、大摊儿灰溜溜地进来了。王满堂朝街上看，问老剩儿呢？

没人说话。

老萧的脸刷地变了。

王满堂还不住地问老剩儿，老石让王满堂冷静一些。

柱子说老剩儿牺牲了。

大妞说前几天来信不是还好好儿的吗？不是说早已停战了吗？

老石说，临回国的前一天，部队驻在至东里。朝鲜老乡家的草房着火了，老剩儿跑去救火。先抢出来了一个孩子，又听说还有个老太太在里头，他立即返回去背老太太，就在这时候，房塌下来了……

王满堂僵住了，一句话说不出。他的嘴唇哆嗦着，已经完全失去了思维。

大妞说，这是鸭儿他爹最上心的一个徒弟，老天爷怎么就把他收回去了呢！

老萧说，他命里犯火。我让他往东走留神。至东里，你们听听这名，至东，就是最东边，他不出事等什么？

满堂流泪了。

孩子们静穆地站着。

老石打开黄书包说这是老剩儿留下的东西。王满堂一看黄书包里取出来的东西，心都要裂了。

原来是一块雕好的砖。

王满堂接过砖雕，来到影壁前，把它嵌在影壁的空缺之处，严丝合缝，与原砖浑然一体。一只可爱的兔儿直起身子伸展着小爪向着左角的月亮遥拜。王满堂想起老剩儿的话，师傅，这块砖雕一补上，您这小院就齐了。

王满堂抚着砖雕，久久不愿撒手。老萧看着砖雕说这是老剩儿给大家留下的念想。王满堂说，没了，一个人，好好儿的他说没就没了……和泥他是把好手，工长一派活儿，用什么泥，不用吩咐，他早和好备在那儿了。现在是修角楼的关键时候，要铺锡镴被，要挂琉璃瓦，泥浆最要紧，我还指望着他……队里就缺这么一个人儿。

大家看着那只兔儿，都很悲伤。

当晚麦子对王满堂和大妞说，来了这些日子给你们添了不少乱，看来柱子和桂花的婚事一时还办不了，临州家里老娘得有人照看，队里的农活儿正忙，明天我带着桂花、霜降就先回去了。大妞还客气地挽留让多住些日子，王满堂想了想说，先回去吧，现在不是办喜事的时候。

第二天柱子给买了车票，送麦子三人到火车站回临州了。

时间一天天过去，刘家的药锅还在沸腾。刘婶还在贯彻她的精诚所至、金石为开的顽强精神，所不同的是换了服务对象。

刘婶滗了药，将一碗黑汤端到福来跟前，哄他喝药。福来问他妈这是第几服了。刘婶说第八十服吧。福来嫌苦。

刘婶说，你还嫌苦，你媳妇喝了多少年哪！

福来苦着脸吃药，吃完药一张嘴，糖。

刘婶赶紧往儿子嘴里搁了一块冰糖。

福来嘎嘣嘎嘣嚼了说，再来！

刘婶说，没你这样的，糖比药吃得多。

福来在治病，大妞也在治病。最近大妞的感觉越来越不好，老是胸口堵。医院当然看过了，还做了钡餐透视，也没见有什么，可大妞就是吃不下东西。有一回听说有种叫噎膈的病就是这症状，大妞有些害怕了，找到周大夫咨询病情。周大夫没说什么就给大妞号脉。

周大夫按着大妞的寸关尺，一脸惊异。大妞说，周大夫，您要看我真没多少日子了，您就给我说实话……我挺得住……

周大夫告诉大妞说她怀孕了。大妞说怀孕不可能，她的月经早绝了大半年了。以她这年龄，不会再怀孩子了。

但事实证明大妞确实怀孕了。

四十四岁的孕妇。让王满堂和大妞都有些哭笑不得。

1957年对于中国人来说是个很敏感的日子，对于国民党军医出身的周大夫来说同样也是一个复杂的日子，只能说是复杂，不能说是敏感。第一，在这一年周大夫被单位评为了右派；第二，当右派这天，对于周大夫来说也不能说全是黑色的，在当右派的同时他还有很大的喜悦在心底涌动，所以1957年就周大夫来说是个很别样的年份。

周大夫的右派只能说是“评”上的，不能说是“打”成了的。因为找了半天，除了他的国民党军医身份以外，找不出其他任何右派言论和行动。那天医院里上午开了一个动员会，说上边有精神，反右斗争要补课。在深挖细找精神指导下，要补划一批右派，周大夫所在的妇产科也分到一个名额。动员之后便是“选举”，妇产科一共四个人，要出一个右派。四个人里一个是才从学校毕业的十六岁的护理员，一个是带着三个孩子的女大夫，再一个是下个月就退休的老太太。四个人闷了一下午，没人发言，各有各的难处，各有各的想法。周大夫熬不住了，内急，周大夫上厕所了。就周大夫上厕所的一会儿工夫，出结果了，他是右派。

周大夫心里窝火，可他又没地方发去。鉴于科室的情况，明摆着，他不当右派谁当右派？他不下地狱谁下地狱！

当就当吧。在名额报上去的同时，周大夫的工资就被降了三级。并且通知他从第二天起提前到岗，打扫门诊楼道卫生。这样的安排使周大夫没费什么劲，很快找到了右派的感觉和心情，用现在的话说是角色对位非常准确。所以从当右派的那一刻起，周大夫就很自觉地把脑袋耷拉下来了。

霜打了一样的周大夫下班走进九号，在门口，他当然要看看有信没有，还好，有一封江南的来信。周大夫拿着信进门，碰到刘婶，刘婶说听说周大夫当了右派了。

周大夫说，是他们推举的我。

刘婶说周大夫当了右派她也有事干了。她让周大夫往后一个月给街道写一回思想汇报，说这方面的工作正好归她抓。在她的眼皮底下，周大夫更应该好好儿改造自己，不要抱什么近水楼台先得月的侥幸心理。周大夫说他有单位，用不着接受刘婶的改造。刘婶说周大夫的户口在街道，在街道就得接受街道监督，这些上边都是有精神的。

所说的“内心涌动着喜悦”是指周大夫在当右派当天收到的那封信，那封江南女朋友的来信对周大夫来说是个明亮的信号。信上说经政府有关部门批准，她已经同她不爱的丈夫解除了婚姻关系，现在她终于自由了，她和周大夫之间再没有任何障碍了……

周大夫长舒一口气，他想今儿这一天也不净是坏事，老天爷也有睁开三分眼的时候。把两件事一权衡，周大夫觉着还是后一件重要。对于周大夫来说，右派是件扯淡的事，他们医院一共才二百来人，就有三十多右派，铺天盖地呢，他算什么。

这么一想，周大夫就高兴，索性把昔日女友的照片取出，挂在墙上欣赏起来。

周大夫的这位女友，叫林美娇，是大学时代的同学，在学校里曾经和周大夫热恋得一塌糊涂。后来，林家家长做主，将林美娇嫁给了美国面粉驻中国代理的郑大公子，林美娇自然是没死没活地闹。周大夫哪里是郑公子的对手，人家似乎并没有怎么使劲，就轻而易举地把美而娇的林小姐弄到了手，这点很是让周大夫遗憾。林小姐婚后第一个星期就给周大夫写来了一封长信，颇有后悔、埋怨之意。那封信写得凄婉悲哀，催人泪下，让周大夫捶胸顿足，发誓将林小姐等到底。解放后，林小姐频频来信，讲述家庭不幸，企望重温旧好。但是周大夫每每回信却非常谨慎。毕竟人家是夫妻，毕竟林小姐与郑大公子的关系还存在，尽管大公子的境况已经是非常非常的今不如昔。周大夫虽然在等待，但顺其自然，水到渠成的想法似乎更占了主体。

现在，林小姐那边的问题解决了，周大夫感到舒了一口气。

院子里传来孩子们的争吵声夹杂着梁子的高声朗诵：

天上没有玉皇，
地上没有龙王；
我就是玉皇，
我就是龙王。
喝令三山五岳开道，
我来了——

周大夫推门一看，坠儿和别佳等人在为一些破铁争执。还有几个孩子，大约是同学吧，也在为谁的铁丝谁的锅圈而说三道四。有一个局外人——梁子，他站在花池子上大声朗诵着，听众也只有一个，一个穿着小细花布裙子的小姑娘。小姑娘叫英子，是梁子学校文学小组的同学。周大夫说这首诗真好，问是不是梁子写的。梁子说是他们语文书上的课文。梁子说他爱这篇课文，将来他也要写这么美的诗。英子说梁子将来要当诗人，当马伟那样的诗人。周大夫不知道马伟是谁，英子说就是上他们学校做过一回报告的大作家，名声大极了。

在梁子和周大夫谈论他的文学梦的时候，坠儿们的烂铁已经“分赃”完毕。各人跟前的堆里除了有各种乱七八糟的东西以外，成件的东西也不少，坠儿的堆里有大门的铁门鼻，箱子的铁合页；一个同学的堆里有通炉子的通条，夹煤的火筷子，熨衣服的烙铁；另一个同学的堆里有剪刀、菜刀、瓦刀；别佳的堆里有他妈的电吹风和电烤炉的铁箅子……

周大夫看了说，好像你们都不过了。

同学们说，我们为一〇七〇万吨钢而奋斗。

周大夫说，好好儿奋斗奋斗……同搞不清自己为什么会成为右派一样，周大夫同样搞不清这个一〇七〇。他认为，如果他那个右派带有某些戏剧情节的话，那么这个一〇七〇就带了某些游戏性质。当然，他不能说什么，他得认认真真地当他的右派，完完全全地推崇一〇七〇万吨钢。

大门口鸭儿与他们班上团组织委员的谈话还在继续。委员说鸭儿能积极靠拢团组织这很好，支部下周开会，讨论新团员的发展问题，让鸭儿做好准备。鸭儿很激动，她问还能为团组织做些什么工作。委员说也不用再做什么了，如果在超英赶美大炼钢铁运动中，鸭儿能表现得再突出一点儿就更好了。

鸭儿坚定地说她会的。

鸭儿进院，抬头发现大街门的铁门环没有了。鸭儿开箱取衣服，发现箱子鼻儿没有了。鸭儿正在屋里转，刘婶掂着烙铁进屋，说是这东西才从坠儿同学的手里截回来，差点给献了。大妞在院里找火筷子，还说火盖子也没了。梁子跟同学夺瓦刀，说这是他爸吃饭的家伙。

鸭儿将这一切看在眼里，一筹莫展地在台阶上坐下。别佳贼眉鼠眼地跑过来搭话，说鸭儿肯定为废铁的事在发愁。鸭儿让他躲远点儿。没好气地说，吃你的大列巴抹臭豆腐去吧。

别佳说，那也比丝糕蘸黄油强。说着在鸭儿旁边坐下，神神秘秘地说他知道哪儿有废铁。鸭儿也是找铁心切，她让别佳带她去。别佳说带可以，但是有条件。鸭儿问什么条件，别佳说得给他钩一个坠儿那样的书包。

别佳的确很有本事，他和鸭儿从外面进来，由包里掏出许多铁卡子，别佳得意地掂着其中一个说，一个卡子至少有二斤。鸭儿兴奋地说这下她可超额完成任务了。鸭儿整理着铁卡子问别佳怎么知道那儿有这些东西。别佳说他爱看死人，这铁家伙的后头就是太平间。太平间里老有死人，有一天，里头躺了一个老太太，脚一丁点儿，还穿着绣花鞋……

不远处轰隆一声巨响。两人都捂住了耳朵。别佳说，别是美帝国主义的飞机来扔炸弹了！

鸭儿说好像是医院那边。别佳说不好！拉起鸭儿就朝外跑。大妞挺着大肚子追出来问出了什么事。别佳、鸭儿早已跑出好远。大妞在后头追，说是危险，别去看热闹。

这一声响，震得一胡同的人都出来了。大家说玻璃哗哗的，瓶子都倒了，不是好响动。

大妞汗珠滚落，扶着门框滑落到门墩上……

刘婶说，你这是……还不到日子啊，差两个月呢。

大妞说，孩子已经出来了。

王家又一个男孩的降临并没有给这个家庭带来多少欢乐。那个提前两个月的早产儿虚弱得连哭的力气也没有。以周大夫的说法，这样的孩子在医院是要放到恒温箱隔离起来的，但是在王家，在这个普通的工人家庭，也就谈不上什么恒温的条件了。一切都得听天由命。

鸭儿闯了大祸。因为卸了高压锅炉的卡子，使得锅炉盖子整个崩开了，造成了一次不大不小的事故。惊动了派出所的民警，负责调查这件事的是派出所管灯盏胡同一片的片警大安。大安是个刚从警校毕业的年轻人，年龄不大却显得老成持重，他来王家找鸭儿谈话，街道的治保主任刘婶和鸭儿学校的班主任杜老师也在座。

大安问鸭儿卸了人家几个卡子。鸭儿说四个。大安问还有谁。鸭儿说就她自己。

别佳不知从哪儿钻进来说，还有我，这是我的主意。

大安说怎么还有个洋人？刘婶说，这小子又淘又坏，忒不是东西。说他是洋人亏了，除了种不一样，他比中国人还中国人。

大安说，这小子还挺大包大揽。说说你的动机。

别佳说，超英赶美，为一〇七〇万吨钢而奋斗。

刘婶说，我说什么来着？他不是个省油的灯。

大安小声对刘婶说，把他弄出去，有他在事情越搞越麻烦。

刘婶将别佳连推带搡推出去了。别佳在院里喊他是主谋……

大安说医院的锅炉炸了，那些针头都飞上了房顶，针管、瓶子什么的全碎了。给国家财产造成了损失，好在没有伤人。大安让鸭儿说说动机。鸭儿说不出，说了半天就是想搞点废铁……

杜老师说，王国英，你正在要求入团，怎么能干这样的事，这是破坏啊！

鸭儿急得快哭了，说她没想搞破坏，真的没想破坏。

杜老师说，主观上没想，可客观上造成了。

刘婶说，当着学校跟街道的面，实话实说，把前前后后给片警大安讲清楚。是成心的还是有人指使的？就是真有人让你这么做，说出来也不怕，这笔账咱们算他的，不算你的。告诉刘婶，是不是他们医院里的人指使你干的……

鸭儿听得糊涂，说不出所以然……刘婶让鸭儿甭害怕，说有街道给她做主，让她大胆揭发。

大妞从里屋出来哀求说再不要难为孩子了，坏了什么东西王家赔！刘婶对大妞的做法不满意，说人家在执行公务，大妞出来横插一杠子，妨碍破案。

大妞说，你们把我闺女吓成什么了，不就炸了几个针管嘛，我们赔就是了，有什么大不了的！你看看你们，街道、学校、派出所，几个大人对付个小孩，把孩子吓得连话也说不利落了。

大安将本一合，说这件事不用再问了，基本清楚了。刘婶说你真清楚了？大安说真清楚了。刘婶说大安还年轻，今年才……

大安说，十九。

刘婶说，还没我儿子大。我的意思……你出来。

刘婶把大安拉到院里叽叽咕咕谈自己的推测，她说后院姓周的是国民党医院军医，又是新当选的右派，他在那个医院里工作，心里当然不痛快了，搞点小破坏是理所当然的。所以，他指使鸭儿干这件事的可能性最大。要真是他让鸭儿这么干，事情就复杂了。大安说，您这样说得有真凭实据，不能瞎猜。

刘婶说，我是给你提个醒。干治安，你得多长几个心眼儿。我当治保副主任一二三四五……八年了，经验告诉我，有些事你得一环套着一环地去想它。

大安笑着说，刘婶，您都快成破案专家了。小事破成小案，小案破成大案……刘婶说，你当怎么着？你刘婶想得深。

当天晚上，老马斯洛夫就将小马斯洛夫压在板凳上，照着屁股一通臭揍。

别佳虽然挨了打，但并不影响情绪，他爸爸的气还没消，他就又开始串门了。他是个记吃不记打的孩子。他来到周大夫屋里，周大夫说，你小子挨打了，我都听见了，跟杀猪似的。

别佳说这是常事，苏联的孩子都禁打。周大夫本来想过去拉的，可又怕引起国际纠纷。再一想，反正他们是内战，让他们打去吧，就没过去。别佳说周大夫这是见死不救，眼看着自己的朋友挨死打，无动于衷，他们俄罗斯人可不是这样。周大夫说看老马那一胳膊黄毛，那块头，熊似的。他拉谁的架也不能拉老马的架，他这瘦猴架不住老马一推。

别佳说，要是您爸爸打您，我准帮忙。

周大夫说，帮我？

别佳说，帮您爸爸。

周大夫一拍别佳说，往后我要给你小子开山楂丸才怪。

别佳哎哟一声尖叫。周大夫问他怎么了。别佳说碰了他的创伤了。周大夫脱下别佳的裤子，看到别佳的屁股一片青紫，皮下严重出血。周大夫问老马为什么把儿子打成这样。别佳伏在周大夫耳边如是如是地说了一番。周大夫说，敢情我们医院的锅炉是你小子给弄炸的，该打！说着在别佳屁股上猛击一掌。

别佳疼得哎哟一声蹦起来说，哎哟，雪上加霜啊！您这一下的疼度顶我爸爸十下。

周大夫说，我要是你爸爸打得比这还得狠！

多嘴的别佳又传达了刘婶的怀疑，把周大夫气得够呛，周大夫说，你说这娘儿们，她……她怎么胡咬！

根据王满堂当时的心情，王家的末生儿子被取名叫作王国墙。当时王满堂特别强调，是“墙”不是“强”。

大妞将襁褓中的婴儿抱到王满堂眼前让他看看小儿子的一双眼，说是才落生就这么活泛，又黑又亮。

王满堂说，贼眼。

大妞嗔怪丈夫说这几个孩子他没一个看得上的。接着让王满堂给怀里这个亮眼睛取个名。王满堂说，锅炉爆炸给炸来的，一看见他就跟撞了墙似的堵心。

大妞说，总不能叫他墙吧。

王满堂说，就叫墙。

柱子问爹是什么墙？王满堂说掺麻刀抹的灰墙。柱子说那就是青皮了。梁子说青皮，这家伙长大准不是什么好鸟。

大妞说，在门墩上生的，就叫他门墩吧。什么青皮墙，咱们不认。

在给王国墙命名的当天，王家做出了一个决定，将给柱子结婚准备的买车钱给医院，以作赔偿锅炉的损失。

鸭儿从此变得沉默寡言，跟谁也不再说笑了。王家一家人也显得从来没有过的沉闷。王满堂说，都是这个叫门墩的孩子闹的，他一来，就把家里的喜兴劲儿全赶跑了，真是个不招人待见的东西，特别是那两只往外扎着的大耳朵，应了“两耳扇风，败家的老祖宗”这样的老话，不好。

最终让王满堂情绪转变的事情，是他代表老建筑工人去参加了修建人民大会堂的座谈会。工人参与大会堂的建筑设计方案，这在建筑行还是头一回，大伙儿都为王满堂高兴。老萧说搁有皇上那会儿这就是参政议政，非三品以上不能。老石也说修建人民大会堂，这是全国人民的一件大事，也是建筑行一件大事，让满堂去提意见，足见国家对古建工人的重视。

王满堂参加会议回来，在古建队的会议室给大家介绍了建筑人民大会堂座谈会的情况。王满堂说周总理也参加会议了，总理让他们工人代表坐在他身边，总理说今天请来的都是各方面的专家、代表，请大家就人民大会堂的修建提出自己的想法和建议，集思广益嘛，我们要建的是一座与天安门交相辉映，与太和殿相媲美，更辉煌更完善的人民的宫殿……王满堂说了建大会堂的几种方案，工人们全神贯注地听，此时此刻，他们真有一种国家主人的感觉。

最后，老石宣布了上级的决定，古建队的青年突击队和其他兄弟单位一起，参加人民大会堂的建设。

第五章

柱子要结婚了，新娘是临州的桂花。

自打上次麦子带桂花、霜降回临州后已过大半年了，王满堂的老娘常和麦子念叨柱子和桂花的婚事。现正是农闲的时节，麦子就带着桂花来京准备完婚，霜降作为桂花娘家的代表也一块儿回来了。来京后的第二天桂花和霜降就急急忙忙要赶到大会堂工地去见柱子，众人拦也没拦住。回来后桂花和霜降很是兴奋，像是了结了一件心愿似的红光满面。王满堂见了说，瞧你们高兴的样子，这回可开眼了吧？千军万马大会战，这才是我们建筑工人的大气魄，柱子算是赶上好时候了。桂花、霜降听了相视一笑，连连点头。

柱子在人民大会堂工地上搞大会战，没有工夫回家，大摊儿支使着一帮徒弟把柱子住的小屋拾掇得四白落地，连地上墁的砖都全给换了。大摊儿的两个徒弟坐在檐下磨地砖，桂花用手抚着平滑的砖面说，这砖光得能照人儿。

大摊儿说故宫太和殿的砖地也不过如此，建故宫的时候磨砖，一个工匠一天只许磨两块，就让工匠慢慢儿磨，这样才能磨出镜面的效果来。宫里头的砖是拿桐油浸泡过的，现在浸泡已经来不及，他们是拿桐油磨，大摊儿说桂花赶上娘娘的水平了。桂花说她可没那娘娘命。大摊儿让桂花别不知足了，说就这小屋，全北京也找不出第二份来。

放了学的梁子背着书包往家跑，后头跟着别佳还有英子。梁子今天很激动，那个叫马伟的大作家给他来信了，大作家在信里头鼓励梁子一定要好好学习，天天向上，说将来梁子一定能成为世界级的伟大作家，就像泰戈尔那样。泰戈尔是谁，梁子不知道。问老师，老师说是印度的大诗人。老师说马作家的信写得很好，把它贴在墙报上了，好让大家都能看到。老师说梁子应该给作家认认真真地写封回信，表示自己的决心，不辜负作家的期望。梁子借着自己的激动劲儿，利用课间时间就把回信写了，没有邮票，跟别佳借了一毛钱，四分邮票，一分信封，剩下五分……买了一根奶油冰棍，边走边嘬。

别佳看见冰棍自然不能放过，伸过脑袋也要嘬。梁子说嘬可以，只能两口。别佳说两口就两口，说完从下到上，在冰棍上狠狠地来了两下子，冰棍眼见着小了一半。英子说她也要嘬，梁子不让。英子说别佳能嘬她为什么就不能嘬？梁子说钱是别佳的。别佳自恃是债主，得寸进尺地提出再嘬两口。

梁子不干了，梁子就跑，别佳和英子当然要追，三个人在回家的路上跑成了一条线。别佳追不上梁子，他蹲下不跑了，他说梁子不够哥儿们，一根冰棍就衬出了小家子气……这当儿，英子追上了冰棍，将冰棍拿在手里结结实实地咬了一大口！别佳眼见着冰棍少了一大截，他觉着吃了亏，他不干了，他让梁子还钱，立马就还，他不当债主了，他改主意了。

梁子当下就傻了眼，梁子说下礼拜还行不行。别佳说不行。梁子把手里的冰棍全让给别佳，别佳不要，说是已经剩了个头儿。别佳只要钱，这下把梁子憋住了，梁子只好说他回家就跟妈要。

进了小院，别佳还没有忘了让梁子还债的事，他让梁子去找他妈要钱，说他自己要到新娘子的洞房去视察视察。

梁子噘着嘴找到了正在为大哥婚事而忙碌的母亲，提出了要一毛钱的请求。大妞说没有，说这月家里要办事，钱紧极了。梁子知道母亲的脾气，话说多了一瞪眼睛，说不定掸把子就抡上来了。梁子决定还是自己想办法。

“视察”洞房的别佳很快和丫头们打成了一片，他和坠儿围在桂花旁边看桂花剪纸。别佳等不及了，让桂花马上打开，说着伸出了手。桂花打了别佳一下让他别伸爪子，说还没剪完呢。别佳认为桂花搞得太复杂。桂花终于把剪好的纸打开了，是一个双喜字两只喜鹊。

别佳失望地说，你刚才不是说剪飞机吗？

桂花说，谁家新房里贴飞机？喜鹊也会飞呀。

别佳说喜鹊终归比飞机差远了。坠儿说两只鸟，一只是她大哥，一只是……别佳说俩鸟亲嘴呢，说他们那儿结婚也亲嘴，大伙儿一喊“苦啊”，就得亲。桂花问别佳亲过嘴没有？别佳说当然亲过，像他这样的人没亲过嘴那才怪了。

这是九号第二次在院里摆宴席了，第一次是福来，也是三桌，那时候大妞是娶亲太太的角色，如今当上婆婆了，一晃的事，这使大妞十分感慨。刘婶也来帮忙，看着热热闹闹的院子，刘婶免不了触景伤情，为着儿媳妇那没有任何起色的肚子一阵阵心焦。

柱子的同事，临近的街坊都送了礼，马太太特意从西点铺订了个大蛋糕，上头还有柱子和桂花的名字。周大夫送了两床软缎被面。为被面，大妞很过意不去，认为周大夫降了三级工资，送这么重的礼不合适……周大夫说不碍事，饿死的骆驼比马大。刘婶听见了马上问周大夫是什么意思，问谁是骆驼谁是马。周大夫说他是骆驼，他也是马。刘婶脸一绷问周大夫是什么马。周大夫说反正他不是人就是了。

麦子让周大夫坐上座，周大夫不坐。大妞说，你是老街坊了，我们家没那么多忌讳，什么右派，什么国民党，我们不论。

在喜宴桌前坐下，周大夫面对刘婶审视国民党的目光总感到不安。周大夫说他还是走吧，他是真有事情。周大夫走了。大妞心里埋怨刘婶，她认为刘婶太不给周大夫面子，在她家的喜宴上，不给周大夫面子就是不给她大妞面子。大妞对周大夫说，我晚上让孩子给你送糖去。

刘婶仍是一副能不够儿的做派，她问新郎柱子怎么还没回来。大妞说大会堂的任务紧，柱子请仨钟头的假回来结婚。刘婶叫大妞到她跟前去，说有要紧话跟大妞说。大妞过去问什么事。刘婶小声说，这婆婆的位置怎么摆？

大妞说自然是麦子。

刘婶比画着说，鸭儿她爸坐这儿，麦子坐这儿，新人由这儿给公公婆婆敬酒，你在哪儿？

大妞说，是呀，我在哪儿呢？

刘婶说，我说你脑子少根弦，这样的事人家绝不出面，把难题交给你，静等着你让呢。

大妞显得不快，将手里的凉菜蹾桌上，一屁股坐下来说，我这是图了个什么？刘婶让大妞待会儿该争就得争，别让。大妞却认为麦子是柱子的亲妈，人家的母子关系在这儿摆着呢。刘婶说可大妞是桂花的现任婆婆，往后桂花得跟她在一锅里舀饭。

梁子又在缠磨大妞，要一毛钱。

烦恼中的大妞说，没有！

鸭儿屋里，麦子在给桂花梳头，麦子将桂花两条粗黑的辫子拆开，盘成发髻。一边盘一边嘱咐她说从今儿起就是老王家的人了，得孝敬公公、婆婆，别跟柱子吵架，能让就让着他，他爱犯倔……要早起，跟小姑子们处好关系。

桂花含笑不语。

麦子拧了一根线，要给桂花开脸。桂花把脸捂住，不让开。麦子说没有不开脸的媳妇。桂花不干，桂花怕疼。麦子说连这点疼都受不了，将来养孩子怎么办。别佳和他母亲来看热闹，别佳妈说用不着绞脸，这样挺好看，她让别佳把她的化妆盒拿来。别佳取来化妆盒，别佳妈给桂花化妆，桂花由此免去了开脸仪式。麦子说，随你吧，新社会了，什么都新，过去那些老妈妈论儿在你们这儿也吃不开了。

桂花问几点了，麦子说十点。桂花催别佳妈快点，待会儿来不及了。麦子停了梳子说，没有这样的啊，亏了没外人听见，让人笑话！人家闺女出阁，都磨磨蹭蹭推五推六，能多挨一时是一时，哪有怕来不及的。

在马太太的化妆下，桂花成了美人儿。麦子说，这才像新媳妇。转身朝外喊，霜降，霜降呢？

霜降跑进来说，二姑，我在这儿。

麦子说，你陪桂花在这屋待会儿，你现在的身份是新媳妇的娘家兄弟，一会儿你陪着她从这屋里走出去，把她交给柱子就成了。

霜降说，我今天的任务就是陪她从这屋里走出去。

麦子说，对。

霜降说，这很简单。

麦子说，坐席时你还得代表娘家人坐在主位上。

霜降说，坐哪儿都一样吃。

麦子小声说，守点规矩，别丢娘家人的脸。

霜降让二姑放心。

院子里客人都来齐了，新姑爷也到了，有人在外头喊麦子。麦子临去，回身看了一眼桂花，桂花腼腆地坐在床上，俨然一安静、美丽的新妇。

麦子一笑，出去，拉上了门。

院落里，老石、老萧、大摊儿及古建队一些师傅都来了，大家给王满堂道喜。麦子在人群里寻找柱子，突击队的小李说柱子上理发馆吹头发去了，一会儿就回来。麦子说总共就请了仨钟头的假，哪还有时间吹头发？刘婶说新郎就得有新郎的样，一辈子就这一回，应该收拾收拾。

大伙儿就先喝茶，吃糖。

几个年轻人要提前看新娘子，刘婶将他们拦在门外说不行，说还没到他们闹的时候。年轻人说他们就仨钟头的假，没时间闹。刘婶说，那也不行，新郎还没来呢。

太阳已经转到头顶上了，树下的筵席还没有开桌。王满堂看了看表说，快十二点了，什么头哇，吹这么半天。

老石不着急，也不说什么，在一边嗑瓜子。

大妞问老萧，是不是算准了今儿是好日子。老萧又推掐一遍说绝对是好日子，不过，他中指第二个关节昨晚上让蚊子叮了个包，算起来或许有点儿什么过节儿，不过不妨大局。

年轻人还缠磨刘婶，架不住别佳在一边使劲煽呼，什么新娘子漂亮极了，是他妈给描的眉等等。年轻人更要看了，一青工说，还是俄罗斯风格的，刘婶您就让我们看一眼，我给您磨三块支炉瓦儿，行不？

刘婶说，我可要金砖磨的支炉瓦儿。

年轻人说没问题，角楼拆下来的碎金砖多得是，够刘婶使的。刘婶这才答应众人，只开一个小缝，就看一眼。

刘婶推开房门，房间里空荡荡的，哪里有什么新娘子。刘婶在屋里转了俩圈。感觉到事情不对头，匆匆来到宴席桌前，在麦子耳边说了几句，麦子随她而来。

麦子也不知道桂花到哪儿去了，只在桌子上发现了一张纸条：

我和霜降回临州了，祝柱子哥新婚愉快。

桂花

麦子说，祝柱子哥新婚愉快，她倒跑了，这叫什么事呀！

麦子把纸条给王满堂看，王满堂发火了，说这是闹着玩的?！把亲戚朋友几十口子人都给涮了！大妞也觉着这事做得有点儿过。

老石悠然喝着茶。

老萧说，这都是我手指上这个包闹的。

坠儿由门外跑进来说，我哥回来了！

新郎官回来了。王满堂说，看这事闹的，怎么跟他说啊……

老石说，好说——

柱子和朱惠芬双双由外面走进来。朱惠芬随着柱子走到王满堂跟前，亲热地叫道，爸爸。

王满堂惊愕。

朱惠芬与柱子来到麦子与大妞跟前，叫妈。

麦子与大妞面面相觑。

王满堂说，你们先别忙着叫，先给我说清楚是怎么回事?

老石拽开柱子对王满堂说这叫各得其所……王满堂说那不行，桂花是柱子从小定下的媳妇，王家的媳妇不是这个朱……柱子说人家桂花爱的是霜降，不是他王国柱。王满堂说爱霜降也不行！

年轻人就笑。

麦子问柱子前几天不是才跟桂花去登了记吗，怎么说换就换呢?坠儿说那天她大哥跟桂花出门，还没走到胡同口，桂花就换了朱惠芬。麦子问坠儿，桂花今儿出走她知道不知道。坠儿说是她给打的火车票。

麦子气得要哭了说，你说你们这些孩儿们咋这样呢！

王满堂说敢情几个人在下头都串通好了，就瞒着老家儿。王满堂让大摊儿现在就去买车票，让大摊儿跟他一块儿上临州。大摊儿说今儿没车了。老萧问王满堂追到临州又能怎么着。王满堂说他不能让临州的乡亲们说老王家的儿子一进北京就悔婚。老萧说你那是怕人家这么说你。

大妞脸上不快，抱起小儿子进屋了。

王满堂对柱子说，要不是看你正在建人民大会堂，我非揍你不可！王满堂还在没完没了，周大夫从后院出来劝道，老王，我看柱子这婚事你也别再反对了。《梁山伯与祝英台》电影看了吧，你再反对就成了祝员外了，真等到咱们灯盏胡同九号飞出蝴蝶来，那就晚了。

老石说，一切由我做主了，婚礼照常进行！

老萧说，我说过，不妨大局就是不妨大局。

王满堂一脸阴沉。无可奈何地说，我就不认这个媳妇。

刘婶说，这不是你认不认的事，还记得当年你是怎么劝我的？今天也轮上你了，这叫一报还一报。

王满堂说，我儿媳妇跟你儿媳妇不一样。

刘婶小声说，不能生孩子上是一样的，看看你儿媳妇那小腰，一拃粗。

王满堂更是来气。其实王满堂要是知道在他的儿媳妇偷梁换柱的同时，他的二儿子正在屋里翻箱倒柜地折腾，将那块御赏的玉坠儿偷偷拿出大门，与一个“打鼓的”（走街串巷收旧货的人）进行了两毛钱的交易，他一定更得气蒙了。

九号的奶箱被油漆一新，奶箱里除了周大夫的一小瓶奶以外又多了一大瓶，这大瓶是新媳妇朱惠芬的。朱惠芬每天要喝牛奶，这是她在家从小养成的习惯。她喝她爸爸喝她妈妈也喝，她并没有感到有什么不对。反而是大妞，看着那个乳白的瓶子浑身不太自在。

早晨，周大夫取奶、取信，边看信边往里院走。刘婶揶揄道，留神撞树上，你的江南小妹妹最近怎么样啊？

周大夫说挺好。刘婶说她什么时候过来啊？周大夫说想什么时候来就什么时候来。刘婶说来了可别忘了报临时户口……

大妞在压水机前压水，不时拿眼睛扫着柱子的窗户。看着那窗户上的稍有些褪色的剪纸，看着那低垂的一动不动的白色窗帘，大妞肚子里的气一股一股往外冒。

王满堂在院里又在折腾他的水鸭子。

大妞用嘴点着柱子的屋说，一家子人都起来了，男人也上班走了，就她一人躺着，她也躺得住……

王满堂让大妞帮他把支架扶扶，说得空把那个玉坠儿给他找出来，他要用。大妞边扶支架边说，进门一个月了，连顿饭也没做过。下了班就躲在自个儿的小屋里，也不知道过来说道点儿什么……

王满堂说，是地斜了还是水鸭子出毛病了，怎么对不到一条线上去了？

大妞说那心就没跟王家贴到一块儿，脸蛋漂亮倒是个优点。可脸蛋漂亮顶什么用，生孩子是用……不用脸……

王满堂说，你扶好了。

大妞说，真就不明白柱子怎么会看上了她！

朱惠芬在大妞背后叫了一声妈。大妞脸一转，立即笑容满面说，你起来了？你今天休息，多睡会儿啊！锅里还给你留了一碗豆粥。

朱惠芬说她刚喝了奶，说这边没什么事她就回她爸妈那儿待一天。

大妞爽快地说，去吧去吧，问亲家好。

朱惠芬推车就往外走，看见王满堂在校正水鸭子说，爸，您还鼓捣这个干吗？用水平仪不比这个好使？早八百年就淘汰了的老古板，年轻人都认不得它了。

王满堂说他就爱这淘汰了的老古板。朱惠芬说使着太费劲。王满堂说修角楼就不是个省力气的活儿。朱惠芬说还是现在的水平仪准确方便。王满堂说他就使不惯现在的水平仪，小气泡跟眼珠子似的，滴溜乱转，哪儿有这鸭儿沉稳。这多好，平，平不过水，直，直不过线，一目了然。

大妞用铁勺子打了半勺糕干粉，坐在小凳上往门墩嘴里抹。门墩打挺，不吃。朱惠芬蹲下来摸着门墩的小脸蛋说，妈，您怎么给门墩吃糨子啊？这不越吃越糊涂啊！

大妞说她的孩子都是吃糨子长大的，再说这根本不是什么糨子，这是天津杨村的糕干粉。朱惠芬说应该再加点鸡蛋黄，按营养标准应该是六个，要不孩子营养不够。大妞想起奶箱里那瓶大号牛奶，气不打一处来，拍打着门墩说，糕干粉你都不吃，你要吃什么？一天六个鸡蛋黄，看动物园的狮子一天能吃六个鸡蛋黄不？

朱惠芬看婆婆有点恼，赶紧接过婆婆怀里的小叔子，说帮着喂喂。大妞说，你不是要回娘家吗？朱惠芬说不急，也不在这一会儿。

朱惠芬艰难地往门墩嘴里抹糕干粉，小门墩根本不配合，抹了一身一脸，一勺糕干粉，吃得热闹极了。

片警大安给大妞送来了王家赔偿医院的一百二十块钱。大安说医院说了，孩子不是有意的，不用赔了，把那几个卡子送回去就成了。大妞很感动，接过钱来简直不知说什么才好，说孩子在学校背了个警告处分，心里头压力大着呢。大安说也没什么大不了的，以后接受教训就行了。刘婶来了，刘婶问大安在形势问题上，上边有没有什么指示。大安说过几天街道要开治保会，台湾的蒋介石不太老实，让大伙儿提高警惕。大妞很担忧地问是不是又要打仗？刘婶说她就盼着打蒋介石呢，蒋介石敢来，她们街道的老娘儿们就把他收拾了。

蒋介石反攻大陆归反攻大陆，并不影响九号市民的正常生活。火烧五分钱一个，棒子面一毛二一斤，小白菜二分钱一把，水萝卜一毛钱三捆。日子一天天飞快地朝前滚动，转眼又到了国庆节。今年的国庆与往年不同，九号王家的坠儿要到天安门参加游行，接受毛主席的检阅。这是件非同小可的事情，见毛主席，在九号院，在灯盏胡同，坠儿还是头一个。大妞早早的就把坠儿的白衬衫花裙子准备好了。朱惠芬送给坠儿的那条绸子的红领巾，坠儿一直没舍得戴，留着等国庆节那一天再拿出来。

我们的旗帜火一样红，
星星和火把指明前程。
和平的风吹动了旗帜，
招呼我们走向幸福的人生。

我们手牵着手，

我们肩并着肩，

我们向前，我们向前，我们向前，

永远跟着毛泽东，

永远跟着毛泽东。

…………

这是少先队游行要唱的歌。孩子们在院中看坠儿做游行用的纸花，坠儿边做边唱，大家也跟着唱，恨不得到那天也跟着坠儿到天安门去。坠儿说少先队员拿的花朵颜色不一样，赤橙黄绿青蓝紫，长长的队伍排下来就是一道彩虹。坠儿的花是红的，坠儿个子高，所以她就排在少先队彩虹的最前列，离天安门最近……

大妞为她不能去看坠儿的游行而遗憾，坠儿说可以听，到时候电台里进行实况转播，全国人民都收听呢。但是王家没有收音机，刘家没有，周家也没有。别佳说他们家有一台，就是坏了。坠儿说可以让周大夫帮着修，周大夫手巧着呢，什么都会。

于是，老马家的苏式大收音机就被孩子们抱到了周家，被周大夫拆得七零八落。

修收音机那几天，别佳、梁子、坠儿成天长在周大夫屋里，他们一边打下手一边研究收音机肚子里的内容，电器的奇妙对孩子们的诱惑力太大了，他们从修这台收音机上学到了许多物理课上学不到的内容。

对收音机感兴趣的人还有一个——刘婶。刘婶对周大夫修收音机这件事情本身，充满了警惕，为此一有工夫她就往后院跑，时刻掌握收音机的修理情况，做到心中有数。不止这些，她还反复套孩子们的话，比如对坠儿，她就问三好学生都是哪三好。坠儿说自然是学习好，身体好，工作好。刘婶就问思想品德好算在哪里头呢？坠儿说思想品德好就是工作好，都在里头包着哪。刘婶说坠儿是少先队员，又要接受毛主席检阅，有些事得长点心眼儿，像修收音机什么的。坠儿问修收音机长什么心眼儿？刘婶就提醒说比如说有人在修收音机的背后干了些什么，公安局的警察说了，现在蒋介石想反攻大陆呢，少先队员的脑袋里得多根弦……坠儿问刘婶，是不是怀疑周大夫是美蒋特务？刘婶说，这可是你说的，我可没这么说，我可没这么说。

在刘婶用警惕的目光扫视着九号院的角角落落的时候，她本身的行为已经引起了人们的想法，变得有些不正常了。

最先提出疑问的是刘婶的儿媳妇白新生。白新生对福来说，我看妈最近老往后院跑。

福来说，去就去呗。

白新生说，我在想她为什么老去？还就爱在周大夫的屋里待着。

福来说，听你这话好像我妈跟周大夫……新生你听着，我妈她是你婆婆，你不能瞎胡咧咧。

白新生说这未必是坏事。福来说周大夫有女朋友。白新生反问有女朋友谁见来？福来说他妈看不上周大夫，周大夫是他妈的斗争对象……白新生说事情发展往往有时就缺那么一点儿催化剂，就像没发面引子，面就发不起来一样。福来问他媳妇上哪儿找催化剂去，白新生说就是说说而已。

国庆节一天天临近，周大夫为了让大家能听上实况转播，整整调试了半宿。这使刘婶想到了街道组织看的电影《永不消逝的电波》，电影里有个革命者叫李侠的，就是半夜利用收音机给革命圣地延安发电报，革命者能用收音机给革命的领导发电报，反革命也就一定能用收音机给反革命的领导发电报。所以，一早晨起来刘婶就问周大夫昨天夜里刺啦刺啦地在干什么。周大夫说在调试收音机。刘婶问为什么不白天调试而非要等夜里偷偷摸摸地干？周大夫说夜里静，电波干扰小，更利于调试。刘婶问这东西能听多远。周大夫说零件都是好零件，苏联老大哥的东西比较实在，质量也不错，要想听得远就得用短波。刘婶奇怪短波倒比长波听得远，问能不能听到外国去。周大夫说当然能，可是目前他还没调出来。刘婶自言自语地说，你调出来我就麻烦了。

国民党兼右派分子周大夫还真就把这台苏联收音机给鼓捣好了。国庆节这天，明媚的阳光下，苏联造收音机被放在院里的茶几上，茶几上铺着桌布，别佳妈还放了一瓶花，一切弄得真跟过节似的。

收音机里正播放《歌唱祖国》的歌曲，院里院外的街坊坐着收听广播。广播里传来播音员激动而富于感情的现场介绍，传来实况转播的声音，欢呼声、口号声像下雨一样，几十万人大游行，声势大极了。忽然梁子喊，妈，您听，我姐他们过来了！

收音机中传出《我们的旗帜火一样红》的歌声。这歌声是九号院人们熟悉的，歌声由远而近，播音员说，少先队员们举着鲜花和气球，队伍如彩虹般走过来了，他们欢呼着走向了天安门广场……

梁子说，这里头有我姐！里头有我姐！

周大夫美中不足地说，还是有点刺啦刺啦的杂音。

别佳挥着胳膊让大家快看，看气球，由天安门那边飘过来的彩色气球，是坠儿他们放的。漫天的气球，飘飘悠悠，借着风势由天安门方向飘了过来，一时将天空映得五彩缤纷。孩子们跳着脚地喊着，笑着，大人们也说，长这么大从没见过这样的景儿。

刘婶让她的儿媳妇快出来看看这满天的气球。新生不看，新生说她困。

麦子从北京回去以后并没有闲着。麦子动员她娘家几个兄弟和公社一商量，为支援北京建设，办起了砖场。临州的土质好，是出砖的地方，加上麦子娘家过去就是烧砖的专业户，没多长时间，一窑新砖就出来了。挑了几块，让霜降送到北京，送到了王满堂手里。当时古建队的人正在开会，工人们拥着披红挂花的柱子和他的突击队正在庆祝大会堂工程的完工。柱子抱着一个大镜框说是在人民大会堂庆功会上照的，里面有总理给他敬酒的照片。老石把照片举得高高的，让大家看。

大摊儿问柱子，你跟总理说什么来着，怎么把总理乐成这样？

柱子说，我想给总理敬酒，总理非说咱们是建大会堂的功臣。要给我敬酒。柱子说他们建筑工人是第一批在大会堂开会的，宴会厅的炉灶起火，第一顿饭就是为他们建筑工人做的。他代表全体工人向总理敬酒，当时心里激动得怦怦的，连酒杯也端不住了。

王满堂说，瞧你这出息！

柱子说，总理说了，你们建筑工人是大会堂真正的主人，谁愿意什么时候看人民大会堂就可以什么时候来看。来的时候就说这个大会堂是我盖的，是周恩来批准我来的。

王满堂说总理懂得建筑工人的心。这时霜降挤到王满堂身边，把一块系着红绸子的大灰砖递到王满堂手上。王满堂端详着手里的砖，众人一时鸦雀无声。王满堂一伸手，大摊儿递过一把刻刀，王满堂三下两下旋刻出海水江牙图案，赞道，好砖！

大摊儿把砖雕举起让大伙儿看。大伙儿传着看，称赞砖的质量，也称赞王满堂的手艺。老石握着霜降的手说，感谢临州人民对我们的大力支持。

霜降说，俺二姑说了，国庆节一过马上把砖送来。

在大伙儿的掌声中，霜降不好意思地对王满堂说，表姑夫，俺上回……你不记恨俺吧？

王满堂装没听见。

鸭儿的情绪低沉到了顶点。团没有入上，还挨了一个处分，虽然大安说是“小事”，可是他们的学校并不认为这是小事。学校拿这件事情教育大家，说这是典型的个人主义思想在作怪……

每天一放学，鸭儿就躲在自己的房间里。不说话，谁也不见，连吃饭也一人在屋里单独吃……周大夫说鸭儿这举动是一种病态，说轻了是性格孤僻，说重了就是自闭症。周大夫让大妞领着鸭儿去看看病，大妞说，看什么病呢？她也不发烧，哪儿都不疼。周大夫说不是只有发烧了才算生病，有时候精神上的压抑也是很厉害的，特别是对鸭儿这样的女孩子，时间长了不好。大妞问到哪个医院去看好。周大夫说上安定医院。刘婶一听就蹿出来了，说安定医院是专治精神病的，周大夫把人家的姑娘往那儿推，不知是安的什么心。

大妞一听是治精神病的，也很不高兴。

别佳在这件事上一直抱有愧疚之感，鸭儿情绪上的变化也引起了这个小男孩的不安。他说，鸭儿姐姐，你怎么老不说话呀？他让鸭儿骂他，鸭儿不骂；他让鸭儿打他，鸭儿不打。他真的一点儿办法也没有了，为了哄鸭儿姐姐高兴，别佳就给鸭儿姐姐唱歌，唱苏联的《喀秋莎》，唱《红莓花儿开》……稚嫩的男童声用俄语唱出了《莫斯科郊外的晚上》，一种别具一格的艺术魅力，不但让鸭儿，让院里所有的人都听得入神。

大妞一边为王满堂端来洗脚水一边说，这个傻别佳倒还会哄个人儿。

王满堂说，那小子聪明。长了俩脑子，一个中国的，一个苏联的。

王满堂问大妞那个玉坠儿找着了没有。大妞说没有。王满堂让大妞抓紧找一找，说临州的砖运来了，下一步就得起墙，那个坠儿是离不开的东西。大妞说她再好好儿找找。爹妈这样说的时候，梁子正在桌上做作业，他把头别得低低的，心一阵一阵地狂跳。他觉得很害怕，觉得对不住爸爸妈妈。他知道，那个卖给“打鼓的”的玉坠儿是永远永远也找不回来了。一时，他的眼里噙满了泪，不知怎么办好，他抓起本子跑了出去。

往外跑的梁子正和刘婶撞了个满怀。刘婶顾不得梁子，兴奋地嚷道，你说新生这死人，她也真瞒得住，都七个月了，她就愣不告诉我。

这可真是大喜事！不但是刘家的大喜事也是九号院的大喜事。这天晚上，大妞给刘婶道了多少回喜，连她自己也记不清了。

两个月的时间，一眨眼就过去了。在一个晴朗的冬日，白新生抱着新生儿，走进九号院的时候，全院的人几乎都迎出来了。结婚八年，八年才抱上孩子，不容易。

刘婶乐得屁颠屁颠地从媳妇手里接过婴儿，大声说着，到家喽，到家喽，我们的大孙子到家喽。刘婶抱着孩子高兴得不知怎么显摆了，掀开一道小缝让王奶奶看，看他们的大孙子小鼻梁多高，小脸蛋多周正。

别佳说，眼小了点儿。

刘婶说，不小，月窠儿的孩子，还没睁开哪，小猫崽没离窝也不睁眼不是？看了一眼大妞怀里瘦弱的门墩说，你们门墩生下来才五斤，瘦得小鸡子似的，我们大孙子生下来七斤三两五，差一点儿七斤四两。

别佳说，那是秤没给够。

刘婶并不理会别佳的揶揄，仍满有兴致地说，瞧这小脖子，几道圈儿，小胳膊腿儿，那叫有劲儿，骨立着哪！我们孙子结实，大夫说了，还得科学喂养哪，各种营养都得跟上……

福来说要好好儿谢谢周大夫。刘婶说甭谢他，说福来后来也没认真吃他的药，谢他干什么？他巴不得无产阶级养不出儿子来呢。周大夫说福来养不养儿子跟阶级没关系，就是蒋介石也一样地养儿子。刘婶说她怀里抱的可是共产主义接班人哪，是不折不扣的无产阶级后代。白新生感激地让周大夫满月过来吃面。周大夫说甭叫他，他怕福来妈下毒。

刘婶说，想得美，杀了你我斗谁去？

刘婶的宝贝孙子被唤作套儿，是老萧给取的名。不但叫套，脖子上真拴了个套儿，为的是将孩子套住，好养活。套儿长得的确比一般孩子结实，这主要得益于他的妈在商店里工作的缘故，别的孩子吃不到的鸡蛋，套儿可以随便吃，别的孩子定量供应的婴儿粉，可以随便给套儿买。在当时来说，套儿可算得上是中国的一个幸福儿童了。

相比较，王家的门墩就有点惨了。从哪方面来看，门墩都是属于那种先天不足后天失调的一类，快一岁了，还不会站立，细脖子大脑袋，罗圈腿，跟比他小半岁的套儿待在一块儿，整整比人家小了一号。据说是由于缺钙的关系。

所以，大妞就格外疼爱这个瘦弱的末生老儿子。要星星不给月亮，只要能办得到的，没有不满足的。惯就了门墩小小人儿一个拧种脾气，属于王家孩子当中的异类。

朱惠芬也是王家的异类，结婚一年了，她好像也没有真正融入到婆家里来，她客客气气的老像个客人，谁也搞不清这是为什么。在团组织生活会上，大家讨论和工农相结合的问题，朱惠芬说如果她连婆家这个简单的工人家庭都不能很好融合的话，就是她的世界观有问题了。她检讨说自己出身于知识分子家庭，小资产阶级情调很浓，所以，无论是在队里还是在家里，她都在自觉地、努力地改变着自己。

但是事情往往跟她想的不一样。比如说今天，王家的饭桌摆上了，一家人团团围坐着准备吃饭，朱惠芬却端盆水进来了。朱惠芬说现在外面正流行肝炎，让大家洗了手再吃饭。没有人响应朱惠芬的号召，朱惠芬就逮住刚刚会扶着凳子站立的门墩，将门墩的一双手按到盆里。

朱惠芬给门墩洗手，边洗边说，门墩手上有很多很多的细菌，还有蛔虫卵，还有臭屉屉，还有小虫虫……王满堂正吃一张饼，刚要吃，臭屉屉，刚要吃，小虫虫。吃也不是，不吃也不是。

朱惠芬终于让全家人，包括正吃着的和还没吃的都洗了手，最后来到王满堂面前。王满堂说他就免了，朱惠芬认真地说要养成饭前便后洗手的卫生习惯，说她这盆水是来苏水，可以消毒。王满堂嫌麻烦，说几十年不洗手也没得什么病。朱惠芬说良好的习惯是文明的标志，这不是一天两天就可以培养起来的。朱惠芬说他们家顿顿饭前都洗手，已经几十年了。几十年来他们家的人从来没有闹过肚子。大妞说几十年来老王家的人也没拉过稀。朱惠芬还说家里厨房的卫生也要改进，生熟案板要分开。大妞说本来就分着呢，翻过来切生的，调过去切熟的。大妞问房檐底下小缸里的水是不是朱惠芬给倒了。朱惠芬说那水又脏又臭，都长蛆了。大妞说那是她腌鸭蛋的陈年老汤，老汤腌的鸭蛋能流油，胡同里多少人家儿来要她都舍不得给。朱惠芬说那里头全是细菌。大妞说她就爱细菌，没细菌腌不出咸鸭蛋来。朱惠芬说这对人体是没有好处的，像臭豆腐、酱豆腐，都是细菌发酵食品，以后尽量不吃。说着端着盆出去，说她下午要到党校报到。大妞问党校是怎么回事。朱惠芬说是提高觉悟的地方，单位送她去集中学习半年。大妞说那就不在家住了？朱惠芬说不了，礼拜天回来。大妞说就是上提高觉悟的党校也得吃了饭再去。朱惠芬说在单位吃过了。

大妞气哼哼地小声说，你吃过了洗我们干吗？管得也忒宽了点。

这就是知识分子和工人的小冲撞，鸡毛蒜皮，谈不到路线斗争，算不上意识形态，却又那么格格不入，很难说谁在改造谁，谁在结合谁。

梁子吃完一张烙饼伸手又抓了一张。大妞问他这是第几张了。梁子说是第二张。大妞说她得摸摸梁子的肚子。梁子说他的肚子还瘪着呢。

王满堂说，你让他吃。一个破烙饼，限制他干什么？

大妞说，破烙饼？他的定量是一个月二十八斤半，按顿算一顿是三两，就他这种吃法下半个月得喝西北风。

是的，粮食好像越来越紧，其实定量并没有减少，也不知怎的，人的饭量却越来越大，特别是孩子们，个个都跟饥饿的小狼似的，才离开饭桌，转个身就饿了。商店里什么都凭本凭票供应，那时候，购货本比户口本重要。麻酱每人半两，碱面一包，火柴两盒，肥皂一块……商店售货员在从事买卖的同时还要从事着文字工作，负责在那些小本上做如实记录。

没有吃的，主要是没有副食，王家的孩子们已经有大半年没有吃到过“糖”这个东西了。酸甜苦辣咸，在生活的五味中，他们独独少了甜，毕竟这又是小孩子们最喜爱的味道，但是却没有。

这天，刘婶给王家拿过来一包伊拉克蜜枣，说是白新生商店卖的，不多，全让内部人给分了。孩子们见了枣，不客气地围了过来。

依着老北京人的做派，谁来送礼，再好的东西也要等到送的人走了再打开，保持着一种矜持、一种风度，不像西方人，当着客人的面将礼品拆开，夸赞、比试，装出一种没见过似的惊奇。但这回，在刘婶的伊拉克蜜枣面前，王家的孩子们再也矜持不住了，他们扑向那个纸包，大把大把地抓蜜枣，不顾一切地往嘴里塞，连门墩也抢了一个，抓在手里高兴得嗷嗷叫着。

大妞和刘婶看了心里有点发酸。

大妞从坠儿手里尝了一个伊拉克蜜枣，说甜得有些发腻。刘婶说要不怎么叫蜜枣呢。大妞说甜味挺怪。刘婶说是异国风味。大妞说也不知伊拉克在哪儿。刘婶说新疆北部。梁子说在中东。刘婶问中东有多远。坠儿说隔着大沙漠呢。刘婶说用短波能收到吗？坠儿说或许能。

大妞跟刘婶说起日子越过越艰难的话，刘婶说不如让白新生介绍鸭儿到商店去工作，眼下在商店尤其是副食商店工作是非常实惠的。大妞说怕鸭儿不干，那孩子心气儿很高，一门心思要考清华，让她去卖菜大概不行。刘婶说卖菜也是革命工作，并不低谁一等，人家把卖菜的都编成评剧唱了，叫《向阳商店》，刘婶说着咿咿呀呀唱起来：

…………

你说什么大街小巷走，

你说什么卖白菜卖葱头，

我这一双手是勤劳的手，劳动的手，

海让路，山低头，

为祖国平地起高楼。

…………

孩子们都说刘婶的评剧唱得好，刘婶说他们是没听过套儿他妈唱。套儿他妈唱得那才叫地道呢，简直就跟话匣子里唱的一样。

其实大妞的手才是一双勤劳的手。她一边听唱一边给她的老儿子门墩缝屁帘。屁帘是北京小孩子们冬天离不开的过冬物件，有棉的，有夹的，方方正正的一块，用绳往腰里一拴，护着屁股护着腿，暖和，成为北京小孩冬日的独特装束。

刘婶说她让后院马太太给套儿打了条小毛裤，屁帘已经过时了，现在的孩子没人穿屁帘了。大妞说即便没人穿，他们家门墩也穿，这东西实惠，毛裤倒是好看，大屁股老在外头露着。刘婶说小孩唯独有两个地方不怕冷，除了屁股就是脸。大妞说毛裤不实惠，天一热扎人，天一冷透风。刘婶说人家外国的孩子都穿小毛裤，也没见谁的屁股受了风。

大妞说，那是种不一样。

大妞和刘婶的话好像越说越不投机，大妞开始反感刘婶了，把她刚才送伊拉克蜜枣的好处也忘了许多。大概邻居都这样。

朱惠芬上党校了。有人传出话来说，大凡上过党校的人出来都要受到重用，要提拔。王家的人对于朱惠芬能不能提拔并不在意，特别是大妞，她认为儿媳妇上得再高，也是儿媳妇，在这个家里，她大妞永远是真正的领导。她的儿媳妇不是很西洋嘛，西洋到最后大不了用洋药水给大伙儿洗洗手，还能怎么样？

媳妇进了学校，大妞对儿子就多了几分关心。到了吃饭时间，喊了几回，儿子都说正忙，大妞就让坠儿把饭送过去。

坠儿端着窝头、疙瘩汤进了大哥的屋，看见柱子正低着头在写什么。坠儿凑了过去，柱子赶忙用手捂住。坠儿说甭捂了，她都看见了。柱子问她看见什么了。坠儿说是入党申请书。柱子让坠儿替他保密，因为能不能入还不知道呢。坠儿说她也写申请书了，是入团的。坠儿让柱子把他的申请书借给她参考一下。柱子当然不借。坠儿说她就看一栏。柱子问哪栏？

坠儿说家庭出身那栏。

柱子说，贫农，咱们是货真价实的贫农。

坠儿说，我们老师说我至少得把我妈的成分填上，因为咱爸是带有入赘性质进赵家的。

柱子说，那是你爸，不是我爸。

坠儿说，难道咱俩不是一个爸吗？

柱子说，爸是一个爸，关键是妈不同。

坠儿问柱子她妈的成分怎么填。

柱子说，这要是我妈就好填了，我妈是一九四八年加入中国共产党的，别看是农民，却是个老革命，老支前模范，现在还是我们王家庄的支部书记。你妈嘛……还是问问她再填好。

坠儿从柱子屋出来找到大妞，大妞正在厨房刷家伙，坠儿拉住她妈问她姥爷以前是干什么的。

大妞说，你姥爷，那可不是等闲人物。北京城有名的“隆记”营造场，那就是你姥爷开的，你姥爷是个戴红顶子的走工，是给皇上干事的。

坠儿说，那就是反动阶级了。

大妞说，谁说他反动，他心眼儿厚道着呢。光绪皇上死，没钱修西陵，那个寝陵殿至今护栏板只安了前半拉，怎么着呢？是朝廷钱不够啦，朝廷没钱葬皇上，你姥爷就掏钱给垫，谁让咱们是大清的子民呢？所以朝廷到今儿个还欠着咱们家二十万两银子哪。你姥爷说，得了，皇上这辈子也窝囊，我给皇上修陵也是缘分，就算尽义务吧，这二十万两不要了。

坠儿说，这么说咱们家过去很有钱？

大妞说，那当然。过去宫里让"隆记"干活儿，付工料钱，白花花的银子用驴驮，前头到了西单"隆记"木场，后头还没出内务府呢。柜上为这些银子得杀几百头牛，把空牛皮趁热塞满银子，缝了，堆在后院，牛皮一干，银子全包在里头，皮越干，包得越紧，叫银壳。你说咱赵家有钱没钱？

坠儿听傻了，半天说，还不如我跟柱子是一个妈生的呢！

大妞说，什么话！

坠儿说，咱们家比皇上还有钱，皇上已经是封建社会的总头子了，赵家还能低得了？我看以后我得跟您划清界限。

大妞说，你干吗跟妈划界限？你填你爸呀，你爸家穷，房无一间，地无一垄，赤贫，要饭从临州要到北京。你刘婶不就是个城市贫民嘛，你爸他比城市贫民还贫。

坠儿说她真纳闷儿，她的赤贫的爸怎么会娶比皇上还有钱的妈？

爸的阶级立场哪儿去了？大妞说，这有什么怪，人往高处走，水往低处流，我要是个街上捡煤核的穷丫头他也看不上我。

坠儿说她爸肯定是一失足成千古恨。

大妞说，谁恨？恨谁？你爸才不恨呢。没我他能住上这宽宽绰绰的房子，能有这一身好手艺？

坠儿说她很痛心，痛心她爸没阶级立场。

大妞说，什么是阶级？妈就是阶级。有妈在，就有你们的热饭吃，你们就是妈的心肝肉；妈不在了，你们也没人疼了，妈这个阶级永远护着你们。

坠儿说她不跟妈说了，整个儿一盆糨子，连阶级都不懂。

大妞说，坠儿，入团这个事是好事，入了，咱高兴，入不了也别像你姐似的，整个儿变了个人。咱家要再出一个魔怔，妈可受不了啦。

坠儿低头看见母亲的鞋趿拉着，一双脚胀得很高。坠儿说，妈，您的腿肿啦！

大妞说，妈不碍事。

坠儿说，妈，我知道，您这是饿的。妈，往后我不吃饭，都给您吃。

大妞说，别犯傻了，刚要跟妈划界限，现在又把饭都给妈吃，什么话都让你说了。

坠儿一把抱住她那一盆糨子的妈，哇的一声，哭了……

街道上开了会，给重点困难的人家分了五斤黄豆，老王家也在其中。黄豆营养好，可以炒着吃，磨着吃，掺棒子面蒸窝头吃都行。毕竟是太少，炒成了豆儿不够王家的孩子们零捏的。以至于大妞和刘婶在院里见了面第一句话永远是“吃了没”？“吃”在人们的心目中成了中心话题。

刘婶说她做了一个梦，梦见自己掉到粥锅里了，小米粥，那个香啊，她就一口一口地喝……简直跟共产主义一个样。

大妞问共产主义什么时候来？

刘婶说，快了，也就五六年的事。共产主义就是各取所需。各取所需是什么意思懂吗？就是想吃炖肉吃炖肉，想吃炸酱面吃炸酱面，那猪长的膘有一拃厚，粉条子，大拇哥那么宽。

大妞说到那时候，她先取它十斤富强粉，蒸儿屉大白馒头，任着孩子们敞开了吃……抹上苏联黄油。

门墩今天过生日，大妞为小儿子煮了一个鸡蛋，由锅里捞出，放在凉水舀子里拔着。按照北京人的习惯，小孩过周岁生日要举行“抓周”的仪式，备下剪子、工具、书本、钢笔、钱、吃食等类，将周岁的孩子放在其中，看他抓什么。孩子抓什么，就预示着他将来是什么前程。

很大成分，这个仪式带有游戏性质。

门墩坐在八仙桌正中，四周摆满了各种物件，抓周开始了。刘婶抱着套儿，梁子、坠儿和满堂在旁边观战，别佳也混在其中。

坐在物件中间的门墩，初时有点神魂不定，东瞧西看的不知所措，看看这个又看看那个，哪个也不想要，只是四下踅摸找他妈。别佳指着一个大油饼做现场指导说，抓，抓这个，这个能吃！

梁子对别佳说，是你抓还是他抓？

别佳说，我给他提供一点儿参考。

王满堂嘴上说着一切要顺其自然，却不自觉地将一把瓦刀往门墩跟前推了推。门墩在瓦刀前很是犹豫了一小会儿，小手终归伸向了油饼。

别佳说，好眼力！

梁子说，别是个吃货。

门墩的另一只小手伸向一朵绒花。

坠儿说，羞羞，将来是个爱姑娘的。

别佳说，爱姑娘有什么不好？我们苏联人都爱姑娘，爱漂亮姑娘。

门墩一手拿油饼，一手拿绒花，张着长出了两颗小门牙的嘴，呀呀地叫唤。王满堂看着油饼和绒花来气，转身走了。

王家来了两个稀客，桂花和霜降，小两口这回是背着一个口袋来的。桂花年前生了一个男孩，虎头虎脑的，因为太小这次没带来。坠儿问这个小侄子叫什么名字，霜降说叫拴驴。大妞说怎么叫这么个名儿？桂花说孩子叫得土，好养活。

桂花说，二姑让给您带点白薯干来，说乡下物件，不是什么像样的东西。

大妞说，难为你麦子姑还惦记着我们。我这几个月紧了点儿，也没给乡下奶奶汇钱去。

桂花说二姑说了，家里什么也不缺。

大妞说，来了就多住些日子，我今天给你们做炸酱面，明儿包包子……

众人在围着门墩热闹时，大妞一人在厨房急得直转悠，看看面口袋，口袋是空的；看看缸，缸里只有大半碗棒子面。案上搁了半个西葫芦，窗台上有半棵葱……大妞长长叹了口气。

屋里悄悄走出了刘婶。刘婶注意到了大妞的为难神情，刘婶说她家里还有半斤白面票，让大妞拿去做顿疙瘩汤……大妞说人家几千里地奔来了，给吃疙瘩汤，拿不出手哇。刘婶让大妞去问问周大夫。

周大夫说他这月还有二斤面票，让大妞都拿去，大妞说她下月一定还。周大夫说甭提什么还不还的话，二斤面票，让人还，寒碜。大妞说二斤白面票，支的情可大了。刘婶说这年月，最怕来客，一来人就抓瞎。

大妞由周家出来，见到别佳和他妈抱着黄油、大面包、火腿肠站在院中。马太太让大妞把这些东西都拿去。大妞说这不合适……别佳说他爸昨儿开的工资。

刘婶在背后偷偷捅了大妞一下，意思很明确，不能要外国人的东西，免得让人家笑话。别佳把一切都看在眼里，别佳说，刘婶您别捅了，您忘了我们家下半月吃黑面包抹臭豆腐的时候啦？您都没笑话我们不是。

周大夫说，拿着吧，是街坊的一点儿心意，不拿反而见外。

大妞说，那我就……不客气了。

大妞端着从粮店买回的二斤半白面，匆匆赶回家来，一进屋，屋内静悄悄的，门墩在炕上睡觉，油饼和绒花还在枕边放着，梁子在八仙桌前做功课。

大妞问梁子桂花姐姐上哪儿了。梁子说走了，回临州了，他爸送去了。大妞说进门一口饭没吃就走了。梁子说桂花他们买好了回去的车票，再不走要误车了。大妞说车票可以退，这样走了让临州的乡亲们看着咱成什么人了？梁子说他爸拦也没拦住，说桂花走的时候哭了，说是队里的砖厂让上边给封了，因为砖厂属于资本主义的尾巴。大妞想，这个砖厂是队里的，公家的，又不是麦子私人开的，怎么也属于资本主义？想来想去想不通。

大妞打开墙角的口袋，整整一袋白薯干，大妞不禁潸然泪下，说，他们也不富裕……还惦记着咱们……他们这趟上北京，是专门给咱们送吃的来了……大妞说着一阵恶心，吐出一口黄绿的水。

梁子拍着母亲的后背焦虑地说，妈，妈，您怎么了？

大妞说，妈恶心。

梁子说，妈您准是饿的，我这儿还有炒黄豆呢。

大妞说，妈不吃，妈什么也不想吃。

梁子哭了说，妈，您别死。

大妞说，傻小子，妈离死远着呢。

大妞正在安慰梁子，就听见院里一阵吵嚷，商店的售货员拽着坠儿进了院。售货员说，是九号王家的孩子吧？家里大人哪？

大妞冲了出去说，怎么啦？怎么啦？拽我们孩子干什么？小细胳膊再让你拽折了！你有话说话，没话快干你的事去！

售货员说，你们家孩子改购货本，这月明明买了芝麻酱，她用橡皮擦了，想买双份。

大妞说，谁说我们孩子用橡皮改了？你拿出证据来。

售货员说，我的脑子就是证据，你们家四两芝麻酱，这月梁子买过一回，坠儿买过一回，早没有了。

大妞说，那是你没往本上记，不能赖我们孩子改。

售货员说，您瞧瞧，用橡皮擦的印儿还在这儿呢，怎能说我忘了记？

大妞翻本子说，哪儿有印儿？我怎么看不出来？你诬陷好人可不成。

售货员说，二两芝麻酱是小事，关键是小孩子家得诚实。

大妞说，听你这口气好像我们孩子真有什么似的，告诉你，我们家的坠儿是三好学生，上天安门见过毛主席，你见过吗？

售货员说，我没那福气。但我知道做人得本分，诚实，不能弄虚作假，我把芝麻酱卖给她，也没法跟我们负责人交代。要是大伙儿都这样，这计划供应的商品就彻底乱了套。

坠儿眼泪汪汪地站在那儿。

王满堂从车站送人回来，知道了这件事，教育坠儿说，我们土建行的人都知道一个最简单的理儿：平，平不过水；直，直不过线。无论什么时候都不能忘了这个做人的根本，我就恨那些不走正路，专钻歪门邪道的人，你说，你怎么就想起涂抹购货本子来？

坠儿说她想让桂花姐姐能吃上顿芝麻酱面。王满堂敲着购货本说，那你也不能改购货本啊，我的傻闺女。

大妞说，改过了也不能当着那小子承认。

王满堂对大妞的胡掺和很不满意，让她别再多嘴，然后接着对坠儿说，你改本子，无非就是为了一张嘴，为了多吃多占，芝麻酱是什么玩意儿，是可有可无的奢侈品，没它你就活不了吗？

坠儿……

大妞说，是我让坠儿改的。

王满堂说，没你的事。

王满堂说，我就容不得这种投机取巧的人！我们盖房的，讲究实打实，虚一点儿房就得塌。我的孩子更不能这样，为二两芝麻酱，干出这样的事来……

大妞说，我闺女怎么啦，我闺女干出什么样的事来啦，不就改个购货本吗？也没偷没抢，干吗这么没完没了的？

王满堂说，这不是偷是什么？巧妙的偷。

大妞说，她不是没买来吗？买来了再说这话。

王满堂说大妞护犊子，大妞说这犊子也是王满堂的。王满堂说跟老娘儿们家没理可讲，大妞说那是因为老娘儿们家占理。王满堂说这事得向商店负责人去承认错误，让街坊们都看看，他老王家教育孩子丁是丁，卯是卯，绝不含糊。说着拉起坠儿就走。大妞拦住说，你还真要张扬到街上去啊？孩子这小薄脸皮禁得住你这么刮？

王满堂说，知道爱惜脸皮就别干这样的事！现在臊她一回，她一辈子也忘不了。

大妞说，你这是恶治！

王满堂说，我这是根治。坠儿，跟我走，拿上购货本。

坠儿泪汪汪地拿着本跟在父亲后面向门口走。大妞在后头喊，挺大的人专跟闺女较劲。梁子，你去替你姐。

梁子说他怕替不下来。

大妞说，你就眼看着你姐一个女孩家让人指指戳戳？

梁子说，您就不怕人戳我？

大妞说，你个臭小子，没脸没皮的，有点儿偷鸡摸狗拔蒜苗的事光荣。

梁子还是不愿意去。别佳说，我去替她得啦，干这事我拿手。

负荆请罪的一行人还没走出大街门就被白新生拦住了。白新生说，王叔，不就二两芝麻酱的事嘛，有什么大不了的？

王满堂说他得带着孩子去给人家负责人认错儿，错了就是错了，不能遮着盖着。

白新生说，您甭去了，我就是商店负责人，西口小铺是我们的一个分店。

王满堂说，你是负责人？

白新生说，我是业务主任。

王满堂……

别佳说这下可好了，在院里就被领导接见了。

今年是鸭儿高中毕业考大学的一年，以鸭儿的学习成绩，考北大、清华或许不成问题，但是鸭儿却报了个地质学院，还是西北的。大妞认为这么重要的事情，鸭儿不该不跟家里商量，有些跟鸭儿赌气，连着两天没有理鸭儿。其实鸭儿的想法是远远地离开北京，离开灯盏胡同，将这块记忆抹去，永远不再回来。

报考外地的学校，学习艰苦的专业，将来远离大城市，远离人群，这对大妞来说是不能接受的。她逼迫着鸭儿改变主意，但是她万万没有想到，这还不是最糟糕的。

鸭儿从学校里回来，带来一个消息，因为犯了政治错误，她被取消了上大学的资格。鸭儿在她的屋里待着，不吃不喝也不说话。大妞着了急，让大家轮番去做工作，让别佳去唱了几回歌，压根不管用……大妞最后使出了撒手锏，挥着笤帚疙瘩狠狠地说，你给我张嘴说话，你到底是打的什么主意？

鸭儿说她从今往后再也不到学校去了。

大妞说，不去学校你上哪儿？在家待着？

鸭儿……

白新生说她有个干姐姐在昌平前进织袜厂当科长，说让鸭儿上那儿去当学徒比在家闲待着强。大妞不同意，她说不能让一个漂漂亮亮的姑娘去织袜子。白新生说织袜子也不是什么丢人的事，也是纺织工人。大妞说当什么样的纺织工人都行，就是不能当织袜子的纺织工人。刘婶让儿媳妇别理大妞，说她的犟脾气又犯了。大妞说她再犟也比刘婶的杠头强……两个人正在你一言我一语地拌嘴，鸭儿开腔了，妈，我去昌平！

鸭儿说走就走了。家里多一口人不显怎的，这回少了一口人，大妞就觉得心里发空，茶饭无心，眼见着一天天瘦下去了。刘婶问大妞是不是又怀上了，说上回怀门墩的时候就是不知道，还说什么肚子胀，得了噎膈。大妞说她这回还是肚子胀，还是吃不下东西。又搬来周大夫，周大夫给开了化验单，号了脉，看了舌苔，最后还翻了大妞的眼睛，下诊断说：急性黄疸性肝炎。

大妞问要紧不？周大夫说不要紧，但吃饭得跟孩子们隔开。还得多吃糖，保肝。

大妞说，这时候上哪儿找糖去啊？

刘婶说她那儿还有白新生坐月子时的黑糖，周大夫也说他有一小罐冰糖。

糖凑来了，那时候，糖就是治疗肝炎的最佳良药。坠儿把干硬得砖头一样的黑糖和一把碎冰糖倒在案板上，准备用擀面杖擀碎，给母亲沏水喝。别佳掏出来一包方糖，往案板上倒。坠儿让他们自个儿留点儿，因为他们家爱喝搁糖的红茶。别佳说他们用不着了。坠儿问为什么，别佳说他爸要回国了。别佳说，其实我不想走……

坠儿没说话，坠儿将几种糖擀碎，成了一种莫名其妙的混合物。

半碗糖水端到大妞跟前，大妞接过碗，躲开梁子盯着碗的眼神，门墩爬上她的腿，含糊不清地说着，吃糖糖。

大妞喝不下去了。

刘婶说坠儿，你把他抱走！

坠儿抱走了门墩，门墩杀猪般地哭起来。

大妞说，乖，别哭，妈给你喝糖水。

刘婶说，你这个大肝炎，传染，想害了他啊。

大妞一咬牙，泪水混着糖水灌下去了。

梁子问，妈，甜吗？

大妞说是苦的。

听说婆婆病了，朱惠芬从学校赶回来看望大妞，婆媳俩在屋里有一搭没一搭地闲聊。大妞说，人到了这个年纪，就走下坡路了，你不找病病拽你……

朱惠芬说，营养跟不上，体质下降，容易得病。

大妞说，说到营养，前几天柱子他娘托桂花由临州带来一口袋白薯干，甜丝丝的，不难吃。大妞说……桂花的儿子拴驴已经能满地跑了，按说她结婚可比你晚……

朱惠芬俯在大妞耳边说，妈，您着急啦？

大妞说，我可不着急了嘛？跟你实说，你公公当初不怎么乐意你，其中有一条就是嫌你腰细屁股小。

朱惠芬说，妈，我可是有了。

大妞……

朱惠芬说，俩呢，双胞胎。

大妞说，你这是不来就不来，一来就来俩，就你这小细腰，怎么装得下呢？

大妞说趁着她还有精力给媳妇带孩子，让朱惠芬生完这俩再生俩。

王满堂与柱子下班了，王满堂说今儿得喝一盅。大妞说应该，应该，为咱们的大孙子应该。说完将朱惠芬怀上双胞胎的话告诉了王满堂，王满堂听后哈哈大笑说，喜讯喜讯。

柱子说，妈，我入党了。

大妞说柱子今天是双喜临门了。大妞打开箱子取出小包，一层层打开，将一沓钱递到丈夫手里。王满堂对柱子说，这是一百二十块钱，我跟你妈省吃俭用攒了几年，原打算你结婚时给你置辆车，出了鸭儿那档子事，给搅了。现在你小子出息了，入了党，我跟你妈送你这个礼，盼着你能好好儿的。

柱子说，爸，我知道，您和妈不容易……

大妞说，妈的心，都在你们身上呢。

新车子买回来了，是“飞鸽”二八的。看柱子擦拭着新买的自行车，王满堂围着车转来转去说，家里也算有了个像样的大件。坠儿把鸭儿钩的把套、座套等拿来替大哥装上，立时，车子精神了一大截子。梁子要骑，柱子不让，大妞说等梁子娶媳妇时也给梁子买。梁子赌气说，我不用你们买，我自个儿买，买汽车，“解放牌”的。

一家人正说笑着，别佳的父母提着大箱子由里院走出来，后面跟着垂头丧气的别佳。大妞惊奇地迎上去说，怎么说走就走哇！

马太太无言地拥抱了大妞。

刘婶用咳嗽来掩饰自己。她觉得在苏联人面前要保持分寸，保持距离，尽管老马家一家人不错，但毕竟是内外有别。

周大夫让别佳回国后悠着点儿吃，说莫斯科没有山楂丸。别佳点头。周大夫说，这院里咱们爷儿俩最说得来，缘分哪。别佳，你知道，缘分这东西不是谁和谁说有就能有的。

别佳再也绷不住了，他一下抱住周大夫的脖子说，周叔……我还要回来，回到灯盏胡同来。

王满堂对别佳父亲说以后有机会就回来看看。老马说他会想念中国的。王满堂说国家是国家的事，老百姓是老百姓的事。坠儿拿出一个线钩的书包递给别佳，说这是鸭儿特意给别佳钩的，托她转交。别佳说那件事归根结底怪他……

灯盏胡同九号的人们将别佳一家送出大门。

老马家一家人一步三回头地离去了。

老马家刚走了一会儿，福来掂着照相机汗水涔涔地赶回来了。听说马家的人走了，福来直跺脚，说他紧赶慢赶，赶回来给全院人跟老马家照个合影，还没赶上……刘婶说没照成也未必是坏事。

刘婶说福来把机子扛回来了，难得都在家，不如就给老王家照张全家福。王满堂说照也行，于是在福来的指挥下，老王家的人按部就班坐好，梁子推着自行车站在一边。

福来问梁子推车干什么，梁子说“飞鸽”车也是我们家一个成员。

大妞要洗张带色儿的。

福来说，放心吧您哪，给相片上色，是我的拿手。

咔嚓，第二张全家福定格。

第六章

早晨，大妞在生火。劈柴湿，炉子光冒烟不见火苗，呛得大妞吭吭地咳。对面正在煮稀饭的刘婶说，早让你用蜂窝煤，你不听，蜂窝煤能封，用不着天天生，看看你这烟熏火燎的，知道的你是在这笼火，不知道的以为你要驾云上天呢。大妞说，老祖先几百年都用的是煤球，没人见过蜂窝煤，那带窟窿眼的东西催不上劲。

白新生、福来和套儿走出家门，上班的上班，上学的上学。

朱惠芬和柱子双双推着车朝外走，朱惠芬让大妞记着早上给刨子和斧子吃鱼肝油。刨子和斧子是柱子的双胞胎儿子，白白净净的俩小小子，也是朱惠芬人家会收拾，她的两个儿子一样的衣服，一样的鞋，连袜子也一样，一般大小一个模样的两个小孩在院里跑进跑出，给小院里添了无限生机。除了朱惠芬以外，连他们的爸爸也分不清哪个是刨子哪个是斧子。

朱惠芬说今天刨子有点嗓子疼，让大妞多给刨子喝点水。大妞问哪个是刨子，朱惠芬朝墙根看了两眼说就是靠墙站着直打蔫的那个。大妞说待会儿他要是不打蔫了呢？柱子让他妈甭费神了，俩一块儿灌，一人灌两缸子。大妞说这主意不错。

柱子与朱惠芬走了。

梁子和坠儿也上学走了。这几天梁子在工人体育场参加大型团体操的训练，第一届全国运动会要在北京召开，梁子是作为团体操的背景而起着“翻页”的作用。每人发一个里面有各种色彩的大本子，根据需要翻到某一页，数千人排列起来，就组成了一个个画面。这种工作，一般由中学生来承担，既要有组织性又要有整体意识，要精神集中。

小院里安静下来，门墩鬼鬼祟祟地溜到门口，踮着脚把奶箱拉开，将里面的牛奶咕嘟猛喝几口。柱子的双胞胎儿子刨子和斧子在他身后焦急地说，三叔，也让我们喝两口。

门墩回身对侄子们说，我是早产儿，先天不足，又赶上自然灾害，后天失调，你们是什么营养，我能跟你们比。

双胞胎眼馋地看着门墩偷奶喝，门墩认为喝得差不多了，对其中一个说，水。双胞胎之一摇摇晃晃地把一小铁碗水举过来，门墩将水倒进奶里，晃了晃说，稀了点儿。双胞胎之二说都让三叔喝了。门墩告诫双胞胎谁也不许说出去，谁说了他就揍谁。

双胞胎齐声说，我们不说，我们不说。

门墩把手一挥，大将军般地说，走，拽泥去。双胞胎便喊拽泥喽！屁颠屁颠地跟在门墩后面跑进院里。

门墩在影壁前和了稀泥，领着两个双胞胎用泥拽砖雕上的兔子，看谁拽得准。很快雕花的影壁便被泥拽得一塌糊涂，那只兔儿也被泥糊住，俩双胞胎也成了泥球儿。最后双胞胎之一斧子成了被进攻的对象，门墩与刨子的泥像子弹一样向斧子甩去，稀泥顺着斧子的脸向下流。斧子哇哇大哭，一边哭一边喊，我不是小兔子……我不是小兔子……

大妞闻声赶来了，训斥门墩，你比他们大，你是他们的叔，是叔得有个叔样儿。

门墩说，叔就是这样。

大妞一手拽一个泥球样的双胞胎往回走。说，早晨刚穿上的衣裳，又得脱下来洗，我成什么了，老妈子！又回头对门墩喊，门墩你还不上学啊？都九点了。

门墩说他今天不忙着上学，今天第一节是体育，他不爱上体育。刘婶说怪了，猴了吧唧的人竟然会不喜欢体育。门墩说他主要是不喜欢体育老师。刘婶问为什么不喜欢？门墩说老师腿短。刘婶说老师腿短你也不能逃学啊。门墩说再逃学也比你们家胖套儿强，这会儿，你们家胖套儿正在小短腿手底下单练呢。刘婶问套儿单练什么？门墩说单练跳绳，说刘家的套儿连着跳不了三下。

刘婶说，这不能怪套儿，我们套儿打小气管就不好，活动量一大就喘。

门墩说是让那身膘压的。

大妞把门墩的书包拎出来，替他背上说，快走吧你，油嘴滑舌的，王家怎么出了你这么块料？

刘婶说这个门墩跟那个回国的别佳像哥儿俩。大妞说老马家一走有好几年了，连个信也没有。

总算打发走了门墩，大妞又给双胞胎换完衣裳，屁股这才有机会挨了一下小板凳。刚坐下马上又想起来了，还得吃鱼肝油。反身进屋又拿出鱼肝油瓶子，抠出一粒，对其中一个说，张嘴。

刨子说他吃过了。

大妞说，瞎说，我还没老糊涂哪，我刚拿出来。

刨子说他昨天吃过了。大妞说这是今儿的事。

刨子跑，大妞追。

大妞让刘婶替她拦住一个。刘婶顺手抓住斧子说，逮着一个算一个，你先喂这个。大妞喂斧子吃鱼肝油，喂完了还得张嘴，看看咽下去没有。斧子张开嘴说没啦。刨子在树后偷偷观看。大妞回到窗台前取药瓶子，刨子蹿出，站到大妞身后。大妞一回身看到刨子，让刨子一边去，说该那个了。说着又抓过斧子，斧子说他吃过了。

大妞说，你昨天吃过了。张嘴——一粒药丸又灌下肚。

梁子夹着大本回来了，说是今天天气预报有雨，停止练习了。梁子告诉大妞说他们为全国运动会排练的这个叫《革命赞歌》的大型团体操，到时候连中央首长也要来看，所以要求很严，他们组图案的翻本一篇也不能错，顺序也很严格，比如钢水从炉子里流出来，就得挨着翻，谁也不能提前。大妞不明白为什么钢水还能在画上流。梁子告诉他妈那是一种动画效果。大妞还是不明白怎么个动画。梁子说就是你翻完我再翻，画面就动起来了。梁子说，听说毛主席也要来看呢，毛主席也有一个小本，谁翻错了，毛主席一看就知道。

大妞说，那你可得精心，别让毛主席挑出错来。

梁子说，妈，翻到最后的时候别人都是蓝的，白的，就我一人是红的。

大妞问，为什么单你是红的呢？

梁子说，我是和平鸽的眼睛啊。

大妞说，也是不能翻错色儿，你要翻成绿的那就成了别佳的眼睛了。

娘儿俩关于别佳的眼睛还是和平鸽的眼睛的话题还没有说完，老萧和王满堂走进院来，老萧一进门就要往下倒。大妞一把扶住老萧，直说这是怎么了？这是怎么了？刘婶从自己的屋里跑出来，用腿顶住坐在地上老萧的后腰，大声说，别让他窝住气！

梁子拿来了一碗凉茶，给老萧灌下去，老萧缓了半天，终于像狼嚎一样扯着嗓子出了哭声。

刘婶说，看样子是出大事了，让他哭，哭出来就好了。大妞让梁子快叫周大夫来。老萧被众人扶进屋，靠在八仙桌的椅子旁，仍旧抽泣不止。周大夫来了，给老萧号了脉，摇了摇脑袋说老萧的病不是扎一两针能了的事。大家问老萧究竟哪儿难受，老萧指着胸口说他胸口疼。大妞说怕不是心脏病？王满堂冷不丁冒出一句：拆东直门！

王满堂的一声“拆东直门”再次勾起了老萧的伤心，他抹着鼻涕眼泪说，心血啊！祖宗几代的心血啊！拆了它再上哪儿找城门楼子去？中国几千年靠的是什么？靠的就是城墙。北京没城墙还叫什么北京城？拆了东直门，这八臂哪吒城的风水全破啦！

大妞说，东直门是我们家老祖先盖的，谁拆，他得先来问问我！

王满堂说，你儿子就敢拆。

大妞说，你说柱子？

王满堂说，他是拆城门楼子的负责人。

大妞说，这兔崽子，他敢！

周大夫也说拆了怪可惜的，小时候上东直门逮蛐蛐，摘酸枣，这回就真成了梦里的往事了。

大妞说，就没别的办法啦？

老萧说，大铲车都开上了城门楼子啦！

大妞说，这么说就没辙了？

王满堂说，没辙了。

老萧说，说是为了便利交通，为了北京的基本建设。你说，城门楼子几百年都没碍着谁，到今天它怎么就成了挡道的了呢！

片警大安在院里找门墩，大妞和王满堂赶快迎出去，他们知道这个大安只要上九号来，准没好事。

原来西口的交警在警察阁子里发现了一个书包，送到了派出所，大安一瞧是门墩的，就给拿回来了。看样子门墩是逃学了。王满堂本来为拆东直门就窝了一肚子火，现在又来了个逃学的，气得咬牙切齿地说等门墩回来就打折了他的腿。大安说门墩回来说说他就行了，千万别打，小孩子都淘，他小时候也逃过学。

大安要走了，周大夫说有件事托你大安反映一下。大安问什么事，周大夫问奶站归不归派出所管。大安说派出所不管奶站，说周大夫有事尽管说，他能办就帮周大夫办了。周大夫说他觉着近来这牛奶稀得跟兑了水似的，搞不清楚究竟是牛变了还是奶变了。大安说他明儿上奶站给周大夫跑一趟。

刨子说，是三叔……

王满堂警觉地说，你三叔怎么了？

斧子说，三叔不让说。

王满堂大喝一声，说！

刨子说是他三叔偷喝了，三叔说需要营养。王满堂对大妞说都是大妞惯的。

大妞说，怎么是我惯的？他不也在你跟前长起来的嘛。

老萧从王家走出来，仍是一副魂不守舍的模样，说是要回家。大妞让梁子送送萧大爷，大安说他去送老萧，顺路。

傍晚，拆东直门的负责人回来了，王满堂自然没有好脸色，不理儿子。现在一个饭桌上吃饭。大妞也少有地坚决站在老头子一边。“负责人”叫了爸，叫了妈，爸与妈只用嗓子眼儿哼了一声，根本没拿正眼看他。“负责人”只好拿他的两个儿子解除尴尬，无奈儿子们早已被收编，一个冲他翻白眼，另一个不声不响用小勺舀了一勺粥，啪地一下泼在“负责人”的脑袋上。

柱子一边擦着脸上的粥一边跟他的爸爸说，您跟我致气有什么用？这是北京市政府决定的，东直门、西直门、德胜门、崇文门……八座城楼一圈城墙把北京围得透不过气儿来，交通要发展，城建要改善，北京要腾飞，必须摆脱旧城的束缚。旧的东西挡道了，就得除掉。

大妞说，你有劲没处使上西直门外头拆火车去，你在城里头较什么劲？

柱子说，北京要大发展就不能守住旧的不放，就得有所牺牲。

王满堂说，赶明儿你还要拆故宫呢！

柱子的声音也不低，如果需要也得拆。

朱惠芬赶紧收拢两个双胞胎，哄着劝着，拉回自己屋去睡觉。大妞跟出房门担心着她的小儿子，想她的小儿子一走走一天，天都这么晚了，还不见回来，早晨走的时候就喝了一碗粥。大妞嘱咐孙子，以后三叔犯了错别当着爷爷面说。刨子问为什么？

大妞说，你爷爷厉害，要打人。

刨子说，我就爱看打人。

斧子说，我也是。

朱惠芬说，走，睡觉去。

儿子到底是儿子，王满堂说是要打折了门墩的腿，真不回来，心里又满是惦记。看看天已经黑透，王满堂不免来到门口，向着胡同口眺望。柱子拿件衣裳给父亲披上，让父亲回去歇息，由他来等门墩。王满堂说这孩子越来越不听话，发展到了夜不归宿的份儿上。柱子说门墩还小，王满堂说他照门墩这么大的时候都知道帮着娘上地里刨食了。

王满堂走到影壁前，见到被泥糊严了的兔子，叹了口气，细心地用手将泥拂去。自言自语地说，老剩儿一晃走了十三年了，修建东直门的时候还是他帮着从练武场找的砖……要拆了……现在要拆了……

柱子说，我师兄要在……

王满堂说，他保准反对你拆东直门！

柱子说，那不见得。

门墩垂头丧气地溜进大门，蹭着墙想往里钻，没蹭几步就被王满堂喝住。王满堂问他上哪儿了？门墩说上学了。王满堂让门墩回屋去，说回去以后再好好儿收拾他。

门墩问柱子，我妈在不在？

王满堂说，你妈在也救不了你。

王满堂押着门墩刚走近屋门口，门墩忽然大嘴一咧，号啕起来，妈吔——

大妞闻声由屋里飞出，一把将门墩搂在怀里，先问饿不饿，又问渴不渴，最后又看身上有伤没有。王满堂与柱子对视，柱子苦笑说这也是一招，说完回自己屋去了。王满堂推着门墩，将他带到屋里，又指着坠儿的屋子，让大妞那屋待着去。大妞不干，说你是要把我们母子生生拆散哪！

没了保护，门墩老实了许多，他坦白说今日是上动物园看猴了……哪儿来的钱，是把王满堂的铜烟袋锅卖了……卖了两毛……是不够，把他妈的铜汤婆子也卖了…卖了三块……怎么花的，坐车……买烧鸡、冰棍……照了张相……书包就藏在警察阁子里……

王满堂越听越来气，说他的四个孩子，哪个也没门墩主意大，数门墩让人费心淘神。门墩说先不要这样说，说不定王满堂将来就得他的济，靠他养活呢。王满堂说他得鬼的济，先揍门墩一顿是必要的，说着四处找掸把子，门墩鬼哭狼嚎，将声势造得很大。

大妞哪里肯去什么坠儿的屋。大妞一直站在屋檐下，听见里面用了刑，流着泪说，他爸，你拣那肉厚的地方打。

王满堂说，我还没碰着他呢。

门墩“痛苦”的尖叫传遍小院的角角落落，没有人出来劝解，大家都已熟悉门墩风声大雨点小的伎俩，就是真打，也活该，实在是太不招人待见了。两个双胞胎缩在床中心，既惊恐又兴奋，有许多事不能说他们不是三叔的同谋，是共犯。朱惠芬说应该把俩孩子送幼儿园，老这么在家混不是个事。

柱子说，看你送得出去不。

昨天晚上，门墩是着着实实地挨了一顿打，王满堂没有找到掸把子，是用鞋底子打的，效果也很不错，害得门墩趴着睡了一宿。

一大早晨，门墩就趴在大妞的腿上，说屁股疼。大妞撩起儿子的裤子，惊叫着，瞧瞧给我们打的，屁股都青了，这胳膊，红一条紫一条的，简直惨不忍睹哇！你个糟老头子，也真下得去手，门墩就不是你亲儿子吗?!

门墩更来了劲说，妈，我的屁股疼，里面疼，大半是有内伤了。

大妞说，真把我儿子打出内伤来，我就跟他没完。王满堂说，你就惯吧。早晚是你害了他。

坠儿上学，看了门墩的样子说，羞不羞，多大了，还装个吃奶的样。梁子也要去体育场，对门墩说，昨晚上我一听就是干打雷不下雨，你那套哄谁呀?

门墩说，滚，去翻你的小本吧。

柱子推着车出来，车上坐着俩双胞胎，俩双胞胎衣帽齐整，嘴里喊着，去幼儿园，去幼儿园。大妞问去什么幼儿园。朱惠芬说，是这样，我们单位幼儿园办得不错，我领着刨子跟斧子去看看。好了就送进去，不好还回来。

大妞说，幼儿园是什么样的地方？幼儿园是关孩子的地方。我见过，把孩子关在小笼子里养着，出来放风也是拿绳拴着，一个套一个在街上走，穿一样的衣裳说一样的话，分不清谁跟谁，都是切糕似的齐整，哪儿有院里跑进跑出的自由。

刨子一听就不乐意了，母亲昨天给他和斧子做了那么多工作，敢情是要把他关进小笼子里去。他一边从车子上往下溜一边说，我不进小笼子，我不去幼儿园了！斧子也说他不去幼儿园了。

朱惠芬说，咱们昨晚上不是都说好了吗？不兴变卦的。

刨子说，你只说有滑梯，有转椅，没说有笼子。

朱惠芬说，那是奶奶骗你们哩。

大妞说，我可没骗啊，我什么时候骗过小孩子，东口幼儿园的孩子睡觉都搁笼子里。朱惠芬说那不是笼子，是带栏杆的小床，说她小时候就睡那样的床。

大妞说，所以，把你睡得跟这个家就糅不到一块儿去。我的孩子们都是睡大炕滚出来的，随和，贴人。

朱惠芬还要和大妞再说什么，大妞说不管怎么着，她的孙子也不许送幼儿园，要不她在家闲着，就是浪费人力。柱子说孩子送幼儿园可以受到正规教育，将来懂道理。大妞说，咱们老王家五个孩子，都没进过幼儿园，包括你在内，哪个不懂道理了？

柱子说时代变了，人的活法也得跟着变，老的活法不一定科学。

大妞说，自从盘古开天地，三皇五帝到如今，哪个朝代有过幼儿园？哪个皇上是幼儿园培养出来的？

朱惠芬说把孩子搁家，难免家长娇惯，看看门墩……

门墩说，别扯我，我不代表王家的教育方针，我的行为我自己负责。

大妞有点变脸了说，这是什么话，你是看着我们王家的儿子争气才嫁给我们的。老王家就是这么个家教，不搞什么洋务运动。

门墩在一边称赞他妈，连他哥历史书上的词儿都用上了。朱惠芬说还是带孩子们去看看。大妞说看看也不行。说着上去抢孩子。朱惠芬一赌气推车就走。大妞只抢下一个，夹在腰上冲着车上的那个喊，孙子，见那儿势不好就闹，让他们送你回家。

朱惠芬两口子推着车无奈地走了。大妞低头问胳肢窝底下的孩子，你是哪个？

孩子说，我是刨子。

太妞说，是刨子好，那边光有斧子也干不了木器活儿。

门墩说，只能劈劈柴。

大妞说，事都是打你这儿闹的，你呀，给我上学去吧。大妞又问王满堂今天为什么还不上班，王满堂说他身上不舒坦，歇了。大妞没再说什么，她知道老头子一宿没睡，心疼他的东直门。

老北京有许多从明朝时代就流传下来的儿歌，这些儿歌伴着一代又一代北京的孩子长大，人老去了，而歌却依然年轻，永远地长不大。这些旋律优美的儿歌，只有用北京话唱起来才会那么活泼动人，才能那么撩拨人的心弦，碰撞到人心里最柔软的地方。

拉大锯，扯大锯，
姥姥家，唱大戏。
接闺女，请女婿，

小外孙子也要去。
不让他去，
他噔噔地放大屁……

庭院里，大妞和她的孙子一边“拉大锯”一边唱。刨子说，奶奶，再来。大妞又唱：

小小子，坐门墩，
哭着喊着要媳妇。

刨子说，要媳妇干吗？

点灯说话，吹灯做伴，
明儿早晨起来给我梳小辫儿，
…………

王满堂拿了把椅子放在房前晒太阳，难得的清闲使得他不知如何消受这大好时光。抬头望望天，天空湛蓝如洗，看看那棵枣树，树上结了细小的青枣。上班的上学的都走了，院里显出了少有的寂寞，只有大妞和她的孙子在歌唱。大妞给王满堂沏了壶酽茶，看王满堂那无精打采的样子说，不就一个东直门嘛，那是我们家盖的，我都没像你这样，连班都上不了了……王满堂说自打入建筑行，他这是头一次为自己歇工……身上的筋，都像给抽了似的，浑身发虚发软，脑袋一蹦一蹦地疼。大妞说她在话匣子里听评书，哪吒抽龙王三太子的筋，三太子当时的感觉可能就跟王满堂差不多。刨子就让奶奶讲哪吒的故事。大妞一边择韭菜一边讲哪吒。

大妞说不上幼儿园好吧？刨子说好。大妞要在刨子的胳膊上系个红绳，说免得明儿弄错了。

刨子说，奶奶，错不了，我明天不上幼儿园。

大妞说，保不齐我又把那个扣下呢？

刨子说，我自个儿留下。

大妞说，奶奶就喜欢你。你是谁来着？

刨子说他是刨子。

大妞说，对，刨子。奶奶就喜欢刨子。

王满堂觉得心里乱，不踏实，他最后决定，还是得去趟东直门。

大妞说，东直门拆得稀里哗啦的你干什么去？去给自个儿添堵吗？

王满堂很有些悲怆地说他是给东直门送行，一个建筑不在了，犹如一个老朋友不在了，他不是以古建工人，他是以一个北京市民，以一个与东直门形影不离的朋友，再看一眼东直门……王满堂说得很动情，大妞听得心里也酸溜溜的不是滋味……

王满堂拉着孙子出了门，大妞追到门口说，刨子，看着你爷爷点儿。

刨子说，哎。

在日常生活中，大妞有件很重要的工作是补袜子。王满堂的木工活儿好，王家也就具备了从小到大十几个袜子板。旧时补袜子的程序是先将破袜子套在大小合适的袜子板上，再剪布，补底，补勒。孩子多，补袜子的量就大，也搭着那时候的袜子不禁穿，所以谁都很少穿不打补丁的袜子。

刘婶打毛衣，大妞补袜子，在这静下来的小院里，老姐儿俩做着这种永远做不完的功课。大妞补着补着袜子突然说，我这儿想呢，我们家鸭儿在昌平前进袜厂织袜子，成天跟新袜子打交道。我呢，天天补袜子，跟破袜子作战。打七岁的时候我妈就教我补袜子，补到今天……怎么也补不完。爷儿几个的脚都跟长了牙似的，袜子穿三天就破，一年就发那几尺布票，全补了袜子了。你稍一疏忽，两天没补袜子，人家的脚后跟就露出来了，外人看着不说露脚后跟的，说我，这娘儿们，怎么这么懒哪。

刘婶说她上个月给套儿拿新布做了个背心。

大妞说，你当我没看出来，套儿那个背心是拿手绢拼的，前边是小白兔拔萝卜，后头是山水风景，就仗着你们家新生在商店能买出几块手绢来，连你们家的屉布都是百鸟朝凤。

两人就笑。

鸭儿抱着大纸箱子进家了，大妞奇怪，又不是礼拜天，不知鸭儿为什么回来。鸭儿让她妈猜今天是什么日子，大妞进屋看了看月份牌说什么日子也不是。鸭儿说今天是大妞的生日。大妞这才猛地想起什么说，可不，我今年……五十三啦……

大妞五十三岁生日这天，大女儿给她买了一台电子管收音机和一件的确良衬衣。大妞头一次见识的确良，为的确良的色彩和质地而惊奇。鸭儿告诉母亲，的确良是中国最新最新的新产品，洗了不用熨，老这么平，也不掉色儿，比平常的衣服结实十倍。大妞说全胡同也没见谁穿什么的确良，这么高级的衣服，她真是穿不出去。鸭儿说的确良禁洗，好干，天天穿着它也不碍事，这是她拿奖金买的，给妈过生日的。

大妞说全家只有大闺女还记着她的生日，连她自己也忘了，就撩起衣襟抹眼泪。

王满堂由东直门回来了。大妞问东直门给折腾成了什么模样？王满堂挥挥手，什么也不想说。刨子说他在东直门看见他爸爸了，他爸爸在城墙上头喊：预备——拉！就哗啦啦……

王满堂从包里掏出几块从东直门城楼上捡来的砖，一边用刀削一边对刨子说，甭吹了，你爸那是拆，不露脸。

刨子说他爸像大将军。王满堂说狗屁将军。刨子跟大妞说萧爷爷也去了，萧爷爷躺在城墙上不动窝，后来让我爸抬走了。

刘婶说，这个老萧，怎么又闹到工地上去了？

王满堂说，老萧是英雄，要不是碍着我的队长的名分，我就跟他一块儿躺去了。

刘婶说，亏得你没躺，你躺那儿才让你儿子坐蜡呢。

王满堂说，我要躺，我拉着他儿子一块儿躺！

刨子说他爷爷要躺，他就跟爷爷一块儿躺，让他爸坐蜡。大妞说，得了甭说了，你跟你爷爷都是耗子扛枪，窝里横。

王满堂不高兴了说，我是耗子，我这耗子敢上东直门，你倒不是耗子，人家拆你们家的东直门，你连屁都不敢出去放一个。

大妞说要放也放管用的屁，没用的屁她不放。

刘婶问把这些烂砖捡回来有什么用。刨子说让他爷爷给他雕飞檐上的小狮子、小鱼儿。刘婶说东直门飞檐上怎会有小鱼？刨子说有。东直门飞檐上有五个，他爷爷说了，最前边的是仙人，仙人指路，接下来是头龙、二凤、三狮子、四天马、五海马…末一个是截兽。

刘婶说，海马跟鱼怎么会上房顶呢？

刨子说，镇火呀，鱼上了房顶就着不了火了不是？

刘婶说，噢你个孩子，才几岁呀，还真懂得不少。

刨子说，我爷爷告诉我的。

王满堂说，这孩子聪明，有股灵气儿。

王满堂将用东直门城砖雕的小兽们送给了周大夫。王满堂给周大夫道歉，说门墩这孩子少教，净干出格的事，说大家一个院住了几十年了，连个针头线脑的谁家也没少过，没承想出了这么个不争气的东西……周大夫说孩子都淘气，几口牛奶，算不了什么。王满堂说周大夫是不计较，但他不能不管，打小就这样，将来怎么得了？周大夫说船到桥头自然直。王满堂说就怕他直不了。王满堂指着几个雕出来的玩意儿说，这是真正永乐十四年的砖，在东直门顶上一直看着咱们一辈辈儿的活儿，看着咱们一辈辈儿的变。风吹雨打，四五百年了，还这么硬实……风雨沧桑，它见过的事多了。跟它眼里见过的事比，咱们无论有多大难，那也不叫难。

周大夫有些激动，接过砖雕说，这是工艺品，也是历史啊！

王满堂说，迷信说法，这物件能辟邪；时髦说法，这是个纪念物。往后再想东直门了，就瞅瞅它。

周大夫说他得把它们好好儿收存起来。

歌声在北京城上空荡漾：

麦浪滚滚闪金光，
棉田一片白茫茫。
丰收的喜讯到处传，
社员人人心欢畅，心欢畅。
…………

歌声也由王家的收音机传出，传出工人体育馆欢快热闹的现场转播。刘婶说没想到毛主席也去了！大妞喜洋洋地穿着的确良衬衣说，我们梁子也去了，他是和平鸽的眼睛。刘婶说老王家的孩子都有福气，个个儿都能见着毛主席。大妞说他们家的孩子都和国家领导人有缘。柱子见过总理，坠儿和梁子见过主席，除了鸭儿……

说到鸭儿，刘婶说，街道黄主任给鸭儿提了个人，是小学教员。工资不低，党员，家里三辈儿贫农。到他这儿呢。一个寡妇娘守着这么一个儿。大妞问是教什么的。刘婶说教体育。大妞说该不是门墩说他腿短的那个？刘婶说门墩狗嘴吐不出象牙来，不能真信他的。

大妞说，我们鸭儿在这条胡同里是数得着的美人儿。你忘了，福来当初把她的照片放大，摆在照相馆的橱窗里，招了多少人问这是哪儿请来的电影明星。

刘婶说，漂亮脸蛋不过是三两年的事。几年一过，孩子一生，一脑袋的抬头纹一出来，谁还管你什么明星不明星的。

大妞说，漂亮是我们鸭儿寻婆家的资本，我们鸭儿……也就这点儿资本了……

刘婶说，所以我说政治可靠才是一辈子的事。你们鸭儿可是再禁不起折腾了，怎么说当初锅炉爆炸也是受了处分的，又搅进了一个苏修别佳，到今天说也说不清楚。

大妞说，别佳什么时候又成了苏修？

刘婶说，苏联不是修正主义是什么？前几年咱们一评二评到九评，评的不就是苏修嘛！咱们跟苏联的斗争，是两条路线、两个阵营的斗争。

大妞说，老马家跟苏修有什么关联？

刘婶说，没关联他们也是修正主义那边的人。多亏他们早走了，要不在这儿，咱们一评二评的，他们待着也没意思。这个体育老师姓王，跟你们老王家一个姓，根红苗又壮，还是教研组的组长，配你们鸭儿足成。

大妞说那……也得问问鸭儿。刘婶说她跟黄主任都约好了，明天礼拜，让王老师来家，让大妞包点饺子，就以请门墩老师的名义请请人家。王老师家在三河县，吃顿家常饭不易。

这时套儿被门墩追赶着，哭着由大街门奔进来。刘婶问套儿，门墩为什么这么欺负人？套儿说因为他当上了班长，门墩没当上。出了校门就打他。刘婶对门墩说，有你这么办事的吗？动不动就打人，我们当班长是大伙儿拥戴我们，你有气也没用。

门墩说套儿这个班长是短蛤蟆腿儿的王老师指定的，他不认可。

刘婶说，你不认可，老师认可就行。我们套儿有领导才能，将来是个搞行政工作的料，我是街道治保委员，孩子他妈是商店主任，孩子当班长也是顺理成章的。

门墩问大妞王家谁是官？

大妞说，咱家……名声都不小，官儿只有你爸一个队长……

套儿说，队长算什么官？

很快，门墩就有了新的举动。他为自己用报纸折了一顶带翅的帽子，怕人不能理解这是顶官的帽子，就用毛笔在帽子上做了标志，描了大大的“武官”二字。可惜，“武”字腰上多了一撇，成了错字。

门墩摇头晃脑地在刘家门口转悠，对套儿说，我是武官。

套儿眼馋，让他奶奶也给他弄一顶来。

刘婶揽过孙子说，甭学他，你看他那德行，再添个长舌头，整个儿一个白无常。

周大夫从屋里出来，见了正在院里比比画画的门墩说，嗬，咱们这位武官脑瓜顶挎刀啦。

鸭儿相亲的日子就定在礼拜天，但是鸭儿的工作却还没有做通，她死活不见那个王老师。刘婶已经把人约好了，待会儿就到，鸭儿却提起手提包执意要回厂里。大妞急地说，妈茴香也买了，肉也剁了，面也和了，你哥哥嫂子也把俩闹事的双胞胎引出去了，大伙儿还不都为了你？乖孩子，你就听妈这一回，也得给人家刘婶一个台阶下啊！

鸭儿说她就不。

王满堂气愤地说鸭儿，你脾气越来越怪，谁说话办事都得看你那张脸，你以为你是谁，大小姐吗？

鸭儿一推门跑出去了。

门墩猫一样地追出去。

门墩追到鸭儿屋里，果然鸭儿正坐在床上闹气。门墩说，姐。鸭儿不理。门墩说，姐，你犯不着。你以为我喜欢那个王老师吗？昨天我们在胡同里踢球，王老师过来了，也亮了一脚，球纹丝不动，鞋却上了房顶，让宋小明、刘伟上房给他够鞋去，臭脚简直臭到家了。这样的人要当了我的姐夫，我非得羞得在咱院这棵枣树上吊死不可。

坠儿说再臭脚也比门墩个臭嘴强。

门墩说，王老师真当了我姐夫咱大姐就惨了。

坠儿问为什么？

门墩说，那小子不但是臭脚还是臭胳肢窝。

坠儿说，你就编吧，留神咱爸再抽你。

门墩说他的大姐也用不着上什么工厂躲心静，就老老实实在这屋待着，他保证让姓王的进不了王家的门。坠儿有预感地说，这小子又要犯事了。

果然，那个王老师没到王家来，半道上就折回去了。王老师给媒人黄文英留话说，既然女方有精神病，目前又正在治疗中，这件事就先搁一搁，等女方病好了再说。大家都明白"搁一搁"的意思，谁要是还指望着这事能重新捡起来，谁就是傻×。

坠儿和鸭儿都知道这是门墩干的，偷偷地在屋里捂着嘴乐。

王满堂在院里恼怒得像头狮子，他不能允许外头人这样糟蹋他的闺女，什么精神病？还在治疗中……他要抓住这个胡说八道的人把他撕烂了……

刘婶黑沉着脸进来了。刘婶说，你也别撕这个，撕那个了，这话不是别人说的，就是你们家的宝贝三爷说的。宝贝三爷不但说了鸭儿有精神病，还说是遗传性的，这谁不怕？十个王老师也给吓回去了。

王满堂说门墩简直闹得没边了。

大妞说，门墩这是什么意思？门墩，门墩！

坠儿说门墩陪梁子到少年宫练诗歌朗诵去了。大妞说梁子干吗要他陪？王满堂说明摆着是逛景山去了。

你看那万里东风浩浩荡荡，
万里东风浩浩荡荡。
你看那漫山遍野处处春光，
漫山遍野处处春光。
青山点头，河水笑，
万紫千红百花齐放。
…………

梁子和门墩两个一唱一和地从胡同口走来，这是梁子在少年宫新排练《花儿朵朵》节目的内容。坠儿从门里奔出，在梁子耳朵上说什么。梁子回过身看着门墩说，你今天跟着我去活动敢情是犯了事，怪道溜溜儿跟了我一天。

门墩嘿嘿地笑。

大妞在屋里听说门墩回来了，赶紧给丈夫做工作。说门墩进来千万别骂他，骂他就是骂鸭儿呢，鸭儿那孩子要真闹出什么精神病来，瞎话就成了真话。到现在王满堂已经没有脾气了。王满堂说，骂他我嫌累得慌，我现在都懒得瞧他。一转身进里屋了。

门墩告诉大妞他跟梁子上少年宫了，少年宫的老师说了，他的悟性特别好，让他也加入写作小组呢。

大妞说，那你就加入呗。

门墩说，我入那个干吗？您以为我将来也跟梁子一样，憋着上什么北大中文系？姥姥，我才不写什么屁诗！我要跟我爸学，当瓦匠，雕砖花，盖大宫殿。

王满堂兴奋地由里间出来说，好小子！是我儿子。

门墩越发得意，话也收不住了说，我盖的宫殿一座座永世长存，人家一看，问这是谁盖的呀？我的孙子自豪地说，我爷爷门墩，多好！梁子写的诗呢？非得识字的人才能看，可天底下，有几个识字的呢？

梁子说，诗是艺术。

王满堂说，建筑也是艺术。

大妞说，盖帘上还有今天剩的饺子，我去下。坠儿，摆桌子。

王满堂对门墩说，本来今天这饺子没你的份儿，看你小子还有点雄心大志，让你上桌。

大妞和她的刨子孙子越来越亲，现在不用系红绳她也能清楚地分清哪个是刨子，哪个是斧子了。她不是凭长相，她是凭感觉，只有她和刨子才有的感觉。大妞刚拿出一盆蚕豆，刨子就跑过来，搬小板凳塞在大妞屁股底下，自己也来帮奶奶剥豆。

斧子在小桌前搭积木，不来参与。

斧子边玩边唱，唱的都是幼儿园学的歌：

太阳光金亮亮，雄鸡唱三唱，
花儿醒来了，鸟儿忙梳妆。
小喜鹊造新房，小蜜蜂采蜜忙。
幸福的生活哪里来，
要靠劳动来创造。

大妞让刨子也唱一个。刨子就唱：

槐树槐，槐树槐，
槐树底下搭戏台。
人家的闺女都来了，
我的闺女还不来。
说着说着就来了。
骑着个驴，打着个伞，
光着个屁股挽着个纂儿。

斧子挑衅似的又唱：

洋娃娃和小熊跳舞，

跳呀跳呀一二一

…………

刨子自然不甘示弱：

小耗子上灯台，
偷油吃下不来。

…………

大妞说，咱们不上幼儿园也未必比他会得少，他臭显摆什么呀？

刨子说，是呀，臭显摆什么呀？

柱子在单位申请了宿舍楼，新房子钥匙已经拿了，只等着礼拜天就搬过去。为大儿子的搬出，王满堂老两口心里别提那个别扭，不让儿子媳妇去住新房，这话也说不出口，可打心里又实在不愿意。大儿子，该着是顶门立户的柱子，柱子要走了，老两口有种被撤掉支撑一样的感觉。柱子看老两口脸色不太好看，说，爸妈要是实在不满意，我们可以去退了。

大妞说，在一块儿热热闹闹的，干吗要走？让你妈知道了说我容不下前窝的儿子。

柱子说，哪儿能够？妈，要不您跟我们住？

大妞说柱子们要走那是柱子们的事，孩子得给她留下一个。柱子说小哥儿俩分开就没了伴儿，也没见过谁家把双胞胎拆开养的。大妞说她身边不能没有孩子。柱子说大妞跟前有门墩。

王满堂说，门墩那也叫孩子？那是畜生。

柱子把双胞胎推到大妞跟前，一咬牙说，那您留哪一个？

大妞毫不犹豫扯出一个说，就要这个。

大妞还真没挑错，她留下的是刨子。晚上，大妞一边给刨子脱鞋，抱他上炕，一边说，奶奶没挑错吧？

刨子说，没有。您瞧，线儿还在这儿拴着哪。

大妞与刨子亲昵。刨子咯咯笑着，让大妞讲故事。大妞就给孙子讲那个永远讲不完也永远讲不腻的老马猴子的故事。

刨子说，等等，您等我钻进去再讲。

……从前哪，王家庄有个大姑娘，长得甭提多水灵了，谁见谁爱。王家庄对面山上呢，有只老马猴子，住在山洞里，一来二去，老马猴子就看上了人家大姑娘……

刘婶在鸭儿的婚事上有着积极的参与意识，没跟鸭儿商量，礼拜天就硬是给王家领来了一个适龄青年。青年人来得很突兀，连大妞也没有一点儿思想准备，刘婶大概是接受了上回的教训，采取了这种突然袭击的手段，以防再有人从中破坏。

男青年坐在八仙桌前很拘谨，在大妞喝茶的招呼下很实诚地灌水。青年的白衬衣系在灰布裤子里，脚上是一双白球鞋，小分头，一看就是很本分的良家子弟。青年说他是安徽人，在益民食品厂做调点心馅的工作。又介绍了自己老家父母亲兄弟的情况。

大妞让刨子看看他大姑在干吗，说这边来了个客人。

刨子过来说他大姑梳头呢，大妞又让年轻人喝茶。青年又喝了一碗。刘婶说这个小张是青年团员，人老实本分，套儿他妈上食品厂去看货，一眼就看上小张了，觉着介绍给鸭儿挺合适。刘婶说，咱们找姑爷图什么，不就图个政治可靠，脾气好吗？能和和美美过日子，比什么都强。

大妞问青年每月挣多少。青年说三十六。刘婶说这是没算奖金，他们每月还有八块奖金。大妞说花是够花了，又让刨子看看大姑去，看她磨蹭完了没有。大妞再请青年喝茶，青年又实实在在灌下一碗水。

刘婶说，小张平时不抽烟，不喝酒，也不吃零食，唯一爱的就是做饭。他烙的饼，有十几层……

刨子回来说，奶，大姑屋里没人了。

大妞说，这丫头……这怎么说的……

鸭儿当然要往外躲，她压根就不想谈什么恋爱，见男朋友，她才没那份心情。她只想一个人安安静静地待着，谁也不想见，什么话也不想说。鸭儿正往外走，正巧在门口碰见了织袜厂她的师傅苏赞，也是鬼使神差，偏偏苏赞今天就打王家门口过。鸭儿问她的师傅，怎么到这儿来了。苏赞是南方人，说着一口南方普通话。苏赞说，他要到前门的上海馆子去吃大馅菜馄饨。往常都是坐车，今天他发现从这条胡同斜穿出去再坐车可以省三分钱，来回就是六分，多六分钱在食堂里又可以买一个蛮像样的肉菜。苏赞说完看了看门牌，才知道鸭儿原来就住在这里，离上班的地方很远。

鸭儿灵机一动，邀请她的师傅进家来坐坐。苏赞说他没有买礼物，第一次上人家空着手不大好意思，家里总是有老人的。鸭儿说她们家没那么多讲究。苏赞再三强调说只是进去看看，不过要对鸭儿的父母讲清楚，纯粹是偶然，是顺路，不是专门拜访。

鸭儿说今天她们家只有她妈在家。

在雕花影壁前，苏赞称赞影壁蛮漂亮的，鸭儿说那是她的姥爷雕的。苏赞听着姥爷这个词很生疏。鸭儿说就是她母亲的父亲。苏赞说那就是外公了。鸭儿说，我们叫姥爷。

走到院里，正碰上刘婶和大妞送调点心馅的青年离开，见鸭儿领着苏赞进来，大家都觉得有点意外。鸭儿给刘婶和妈介绍这是他们厂的苏技术员，大学毕业，她的师傅。

大妞愣了，刘婶与青年也显得很尴尬。

苏赞很亲切地叫，王家姆妈。大妞没听懂，只听见“姆妈”……

鸭儿很大方地说这是她的男朋友，把个苏赞听得有点摸不着头脑。刘婶对小张说，咱们走吧。大妞让再待会，鸭儿这不回来了吗？

刘婶说，还待？不碍眼！

大妞送走小张进屋，却见鸭儿把苏赞冷冷地晾在一边，自己一人抱着本书在看，全没了刚才的热情。

苏赞正无聊地看着座钟运行。

大妞赔出笑脸说，常听我们家国英回来念叨您，早就想请您上家里看看，就是没逮着机会。

苏赞说，真的呀，国英她常提起我？

鸭儿说，我妈那是客气，您怎么连客气都听不出来。

大妞说，怎么跟师傅说话哪？师傅就是师傅啊，徒弟跟师傅的关系，任谁也比不了，这个我懂。你爸那些徒弟，哪个跟他不是心贴心哪。

苏赞说王家姆妈说得很好。

大妞说，我这闺女倔，该说您还得说着点儿。

苏赞说，不倔，一点儿也不倔。

大妞问苏赞怎么称呼。苏赞说他姓苏，苏修的苏，叫赞，赞就是赞美的赞，赞不绝口的赞，赞比亚的赞。大妞直皱眉说这个名字怎么听着像苏三。问家住在哪儿，说是隆坊。问隆坊究竟在哪儿，说是上海的北面，苏州的东面，很富饶的平原上，产螃蟹的地方。

后院传来周大夫留声机的声音，唱的是《秦琼发配》：

将身儿来至在大街口。
尊一声过往宾朋听从头
…………
舍不得太爷的恩情厚，
舍不得衙役众班头，
…………

刘婶冲后院喊，孩子们都大考复习功课呢，你把留声机放这么大声是什么意思？

周大夫说他打听过了，院里最后一个考完的是坠儿，昨天上午考完的。刘婶说那也不能放这么大声。周大夫问为什么，刘婶说内容不积极。周大夫问怎么不积极。刘婶说又是太爷，又是衙役众班头，解放军在哪儿呢？革命群众在哪儿呢？周大夫说这是戏，是《秦琼发配》，唐朝时候的事，还没有解放军……你想那么多干什么？

刘婶说，凡事就是得多想一个为什么。

周大夫说，我又不是秦琼，我哪儿知道他干吗非得跟太爷腻腻歪歪的？

刘婶说，所以秦琼也不是什么好东西……

门墩插话说，秦琼是大英雄，还有李元霸、黄天霸、窦尔敦、李逵……

刘婶说，瞧瞧，这就是影响。他在你这儿就得不到刘胡兰、黄继光、董存瑞的教育，知道的都是衙役跟太爷。

周大夫问门墩，知道不知道董存瑞？

门墩说，知道，炸碉堡的。

周大夫问黄继光呢？

门墩说，堵枪眼的。

周大夫说，你瞧，他都知道。

刘婶说，感情不对，炸碉堡的，堵枪眼的，这是对英雄的态度吗？

周大夫说，那你要我们怎么着？

刘婶说，我实话跟你说，你不能腐蚀下一代，把复辟的希望寄托在第三代、第四代身上，我们无产阶级决不答应。

周大夫说，我吃饱了撑的。

门墩最近很露脸，门墩的期末考试数学得了 98 分。王满堂看着儿子的成绩单疑心重重。他不相信平时连乘法口诀都背不下来的儿子，数学考试会得98。王满堂问门墩是不是抄的。门墩说期末考试，东城区统一出题，换老师监考，隔行一排坐，他抄谁去呀？

王满堂说，我还是怀疑你的分数不真实。

门墩说那他就没办法了。

大妞说，没有你这样的老家儿，老见不得孩子进步。

梁子很不情愿地把成绩册也给父亲递上去，王满堂看了皱眉说，你比门墩差远了，俄语最差，才42分。

梁子说主要是口语拉的分，那个“P”音他老发不出来。

门墩拉了一长串的“P——”发得利落而干脆。王满堂对梁子说，你跟别佳混了那么些日子，怎么把俄语混了个不及格？

梁子说他们学的俄语跟别佳说的俄语不一样。王满堂说放屁。

门墩说，真的，爸，我们学的语文跟咱们说的话也不一样。

王满堂说，我觉着你们这书是越念越糊涂了。

为了庆贺门墩考试得98，王家特意包了一顿鸡蛋韭菜馅饺子，对此谁也没有异议，用坠儿的话说是借着由头先吃，不吃白不吃，反正到时候是吐不出来的。

晚上，打着韭菜嗝的门墩躺在他妈的右边，他妈的左边是刨子。门墩觉得很幸福，大妞也觉得很幸福。大妞说，门墩你这回考试还真给我露脸，要不你爸爸老把你往瘪了看。

门墩说，我哪回考试没给您露脸？

刨子说，将来我也给您露脸。

大妞说，你们俩，是我心尖上的肉。

门墩说，酱猪心是好吃。

刨子说，爷爷下酒的。

大妞说，门墩，前儿个我还做梦，梦见你七门功课六门不及格，我一急，醒了。

门墩说，妈，您做这梦一点儿都不准。实话告诉您吧，我是六门功课五门不及格。

大妞说，你数学不是考了 98 吗？

门墩说，哪儿啊，是 18，我让那个竖又顶了一个圈儿。

大妞坐起说，你骗人哪！

门墩说，我没骗您不是？

刨子忽闪着亮晶晶的眼睛看看门墩，又看看大妞说，那些饺子真的是不能再吐出来了。

天不亮梁子就起来了，一个人在树底下呱啦呱啦很痛苦地背俄语单词。周大夫也是早起的人，他要拿奶看信。周大夫看了梁子那样儿说，暑假了还加班加点哪？

梁子说，开学得补考。

周大夫说，得，我不耽误您了。

王家的孩子也并不净是不及格的事情，比如说坠儿就拿到了清华大学建筑系的录取通知书。这对王家来说是件大事，这是家里的第一个大学生，全院的人都夸坠儿有出息，纷纷给大妞道喜。

大妞高兴得那张嘴怎么也合不上了。在全院和家里人都沉浸在喜悦中的时候，门墩想得比较实在，他问妈，今儿吃什么？

大妞说，烙饼！烙葱花饼，摊鸡蛋，摊八个鸡蛋！

一张张油汪汪的葱花饼起锅，大妞在厨房忙碌，心情好，饼也烙得空前绝后的精彩。王满堂坐在八仙桌前小酌，自己给自己拌了一盘豆腐丝，作为喜庆的添加。王满堂让坠儿坐上桌，坠儿就坐在父亲旁边，这在王家是从来没有过的事情。

王满堂说，你是咱们家的大学问，魁星点斗，出了你这么个女状元。你爹干了一辈子古建，一肚子蝴蝶，就飞不出来，缺什么，缺理论。将来你比爹强，柱子别看是队长，也不如你。

门墩说，我姐在图上画二尺，您就不敢砌成二尺一寸。

王满堂说那当然。

坠儿说她将来要设计太和殿、天坛那样的大屋顶，她喜欢那样的房子。王满堂说这就是老王家的人，都跟大屋顶有缘。刨子说他也设计大屋顶。王满堂说他的孙子也肯定出不了建筑行，给了刨子一口酒，刨子辣得直淌眼泪也不说辣。问香不香，说香。问还喝不喝，说喝。

苏三来了，苏三是来找王国英。

大妞介绍说，这是鸭儿的……师傅，叫苏三。

王满堂说，苏三……我还是崇公道呢……

大妞告诉苏三，王国英上街给她妹妹买东西去了，她妹妹考上清华了。苏三说王国英的妹妹就是那个叫坠儿的小姑娘吧？大妞说就是，又让坠儿叫苏师傅……坠儿叫了师傅。苏三说，哎呀，怎么好叫我师傅的嘛，我怎么能给大学生当师傅。小妹妹，送你这支钢笔，希望你在大学好好学习。

坠儿谢过了苏师傅，但苏三并不放下笔。苏三说，这支笔是我上大学的时候我父亲送给我的，真正的派克金笔，值钱得很咧……

王满堂皱眉。

苏三说，你看笔帽上有“派克”，这边，这里，笔尖上还有“派克”，这说明它是原装的，地道的美国笔。笔尖是18K金的，大概有三克重……

王满堂说，这么贵重的东西您还是自己收着吧，让小孩子使糟踏了。

苏三说，我对物质的东西一向都是很藐视的。钱算什么？钱是为人服务的，人不能做钱的奴隶对吧？

大妞说鸭儿一会儿就回来，苏三要不嫌弃就在这儿随便吃点儿。苏三说他是吃过饭来的。嘴上是这样说，却在桌子旁边坐下来。

大妞说没什么好吃的，就是烙饼。苏三拎起一张饼说，放了这么多大葱啊，还有干猪油，我们那里的人习惯吃米饭，不习惯吃这种很干的面食；南方人的嗓子眼一般比较细。苏三闻了闻饼又说，味道还不让人太反感，我尝一点好啦。

“尝一点”的苏三吃了一张饼，又抓起了第二张。王满堂对大妞说，你给他盛碗粥，留神别噎着。大妞舀了一碗粥给苏三。

苏三说，红小豆粥，我很爱喝的，再放些糖和桂花就更好了。

大妞说，桌上有小酱萝卜。

苏三说，我们那里吃炸臭豆腐干。

大妞说，听着这吃法都别扭。

苏三说，很好吃的啦，很下饭，再撒些辣椒末，别有风味……说着抓起第三张饼。

王满堂和大妞都认为有必要和大女儿谈一次，就这个二百五式的苏三认真地谈一次。谈话以大妞为主，大妞开诚布公地说她和鸭儿她爸都不喜欢苏三这个人。

鸭儿看了她妈一眼，没吭声。

大妞说这个苏三嘛，说他哪儿不好也不是，说他哪儿好也找不出来，就是不知道哪儿别扭着。

鸭儿竟然给她妈冷笑了一声。

大妞说，我看这个就……算了，不行咱们再……另谈一个？

鸭儿说，说行也是你们，说不行也是你们，我还有没有我自个儿？

大妞说，我不反对你谈，可这苏三……他实在是……

鸭儿问实在是什么？

大妞说，你爸说他，说他，实在是娘娘腔。

鸭儿说，我就爱娘娘腔。

大妞说，我知道，你老跟我别着，好，你的事以后我不问，也不管，随你怎么着吧！

鸭儿说，谁让你们管啦？你们不管我求之不得。

大妞只能在王满堂跟前掉眼泪，说这个鸭儿怎么这样不知好歹。王满堂说随她去，她嫁给谁，跟父母都没关系。

大妞说，可那毕竟是咱闺女啊！

王满堂说，你看看苏三，母里母气的，鸭儿竟然看上了他？

大妞说，苏三人倒不丑，就是嘴有点碎。

王满堂说，整个儿一个太监！

大妞说，瞎说，你姑娘才不嫁太监呢。

坠儿收拾行装，准备去学校报到。周大夫送了坠儿一把计算尺，说这把尺子曾经是他妹妹用过的，他妹妹也是搞建筑的，是建筑设计师，台湾的“故宫”她就是设计者之一。刘婶警惕地追问，台湾的“故宫”，你那个妹妹在台湾，我怎么从来没听你向组织交代过？

周大夫说，她原来在南京，后来随着家属走了，我们快二十年没见面了。

刘婶说，没见面不一定没联系。别的搞建筑的都不上台湾，怎么就偏偏她去了？敢情你每天等信，明着你等江南小妹妹，实际你是等台湾真妹妹。这事作为一个严重问题，街道有必要成立专案组调查清楚。

周大夫说，连我自己都不清楚，你们上哪儿调查去？

刘婶说，你是台属，台湾蒋介石有什么举动，你必须向街道如实报告。知情不报，真出了什么事情，就是咱们几十年的老街坊我也保不了你。你的问题，待会儿上街道去说清楚，我现在不跟你磨牙。坠儿，这是大婶送你的两条毛巾，一条学习的时候擦脸用，一条劳动的时候擦汗用。社会主义新时代的年轻人不能光走白专道路，咱们的坠儿得又红又专。

坠儿很尴尬，周叔叔好心好意给了自己一把计算尺，惹出来这一堆麻烦，她觉着很过意不去。

大妞说她的心里很难受，孩子们大了，一个个都翅膀硬了，朝外飞了……周大夫宽慰大妞说，这是自然规律，任何人也无法抗拒，只有面对现实。刘婶说周大夫的态度太消极。周大夫让刘婶给他来个积极的。

大妞说，你们俩怎么老说不到一块儿去？

周大夫说，我们俩上辈子是冤家对头，没打完，这辈子又找补来了。

刘婶说，不对，你又宣传迷信思想。什么上辈子，谁有上辈子？亏你还是个大夫，一点儿也不唯物。你还没有从必然王国进入自由王国。

周大夫说，这是哪儿跟哪儿啊。咱们是给坠儿送行来了，不是抬杠来了，都闭嘴，休战，休战。

王满堂本来要把家里的玉坠儿送给坠儿，但是一问，那个玉坠儿还没找着，只好作罢。孩子临走，送了一句话：平，平不过水；直，直不过线。

坠儿开学面临了新的人生，新的起点；梁子开学是面临了俄语的补考，考来考去仍是不及格，坐在台阶上托着腮发愁。大妞看着儿子的模样心疼地说，上学期不是不及格过了吗，这学期干吗还给咱不及格？这学校也是，好好儿的中国人，非让学洋话，成心难为人不是？你爸倒是会两种话，临州话，北京话，也没见他在学问上有多大出息。

梁子说外语不及格，将来影响他考北大中文系。

大妞说，学写诗不用外语，“小耗子上灯台”的诗都是用中国话说的，他别佳用俄语就说不了。

梁子觉得他的妈是个大糊涂蛋，跟他妈说话太费劲，索性不理他妈了，这时门墩高高兴兴跑进来，报告他哥一个好消息：革命了！梁子问谁革命了，门墩说咱们革命了。梁子问革谁的命，门墩说革文化的命。梁子说文化归文化，他的俄语还是过不了关。

门墩说，你个傻×。文化一革命，就不用上学了，也不用考俄语了，咱们彻底解放啦！

梁子说真的呀？门墩说可不是真的，说梁子最向往的北大早就不上课了，连大字报都贴出来了。梁子说这太好了！拉着门墩就往北大跑，去看那不上课的大字报。

大妞由衷地说，文化革命好，文化革命把我儿子从苦海里救出来了。

刘婶说，这叫砸烂旧的教育制度。

周大夫说，未必就好。

刘婶逼过来说，你站住，你给我站住，把话说明白了再走。

真是革命了。

王满堂和老萧脚下搁着白灰桶无精打采地坐在古建队的台阶上，默默无言。王满堂的队长被罢免了，有人贴了大字报，说他是行业反动把头的孝子贤孙。斗争会开了几场，都是徒子徒孙，师兄师弟，既未伤及皮肉也没触及灵魂。

王满堂和老萧在台阶上坐了许久。老萧说，满堂，咱们在一块儿干了有三十年了。

王满堂说，整二十七年，从民国二十八年——

老萧说，我一辈子无儿无女，把心都给了古建，临了临了，干这个！造孽呀。老萧说古建上那么些百十年的画让他几刷子就给刷没了，当初画这些画的工匠在阴间不定怎么骂他呢！积怨甚多，往后有他倒霉的时候。

大摊儿戴着红箍和一职工走过来。职工说，姓萧的，你们怎么还在这儿坐着？赶快搬着梯子，干活儿去。难道还要让那些“四旧”继续向无产阶级耀武扬威吗？老萧说那都是艺术，大摊儿说是“四旧”，绝对的“四旧”。王满堂问今儿个他们上哪儿去革命。职工说上成王府，后花园。

王满堂说，那儿倒凉快。

大摊儿说，师傅，好差事。

王满堂说，好差事你怎么不干？往金龙合玺上抹大白是什么滋味你知道吗？

大摊儿将王满堂推到一边小声说，盖住了才能保存下来，老爷子，您这是干好事呢，怎么就转不过这个弯儿来？信任您二位才把这么重要的工作交给您，您还不领情。

满堂与老萧面面相觑。

老萧对王满堂说，我看这阵势不大对头。我不能跟你比，我怕得及早给自己找脱身之计。

王满堂说，我早就跟你说过，别耍弄你那一套天不足西北，地不满东南的玩意儿，你老不听，你看现在，谁都拿眼睛瞄着你呢。

老萧说，满堂，咱们几十年，吵归吵，可谁心里都明白谁，我看这场运动我是在劫难逃，死活难论，有些事不如早做安排。说着老萧从怀里取出一个小本子来说，这个本子别看不起眼，可是我一生的心血。老子说，人法地，地法天，天法道，道法自然，也不全是迷信，不全是“四旧”。这里头记录了我从进入“隆记”开始，跟随我父亲勘察风水的记录。有用也罢，没用也罢，是我一辈子行径的总结。万一我有三长两短，这个本子你务必替我留着，我想它终归会对建筑行有点用。

王满堂说，听你这话怎么像交代后事似的，事情有这么严重?

老萧说，我夜观天象，紫微发暗，煞气北侵，君子当处否塞之时，应退避三舍。然而煞气直侵，以俭德退缩以避之已不可能，也是我祖上泄露天机太甚。事已至此，该着有此一劫。

王满堂说，都什么时候了，你还说这样的话，以你这思想，不整你整谁? 我要是造反派，我也先拿你开刀。跟你在一块儿挨斗，我都觉着我冤，你才是货真价实的牛鬼蛇神，我是冒牌的。

老萧不理会王满堂的玩笑，把本子郑重交给王满堂说，所以，我才托你帮我收着，它在你那儿比在我这儿安全。

王满堂接过本子说，收着就收着，等事一过我就还给你。

老萧说，这本子上的内容就跟咱们每天涂的这些合玺彩画似的，等将来把它们再清理出来，照样的金光灿烂。

王满堂认为老萧的小破本子绝不能跟合玺彩画比。老萧说那是王满堂还没认识到它的真谛，老萧建议王满堂也趁早把家门口的影壁糊了，免得找麻烦。

王满堂认为老萧说得很有道理，回到家什么也不干，当下就指挥门墩和刨子和泥糊影壁。

王满堂说，泥要和得有劲儿，托住，使劲儿往墙上拽。

门墩和刨子如法炮制，稀泥顺影壁流。

王满堂说，腕子使劲儿。

泥啪啪地将精美砖雕糊住。

王满堂说，用麻刀挂墙面。

和了麻刀的灰泥将影壁抹平。

王满堂说，小抹子抹光。

三把小抹子将墙抹成溜溜光的白墙。

周大夫下班进门，一眼就看见白墙，说是进门撞白墙太扫兴，问那些砖花哪儿去了。王满堂说那是“四旧”。周大夫一个劲儿地说可惜。王满堂悄声告诉他，都在底下藏着呢。

刘婶看见白影壁说，这回看着顺眼啦，一幅白墙，好写最新最美的文字，好画最新最美的图画。

王满堂说，留出白墙就是让人写字儿的。

周大夫说明儿个叫片警大安来写条语录，大安的美术字儿写得好，这条胡同墙上的语录都是他写的。刘婶说写语录不如画个红太阳。

周大夫说，那成日本国旗了。

刘婶用异样的眼光冷峻地注视着周大夫说，就你想得怪。

梁子当了红卫兵，也不知从哪儿搞来一套褪了色儿的旧军服，整天穿在身上，连睡觉也舍不得脱。与旧军服配套的是灯芯绒懒汉鞋，一种不用系带的很别致的布鞋，男的女的都穿，三块五一双。当然，梁子这身打扮是极一般的红卫兵，是属于边缘组织的那类。还有中心组织的，那就是干部子弟了。子弟们有将校呢的大衣，有一拃半宽的绸子袖标，袖标不带着，垂在前臂上，大皮鞋咔咔的，眼睛老是傲视环球般的细眯着，让人一看见就想到了狼，就想躲。

王满堂见不得梁子这身装扮，即便是边缘的，王满堂也看不惯。王满堂说，学生就是学生，兵就是兵，怎么弄得这不伦不类。小小的人儿，扮得像国民党队伍里的老兵油子，这是干什么呢？学生就非得装成兵，他怎么不装成工人呢？梁子说他爸爸这是立场问题，严重的立场问题，这样的话要是让对门的刘婶听见，反映到古建队去，够他爸爸坐两回喷气式的。

门墩似乎没有他的哥哥那样追求时尚，门墩穿着梁子退役下来的大补丁蓝裤子，穿着他姐鸭儿扔在家里的紫红绒衣，趿拉着他爸爸那双没了形的山东大靸鞋，游游逛逛，走东家串西家，轻松而自在。

这天，穿着红卫服，戴着红袖章的梁子用衣服裹着一件东西，由大门跑进，穿过小院向后院奔去。门墩一见，喊了声，有宝！一步不落地追赶过去。院子里的散淡游民刨子和套儿正在寂寞难耐之中，也呼啦啦跟过来。梁子跑到后院墙根，打开衣服，取出一黄琉璃瓦的凤凰来。

套儿问这是什么？刨子说是飞檐上的吉祥物。套儿说跟烧鸡差不多。刨子说这是凤凰，头龙二凤，它就是那个二凤。黄琉璃瓦，级别不低，皇上用的物件。

周大夫听外头孩子们叽叽喳喳，也出来看热闹，问他们得了什么宝贝。梁子说是集福寺飞檐上的凤凰，他们去破“四旧”，把飞檐上的小玩意儿都敲下来了，他看着好看，就抱回来了。

周大夫说，集福寺是康熙给他妈建的家庙，精巧细致，无与伦比，连房顶上的东西都叫你们给拆了，你们也不怕摔折了腿！

梁子说革命需要，刀山敢上，火海敢闯。周大夫问梁子，把这个凤凰抱后院来干吗？

梁子说，搁后院给您站岗。

周大夫说，我可消受不起。我跟皇上他妈还差着好几级呢。

门墩问梁子怎不把集福寺门口那对狮子弄回来。梁子说就这个小物件，在房上看着小，弄下来挺大，累得他直喘。门墩说梁子傻，要是他就找辆小卡车，连狮子带龙都拉回来。

周大夫说，要这样咱们这院得遭殃。

套儿问为什么？

周大夫说，成庙了。

王满堂突然接受了一个很神秘的工程任务，对外统称 013 工程。这个工程将古建队有经验的老工人几乎全部调去，集中吃住，不让回家。大妞问柱子，013 是怎么回事。柱子让他妈别问了，说这是上边给的政治任务，保密，连他都不知道去干什么。

梁子认为他爸干的这个“013”一定跟国防有关系，就缠磨他爸爸，回来时给他捎个国防绿的帽子来。梁子跟他爸爸说，您瞧我这身，就缺一顶国防绿，有了它就全齐了。

王满堂一边收拾洗漱用具一边说，是兵没衔，是民犯飙，还弄什么绿帽子！

大妞说，孩子要，你就给他弄一顶。

王满堂说，你知道我上哪儿？

大妞说，你不是 013 嘛。

第七章

刘婶在院里猛喊一嗓：周一凡，你出来。

周大夫从后院惊慌跑出，问有什么指示。

刘婶说，以后每天早晨你得先把前后院扫干净了，再把胡同从九号到十七号的地面打扫干净。十七号以后到二十六号由庞家二奶奶负责，她是一贯道。这条胡同的卫生由你们这些牛鬼蛇神包了。

周大夫问他是什么神，刘婶说周大夫是特务。周大夫问他算谁家的特务，刘婶说美帝、苏修、蒋介石。

门墩插言说，嘿，三料特务，周叔您厉害得很哪。

周大夫说天知道他怎么和美帝、苏修们挂上了钩。

刘婶说，你跟那个苏修别佳不明不白，鼓捣苏联收音机，居心叵测；经内查外调，你妹妹是台湾第五号战犯，是蒋匪帮的得力干将；还有那个江南小妹妹，过去是美国资本家中国代理的太太，是我们无产阶级的死对头，你跟她关系不正常。

周大夫苦笑着说不出话来。

刘婶的革命生涯正处于高峰，她现在是街道革命委员会副主任，在清理阶级队伍的时候“火线”入了党，现在正一门心思沿着社会主义大道奔前方。都说搞清理阶级队伍的人能上瘾，就跟抽大烟似的，一天不抽两口就没精神。大凡搞“清理”的一天不找点“敌情”，在晚汇报的时候就没有说道，就有虚度光阴的感觉。

“革命者”是不能虚度光阴的。

一个很偶然的机会，大妞收拾屋子，看到了老萧托王满堂保存的小本子。大妞不识字，她问刘婶这上头是什么东西，刘婶看了一眼很不经意地说是过去的“豆腐账”，就给拿走了。大妞也只认作没用的旧账，再没有往心里去。却不知，一个无心，一个有意，把老萧推进了万丈深渊。这是后话。

一只大公鸡，在晨曦中引颈长啼。

公鸡旁边靠墙的鸡窝搭得古色古香，砖雕的门楼也很有艺术特点，未完工的歇山式屋顶，已初具规模。知道的是王家门墩和刨子盖的鸡窝，不知道的以为是哪儿搬来的土地庙。

周大夫刷刷的扫地声在清晨的胡同里回响，由远到近。刘婶起床了，周大夫在她家的窗户外报告，报告主任，地扫完了，十号门口发现黑扣子一枚，十五号拐角有呕吐物一摊，十六号山墙有儿童涂抹迹象，内容消极但不反动。刘婶隔着窗户问是什么内容，周大夫说一般常见内容。刘婶问怎么个常见内容，周大夫说，小五是王八。刘婶说扫到十七号西墙了？周大夫说，报告主任，我的笤帚一抡，没掌握住，把一贯道的也扫了。

刘婶端着尿盆出来了。刘婶说，特务是特务，一贯道是一贯道，你不能混淆二者的界线。

周大夫说，这个界线很难掌握，有时候一使劲儿就过去了。再说了，一贯道今年八十三了，特务还年轻。

刘婶说，这两年我要不是看在老街坊的面上老保着你，你怕早按敌我矛盾让人提溜出去了。南边向阳胡同，三个右派都给送到劳改农场去了……

周大夫说，亏得您保着我，没您保我也没这么些事。

刘婶说，我听你的话怎么老是带刺。毛主席教导我们说阶级斗争必须年年讲，月月讲，天天讲。我还要添上一句，时时讲，让你脑袋里的弦老绷得紧紧的。

周大夫说，也不知道咱们谁的弦绷得紧。您记着，这弦要是绷得太紧了，它就断了。

刘婶说，周一凡，你反动，你得把你刚才说的话写下来，交到街道去。

周大夫说，我说什么啦？我没记着我说什么。

大妞费劲地在院里逮鸡，费了九牛二虎之力，她终于把那只企图反抗的鸡逮着了。大妞抱着大公鸡气喘吁吁地对周大夫说，跟您商量个事，您下班能不能带副针管来，这样我每天打鸡血就省得跑卫生站了。

周大夫说他没打过鸡血，不会打。大妞说卫生站的赤脚医生都会，周大夫是正规的大大夫，能不会？

周大夫说，我穿着鞋哪，没打赤脚。打鸡血，我真可怜这只鸡，它招谁惹谁了。

大妞说总是为了治病，好不当央儿[1]的谁爱挨那一针。周大夫说大妞胖得都俩脖子了，会有什么病。大妞说她有肝炎。周大夫说十年前的急性黄疸肝炎，到今天还没闹完呢，成什么了？

刘婶说，打鸡血是新鲜事物，应该努力扶植，指望着国民党的大夫改变观念是永远不可能的。

周大夫说，依你这么说将来我们医院得改养鸡场，穿上鞋的大夫也得把鞋脱了。

刘婶说，这就对了，走与工农结合的道路，这是方向。

鸡的争论还没有结果，王满堂怒气冲冲大步流星地进了院，进来后二话不说，炸雷般地喊梁子。院里的人一时都有些莫名其妙。

大妞说，你不是013去了吗，这又是哪一出啊？大妞从屋里拽出了睡得迷迷瞪瞪的梁子，还没等梁子清醒过来，王满堂一个巴掌已经扇了过去，大妞刷地一下护住孩子，要王满堂讲清楚，凭什么打人。

王满堂问梁子，二凤呢？

梁子说他不认识二凤。王满堂火更大了，绕过大妞要去打梁子，大妞左挡右拦，有几下就打在大妞的身上。街坊们纷纷来拉劝，梁子委屈得直哭，说他真不认识二凤。

周大夫说现在的中学生都不上课，成天满街晃，有早恋现象难免，教育教育就行了。大妞说就是恋了也不怕，说明她的梁子有本事。

门墩是个聪明人，从他爸爸进来找梁子要二凤，他就明白了是怎

---

① 好不当央儿：好端端的、平白无故之意。

么回事，但他不说破了，他在一边起哄架秧子。他问梁子二凤家里还有三凤没有，倒是刨子提醒他二叔，就是后院那个琉璃凤凰。

梁子把从集福寺掠来的琉璃凤凰从厕所东墙拿来，搁在八仙桌上。王满堂说就是这个。王满堂说，头龙，二凤，三狮子，一个不能错，你把二凤弄回家来以为别人不知道，没有不透风的墙，集福寺的姑子早告诉我了。

梁子说，我喜欢这个凤凰。

王满堂说，你以为我不喜欢？这几个玩意儿我都喜欢，都拿回家来？搞古建的，经手的奇珍异宝多了，修故宫大殿，每个殿都有镇殿之宝，最次的也是十二串金钱。纯金的钱儿，亮闪闪的，心术不正的顺手匿起一两串没人知道，可我们建筑行的人没人这么干。为人做事，上对得起天地父母，下对得起同事、良心。人这一辈子什么时候都得问心无愧，直不过线，平不过水，横平竖直是做人的根本。

大妞说，为只琉璃鸡，你急什么急？大呼小叫的，不就一个集福寺嘛？荒了多少年的破庙，还神里神道地什么013。

王满堂说，那位外国王爷大老远地来中国，放着北海、颐和园不去，偏要去荒败不堪的集福寺，说是这个庙过去和他们国家的某个国王有联系。他来北京，头一件事就是要拜谒集福寺，拜谒集福寺就是拜谒他的祖先了，所以这座庙不修也得修。眼下正是文化革命的时候，人家在破“四旧”，你在这修庙，明摆着不合适，就叫了个013，工期限半个月，现在其他都齐了，就缺这只二凤……

梁子说，再怎么着，这也是封资修。

王满堂说，我不反对破旧立新，可你也得想想，这旧的砸了它还能找回来不？千百年它存在着，存在着就有它存在的道理。再过五十年，那时候二凤它还在房顶上站着，你在哪儿呢？

梁子再说不出话来。王满堂对大妞说，他的事完了你的事还没完呢，你把老萧的小本子交出去了，现在他给造反派关起来了，你如今是把老萧逼得走投无路了！

大妞说，怎么是我把他逼得走投无路？他是“隆记”营造场的老人，我没想害他。

王满堂说，可是你就害了他！你把本子捅到街道革委会，革委会又弄到古建队，现在他为这个本子给关了，算是坏分子。你说，你没害他谁害他了？

大妞一听，直说自己糊涂。王满堂说，你才知道你糊涂啊，说不定你什么时候把我也害了呢。

大妞说，你说，让我怎么办？

王满堂说，没办法。

在老萧这件事上，大妞心里很愧疚，她反思自己，千不该万不该，不该把本子交给刘婶。她反过来又想，老萧是白新生的干爹，谁想到刘婶造反造到亲家的头上，往后谁还敢信谁？大妞到居委会找到刘婶，刘婶正在开会，大妞把刘婶叫出来，说了老萧的事，也说了心里的懊悔，暗中有埋怨刘婶之意。刘婶不知道是真没听明白还是假装糊涂，刘婶说大妞能主动把东西交出来，说明大妞的觉悟高，对无产阶级的感情是忠贞不贰的，这样的精神，这样为了革命事业不顾个人情面的做法，没有境界的人是做不到的。大妞说兔子不吃窝边草，她从开始到现在，压根就没想到过什么阶级，什么忠贞的问题。

刘婶说，你想到了，你的做法已经明确表明你想到了。街道对这件事很重视，现在我们正在开会，选你当活学活用的典型。

大妞说，别价，要当你当，我不当。

刘婶说，你要继续革命，不能退缩，你要沿着毛主席指引的革命路线勇往直前嘛。

大妞说，勇往直前我上哪儿呀？还要出远门吗？

刨子在和泥，砌那个没有完工的鸡窝，门墩站在树底下雕砖花。王满堂在一边看着专心雕刻的门墩侧影，不知怎的，他老感觉正在雕刻的门墩变成了老剩儿，老剩儿冲王满堂一乐说，师傅，我非把您这套手艺学到手。王满堂一惊，他的心仿佛被什么抽动了一下。

刨子说，爷，我这泥稠了。

门墩说，加水。

王满堂说，不能加水，不是稠，是没和到家。

新婚的鸭儿和苏三从上海度蜜月才回来，王家人对这门并不满意的婚事呈低调态度，用大妞的话说是：只当把闺女扔了。满脸是幸福的新姑爷苏三大包小包地进了王家小院，进院尚未站稳便大声喊，姆妈，我们回来了。

大妞从房里迎出来，看了看兴奋欢乐的姑爷，看了看姑爷身后冷静如水的女儿，一种不祥的预感在心底盘绕。毕竟有着丈母娘的身份，她还是笑着把姑爷手里的包接过来，热情地往屋里让。王满堂和刨子们仍旧在折腾鸡窝，并没理会新婚夫妇的到来。大妞嗔着王满堂太不给女儿面子，不容分说，将他拽进屋来。

依着苏三的处事方式，进门在说话之前要先掏礼物，这样下边的一切话都好说，一切事都好办。这或许是他的精明之处，但用在“百年老号”式的王家，就显得有点浮，有点显摆了。

苏三从包里拿出几双袜子给大妞，说这种袜子是尼龙的，有弹性，一百年也穿不破。大妞不能理解一百年也穿不破的袜子结实到了何种程度，王满堂说那是铁板。

苏三说，真的呀，我没有骗你们，这是上海的新产品，你们可以亲自试验的。

大妞说，一百年，袜子比我活得还长，谁试验谁呀？

苏三说这种弹力尼龙袜是很贵的，三块八一双，因为托熟人从厂家直接买的，按批发价处理，一双两块两角五，两双的价钱可以买到三双，蛮划得来的。

大妞是很欣赏尼龙袜子的，一百年不破，她往后就再也不用抱着袜子板补袜子了。苏三又拿出了奶油蚕豆、绣花用的金银线、牛皮的鞋，还有弹力裤衩，可大可小……说着抽出一条，撑开了往自己身上比。

王满堂不屑地转过脸去。

门墩把鸭儿悄悄拉到一边说，姐，你跟他在一块儿待着不别扭？

鸭儿说，有什么别扭不别扭的，人这一辈子就是这么回事……

门墩问是不是人长大了都得结婚，不结婚就不成吗？鸭儿说要是不结婚，别人就说你不正常，结了婚要是没孩子，别人又会说你有毛病。

门墩说，姐，那个苏三还不如臭脚，我不喜欢苏三。

鸭儿无言地看着门墩。

考究的鸡窝终于盖成了，对该项建筑最为认可的是王家那只大公鸡，自从有了美丽的窝，大公鸡每天凌晨都要站在鸡窝上认真打鸣。

半夜里，王满堂被鸡叫吵醒，翻身欲睡，外面又是一声响亮鸡啼。再睡，鸡又啼。王满堂无法入睡，气愤难耐，披衣出门，踢着鸡窝说，明天我把你杀了！

门墩正出门上厕所，提着裤子，睡眼蒙眬地说，那是我妈打鸡血的鸡。

又是一声鸡鸣。

王满堂看着那只气宇轩昂的鸡，怒火中烧，他已经等不得明天早上了，从厨房拿出菜刀，一把抓住鸡脖子，上去就是一刀。那只鸡一声啼尚在半截，身首就分了家。王满堂将扑扑棱棱的鸡扔在院当中，对门墩说，拔毛！

门墩说，这活儿我干不了，得让我妈来。

王满堂说，你妈简直就是个吸血鬼，鸡是不会反抗的，要是会反抗，非把你妈杀了不可。

也不能说鸡们不会反抗，还没等到天亮，大妞就浑身发烫，脸肿得有盆大，直说胡话……病情严重，周大夫已无能为力，必须送医院急救。大家把大妞七手八脚抬上平板车，都说这回是凶多吉少。

梁子感到这是与他妈的诀别，哭着拉着大妞的手说，妈，您别死，我跟您说，那个玉坠儿是我偷的……

刘婶说，好小子，你这是狠斗私字一闪念，不见你妈这样，你还不说实话哪。

王满堂气愤地说，一边待着去！

梁子咧着嘴问周大夫他妈会不会死。周大夫说，你放心，我死了你妈都死不了。福来蹬着车，王满堂、门墩在车后紧跟着，一路往医院急奔。后头是刨子，刨子紧紧地追着平板车一步不落。

梁子蹲在墙角哭。

早晨，门墩在院里拔鸡毛，大安来了，问大妞的病怎么样了，门墩说还在医院里输液。大安说没危险了吧？门墩说没危险了。大安又问门墩，坠儿呢。门墩说坠儿礼拜六才回家，大安说今儿就是礼拜六。

门墩说大安是不是想跟他坠儿姐搞对象。大安让门墩别瞎说，说这回街道要上报门墩他妈当活学活用积极分子，刘婶让他来整材料。

门墩说，甭拿整材料说山了，大凡刚开始搞对象都得找点借口，你这套瞒不了我，男大当婚，女大当嫁，到了岁数不结婚，人家会说不正常，结了婚不要孩子，人家又会说你有毛病。

大安说，你小小年纪哪儿学的这些？

门墩说，人小心不小，告诉你吧，我已经偷偷跟我们班上三个女生亲过嘴了，社会上的事不比你个警察知道得少，要想跟我姐好，非得过我这一关。

大安说，你个小东西，上回你踢球三脚碎了人家办公楼五块大玻璃还是我替你把账了了的。

门墩说，那是你愿意。

刨子也跟着帮腔说，对，那是他愿意。

大安说，你的脚也忒臭了点儿，往哪儿踢不好，非往人玻璃上踢。

门墩说，不是我脚臭，是他们把窗户刚好安在球门上。

大妞的病因是血液变异反应，归根结底是让那只鸡闹的。为了这个，大妞在医院住了一礼拜，这对很少进医院门的大妞来说，是件破天荒的大事。街坊们都去医院看她，其中也有不少打鸡血的同好。黄大姨反对打鸡血，黄大姨说她早就说打鸡血不是个事，说大妞没留下后遗症还算好的，有的人打了鸡血以后，天天早晨出现打鸣的症状。大妞说她这些天天刚亮就嗓子痒，有小手在嗓子那儿挠一样。刘婶问是不是痒三遍。大妞说没数过。

大妞出院以后，王满堂告诉她说老萧被定为坏分子，人家说他是封建主义卫道士，是宣扬封建迷信的主干……把他跟老石押到东北农场劳改去了。大妞奇怪怎的也搭上了老石，王满堂说老石是叛徒加走资派。

大妞说，都给弄走了，合算咱们周围没好人了。

王满堂与大妞相对无言，闷坐在八仙桌两侧，桌上的钟在不紧不慢地走着。大妞叹了口气说，归根结底还是我害了他。

王满堂说，老萧走的时候连条棉裤也没有……

大妞在屋里飞针走线，为老萧做棉裤，她要在下雪之前让王满堂设法给东北的老萧邮去。老萧没儿没女，也没有亲人，她不给老萧寄这条棉裤，老萧在东北那冰天雪地的地界非得冻死。她已然让老萧受了苦，不能让他再受冻。

王满堂在院中打沙发，造反派夺了权，不用上班了，在家待着，别有一番滋味。

广播里播送着样板戏《打虎上山》的音乐，门墩随着音乐在表演杨子荣打虎上山，一招一式十分到位。也就是门墩一个人演罢了，打沙发的王满堂和刨子对于满院蹦来蹦去的门墩竟然熟视无睹。没有观众，也并不影响门墩的演出情绪，有人在身边奔来跑去，也不影响王满堂和刨子的工作热情，双方互不相关，各干各的。

王满堂一伸手，刨子立即将刨子递上。王满堂指挥着孙子，把线儿拉直了，拉起——绷！刨子画出墨线。

门墩随着音乐唱：

穿林海，跨雪原，气冲霄汉哪——

周大夫由后院出，恰到好处叫了声好。周大夫对王满堂说，你们门墩有副好嗓子，你有副好手艺，王家人都是有能耐的人。

王满堂无奈地笑了笑说，闲着也是闲着。

周大夫说，原以为你就会泥瓦活计，没想到你的木工活儿也这么地道。

王满堂说，唱戏的讲昆乱不挡，我们这行是瓦木扎石土，油漆彩画糊，也讲样样拿得起。旧社会宅门请工匠，往往请两三个就把活儿都包了，这就要求所用的人得全才。

周大夫说王满堂的这身手艺千万不能失传。王满堂指着刨子说小接班儿的已经顶上来了。刨子说还有三叔呢。王满堂望着满院奔跑的门墩说，那小子，我不指望他。唱歌唱戏，都是横着出来，连道也不会走了。刨子好，刨子聪明。

大妞隔着窗户夸刨子说，这孩子跟门墩不一样，爱钻。刨子给我钉的小板凳，洗个脚什么的，高矮正合适。我就想，他一个小人儿，怎么就能知道老人坐多高的凳舒服呢？

朱惠芬两口子带着双胞胎的另一个——斧子来看爷爷奶奶了。朱惠芬见了刨子很亲昵地抚摸儿子的头。刨子一甩脑袋闪开了，脸上有些不高兴，因为朱惠芬妨碍了他做活儿。斧子找到刨子，说他有小人儿书《草原英雄小姐妹》，妈刚给他买的。刨子说，去去，小孩子玩意儿。

朱惠芬说，小孩子玩意儿，好像你七老八十了似的。

王满堂说，这孩子老成。

大妞问斧子要吃什么，斧子说要吃奶奶烙的馅饼。大妞就让正在“穿林海”的门墩买一块钱的绞肉去，并且指明要肥点儿的，不许贪污。朱惠芬奇怪怎么还贪污。大妞说，八分钱半斤黄稀酱，他回回买来不够吃。我上小铺找人家，人家说你们家门墩买酱从来都是买四分的，好让我们为难，只好多给，您还来找我们给的不够。朱惠芬说门墩的歪点子就是多，刨子跟他学不出好儿来。大妞说刨子跟门墩不一样，刨子是老王家出类拔萃的可心孩子。

婆媳俩在厨房一边聊天一边准备做馅饼，柱子进来问吃什么。朱惠芬说烙馅饼。柱子说今天不吃馅饼，换面，换打卤面。王满堂也说吃面，让刨子上小铺买二两黄花、两毛钱大海米，打卤。

大妞只好改饼换面，刨子悄悄对大妞说今天是他临州奶奶的生日。刨子说，您忘了，年年我奶过生日，我爸我爷都吃面。

大妞黯然神伤地说，不是自个儿的肉，再怎么贴也贴不到自己身上来。

门墩从窗户探进脑袋说，我大哥想着他娘，我爸想着他媳妇，贫下中农一条心。您哪，就一边晾着吧。

大妞举起饭铲子给了门墩脑袋一下子说，人家心里都想着他妈，我过生日你小子怎么就想不起吃面来？白养活你了。

门墩说不行咱们明天也吃面，买它多一倍的黄花和海米。大妞说她的生日是五月十八，现在都快到八月十八了，早过啦。养这帮忘恩负义的兔崽子们，她算倒了八辈子霉。

大妞为临州的麦子做出了喷香的寿面，在饭桌上笑容满面地说，今儿是柱子娘生日，我让门墩打了四两酒，买了一个小肚，半斤素鸡，给临州的老姐姐添个寿。

柱子感动地叫了一声妈。大妞虽然答应了，心里仍旧满是酸涩。吃饭的时候，柱子说他要到非洲去支援那儿的建设。大妞说在自个儿家里待得好好儿的上什么非洲。王满堂就说这件事是早已定好了的，我们支援人家建筑大礼堂。柱子说里面结构是中式，原来计划外面屋顶挂琉璃，但后来想，那儿太阳太毒，怕晒炸了，就改了石板。王满堂嘱咐柱子给外国人干活儿得留心眼儿，咱们这点看家的本事不能让外国人学了去，要是全世界都有了故宫，中国的故宫也就没意思了。

大妞说，非洲，就是热得马都长白癜风的地界？

门墩说，那是斑马。

大妞说，斑马也是马。你看那儿的人晒得一个个都跟戏台上的包公似的。那天街上有两个黑人打我旁边过，我仔细一瞧，那叫黑了个脆，就剩下牙是白色儿的了。

梁子说，人家就是那种，就跟您养的那些鸡似的，油鸡就是黄的，来亨鸡就是白的，串不了。

大妞说，我是怕柱子回来也变成那模样。最好还是在家待着，那么热的地方，待着都冒汗，再干活儿，苦哇。

柱子说，妈，想想红军二万五千里长征就什么也不苦了，我们这个算什么？

大妞说，长征是长征，那是迫不得已，共产党但凡有法子也不会长征。

门墩说他妈说的是实话。

刘婶端着一盆枣进来。刘婶说，工人阶级是全人类的，对整个世界来说要有一盘棋思想，无产阶级只有解放了全人类，最后才能解放自己。

梁子说，抗日战争白求恩不远万里来到中国，抗美援朝老剩儿哥哥去了朝鲜，这都属于国际支援，柱子哥也是一样。

大妞说梁子说的老剩儿跟白求恩都是有去无回的主儿，柱子这一走，别跟老剩儿似的，就带回一块砖来。

王满堂说，娘儿们家见识。

刘婶让大家都尝尝枣，说这枣是从院里树上打下来的，柱子要出国了，到外国就吃不上枣了，那边的生活就跟咱们的旧社会似的，吃不饱，穿不暖，每天“瓜菜代”，配给黄豆，拿手绢做衣服，24 号买粮食……

梁子说刘婶说的不像旧社会。

刘婶让柱子出去以后多关心生活在水深火热中的黑人兄弟，说咱们的日子过好了，别忘了世界上还有三分之二受剥削压迫的人哪。

大妞来到厨房，将最后几根面捞到自己碗中，一看锅里的卤只剩下两根黄花。刨子像小耗子一样溜进来，将满满一碗卤由柜橱取出，端到大妞跟前说，您刚做好，我就给您捞了一碗稠的，里头净是肉。

大妞说，刨子，你是奶奶的亲孙子，奶奶没白疼你。

刨子说，奶，我记住了，年年五月十八我也吃面，也像我爸他们似的，较着劲儿地吃。

大妞说，我的乖。眼里泪花直闪。

周大夫看他的信箱，空的。那天蓝色的信封有许久没有出现过了。

梁子兴奋地由外面归来，进门就喊妈，兴奋地宣布，他们被批准了。大妞问批准什么，梁子说上山下乡，上陕北插队，当现代化农民去。

刘婶说，光荣啊！太光荣啦。

大妞坐在台阶上，半天没有站起来。

收音机里播放着豫剧《朝阳沟》唱段：

走一道岭来翻一架山，
山沟里空气好实在新鲜。
…………

知青下乡，雷厉风行。在支援非洲的柱子还没有动身之前，梁子这些知青们便准备开拔了，行程就是今天。鸭儿特地从昌平赶回来，帮梁子收拾行装，王满堂在一边无声地抽烟，看着穿着新制服斜背黄书包，胸前戴着大红花的儿子，觉着有许多话要说，却又说不出来。像当年坠儿和鸭儿走出家门一样，又一个孩子要离开家了。大妞从早晨起来就在里屋躺着，梁子的远行如同在她心里剜了一块肉。这种疼痛，远过于大儿子上非洲，大女儿上昌平，小女儿上清华。她起不来了，离别的痛苦将她重重地击倒。她想象着十几岁的儿子在陕北那黄天黄地的大野之地将遇到的万千种困难，想象着她身边少了一个温柔软弱儿子的寂寞生活，眼泪把枕巾流湿了，不愿意让儿子看见，就脸朝墙躺着……

王满堂今天要到古建队去，不能送梁子，临走时他嘱咐梁子的话是王家传统的老话，好好儿的。王满堂掏出五十块钱，交给梁子，梁子不要。王满堂说，拿着吧，爸想多给也没有。梁子只好接过钱，目送着父亲走出门去，趁人不注意，又悄悄把钱压在茶盘底下。

外面锣鼓声起，有人在喊，集合了，灯盏胡同的知青集合了！

梁子喊着妈，向卧室奔去，鸭儿在门口将梁子挡住，向他摇头示意不要进去。梁子还是推开鸭儿，悄悄走进屋。

大妞脸朝墙躺在床上，梁子悄悄来到母亲身后，站立许久。

外面锣鼓咚咚。

梁子说，妈，我走了……

大妞动了一下没有言语。

梁子略带哭音地叫了一声，妈——

鸭儿将梁子拉出门去。

鸭儿让梁子把眼泪擦干了，说让人看见不好。说着取出十块钱给梁子，让他拿着，别跟老苏说。梁子让鸭儿好好儿照顾妈，说妈身体不好。鸭儿让梁子放心走，家里有她呢。姐弟俩正在难舍依依，苏三进来了。苏三是紧赶慢赶，从昌平赶来的。他一定要来送梁子。鸭儿似乎和苏三没话，见苏三来了，反倒转身进屋去了。

苏三见四周没人，从兜里很快地摸出二十块钱给梁子，让他路上花，千万不要跟鸭儿说。梁子接了钱，叫了一声大姐夫，刚要说什么，门墩、坠儿、大安一窝蜂地进来了，说大伙儿都齐了，就差梁子了。

梁子朝里屋看。

门墩说，快走吧，大丈夫四海为家，磨磨蹭蹭的，一副娘儿们样。

众人推着梁子出门。

梁子被大家拥着来到院里。突然，梁子挣开大家，叫了一声妈，反身跑进屋里，一下跪到大妞床前，梁子说，妈——

大妞泪流满面，还是没有转过身来。

门墩将梁子拉走了。梁子一步三回头，在离家的时刻，内心突然充满了矛盾。

估摸梁子们上了车，大妞才慢慢起身，踱到外屋，拿手巾擦了把脸，两条腿有点发飘。大妞在八仙桌前坐了一会儿，在茶盘下发现了压着的五十块钱。大妞心里腾地一撞，喊着梁子，拿起钱就朝外追。

大门口，大妞喊，梁子——

胡同里空荡荡的。

正在休病假的周大夫突然被单位叫了去，九号院的人谁也没在意这件事情。过了大半天，憔悴不堪的周大夫拖着沉重的步子从单位回来，跟谁也没打招呼，径直向后院走去。

周大夫进屋，将门轻轻关上。

枣树的叶子在他身后一片片飘落。

王满堂夹着饭盒去上班，刘婶正在水管前刷牙。刘婶说，听说你前几天给老萧寄了条棉裤？

王满堂“这个”了半天，说不出话来……

刘婶说，你甭瞒我了，从那天鸭儿她妈在炕上缝它我就知道是给谁的了。

王满堂说，老萧在东北，天寒地冻的，连条棉裤都没有。他是阶级敌人不假，毛主席说了，优待俘虏……

刘婶有些伤感地说，你们就这么防我？

王满堂说，哪儿是防您，是想着寄完了再向您汇报。

刘婶说，其实有些事啊，我也是睁一只眼闭一只眼……猛然，刘婶想起什么说，今儿个怎么没见咱们那个右派出来扫街？

刘婶拽着王满堂急急地向后院跑去，敲周家的门，里面静悄悄的，没一点儿声息。刘婶说看情况不好，她让福来拿家伙来，砸门！王满堂说不用福来，他就可以，说着三下两下弄开了门。

周大夫躺在床上，已经昏迷不醒，他是吃了药了。

福来在周大夫鼻子前试了试，摸不到任何气息，大妞率先哭出来说，有什么事你说出来啊，怎么走了这条道。刘婶摸着心口还有点热乎气儿，叫赶快送医院！

来不及找车了，就让门墩、套儿、福来等人轮流背着周大夫往医院跑。刘婶拐着一双解放脚执意跟在后面，她说她得去。医院要是因为反革命不给抢救，她得从革委会角度说话，否则老周一条小命就完了。

大家都认为刘婶深明大义，有革命的人道主义，有无产阶级革命家的宽阔胸怀。刘婶说大家再怎么给她戴高帽子，周大夫也是自绝人民，性质严重极了。

洗胃、灌肠，医院把周大夫好一通折腾，周大夫总算活过来了。活过来的周大夫很虚弱，医院不再继续收治，说对一个反革命做到这步已经很过分了，让“家属”拉回去。就这样，周大夫又像一摊泥一样，被九号的人给背了回来。

回来的当天，周大夫单位的人在周大夫的床边开了现场批判会，又是念稿子又是喊口号，让小院里很是热闹了一阵子。周大夫躺在床上，脸色苍白，双眼失神，头上墙壁贴了“坦白从宽，抗拒从严”的标语，身上粘了“你不打，他就不倒”的语录。单位的革命干将晃着一捆信说，你江南的这些信里反动言论多了，人家反戈一击，都给这边组织寄过来了，你就是死了，也是铁证如山！

刘婶端着一碗白米粥进来。头头说，你给反革命送粥，你的阶级立场到底站在哪一边？说着就让人动手给刘婶上喷气式。刘婶不愧是刘婶，到底是见过世面的，刘婶毫不退缩地说，你们知道我是谁？我是街道革委会治保主任！不给他吃，你把他饿死，他要死了就是死在我们街道，不是死在你们单位，更具体说是死在我这院里。那时候的麻烦，是你了，还是我了？

头头说，原来是一个战壕的战友，误会了。说罢伸过手去就要跟刘婶握。

刘婶说，免了吧，我还端着粥哪。又对周大夫说，你得吃，你这么个死狗态度可不行，吃饱喝足了才能接受革命者的批判。人家还没批，你先闭眼了算怎么档子事？

直到后来大妞才把事情弄明白，原来那个江南小妹妹跟周大夫好了这么些年，突然又变卦了，另觅新欢，嫁了个刚提拔的造反派干部。她嫁也就嫁了，把周大夫这些年写给她的信全交给了那个干部了。干部对情敌当然要斩草除根，不留后患，于是那些信一封不落，全寄给了这边的革委会。信里的内容当然不全是无产阶级专政万岁，不全是将革命进行到底，难免有些牢骚，有些卿卿我我，让人抓了辫子……

大妞听了这事很气愤，认为那个江南小妹妹也太缺德了点，什么是义，什么是亲，自个儿心里得有谱。平时周大夫是个遇事想得开的人，是个随遇而安的乐天性情，这回竟为个离过婚的小娘儿们不活了，可见江南小妹妹这一拳是打到他的心窝子上了。他伤心伤得狠了。

外面锣鼓声由远及近，最后咚咚锵锵的声音竟敲到院子里来。街道革委会主任黄文英拿着大红喜报向九号的革命群众（只有刘婶和大妞）宣布：赵大妞同志被选举为灯盏胡同活学活用的典型。我们今天给她披红戴花，要学习她认真学习无产阶级专政的理论，时刻保持高度革命警惕性的永远革命精神，为巩固我们强大的无产阶级专政而努力奋斗。

大妞问当了典型能把梁子由陕北招回来不？刘婶说不能。大妞说要是屁用没有，她当什么典型？老萧跟我们是几代的世交，是你刘婶的干亲家，我划了界线，你还没划界线哪！

刘婶气得说不出话来……

晚上，王满堂回来了，知道了白天大妞当典型的事，王满堂说，你就给我丢人现眼吧，还戴什么大红花，你想想你对得起老萧吗？你这戴大红花的时候，老萧正在冰天雪地里挣命呢。

大妞说，他爸，你别说了，你以为我就那么没心没肺？

刘婶给周大夫做了一碗片汤，她想，洗过胃的人胃里一定难受，不吃点东西怕是不行的。结果她到周大夫屋里一看，白天送的白米粥还在桌上摆着，周大夫连动也没动。刘婶说，你不吃是吧？你好像是立了大功似的。你甭跟我闹绝食，我有法治你！

周大夫只是看着桌上昔日情人的相片出神。

刘婶将相片扔到周大夫床上说，给你，给你，好好儿抱着！你为她上刀山，下火海，你为她寻死觅活，吃药上吊。你这儿大眼猴似的歪在床上，人家可是跟着如意郎君甜哥哥蜜姐姐呢！

相框滑到地上，碎了。刘婶说，碎就碎了，打破一个旧世界，建立一个新世界。旧的不去，新的就不来。咱们虽然反动，可是咱们不糊涂是吧？

王满堂夹着一床被子进来了，王满堂这几天要跟周大夫做伴。周大夫知道王满堂怕他再想不开……王满堂主动解释说没有别的意思，主要是跟鸭儿的妈关系搞得有点紧张，那娘儿们当了典型。大义灭亲的典型，她把人家老萧给卖了，换了个屁不顶的红奖状，还臭美呢。王满堂说着看了刘婶一眼，刘婶的脸红一阵，白一阵的……

梁子来信了。这回的信与往常不同，夹了一张照片，是和一女知青站在窑洞前边照的，照片在众人手里传来传去。

门墩的感觉是相片上的地方很穷，整座山连棵树都没有，整个儿一个穷山恶水。

王满堂说，阔了让知青们去干吗？穷了才让他们去锻炼呢。

门墩说这样的地方，打死他，他也不去，再让狼叼了去。

王满堂说，你还怕狼？狼见了你得后退五十里！说什么穷山恶水，你去了不但穷，还得乱，穷山恶水还得加上民不聊生。

门墩说他又不是土匪。王满堂说他比土匪还土匪。

大伙儿都猜测相片上的女的是谁。大妞说她琢磨，能跟梁子单独一块儿照相，关系该不是一般。大妞让门墩看看是不是那个叫英子的。门墩看了半天说不是英子，看这位的长相，尖嘴猴腮，不是善茬儿。大妞让刨子拿花镜来，她要仔细看看。大妞说人不可貌相，心眼儿好就行。门墩说梁子不哼不哈的，去了才几个月就拍上个姑娘，这才是人不可貌相。大妞说他的儿子里头数梁子长得秀气，顶不争气的就是门墩，老倭瓜似的，一说话五官挪位。

王满堂不待见地添油加醋，说看门墩这脑袋，这儿一个包那儿一个坑，出出进进的，后脑勺上还有一块反骨。搁旧社会说这是叛逆的料。

门墩说，我是秋后拉秧的瓜，母猪下的最后一个崽，垫窝的。您二位都是奔五十的人才有的我，还指望生出个天下第一美来？

大妞不知梁子要在陕北待到什么时候。门墩告诉他妈，跟工农结合，接受贫下中农再教育是一辈子的事，这些话报纸上都写着呢。大妞说，要不下乡呢，梁子说不准也跟马伟似的成了诗人了。她的儿子一门心思想写诗，就是没机会。门墩有门墩的看法，门墩认为当诗人首先得怪，得会标新立异，一辈子不刷牙，三个月不洗脚，兜里不装一分钱，却满天下追求灵感，追求意境。大妞说那不是诗人，那是精神病。门墩说十个诗人九个半是精神病。

王满堂感到屋里少了坠儿，大妞说坠儿在自己的屋里。刨子很神秘地告诉爷爷，他的二姑在和大安搞对象。

王满堂奇怪这样的大事他竟然不知道。大妞说，你难道什么都要知道吗？你难道就不能糊涂一点儿。

坠儿屋里，坠儿和大安亲热地并肩坐着。坠儿的分配方案昨天才下来，她被分到了建筑设计院。大安提出坠儿一报到他们就办喜事，他不想再拖了。坠儿说婚事要办就得热热闹闹地办，她妈为鸭儿婚事的草率伤透了心，她得让她妈高兴。

大安什么都依着坠儿。

周大夫在屋里闷了一个冬天，大病初愈，终于走出了房门。春日的阳光晃得他睁不开眼，他用手遮着阳光，向天上看，天很蓝，一只风筝在上上下下翻跟头。院里那棵枣树已经发出了新芽，南墙的积雪也化净了，头顶上有鸽子在嗡嗡儿地飞，哨音清彻而响亮。前院传来孩子们的嬉闹声。门墩、刨子、套儿在放风筝。风筝是小孩子用写大字的纸自糊的叫作屁帘的那种，拖着长长的尾巴，很艰难地在房的上空晃悠。

门墩在尖声喊，放线，快放线，要不挂树上了。

套儿着急地说，线瞎了，捯不开。

刨子说，下来了，下来了，挂住电线了。

大安不知怎么也混进其中，他说不能在小院里放风筝，应该上天安门广场，那儿地方大。门墩问是不是大安给出车钱。大安说出是可以，就是他们放的风筝在那儿太掉价，屁帘！门墩说他会糊黑锅底，会糊沙燕儿。

在门墩的指导下，刨子和套儿充当小工的角色，三个人一起扎风筝。

他们糊出了一个沙燕。

苏三和鸭儿的婚姻出现了危机，两个人说什么也过不到一块儿去。就是回娘家，也是一前一后，不坐一趟公共汽车。大妞劝女儿，搞对象就是搞对象，真一结了婚过起日子来就只剩下柴米油盐了，什么事都不能想得太高了，太离谱了。赶紧要个孩子，没孩子拴着，两口子的日子就淡如水，婚姻也不牢靠，有个孩子就不一样了。鸭儿说她不喜欢孩子，要不要孩子意思不大。大妞给女儿谈自己的体会，从解放初谈起，说当初那个麦子找上门来，她要是没你们这一帮孩子拴着，结局绝不会是现在这样。她也就是仗着有孩子们，心里才有了底。

苏三来了，他跟鸭儿差了半个钟点，半个钟点是从昌平到城里，是一趟车的时间。上个月，苏三去上海出差，给丈母娘家背了不少东西。上海的东西永远值得全国人民羡慕，就是一块小花布，人家设计得都那么别致秀气。所以无论谁去上海，都要像驴一样大包大包地往回驮，将上海的精致背向四面八方。苏三给丈母娘带来了昆山的咸鱼、熬好的大油、苏州的湿话梅、牛皮的皮鞋，还有……苏三掏出一个破了边的烂碟子。大妞问这也是上海的物产？

倒不是上海物产，是苏三刚才在西口饭馆吃五两肉包子，说好是猪肉的，里面却只有虾米皮。猪肉多少钱一斤？虾米皮多少钱一斤？明摆着饭铺在坑骗顾客。苏三不能受他坑骗，他也不想吵架，顺手就把盛包子的碟子装包里了。公平交易，谁也不欠谁的。大妞才明白姑爷是把饭馆的东西顺回来了。她心说，要顺也顺个好点儿的呀，这破烂儿不值一毛钱。苏三这做法快赶上门墩了。苏三声明他的做法不是偷，是包子铺先掠夺他，然后他才掠夺包子铺，相比之下他还是吃了亏。

鸭儿说这就是一种心理平衡，苏三常这么干。

刘婶听说王家大姑爷从上海回来了，赶紧过来拿她的皮鞋。吃了苏三递过来的一个话梅，一咂味，吐出来，说是又酸又咸，牙全倒了。

苏三说南方的女性都爱吃这个。

刘婶说北方的女性爱吃铁蚕豆。

苏三把给刘婶带的鞋交给刘婶，说他跑了三个商店，最后才在

"南京路一百"买到。刘婶一看那鞋，果然是好。虽然上海的话梅不受吃，鞋可受看，小皮子平整，样子也新颖，北京绝做不出这么漂亮的皮鞋。苏三递上发票，刘婶让苏三不必那么认真。苏三说他办事就喜欢清清楚楚，38 号女式黑色牛皮鞋，定价三十元整，刘婶给了他五十元，他应该找给刘婶……刘婶说应该找她二十。苏三说应该找十九块八毛钱。刘婶有些糊涂，苏三给刘婶细细算账，从他住的旅馆到南京路，乘公共汽车要两角钱，来回四角钱……刘婶有些不高兴地说这四毛钱是该她出，她出了没问题。苏三说问题是他在给刘婶买皮鞋时自己也买了些东西，所以这车钱理应一家出一半。

刘婶很不乐意地接过一把零钱，心里别扭，又说不出什么，夹起鞋走了，连个谢也没说。大妞嗔怪苏三不会办事，为两毛钱，让人心里不痛快。

苏三说他是一个很认真、很仔细的人。

苏三点着名要吃烙饼，大妞记得苏三说过不爱吃烙饼。苏三说他不爱吃别人烙的饼，他爱吃姆妈烙的饼。

刨子对上海的各种物件都没有兴趣，他一人在院里的小桌前认真地画他的风筝。王满堂回家看见刨子孤孤单单的一个人做风筝，就问他们前几天糊的那只沙燕儿哪儿去了。刨子说挂电线上了。王满堂问刨子怎么不让门墩帮帮他？刨子说门墩现在不喜欢风筝了，门墩又对热带鱼感兴趣了，找同学拿凤尾去换黑玛利了。王满堂说知子莫过其父，他就知道，那个人干什么都没长性。

刨子在沙燕肚子底下安了三根篾子，这样肚子就鼓起来了，浮力大。另外再把眼睛挖空，安了个会转的圆纸片，一上天，风吹动圆纸片，沙燕的眼睛就活了。王满堂决定给刨子用苇子削个哨儿，放上去还有响。王满堂说放风筝也不一定非上天安门广场，东边日坛公园也有一大片空场。刨子说他明天上日坛试飞去。

王满堂为刨子削哨，刨子看着爷爷的一招一式，也看着爷爷破烂的绒衣袖口。

刨子说，爷爷，您袖口都烂了。

王满堂说这件绒衣他穿了三十来年了。

刨子说，让我妈给您织件毛衣。

王满堂说他这辈子也没穿过毛衣。

门墩对唱样板戏已经没了兴趣，对做风筝也没了兴趣，现在门墩的兴趣是做玻璃鱼缸，折腾热带鱼。上午甲缸倒乙缸，中午乙缸倒丙缸，晚上丙缸倒甲缸……永远地无休止地倒腾，乐此不疲。那些鱼除了用电灯泡烤就是用太阳晒，以保持热带的环境和风情，使鱼有家乡之感。热带鱼是洋种，不吃中国的鱼食专吃河里的活鱼虫，这就使得门墩很忙，每天一大早要爬起来拿着瓶子网子上安定门外的河里捞鱼虫。有时候捞的是小红虫，针尖一样在瓶子里蹿来蹿去，看着让人忙乱；有时候捞的是红色线虫，细而长，纠结成一疙瘩，在水里蠕动，肉麻之极。

几缸热带鱼分种类养在窗台下的太阳地，几瓶子鱼虫摆在窗台上，使北屋很有水晶世界的风情。

周大夫由后院缓缓走出，王满堂见了问他身子可好点了。周大夫说让贼咬了一口。门墩说，贼咬一口，入骨三分。接受教训吧您哪！

周大夫弯腰看鱼，说门墩的这些鱼比中山公园养的那些大龙睛差远了，黑了吧唧，分不出鼻子眼儿来。王满堂说什么玩意儿也没中国的好，中国金鱼养了几千年了，多少人的心血在里头。龙睛、望天、芙蓉、白珍珠、双炮，一个赛着一个的漂亮。门墩这些算什么，河里捞出点半大鱼崽子就叫黑玛利，就叫凤尾，看半天也看不出个鼻子眼儿来。门墩说周大夫跟他爸爸不懂，说欣赏热带鱼都得趴那儿细看。

王满堂说，这院里能赏鱼的主儿都是老花眼。

刘婶买菜回来了，进门说小白菜五分一斤，价长得倒挺猛。前两年二分钱扒堆儿，吃两天也吃不完。刘婶见周大夫也在院子里就说出来活动活动好。这几天街道几次问起周大夫，让周大夫去参加学习班，斗私批修，她都给周大夫挡了，等周大夫好利落了再去批斗不晚。王满堂奇怪还有什么好批的。

刘婶说，这是一辈子的事。我们要树立不断革命的思想，社会才能前进，革命才能成功。说着挑出两棵小白菜，送给周大夫当面码儿。

周大夫让换一棵，嫌给他的这棵有虫子眼儿。

刘婶说，白吃你还挑。我就是看它有虫子眼儿才给你的。

去日坛放风筝的刨子提着二斤毛线回来了，原来刨子去日坛放风筝，那儿大使馆多，老外也多。两个老外看上了刨子的鼓肚子沙燕，非要买。老外拿走风筝给了三十美元，刨子说他不要钱，老外说不要钱就送礼物，问刨子想要什么，刨子说要毛线，老外就上友谊商店买了两斤给刨子，让他拿回家来了。

刘婶说刨子不应该跟外国人要东西，这是国际影响问题。刨子说是老外先跟他要东西的。刘婶说那得先向组织汇报，这涉及到涉外纪律。刨子说他不知道谁是组织。刘婶说她就是组织。

买这么些毛线得要七八张工业券，但老外在友谊商店买东西不要工业券，那里使用一种叫作外汇券的东西。门墩说刨子傻，要是他，他就要美元！不要这娘儿们家的毛线。刨子说他要毛线是为了打毛衣，爷爷没穿过毛衣，他要为爷爷弄件毛衣。

门墩问谁会打。刨子说大姑夫。门墩说苏三会打毛衣不奇怪。

苏三很乐于接受这个工作。他已经为他们单位的十几个人打过毛衣毛裤，光毛围巾就为鸭儿打了三条。他喜欢干这个活儿就像门墩喜欢养热带鱼，不为别的，就为一种乐趣。接受了任务以后苏三用皮尺给老岳父量身量，边量边问，爹爹侬要啥样式的，鸡心领还是高领？王满堂说总要老成一点儿的，他不是年轻人。

苏三说，那就要鸡心领。又问要什么针法？鸡骨、凤尾、平针、单元宝还是双元宝？

王满堂让苏三看着办。大妞说要厚实一点儿的。

苏三说，那就是双元宝了，它可以抵一件小棉袄。

刨子很幸福地看着苏三的忙碌。

苏三又看线，称赞这些线是新疆的上好毛线，百分之百羊毛，那两个老外很会买东西，说这样的线在上海的价格是九十六块四，在北京大概还要贵一些。大妞说两斤毛线小二百块，外国人为个风筝真舍得花钱。苏三说风筝是民间艺术品，在外国人眼里是很有价值的。比如他织的这件毛衣，在外国就要比机器织的贵几倍，因为它是手工艺品。当然了，他是不会跟自家人要手工钱的了。

大妞觉得苏三的话越说越不受听。

门墩见刨子在日坛卖一个风筝能挣三十美元，只是后悔自己没跟刨子上日坛。越想越不甘心，一发狠，糊了几个风筝，准备明天背着它们上日坛摆摊儿去。

王满堂说门墩是异想天开。

门墩说，您怎么老看不上我？打小，您就对我抱有成见，说我是堵墙，还是掺了麻刀的青皮墙。就是您起的名把我叫坏了，灰墙，我走哪儿都碰着墙，压根就发展不起来嘛。

大妞说什么墙都成，只要不是鬼打墙就好。门墩说他跟鬼打墙也差不了多少了，四处碰壁，这回他总算找到了路子，把这些风筝卖出去，一个三十美元，五个一百五十，一天一百五十，一礼拜一千零五十……

王满堂说，这会儿你的算术不是挺好吗？我看你一点儿也不糊涂。

门墩问他妈，有这一千多美元干什么？大妞说买面。门墩说买面太没劲，他要上柬埔寨，上西哈努克他们家看看去。他说西哈努克和莫尼克公主，还有那个宾努亲王在中国逛了不少地方，咱们怎么也得礼尚往来不是？

王满堂说，整个儿一没正经。

在坠儿准备排排场场地办喜事的时候，鸭儿却说出了要跟苏三离婚的话。大妞认为离婚总得有离婚的理由，不能说离就离。苏三再不好，也得说出个子丑寅卯来，旧社会休媳妇写休书还得列出一二三条来呢，不是那么随便的事。王满堂更是直接，王满堂说，当初死乞白赖要嫁的是你，今天哭哭啼啼要离的还是你，过家家儿吗？大妞说坠儿最近张罗着要结婚，大喜的日子，让鸭儿能不能等些日子再离。

鸭儿泪汪汪地坐在那里一言不发。

王满堂斩钉截铁地说，离婚万万不能，老王家就没这规矩。

已经九点了，鸭儿不想回昌平去了。大妞说这怕不合适，两口子一吵架女方就往娘家跑，只能把事搅得火上浇油，让人家看着是娘家妈不懂事。

鸭儿说她不想见苏三。大妞问苏三到底怎么了。鸭儿说苏三搂着女人跳舞。大妞问那女人是谁。鸭儿说反正不是她。门墩说既然苏三敢搂别的女人而不搂他姐，他姐也可以去搂别的男人而不搂苏三。大妞推了一把门墩说，没你的事，一边待着去。

门墩说，谁说没我的事？我爸刚说老王家没离婚的规矩我就想说了，当初我爸跟临州大妈分手，那叫什么？

大妞说，那是你爸的选择。

门墩说，我爸能选择我姐为什么就不能选择？

大妞说，这不一样。

门墩说，我爸的性质比我姐更恶劣，我爸有俩，我姐只有一个。姐，前有车，后有辙。过不到一块儿早点散伙，趁着年轻再找一个，甭凑合……

没等门墩说完，王满堂就抡起巴掌扇了他一个嘴巴。门墩捂着脸对王满堂说，你不就趁是我爸爸吗？就可以随便打人！告诉你，我要是你爸爸，我也打你！大妞把门墩推出去了，对鸭儿说趁着公共汽车还没收车，快回家，两口子之间的事，睡一宿觉就好了。

看母亲没有留宿的意思，鸭儿只好走出家门。在大门口碰到门墩，门墩早在这里等着姐姐呢。门墩问鸭儿打算上哪儿去。鸭儿说上西边走走。门墩说，昌平在北边，你上西边干什么？姐，你要是不嫌我脚臭，你今天跟我睡。

鸭儿说她遛个弯儿就回来。

早晨，周大夫刷刷的扫帚声由远至近，最后扫进了九号院。正在院里生火的刘婶正式通知周大夫从明天起可以不扫院子了。周大夫说还是扫吧，他已经扫惯了，哪天不扫哪天就浑身不自在。刘婶说这就是改造的结果，由必然王国到自由王国了。

周大夫说，你怎么就不到自由王国里转转？刘婶说她本来就在自由王国里待着哪。

周大夫说，我在自由王国可从来没见过你。刘婶说那是因为她的层次比周大夫高。

周大夫说，说这话你竟然脸不变色心不跳？

刘婶说，我干吗要心跳？哎，你怎么把我门口落下了？

周大夫说，你的层次太高，我够不着。

刘婶说，要不是我救了你，你还能有今儿个？

周大夫说，是我命不该死，跟你没关系。

刘婶说，这么说你不领情？我看你死这回死坏了，你的灵魂整个儿来了个大倒退，有点赤果果了。

周大夫说，不是赤果果，是赤裸裸。我这回是死明白了，你知道凤凰涅槃吗？

刘婶说就是动物园的开屏凤凰。周大夫说那是孔雀。刘婶说反正差不多。周大夫说凤凰让火给烧死了，变成了新凤凰，这只死过的凤凰跟原先那只可不一样了。

刘婶说，可不不一样了嘛？烧成秃尾巴鸡了。

周大夫说，跟你说话我费劲。

刘婶说，你甭跟我绕，你就说这成了精的凤凰它想干什么？

周大夫说，要是连死都不怕了，他还怕活着吗？

刘婶想了想说，这不是凤凰成精了是你成精了。姓周的我跟你说，要死你尽管死，你死几回我救几回，我就是不让你死踏实了。

周大夫说，你放心，我再不会死了，我要活到二零八零年哪。

刘婶说，你快成大海王八了。

周大夫和刘婶的斗嘴成为了小院的家常便饭，两个人一见面就起火，有时候斗到最后已经不知道起因是什么了。用老萧的话说是这两个人不但犯相，还八字相克。大妞也起来了，从自家炉子上夹了块煤过去，让刘婶把火接上。刘婶怕耽误王家做饭。大妞说鸭儿他爸早走了，剩下个门墩不到十一点不睁眼。

苏三衣衫不整，疲惫不堪地进来了。苏三问大妞鸭儿来没来过，说鸭儿从昨天下午出来就一直没回去过，他快把北京城找遍了……一听说鸭儿昨天没回昌平，大妞也有些着急，大妞说，你搂着女人跳舞，有这事？苏三说这个，他已经跟鸭儿解释过了，他们几个同乡在一起私下里跳跳舞，并不让外面知道。

大妞说，可是你媳妇知道了。

苏三说，我叫她去，她偏不要去。

大妞说，她不去，你就搂着别的女人……

苏三说这是很正常的，大家都那样的，不过分，就像这样……说着抓住大妞就比画。大妞说这还不过分，难怪鸭儿闹气。苏三说他搂的那个女人是个大阿姐，今年已经六十三岁了。

大妞说，六十三？七十三也不能搂。男女授受不亲。

刘婶说，苏三，你们私下这么干可不好，是资产阶级生活方式。要是有人给你们反映到街道，人家一抓一个准儿。

大妞说，要是有人反映也是你。

刘婶说，你别以为我不敢。

大妞说，他刘婶，小辈们图热闹，玩玩，你别认真。

刘婶说，无产阶级玩这个吗？

大妞暗示苏三去说几句好话。苏三说他说什么好话，他的老婆都丢了，找不见啦，还要给别人说好话吗？大妞说她昨天晚上劝鸭儿回去了，她没回家能上哪儿呢？

刘婶说，她会不会自杀？

大妞一惊，说，自杀！你怎么盼着谁都自杀？

门墩出来告诉大妞说他姐昨天走的时候说了，要上西边遛遛。

刘婶说，西边？

苏三说，西山？

大妞说，西天！鸭儿要上西天，那不是死了！

门墩说，真好，想象力一个赛着一个的丰富。

柱子从非洲回来了，古建队为援非的同志开了欢迎会，会上大家出乎意料地见到了老石。老石也由东北回来了，继续担任古建队的书记。柱子在众人面前举着一幅宏伟建筑的大照片，说这就是他们在非洲援建的工程。

众人惊叹。

王满堂问房顶下头铺的是什么？一工人说大概是锡镴被。柱子说不是锡镴被，是高级隔热建筑材料，德国生产的，比锡镴被的性能高级。王满堂不明白隔热材料究竟是什么东西，柱子说了一个洋名称，王满堂没听懂，只知道现在中国还生产不出来。老石给大家讲话，老石说，这就说明了中国在现代科学技术的某些方面还很落后，老祖宗的东西固然好，但是老祖宗的东西也得发展，要不然社会就没法进步了。

看见老石，王满堂就想起了老萧。他四下寻找，周围没见着老萧。

老石说解放初期，修东直门的工地的时候，他从部队复员到古建队，当时他说要拜师学艺，论辈分他跟老剩儿是师兄弟……老石的话戛然而止，眼圈有点红。大家也想起了老剩儿，一时会议室里鸦雀无声。

老石说，一晃二十多年过去了，二十多年我们干了多少事，修复了多少古代建筑啊……我们古建工人是金子，是闪闪发光的金子！我们用自己的心，用自己的双手，用自己的血汗建设着新中国，建设着北京城，维护着中华民族的灿烂文化。北京城，是山川环卫，气候宜人的宝地，北枕居庸，南襟河洛，右拥太行，左环沧海，这就是首都，是我们中华民族的骄傲，也是我们北京建筑工人的骄傲。我在北大荒，刨的是千年冻土，种的是高粱、棒子，可我想的是北京，想的是我们古建队，那种想是一种刻骨铭心的想哪！现在回到北京，我又想起了北大荒，想起当年牺牲在鸭绿江那边的老剩儿，我们不会忘记他们，永远不会……用老萧的话说是我跟古建队有缘。

听着老石的话，王满堂觉得老石在东北待了几年，好像沾了不少老萧的味儿。王满堂想，待会儿第一件事就是得问问老萧的情况。

古建队下一个任务是要修复德胜门。王满堂担任总监工和总指挥，王国柱担任队长。德胜门是北京八座城门中唯一保存下来的一座，是城文化留给北京人的记忆，是一个见得到、摸得着的辉煌又残旧的梦。这次修复，一改修旧如旧的宗旨，要整旧如新，不但使德胜门重现当日风采，也要使我们的古建艺术达到辉煌阶段。从德胜门动工那天开始，每道工序，每项抢救工程，都要有记录和相片，这是一件能把看家本事全使出来的硬活儿。

散会后，王满堂把柱子和老石邀到家里，让大妞搞了几个菜，他要听老石讲讲老萧的事。老石说老萧有一天上山砍柴火，一早晨出去了就再也没回来，谁也不知道他上哪儿去了，派人找也没找着。东北那冰天雪地的，凶多吉少……大妞听了就抹眼泪，她心里难过，她认为是她把老萧伤得太过了。老萧之所以不辞而别，是因为觉得人间再没有可信赖的人了……王满堂问老萧平时就没露出些想上哪儿的蛛丝马迹？老石说他也说不上，只是听老萧说过他要上昆仑山。老萧认为天下山脉，祖于昆仑，昆仑山为天下第一山，是天之中柱。要辨山向水脉，搞古建的就得认宗，就不能不去昆仑山。但他分析老萧不可能上昆仑山。昆仑山在青海，终年积雪，地远天荒的，老萧从东北折到西北，就为个昆仑山？

柱子说了些国外的情况，大妞基本没听进去，她还在想着鸭儿和苏三的事。白天让苏三和门墩、刨子继续找人，到现在哪个也没有回音，大妞心里七上八下的总不踏实。大儿子刚从外国回来，一进门不能就听见这样的事，还有老石……

柱子临走的时候，给了大妞三百块钱，说是在国外攒的。大妞推让，老石建议再添点，买台电视。大妞这才把钱收了。傍晚的时候，苏三来了，仍旧没找到鸭儿，疲惫而悲痛的苏三扑到炕上，孩子一样呜呜哭起来。大妞让他起来，有事好好儿商量。苏三搞不明白他究竟有什么错，鸭儿会这样对待他。

王满堂一人坐在八仙桌前喝茶，一会儿，苏三走出屋来，坐在王满堂对面，垂着个脑袋不说话。王满堂给他倒了碗茶，苏三一口气喝了说，事情搞成这样，究竟是怎么回事？我就是搞不通。

王满堂说他也搞不通，放着好好儿的日子不过，瞎折腾。苏三说他是很爱国英的，爱得一刻也分不开。王满堂说北京的爷们儿要是看上哪个娘儿们从来不会说爱，像苏三刚才那话，他说不出口。苏三问北京的男人要爱上了女人怎么说呢？

王满堂说，不错，对付，还行。

苏三说这不是感情语言，哪里还有爱的成分在其中，人又不是袜子，不错，对付，还行。难怪国英老是那么冷冰冰的。大妞说国英她心里热。苏三说他没感觉到。大妞说那是苏三没跟她贴心。苏三说他们睡觉的时候偶尔也贴过心。大妞骂了他一句二百五。

大安来了，告诉大家说派出所的民警在八宝山找着鸭儿了……

苏三着急地问，进炉了没有？

大安说鸭儿是不想回家，说那儿清静，在那儿散散心，现在大安把鸭儿送到坠儿的集体宿舍去了，让坠儿陪她聊聊。大安还没有吃饭，大妞给他下挂面，苏三说他也没吃，让大妞也给他下一碗，多放些猪油和葱花。

厨房里，大妞由锅里捞出荷包蛋，一个碗底放了一个，一个碗底放了俩。又捞出挂面盖上，端进屋去。

苏三看着挂面对大安说面就是碳水化合物，是最没有营养的东西，他每天要给国英吃一个鸡蛋，四两青菜，十八粒黄豆，三分之一勺猪油，这样才能保证一天的营养。为这个，他养了四只老母鸡，一只公鸡，他的蛋都是受过精的蛋，营养成分比没有受精的蛋高0.3倍。

大安只是笑。

苏三向大安介绍自己，酒不沾，烟不吸，把全部精力都用在提高生活质量上。每天早晨要拖地、烧饭，把两人的午饭做好，装在两只饭盒里，花样每周不重复，红烧咸鱼、清炖蹄髈、海米菜心、甜咸豆腐干……可是国英她偏偏不吃，国英要吃食堂！食堂里有什么？大锅烩萝卜、水焖洋白菜、土豆炒豆腐……

大安边吃边噗的一下乐出来，奇怪土豆跟豆腐能炒到一块儿去。苏三说他们厂的食堂什么都做得出来，他们还做过抹布青菜汤呢。

大妞说，我闺女放着红烧咸鱼不吃，非吃抹布青菜汤？

苏三说他也不理解……上海刚刚流行的卡他就给她买了两套的卡

衣服，两套啊，世界上有哪个男人两套两套地给老婆买的卡的。苏三说，难道我不是一个十分优秀的、十分称职的丈夫？我没有不良嗜好，性格温顺，会过日子，相貌也出众，还读过大学，这样的理想丈夫是多少女孩子做梦也梦不到的。我们厂一个女青年，公开提出，她择偶对象就是要找会讲普通话的南方人，要找我这个档次的……

大妞说，什么话！吃着碗里的还看着锅里的。

苏三说，我怎么会看到锅里的。我是吃着自己碗里的，也看着大安碗里的。

大妞说，你还惦记着小姨子！

苏三说，我的碗里只有一个蛋，他的碗里有两个蛋。

大家都明白了，苏三是生生把媳妇爱跑了，哪个媳妇也受不了他这份爱。而苏三则认为他的确是真爱！

大妞说，行了行了，当着小辈儿，张嘴爱，闭嘴爱的，寒碜不寒碜？要爱两口子回家关上门偷偷摸摸爱去，别满世界嚷嚷。

车已经没有了，苏三回不了昌平，大妞让他睡门墩那儿。苏三不去，嫌门墩脏，门墩也不愿意要他，嫌他酸。大安让苏三跟他到派出所值班室去凑合一宿。苏三更不去了，说他进了派出所，在大安那儿睡了，明天早晨出来说不清楚，这样国英会说，她一宿没在家，他就进了派出所，没法解释。

大安说，我也在那儿睡，谁能说什么！

苏三说，你在那儿睡，你是执行公务，我的角色除了受审别无其他。

大安说苏三是个死牛筋。

大妞说，难怪鸭儿不愿跟你过，对你这样的人，我有办法。大妞坐在炕沿上，拍着枕头，转身对苏三说，躺这儿来，挨着妈睡。

苏三向后退。

苏三对大安说，我还是进派出所吧。

王家用柱子给的钱，自己又添了点，买了一台十二英寸的黑白电视，那台电视的牌子是“昆仑”，这个“昆仑”大概跟老萧说的“昆仑”是一个“昆仑”。

刨子抱着电视往院里走，王满堂在后头不停地嘱咐把脚步放轻点儿，别震了里边的机器。门墩在旁边护驾，仿佛刨子抱的不是电视机是老王家的祖宗牌位。

看爷儿三个汗流浃背的模样，周大夫问怎么累成了这样？王满堂说他们从百货大楼轮流抱着走回来的。问怎么不坐车？说汽车太颠。周大夫乐了说，汽车颠，那这台电视怎么从工厂进的商场啊？

大妞给电视机缝了一个红绒套，作为一个大件，电视机在正屋很显眼的位置摆着。有了电视就没了寂寞，只要一打开，电视机前立即就会坐上大人孩子，有意思的、没意思的什么都看，连英语讲座也看，不看到电视台上板绝不抬屁股，唱歌跳舞样板戏，电视真是个好东西。

频道只有两个，除了中央就是北京，都是很权威的，播音员个个长得漂亮，字正腔圆，不苟言笑。大伙儿先看交响音乐《沙家浜》，又换《地道战》，再换还是《沙家浜》，再换是有人唱《挑担茶叶上北京》。大家就耐心地等，耐心地听，看《挑担茶叶上北京》完了还有什么新内容。

福来说天线没调准，净刷啦刷啦地冒雪花。福来就调天线，王满堂说有个影儿就行，这比听话匣子强多了。套儿也说没关系，说在大操场看电影他们还在银幕后头反着看哪。

经福来一调，电视清楚多了。

刘婶放出风来，下月得让王家自己单独安个电表。

一个干部模样的人，陪着一个穿西服的，来到了灯盏胡同九号。穿西服的头发梳得油光，皮鞋也很扎眼，在小胡同里出现这样的装扮，不少人以为是在拍电影。特别是那身西服，在经过了“文化大革命”的北京人的眼里是很新颖的服装，什么人穿西服？赫鲁晓夫穿西服，艾森豪威尔穿西服，坏蛋才穿西服。无产阶级革命派不穿西服。但是西服的确很精神，很提人，坏蛋穿上了也就跟好人似的。比如说眼前来到灯盏胡同的这位。

干部对西服说周大夫就住后院。刘婶迎出来了，问他们找谁。干部说他是区外事办的薛干事，这位是美国来的客人施启儒，要见周大夫。刘婶问有事？干部说有事。刘婶还要问什么，想了想自我介绍是街道的治保主任。干部噢了一声。

中美建交了，民间的来往慢慢就多了。西服受周大夫美国亲戚之托，来北京办事，顺便看看周大夫。干部和西服往后院走，刘婶也随着去。

大妞不明白周家家里来人，刘婶瞎掺和什么。刘婶的想法是她得盯着点儿，看他们都干些什么。她是治保主任，她有这个责任。

美国来的人告诉周大夫，他的妹妹还活着，现在全家移居美国，还时刻惦记着大陆的哥哥。拿出一张照片说是周女士托他带给周大夫。周大夫看着照片，只感到照片上的人都老了，跟他印象中的人已经相去甚远……

刘婶也要看照片，想看看周大夫的妹夫穿国民党军服的模样。来人说张先生五三年就退役了，目前在美国当寓公。刘婶稀罕美国也有移山的愚公，周大夫说是公寓的寓，不是愚蠢的愚。刘婶问什么意思，周大夫说就是在家闲着。

来人说张先生和周女士几次通过英国、香港带信给周先生，询问周先生的情况……周大夫赶紧说他一次也没接到过他们的信息，一次也没有！

刘婶扫了周大夫一眼。

来人要带一张周大夫的相片回去，给周大夫的妹妹，说最好要近期的。周大夫找了半天，最后从医疗证上揭下一张相片……刘婶建议周大夫赶明儿好好儿照一个，给他妹妹寄去。说罢，把周大夫那张小照片拿过来了。

…………

大妞已经包好了包子。见周大夫送一行人出来，出于北京人的礼貌，也赶紧打招呼，说是刚蒸好茴香馅包子，吃了再走。来人感到周大夫的邻居都很热情、真挚，周大夫说都是多年的老街坊了，彼此就跟一家人一样。又嘱咐大妞，给他留俩包子，他回头过来拿。

送走美国来人，周大夫的矛头立即就对准了刘婶，两人一边吵一边从门口走进来。周大夫让刘婶以后少管他们家的事。刘婶说这是她的革命工作。刘婶说，你别以为这是你们家的私事，没那么简单。不是我拦着，你早把自己的照片给美国送去了，特务的表格上把你的小照片一贴，你说得清楚吗？

周大夫说，我妹妹想了我几十年，好不容易联系上了，竟盼不来一张照片，我……我们是一母同胞的亲兄妹呀！

刘婶说，亲不亲，阶级分。亲兄妹也有个阶级立场在里头。真有什么，置你于死地的就是亲兄妹，那个江南小妹妹的教训你还没吸取够吗？

大妞用盘托着几个包子出来说，这话听着绝情，按这么着，这世界上谁还能信谁？又对周大夫说，五个包子，够你吃的了吧？

周大夫说，够是够了，还缺一碗粥。

大妞说，我管包子还管粥？凑合吧您哪。

刘婶说大妞刚才跟那美国来人张口茴香馅闭口茴香馅也不合适。大妞问茴香馅怎么了？刘婶说，让人外头人看了跟我们没见过什么似的，一个烂茴香，也宝贝似的挂在嘴上。

大妞说，我就不相信他外国就不吃茴香！

周大夫问刘婶应该说是什么馅。刘婶说再不济也得说猪肉白菜馅。大妞问猪肉茴香怎么了，刘婶说显得没水平。

周大夫托着包子往后院走，让刘婶记着，赶明儿把属于无产阶级的，有水平的菜给列个单子，大家只吃无产阶级的，不吃资产阶级的。

刘婶说，你这是什么话？

周大夫说，人话。

刘婶说，你这只什么精来了？对，孔雀精！别想奓翅！

刘婶嘴里骂着“孔雀精”，却由自家锅里舀了满满一碗江米粥，递给白新生，让白新生给周大夫送去。白新生说还是刘婶自个儿送去好。

刘婶说，我不愿见他，一见他就要抬杠。

白新生说，抬杠也是一种乐趣，不是谁跟谁都能抬。

正说话间，大妞扑门而入，上气不接下气地说护城河那边传过信儿来，捞鱼虫的孩子掉进河里淹死了！白新生立即想到，他们家的套儿跟门墩他们都在那儿呢！白新生撒腿就往护城河跑。

刘婶一把拉住大妞，非说他们套儿是让门墩拐带走的，真有个三长两短，她跟王家没完。孩子们的事很难说是谁拐带谁，两人正争论不休时，套儿、门墩、刨子一身泥水地奔进来，刘婶心肝肉地向套儿扑去。套儿掀开他奶奶，大声喊，坠儿，坠儿，你快看看去吧！

门墩咧着大嘴说，大安死啦！

大安死了，死在夏日的一场雨后。如同当年的老剩儿，说没就没了。

报纸上刊登了大安的事迹，王满堂特意把这张报纸从古建队拿回家来，让刨子读给大妞听：

“……刚刚下过雨，护城河的水很急，只见两个孩子在水中扑腾着，顺流而下，向着暗沟流去。在这危急的时刻，民警安建辉冲过来，来不及脱衣服便扑进河中，游到其中一个孩子跟前，抓住孩子往岸上推……当安建辉把第二个孩子托上岸时，自己终因体力不支，被吸进排水的涵洞……安建辉同志是灯盏胡同地区民警，二十九岁，共产党员，工作勤恳朴实，深得所管区域居民的信任……”

这篇通讯的作者就是马伟，是梁子崇拜的那个马伟。

一切安排就绪，就等新人入住的新房里，大安的相片缠着黑纱，笑眯眯地看着来安慰坠儿的人们。坠儿不能接受这一事实，她总觉得大安是临时去办什么事情，一会儿就回来……屋内，新钢精锅、新软缎被、花床单、未剪完的喜字……原来是准备热热闹闹大办一场的……就像是一首欢快乐曲，突然冒出了一个终止符，使得那快乐，那动人，那和谐猛地戛然而止。

坠儿呆呆地坐着，没有眼泪。

父母亲都说大安是个好人，坠儿没看错。刘婶说平时咱们老是学英雄，学英雄，英雄其实就在身边，愣没看出来。周大夫说刘婶的眼睛光看阶级敌人了，刘婶说她是得换个角度了。

影壁糊的泥已经斑驳，隐隐露出了内里的砖雕。鸡窝已经残旧，自从那只肇事的公鸡被王满堂深夜斩首以后，里面再没住过任何活物，如今被一些破烂杂物占据。

这天，鸭儿和苏三提着鸡鸭鱼肉，大包小包地回家来了。苏三进门就说要给姆妈露一手，以前老是吃姆妈的，这回也让姆妈尝尝他的手艺。

柱子与朱惠芬及斧子也来了，是鸭儿打电话叫他们来的，说是请吃饭。

苏三一人在厨房掌勺，不要别人帮忙。娘儿们家在正屋聊天，自然就聊到了坠儿。坠儿的情绪一直很低落，要不就一个人偷偷地哭，要不就一天一天地看书，大安这一死，事业就成了坠儿的精神支柱了。

大妞哭了，说她俩姑娘命都不济，好在鸭儿两口子现在关系已经不错了。以前两口子闹别扭就是一种磨合，哪对夫妻都是这样，都得经过这么一个关口。以老妈妈论看，没孩子拴着总是不牢靠。

门墩说他妈这观点太老，他将来结婚就不生孩子。

大妞说，你不生孩子专生浑蛋。

另一间屋里，鸭儿高兴地指挥着刨子、斧子抬桌子、摆筷子。刨子认为今儿是大安死了以后王家最热闹的一天。鸭儿嘱咐刨子，待会儿见了坠儿姑姑可千万别提大安的话，免得坠儿伤心。

大妞不落忍将苏姑爷一人扔在厨房忙活，转来转去还是转到厨房来给苏三帮忙。苏三围着围裙在炸鱼，炸完了浇汁，又剁姜末，又蒸豆豉，又熬鸭子汤……忙得满头大汗。大妞插不上手，看着姑爷有些心疼，跟姑爷说，过日子就图个火爆热闹，你要是早这么着也不至于跟鸭儿闹别扭。小两口，往后和和美美好好儿过日子，再甭闹气，能在一块儿过就是缘分，这夫妻的缘分得几世才能修来。

苏三说，您这话说得对，我下辈子还跟国英一块儿过。

大妞让苏三待会儿和鸭儿好好儿敬老爷子两盅，说满堂最近修德胜门，累得够呛，再加上大安的事，心里一直堵着。

苏三忽然跑了神……

刘婶在院里看着王家进进出出的一家人说，料定老王家有喜事。福来推着自行车上班去，刘婶让福来中午回家时带个机子回来，说不定用得着。

王家一家人围着桌子坐，品尝苏三的淮扬菜。

苏三得意地给大家介绍，这个蜜汁叉烧肉，这个肉丝茭白，这个清蒸狮子头，这个鸭汤煲冬瓜……大家一一品尝，那味儿果然和平时吃的不一样。

门墩说，什么菜都是甜唆唆的，像娘儿们。

王满堂说，南甜北咸，东辣西酸，一地方一个味儿，就跟我们建筑一样，一个时代一个样儿。

鸭儿和苏三齐齐举杯，祝爸妈身体健康。

酒过三巡，苏三说为了他和国英的婚事，给大家添了不少麻烦……

门墩插话说，赔礼道歉的宴席。

苏三说，对，赔礼道歉的……说着怏怏坐下，对鸭儿说，还是你说吧。

王满堂说，一家人，赔什么礼？谁家没有磕磕碰碰的？要说该道歉，王家第一个就要数门墩，他干了多少坏事，道过一回歉没有？

门墩说，爸，您一没话了就拿我说山，我怎么那么倒霉啊。

鸭儿端起酒杯说，爸、妈，这几年您为我，为苏赞操了不少心，生了不少气，这是我们不懂事……我跟苏赞谢谢爸，谢谢妈。说着泪水潸潸而下。

大妞说，好不当央儿的，这是怎么了？

鸭儿说，我跟苏赞结婚十年了，他是个很会关心人的人，也是个很心细的人。他很会生活……

大妞说，这我早看出来了。

鸭儿说，结婚这些年，衣裳都是他洗，饭是他做，我实在是个不称职的妻子……

苏三说，别这么说，那回我发烧，你在我床前坐了一天一夜，后来你靠着墙睡着了，我看着你疲倦的脸，哭了一场……

大妞说，两口子就得这样，知疼知热地贴心。

鸭儿说，但我们的性格实在过不到一块儿去……

大妞说，瞎说！

鸭儿说，昨天，我们办了离婚手续。

众人惊愕了。大妞说离了？鸭儿说离了，往后我们是同志加朋友，我们还会互相帮助。

王满堂把筷子啪地一摔进里屋去了。大妞不知所措地看看这个又看看那个，斧子躲到他妈跟前，坠儿攥着鸭儿的手叫了声姐。门墩说，闹了半天这顿饭是散伙饭！

在众人的尴尬中，梁子背着行李进了家门。一身的土，一脸的灰，看大家都在席上静坐，梁子以为这是为欢迎他而特设的宴席，也不客气，照直坐在主角的座位上，一副浪子归来的自得。大妞得知走了四年的梁子这回是彻底调回北京，再不用去陕北的时候，不禁高兴地说，这回好了，团圆了，都团圆了。

福来背着相机进来说他妈说老王家都齐了，让他给照张全家福。

众人一时冷场，都看着王满堂。王满堂说不照也罢。事儿妈刘婶说连梁子都从陕北回来了，大喜的日子哪儿有不照的道理？套儿过来帮着摆座儿……鸭儿告诉刘婶，不是什么喜事。刘婶说王家一家人都齐了难道不是喜事？鸭儿不好再说什么了。

鸭儿将爸爸拉到一边，将苏三给王满堂打的毛衣掏出来给父亲套上，王满堂问苏三呢。鸭儿说走了。

毛衣织得很好，双元宝针……

王满堂穿上毛衣，坐在正中。在福来的取景框中，真正的中心是王家那台黑白电视机。

福来按下快门，又一张全家福定格。

第八章

今天，王满堂退休。

今天，门墩顶替他爸爸，正式在古建队上班。

岁月不饶人，王满堂也想不到，好像还没干什么呢，一下就该退了。大妞啪地打着了煤气灶，一个鸡蛋在煎锅上翻滚，牛奶热好晾在一边。大妞将鸡蛋、牛奶端出厨房，搁到桌上，这是新工人门墩的早餐。

八仙桌前，王满堂在喝粥，就着烧饼咸菜。

大妞千呼万唤地喊起了新工人，新工人半坐半趴在桌前，一副没睡醒的无精打采。昨天晚上，他和套儿们打牌打到半夜，全把今天还要上班的事忘了。

王满堂看着门墩的样子，冒出一肚子气。他教训门墩也老大不小的了，打今儿起就是国家正式工人了，工人得有点儿工人样儿，不能还这么吊儿郎当的，没个正形。

门墩说，工人怎么了？工人也是人，工人现在已经不领导一切了，现在是一切领导工人。

王满堂告诉门墩，这些怪话不要到古建队去说，柱子是领导，省得让柱子为难。门墩说，他是他，我是我；他叫王国柱，我叫王国强，我们是俩人。

王满堂说，可你们都是我老王家的人。

门墩说，古建队又不是朝廷，不是我姥爷的“隆记”营造场，还什么老王家老赵家，我只代表我自己，不给你们露脸，也不沾你们的光。

一下把王满堂噎得说不出话来。

王满堂让大妞把他那件毛料中山装找出来，说今天上班要穿。

门墩说，不就是个退休典礼吗？穿什么毛料。穿得四齐八整，往那儿一戳，整个儿一个傻……

大妞说，你再说，你再往下说，我抽你，饭都堵不住你的嘴。为今天这个仪式，你爸昨晚上一宿没睡着。

门墩说睡不着吃两片安定就行了。大妞让门墩也换件像样衣裳，头一天上班，应该显得正式一些。门墩说他现在这身就挺好，光裤子就二百三呢，一个工人，穿二百三的裤子上班，应该是很伟大的了。大妞为门墩捋衣服，她闹不明白，门墩好好儿的衣裳，蓝一块白一块，像刚刷完房。门墩告诉他妈这叫水磨蓝，穿的就是刚刷完房的劲儿。大妞说门墩爸爸使了一辈子灰，身上也没门墩这么花哨。

大门外有汽车喇叭声，柱子与老石来接王满堂了。今天不是一般的日子，队里特意派车来接。王满堂却不坐车，四十年来，他见天儿挤公共汽车，风里雨里，把这条道走得熟得不能再熟了，今天最后一天上班，他还想照原样，跟往常上班一样，把这条道细细再走一遍。

柱子说他愿意陪着爸爸走。大妞问王满堂今儿还带饭不？王满堂说当然带。

大妞将装满炒饼的饭盒递到王满堂手里，拿着另一个饭盒四下寻找门墩，哪里还有门墩的影子，原来他早钻进老石的车里先走了。

王满堂说，耗子蹿上金銮殿了，它撑得忒大。

古建队的会议室里，角上有个大彩电，被封锁在木柜里。一排排的人造革椅子很整齐地摆着，墙角的白保温热水桶擦得干干净净，茶杯也很精神地排在茶盘里。墙上“欢送老工人退休，欢迎新工人上岗”的标语很醒目地挂在正前方。

门墩和一群要上岗的新工人在打扑克。新工人们都穿上了新发的工作服，劳动布的服装硬扎扎地使他们不自在。

新工甲说，咱们就穿这个干活儿？硬得跟牛皮纸似的，一动弹刷刷响。红桃四！

门墩说，我爸、我哥穿了一辈子这玩意儿，这是我们家的礼服。红桃九，比你大，管你。

新工乙说，谁能跟你们家比，听说你爸过去还给新工人取名排辈呢。

门墩说，那是从前，现在你给谁换名字，公安局先不答应。

新工甲说，我妈也不答应。

新工丙说，门墩，你爸来了。老爷子今儿还刮了脸，挺精神啊。嗬，还带来个嘛玩意儿？

门墩说那叫水鸭子。本来还有个玉坠儿，让他哥给卖了。新工乙问干吗用的。门墩说找水平的。新工乙说他还以为要唱《借东风》呢。

王满堂来到门墩他们跟前，一言不发。门墩及几个新工收起牌，看着前任队长的脸色，全是一副满不在乎的神情。王满堂问门墩是怎么来的。门墩说坐车。

王满堂说，那车是给你预备的？

门墩说，它不拉我也得拉别人，上咱们家白跑一趟不是浪费汽油嘛。

王满堂说，听着，你马上给我回去，坐公共汽车再来。

门墩说，那就误了点卯啦。

王满堂说，误了也是你自找的，给你划上迟到，为的是让你永远记住第一天。

新工甲说，王大爷，门墩已经来了，您这是何苦。

王满堂说，谁是你大爷？这是国家单位，你们都是国家的栋梁，是主人，主人就得有主人的样。我还没说你们呢，早早地来了，进门不说踅摸笤帚扫扫地，扎堆在这儿打牌，搁过去，我早把你们开销了。

新工乙说，新社会都几十年了，也不是“隆记”那会儿了……

王满堂说，你的话一点儿没错。“隆记”已经过去几十年了，人也一茬儿换了一茬儿，但咱们的规矩没变，咱们手底下练出的活儿还没变，咱们干过的活儿还稳扎扎地立在那儿！

老石说对青工要好好儿进行职业教育，这第一课就由王满堂来上。但是王满堂要求门墩重新跑一趟。门墩横着脖子说没这么整治人的！

王满堂说，整你是因为你投机取巧，这是干建筑行的大忌。

新工甲说，门墩，跑一趟就跑一趟，权当哄你爸高兴。

门墩说，他高兴我不高兴。

柱子给了门墩车钱，让他快去快来。

门墩说，我怎么觉着这古建队跟家里没两样，在家里你们管我，到这儿来还是你们管我，我他妈没出头之日了。

王满堂说，你要是觉着古建队像家那就对了，算你找着感觉了。

柱子推门墩快走，门墩不得已，边向外走边脱衣服，说他出门先得把这身装裹扒了，穿它在大街上一走，谁都知道你是个卖苦力的傻×建筑工。

门墩的话，如锤子一样重重击在王满堂心上，今天是他光荣退休的日子，在他退休这天，他听到了“傻×建筑工”的称谓。

说这话的人就是他的儿子。

主席台上坐了一排戴花的退休工人，下面最前排是即将上岗的新工人，后面是职工。王满堂说，有人说我们是“傻×建筑工”，“傻×”在我们建筑行是什么，“傻×”在我们建筑行就是实在。咱们干一行得敬一行，不能什么都不论，以前我就说过，干建筑没点儿敬畏精神不行，旧社会，你别瞧不起胡同口、村边上的小土地庙，它盖得最结实，一点儿不掺假，为什么？工匠们敬畏神仙，你不好好儿干要遭报应，良心不安……今天我们同样要有敬畏精神，它不是神仙，是国家，是老百姓……

门墩进来，坐在新工甲旁边。新工甲问他怎么这么快就回来了。

门墩说拿那份车钱买了包烟，在城根看了会儿遛鸟的，估摸时候差不多，就回来了。新工甲说门墩家的老爷子正在说“傻×”呢，说门墩的一句“傻×”把老爷子惹翻了。

门墩说，这叫借题发挥。

王满堂在台上给新工人们讲平不过水，直不过线的道理，讲水鸭子，说水鸭子是打老祖师爷鲁班起就用的，一直传到现在……

新工乙说，老掉牙的娘娘驾，放着现代化不用，折腾什么水鸭子，还鲁班呢！

门墩说，一刮风它就不灵了。

新工们哄笑。柱子示意大家要肃静。

王满堂说，打建北京那天起，这只水鸭子就一辈辈儿传下来了。大家别小瞧这只水鸭子，是它替咱们北京找着了北。初建北京，半夜子时工匠们用水鸭子把七星指的方位抄下来，固定住，然后封箱，这就是北。天一亮再根据夜里抄下来的正北测中线，北京地安门到天安门的中轴线就是靠眼前这只水鸭子从天上替下来的，有了北就有了中轴，有了中轴就有了北京城的建筑根本，有了主心骨。

新工乙说，没它我们照样找得着北。

王满堂说，现在我们这辈儿到了站，我把它传给你们，让你们知道什么是横平竖直，什么是建筑的精华……

后面的职工鼓掌，新工们怂恿门墩，快上去接他爸爸的水鸭子。

门墩说，这是干吗呀？这破玩意儿在我们家搁了多少年了……老石走过来说这其实是一种精神，他让门墩快上去接过来。门墩晃晃悠悠，松松垮垮来到王满堂跟前。王满堂说，把这玩意儿交给你，我还真不放心。

门墩说那我就下去了。

玉满堂心里有些犹豫地看了看和他一起退休的老工人们，把心一横，将水鸭子给了门墩。

回到北京的梁子被安置在土产商店当售货员，这与梁子本来当诗人的理想差了十万八千里。工作虽然不怎么样，还是沾了白新生的光，她那个总店如果说不接收梁子，梁子就办不进北京。这是不小的人情，人家给帮了大忙，从大妞来说，再和刘婶有过节儿，也都抹了。

那个和梁子一起照相的女生叫李晓莉，住在与灯盏胡同隔了一条街的兵马司。李晓莉的妈是卖豆汁的，李晓莉本人回北京以后分配到了酱菜厂，专门腌八宝菜和小酱萝卜。李晓莉长得瘦小枯干，眼睛却特别大，而且一转一个心眼儿，一转一个心眼儿。两人回京后不久，婚娶的议题就摆在了王家的八仙桌上，女方还特别迫切。据说在黄土地的窑洞里，梁子就跟人家干了那事，王家不能说什么，这样的事只有认账，王满堂背后恨不得把儿子抽一顿。门墩认为他哥屈得慌，为一次失误，付出的代价太大。

李家是很讲究实际的人家，前几年北京结婚讲的是三转一响，自行车、手表、缝纫机还有收音机。到了李晓莉这儿，三转一响不提了，变成了电视、冰箱、洗衣机，双卡收录机还要外加多少条腿，给人的感觉是她结一次婚恨不得把一辈子能用的东西都置办齐了，要是还兴骨灰盒，她一准也得要俩。害得大妞终日为钱的事发愁，一着急就心口堵得慌，吃不下去饭，一阵阵冒虚汗。

李晓莉常来灯盏胡同，对王家的情况摸得很熟，每回来了都要首长般地巡视，提出这里那里需要改变的一二三。这回李晓莉又提出了把梁子和门墩住的两间西屋打通，梁子问打通了门墩住哪儿，李晓莉说把院子临胡同那两间屋拾掇拾掇，一间门墩住，一间给他们当厨房是两全齐美的事。梁子说那哪儿是房，那是棚子。李晓莉说梁子的大哥和门墩都在建筑部门，还愁他们不会收拾？

李晓莉指着自来水龙头说，把这个接一个到将来的小厨房里去，水表电表另安，又转身审视着西屋说窗户得换，安大玻璃，还得安纱窗。

水龙头前的刘婶悄悄对大妞说，这小娘儿们不是个省油的灯。

大妞每天一个很重要的任务是早晨伺候门墩上班，这比伺候王满堂要难。首先得给门墩把奶热好了，然后举着糖罐子问搁多少糖，两勺？两勺半？

门墩睡眼蒙眬地说，一勺也不要。

大妞说，怎么了，不是回回嫌不甜吗？

门墩说，您看我都胖成什么了，肚子都起来了，哪儿还像个童男子！

大妞说，你还知道你是童男子？告诉妈，在单位搞对象了没有？

门墩边吃早点边说搞了，搞俩了。大妞想不通门墩不到一个月就能搞俩。门墩说那些女的上赶着追他，他也没办法。问都是谁家姑娘，门墩说告诉了也没用，下个月指不定又换谁了呢。大妞说门墩这不叫恋爱，叫乱爱。

依着门墩的说法是他得挑，他不能找刨子他妈那样的，整个儿一文化官，活活把他大哥弄成了土不土，洋不洋，倒插门式的十三不靠；他也不能找李晓莉那样的，小算盘拨得倍儿精，那珠儿都是往自个儿那边划拉，口蜜腹剑，一套小人做派。大妞问门墩到底要找什么样的。门墩说他的条件很低，就一条：漂亮！越漂亮越好，最不济也得山口百惠那样的。大妞不知道山口百惠是谁，门墩说是日本人。

王满堂遛弯回来了，见门墩还在早饭桌前泡着，脸色当时就很不好看。门墩说，您甭这样瞅我，我马上就走，走之前我得跟您说一件事，那个李晓莉要占我住的屋，让我住棚子，非让我搬出西屋也行，我搬到后院小东屋去。

大妞说后院那两间房的檩都斜了，住不成人了，门墩说他会修。王满堂明确地说，后院的那两间房是给临州的……麦子大妈留的。

大妞显出了不快。门墩趁着没人，私下对他妈说，我爸这一说我才转过弯来，临州乡下那位麦子大妈，这些年虽然很少往来，可是也没嫁人哪！她一直守在咱们老王家把我奶奶养老送终，这是什么精神？这是共产主义的精神！没有深厚的爱情做基垫，能有这种动力？门墩告诉他妈，在爱情方面，大妞得请他当高参。大妞感觉儿子这话让人听着别扭。

门墩说，电视里边老说，人越到老才越懂得爱。您看电视里头，老太太挎着老头儿的胳膊，这么着走……我爸什么时候让您挎过胳膊？我爸什么时候给您买过玫瑰花什么的礼物？门墩抬头一看钟说今儿又迟到了，他得打的上班去。

借着学校放暑假，刨子、斧子都在家的机会，梁子西厢房的改造工程开始了。房的前部已拆去，刨子很地道地在砌窗台，梁子和泥，打下手，王满堂在做窗户，爷儿几个忙得热汗淋淋。

大妞站在刨子身边，一块块递砖。斧子今年考上了建筑工程学院，开学就是大学生了。刨子分数差得太远，朱惠芬的意思是让他再复读一年，明年再考，但是刨子说他不想上大学，他要当工人，他喜欢砌墙。

大妞心里有点儿犯嘀咕，怕朱惠芬说当初把刨子留在这儿是个错误。她觉着她的教育方针没有失误，可就不明白为什么培养出来一个砌墙的而没培养出来一个大学生。反过来又想，砌墙的也没什么不好，她爸爸，她男人，她儿子都是砌墙的，不也都活得光明磊落……

李晓莉把大妞递过去的一块砖又退回来，说这块砖水没浸透，又让刨子把窗台砌宽点，她好搁花盆。

刨子说，砌太宽就不合格局了，窗多高，沿多宽是有比例的。

李晓莉说，故宫养心殿的窗台有七八寸宽，就按着养心殿的窗台砌。

刨子说，那不是故宫吗？故宫的房多高啊，大玻璃快两米了。这西厢房东晒，又没廊子，大玻璃，到时候该成花房了。

李晓莉说反正窗要大，窗台要宽，要舒服，敞亮。刨子感到很为难。

门墩不给李晓莉帮忙，门墩压根儿看不上“那娘儿们”。从西厢房赶出来的门墩把自己的铺盖啪地往后院东屋炕上一扔，腾起一阵烟尘。

屋内，窗斜门破，墙皮脱落，破旧不堪。门墩自言自语地说，这儿他妈的拍“聊斋”倒挺合适，赶上破庙啦。说着找块地方坐下抽烟。

门吱扭一响，吓了门墩一跳，扭脸一看，不是鬼狐，是斧子。斧子也不愿参加修房的义务劳动，跟着三叔到后院来躲清闲。斧子把爷爷给三叔的传家宝搬过来了。门墩接过水鸭子就手扔在墙角问，你是哪个？斧子说他是斧子。门墩说就是考上大学的那个？斧子说没错。

门墩说，到今天我也闹不清你们俩谁是谁。

斧子说，我妈跟我奶奶一眼就能把我们分出来。我妈更神，她说不用看人，听喘气都能听出我和我哥的不同来。

门墩说斧子他妈朱惠芬喘气儿都带有知识味儿。一进王家门就嫌王家没知识，拿药水洗全家，往他的鼻子里喂糨子，这都是斧子他妈干的事。斧子说他妈再怎么着也比将来的二婶好，他二婶支使他爷跟刨子，就跟支使小工似的。

门墩说，她就支使不动我！本大爷不买她的账！

斧子说，三叔，将来您这屋要收拾我给您帮忙。

门墩说，你甭给我拍马屁，你三叔没权也没钱。

斧子说，可您有人缘啊。

门墩说，要是这样，斧子，你给三爷沏一壶高的。

斧子说，就您这洞府，盘丝洞似的，还要喝高的。

门墩说，不出一个月，我让你不认得我这屋。

前院，泥瓦工们在房底下忙的时候，套儿也正在房顶上忙，他向着东南西北用手比画方框，神里神道地隔着方框看太阳，看大树，看云彩。

刨子看见房顶上的套儿，问他是不是在学燕子李三，练飞檐走壁，蹿房越脊。套儿说李三算什么，一个贼罢了。他在上头取景呢，他考了电影学院。周大夫从屋里出来呵斥套儿，说房顶的瓦让套儿踩碎了不少，他的房一下雨就漏。刘婶说套儿报考的是摄影系，摄影系就得上树上房，还得钻顶棚哪！

周大夫说，那是猫。

后院东屋很快让手艺精湛的门墩修理一新，敦敦实实的两间小房，窗户是新的，刷了漆，里面刷得四白落地，铺了花砖地，还糊了顶棚。王满堂很满意地在屋里欣赏儿子的手艺，觉着门墩不干是不干，干起来其实还是很有些内秀的。王满堂不能接受的是墙上贴的那些摇滚的疯魔似的男女，一个个张牙舞爪，披头散发，很是不正经。王满堂想，他要是在街上遇到这帮人，只会想到是精神病院的后墙塌了……看见在交班会上郑重传给门墩的水鸭子孤独地歪在墙角，王满堂心疼地将它扶正，拂去灰尘。自从小儿子进入古建队，他感到对门墩的心思越发地理解不透，对门墩的行为越发地难以驾驭了。退休后，王满堂不常到单位去，古建队副队长大摊儿传过信来，说门墩不好好儿上班，三天打鱼两天晒网，视墙上的考勤表如同虚设，从不往上添一个字……

真是搞不清这孩子是怎么想的。

二儿媳妇李晓莉娶进门来便起火单过，不跟老王家在一个锅里舀饭，倒也省了心。看着老伴儿大妞拖着病病歪歪的身子在水管前吭哧吭哧地用搓板洗衣裳，王满堂心里真是有些不落忍。大半辈子的夫妻，大妞也是奔六十的人了，一脑袋头发黑的没几根了。

周大夫扛着鱼竿，提着一兜鱼进院，周大夫钓鱼去了。退休后的周大夫比王满堂活得舒服自在，门口那个信箱，自从江南小妹妹改主意以后周大夫再没去关注过，六块板掉了两块。已经不是个箱子了。

扛着鱼竿的周大夫站在刘婶家的窗户下很正式地问，刘主任，出国申请表上有街道填写意见一栏，我的政治表现怎么样你们还没研究出来吗？

刘婶出了房门告诉周大夫，事情没有他想的那么简单。出国探亲，尤其是上美国这样的资本主义国家，是件很重要的事情，必须要集体研究。

在这个问题上，大妞有大妞的看法，一个走亲戚，是去看亲妹妹，又不是去投敌叛国，准了不就得了？《四郎探母》里，两国交战还允许探亲呢。

刘婶说世界上的人要是都像大妞这么没原则那就成一锅粥了。大妞说那就是到了共产主义了。

周大夫收拾鱼，见大妞很吃力地洗衣服就说前些日子看见王家买了个双缸洗衣机，干吗不用啊？大妞说那是二儿媳妇的东西……就两件衣裳，不值得动机器，再给人家鼓捣坏了。

周大夫说，你就不怕把你自个儿鼓捣坏了？

桂花领着她的儿子拴驴来了。拴驴年龄跟门墩近似，已经长成个大小伙子了。大妞赶紧把娘儿俩往屋里让，张罗着沏茶倒水。

刘婶在周大夫的鱼盆里拨拉半天，挑出两条小鱼，她要做个鲫鱼汤。

周大夫说，一大早晨就钓来这么几条，架得住你这么拿？

刘婶说，就拿你两条小的。

周大夫说，我炸鱼，小的好吃。

刘婶说，那我换两条大的。说着抄起两条大的回屋。

周大夫说，你怎么跟土匪似的？咱们两家过不着这个。

刘婶说，反正这鱼也不是你花钱买的，明儿再去钓两条。

周大夫说，钓的比买的还贵。

李晓莉起来了。一看见李晓莉，周大夫就知道没好儿，端起盆赶紧往后院走。周大夫哪儿有李晓莉手脚麻利，只见李晓莉不知从哪儿摸出塑料袋，快走几步，从收拾好的盆里拣出两条，说她也是钓鱼爱好者，让周大夫再钓鱼叫上她。

周大夫看两条鱼装进李晓莉的塑料袋说，你在我这盆里钓就行了，还是没肚没鳃的，下锅就能吃。

李晓莉说，周叔您真能开玩笑，现在在商场卖的鱼根本不能吃，养鱼的拿鸡屎当鱼饲料，鱼都是吃屎长大的，味儿能好得了？

周大夫说，你怎么知道我这鱼就不是吃屎长大的？

李晓莉说，您这鱼是从湖里钓来的……是真正绿色食品，吃着放心。李晓莉听见王家正屋有动静，好像是家里来了人。周大夫说临州的桂花带着儿子来了。李晓莉说乡下人进城，十个有九个是来要钱的。周大夫说皇上还有几门穷亲戚呢，他现在盼亲戚，也没亲戚上门，想亲戚，还不让见。

李晓莉说她得躲躲，告诉周大夫，待会儿她婆婆要问她，就说没见着。

周大夫说，没见着你，我的两条鱼哪儿去了？

李晓莉刺溜一下钻得没了影。

如李晓莉预料，桂花果然是替麦子来要钱的。村里要拉电，费用各家出，王家庄穷，除了出河泥，什么也不出，家家都没有多余的钱……问拉电需要多少，桂花说得八百。大妞说没问题，八百块算什么，家里几个人挣钱呢，不比从前了。大妞让桂花先住几天，让拴驴在北京好好儿玩玩。

大妞敲二儿媳妇的门，想让李晓莉帮着出去买点儿菜，哪里有李晓莉的踪影。周大夫让大妞把盆里的鱼拿去，权当应急。大妞不好意思，周大夫说他明天还要去钓，钓鱼的目的不在吃鱼，在于过程……

大妞拿这些杂鱼给临州来的客人烀了一锅侉炖鱼，算是一道正经菜。

八百块钱，把王满堂和大妞难住了。梁子才结婚，把家里几年的积蓄用完不说，还背了亏空。没钱的话不能当着桂花说，桂花是替麦子张的口，从人情、从道理都不能回绝。困难时期，麦子在农村紧衣缩食，给他们省出一口袋红薯干，那是多大的情分哪！人得将心比心。

王满堂和大妞一商量，决定两个人分头上周大夫和刘婶家去借。

王满堂来到周家，把事情说了，周大夫还真没多少积蓄，这些年政治上亏了可他的嘴上没亏，有点儿钱都吃了，一分不攒，过着有今儿没明儿的日子。王满堂说他现在为难极了，怎么也跟老家的人说不出没钱的话。鸭儿妈妈大包大揽地应了，再说没有的话，明摆着是推。依周大夫的主意是让桂花多住些日子，上边最近提出落实错划右派的改正问题，真落实了政策，就会给他补发一大笔钱。

王满堂说给右派平反是猴年马月的事，从这上边取得经济补偿更是不能指望。周大夫说这事快，是邓小平亲手抓的，文件已经到了，今天是礼拜天，他们单位的人说了，明天上午就能给他准信儿。王满堂说就是平了反也不能立马就拿到钱。周大夫说他可以借，理直气壮，名正言顺地借，明天就借，单位没有理由不借给他。

周大夫送王满堂出屋，正好碰上门墩和拴驴从东屋出来，门墩看见王满堂想躲，已经来不及了。门墩的装扮可谓新潮，大蛤蟆镜上贴着商标，花格衬衫，特宽的白色大喇叭裤，手里提着一台双卡录音机，录音机正用最大音量唱着《我们的生活比蜜甜》。拴驴的行头不亚于门墩，中式小褂，下头是与门墩同样的喇叭裤，光脚穿一双乡下的方口大靸鞋，头发抹得直往下流油。

周大夫一见，捂着嘴直不起腰来。

王满堂让门墩把那叽里哇啦的劳什子关了。王满堂说，看看你这德行，走到大街上人家会说我们老王家的祖坟跑了风水。这是人穿的裤子吗？这是给鱼穿的裤子……

刨子手里拿着同样的一条喇叭裤说，三叔给我们一人买了一条，还是化纤的呢。他说不用烫，老是平整的，裤线能削萝卜。

拴驴很爱惜地摸着他的裤子，作为农村青年，他还是头一回穿这高级的裤子。

王满堂问拴驴脑袋上抹了多少花生油。拴驴说，不是花生油，是天鹅牌发蜡，三叔说俺的头发老支棱着，一看就是农村来的大傻，说俺这模样不配给他当跟包，必须把包装改了他才带着俺出去。

王满堂问出哪儿去。拴驴说上香山。

周大夫说，香山鬼见愁的鬼见了您几位得吓得拉稀。

门墩说他们这是新潮。王满堂要打门墩个新潮，说门墩不好好儿上班，作这流氓打扮，让人是可忍孰不可忍。

大妞插了进来说王满堂不要总看不惯年轻人。他年轻的时候比门墩还新潮呢，打腿带得用礼服呢的，穿布鞋得穿黄牛皮底的，夏布小褂两天一浆，白布袜子一天一换，一个梆子脑袋，恨不得一月刮十回，讲究大了！今天孩子穿喇叭裤上个香山就不乐意了，王满堂当初在茶馆泡大鼓妞她说什么来着！

刨子对他爷爷还泡过妞很感兴趣，一个劲儿追问那妞现在在哪儿。

门墩说，这么说我是一蟹不如一蟹，后边的那个蟹。

大妞说，你也别登鼻子上脸。

大妞到刘家来借钱，进门的时候看见套儿在摆弄一台新买来的照相机，白新生和刘婶正帮助套儿收拾行李。白新生告诉大妞套儿考上了电影学院。

一说电影大妞就想到了演电影的明星王心刚，她问套儿是不是跟王心刚在一个单位。套儿说王心刚是八一厂演电影的，他将来是拍电影的，照相的，不是一回事。

大妞说，我说呢，凭你这模样，你要上了电影，全电影院的人都得退票。

套儿说他不至于那么惨。大妞说套儿前锛儿后勺，细篾儿拉的眼睛，蒜头堆的鼻子，再加上这一脸臊疙瘩，跟东岳庙的判官差不多。

套儿说，王大妈，您越嫌我，就是越疼我。

刘家为套儿考上摄影系，给套儿买了一台照相机，一千多块钱，把家底都搭进去了，是福来亲自给挑的德国机子。大妞本来是来借钱，一看这样，只好搭讪着扯其他，再也不好说借钱的话了……

大妞在万般无奈的情况下来找梁子，她对上这儿来不抱任何希望。

李晓莉在镜前瞻前顾后，从镜子里她看见婆婆进来了，一张脸顿时变长了。大妞叫了声晓莉……李晓莉用鼻子嗯了一声，没有一点儿热情。大妞在李晓莉冷漠眼光的威慑下不知说什么好，也不知怎么说好了。

李晓莉说，您也别不好张嘴，我知道乡下那娘儿俩是干吗来的，他们是来要钱的。大凡沾了农村的亲戚，你这儿就是驿站，就是银行，屁大点儿事也跑来找你，好像你是万能的主。我妈说得对，找婆家千万不能找乡下出来的，首先那些杂七杂八的事情就应酬不起。

大妞低声下气地告诉李晓莉，她已经答应人家了。

李晓莉说，这怪您面皮软，拉不下脸。他们张嘴就八百块，狮子大张口，您看我屋里的全部家当值八百不？我和梁子一个月统共才挣七十二，我们就是不吃不喝，一年也凑不上八百。我不像您，明明没有还要充阔佬。

大妞说，我是想你手里有多少就帮多少。大家伙儿凑凑……

李晓莉说，他还得起吗？

大妞说，你要这么说，妈也打不了保票。但是，只要他们给咱们还，无论多少，第一拨总是你的，妈能给你打这个保票。

李晓莉说，您这是拿钱打水漂，别说没有，就是有也不是这种借法……

李晓莉回头看，大妞不知什么时候出去了。

借了一圈没借来，大妞坐在炕沿上，自个儿跟自个儿发愣。怎么办呢，八百块上哪儿弄去啊……

王满堂没有大妞那么心思重，他闲不住，找了个小笤帚，刷砖雕影壁上的干泥。周大夫说过到医院借钱去，那就踏踏实实等他的信儿，办得顺利他今天就能把钱给王满堂借回来。周大夫说了，要补发得给他补九千，王满堂真不知道周大夫这九千该怎么花。跟九千比，预支八百当然是小意思，但是王满堂担心的是人家不给周大夫平反，要那样一切就全泡了汤。周大夫说不可能，中国有名的大右派都恢复名誉了，他一个选举出来的，带有舍己救人性质的挂名右派，不值当国家为他单独成立一个残留右派管理委员会。

老石和大摊儿来看王满堂了。大摊儿见王满堂在清理糊过泥的影壁，就帮着师傅干。小扫帚掠过影壁上那只活泼的兔儿，大摊的手停了，他抚摸着小兔想起了老剩儿，半天说不出一句话。

王满堂说，我每天出来进去，一看见这只兔就想起他。多少年了，他天天在这儿看着我，跟我说，师傅，您得好好儿的。我就说，你就在这儿歇着，哪儿也别去，师傅跟你就伴儿。

大家就都看那只兔儿。

老石和大摊儿是为门墩来的。老石拿出一张病假条给王满堂，假条上面写着：王国强二度心衰。

王满堂气得哆嗦，用不着他说什么，明眼人一看假条就是假的。

大摊儿说，门墩是个聪明的孩子，近几个月没上过几天班，昨天又让刨子送来张假条，说已经病得起不来炕了……

据王满堂所知，门墩天天上班，早出晚归的，见天儿回来累得贼死，让他妈给开小灶，别人吃一条小鲫瓜，他得吃五条。老石他们也想着门墩不会在炕上躺着，队里有人反映门墩在外面干私活儿，具体说是给一个叫老万的商人盖四合院，手底下纠集了几个青工，其中也有刨子，成立了一个小包工队了。他们今天特意来“探望病人”，果然，一切都在预料之中。

王满堂说，门墩胆子不小！这搁“隆记”，是要除名的。

老石说还是以教育为主，也不光是门墩，眼下青工很多都不安心本职工作，尤其是建筑行，嫌这行苦，嫌挣得少……王满堂感叹地说，当初刚解放，咱们古建队修午门四个角亭子，修东直门，修角楼，活儿多苦，也都是年轻人干的。他那个时候就没人嫌累，没人嫌挣钱少，现在真是人心不古了。

当务之急是要加强青工思想教育，让他们热爱本职工作。老石希望在这一点上王满堂能配合队里，把工作做好。王满堂说没问题，队里拿门墩开刀，他决不挡着拦着。

王满堂从大摊儿那儿还得知，后院修东屋用的沙石木料，油漆玻璃，大部分都是门墩从队里拿的。王满堂当时脸就涨得通红，就好像他自己偷了队里的东西让人当场抓住一样，臊得抬不起头来。他一辈子堂堂正正，老教育别人“平不过水，直不过线”，自己的儿子倒七扭八歪，丢人丢大发了！

王满堂说门墩偷了队里多少东西，他照价赔偿，这个月从他的工资里扣，这月不够下月接着扣。王满堂说他干了一辈子泥瓦匠，没捎带过一把沙子，没拿过一块砖，没想到……他一直以为他跟梁子一样，修房是从铺子里买来的料，谁想……都是偷的……

桂花闲着没事，替大妞把所有的被子都拆洗了。大妞在院子里帮着桂花将许多被单晾开。桂花说她想尽快就回去。大妞听了心里一急，说拴驴还没有去过颐和园……

王满堂送老石他们回来，在院里喊，鸭她妈，你准备钱吧！

大妞奇怪地看着王满堂，王满堂气急败坏地说，你那个宝贝儿子翻盖后院东屋的料都是偷的！队里今天找上门来了，现在各队都施行了经济承包责任制，这钱是无论如何得给人家补上。

大妞问得多少？王满堂说少说也得几千。大妞一听傻了，气立刻就喘不上来了。桂花见大妞这样，慌了，问要不要上医院？王满堂说不碍事，这是老毛病了，一会儿就过来了。大妞靠着王满堂坐下来，王满堂用手摩挲大妞的胸口，桂花端来热水，王满堂接过水，用嘴吹了，细心地一点点喂进大妞的嘴里。

一阵风吹来，吹动大妞鬓间零乱的白发，几片黄叶飘下。

台阶上，一派老夫老妻相濡以沫的晚景。

这情景感动了南屋的刘婶。刘婶抬头望去，北京秋日晴朗的天空，枣树叶子已经发黄脱落。刘婶突然感到了自己的孤单……刘婶端着一碗热牛奶给大妞送过来，大妞靠在床上说她已经好多了，当时不知怎么的眼睛一阵发黑……刘婶让大妞喝点儿奶，说大妞是营养不够，有好吃的都让给孩子们吃了，亏了自己。儿孙自有儿孙福，莫为儿孙做马牛。事到今天，她也看出来了，千好万好，不如自己的老伴儿好，这个知心，那个知心，不如自己的老伴儿知心。

话不知怎的由门墩说到了老萧。大妞说后来还给老萧寄了几回东西都给退回来了，说是查无此人。自从他走，大概就是第一回寄的棉裤没给退回来，说是上昆仑山了，昆仑山在哪儿呢？是死是活，没人说得清。什么封建迷信，什么卫道士，搁今天看算什么呀？和灯盏胡同隔了一条街的雍和宫，现在那里头烧香磕头的人挤人，能说那些人都是封建迷信的卫道士？

刘婶说时代不一样了，人的思想也在变，用现在的眼光看过去就是个笑话。当初把老萧挤对成那样，不光满堂心里过不去，就是她心里也觉着自己不对……

传来周大夫的哭声，呜呜的，哭得无遮无挡，肆无忌惮。刘婶快步来到后院，只见周大夫靠在椅子上，放纵着大声痛哭，王满堂在他的身边也不劝阻，由着周大夫去哭。刘婶一打听，事情是这样的，周大夫今天到单位去开右派的平反会，单位的人说，平反的右派名单中不包括周大夫，因为在他的档案里，根本没见着右派的材料。也就是说，周大夫压根不是个右派。二十多年的水深火热，二十多年的风风雨雨，原来全是空的，是人生的一场玩笑。

玩不起的玩笑。

王满堂说时间都过去了，抓是抓不回来了。刘婶说，那就只剩下哭了……

大妞听了周大夫的事，也伤感了半天。她知道跟周大夫借钱的事儿是彻底黄了，周大夫连右派都没当上，这补发工资的事就不能按右派而论，得入另册单说着了。

香山一族举着一枝枝红叶闹哄哄回来了，正摆饭桌的桂花问拴驴手里的匣子怎么不唱了？门墩说没电池了。问吃什么。桂花说醋熘白菜、红烧肉。门墩说他要喝豆粥，桂花说现在熬粥来不及了。

王满堂从里间出来吼道，什么饭也没你的份儿，我今天得跟你算总账！

热热闹闹的外间屋立即安静下来。

门墩趴在刨子耳边说了些什么。

王满堂怒气冲冲，连推带搡，将门墩推出门去。门墩临出门对桂花说，你现在熬豆粥我还来得及喝。

刨子受了门墩嘱咐，跑到里间对大妞说，奶奶，我三叔让您十分钟以后去看看他。

大妞说，我不去！这回就让他挨死打，他活该。你也甭想躲过去，这里头你也脱不了干系，他的一切你都知道，连那假条都是你给送的。

刨子说他本人挨不挨打在其次，奶奶不看三叔也得看看爷爷，爷爷有高血压，爷爷今天是真生气了，就是把三叔打残了，都不是什么大事，万一爷爷要是坐那儿起不来，那可比三叔残了还让人抓瞎。大妞让刨子一煽，说她还真得瞅瞅去。

大妞来到后院东屋，推门一看，门墩脸上一块乌青，正坐在王满堂对面往鼻子里塞卫生纸。大妞说，这么快就打完了？

门墩说，不用讲理，没有铺垫，直奔主题，上来就揍，能不快吗？

大妞看着门墩的鼻子说，流血啦！死老头子，你怎么打他的脸？

王满堂说，你问问他有脸没脸？

大妞说，你让孩子这样怎么出门？

王满堂说，就这样出门，明天给我老老实实上班去。

门墩说，您打我，我可没说什么，打是您的专利，这上班是我的专利，咱们各有各的范围，谁也别干涉谁。

王满堂问什么是专利。

门墩说，连专利都不懂，您就没资格跟我对话。

王满堂说，还对话，甭拿新名词吓唬我。名词再怎么变，我是你爸爸，这一万年也变不了，任何新名词也代替不了。

门墩说，封建家长作风，俗，真俗！社会都进步到无性繁殖时代了，还“我是你爸爸”呢！

大妞说，他可不就是你爸爸吗？到了 90 年代也是你爸爸。

门墩说，我没有否认血缘关系，但是不能拿血缘关系来压人。我们应该讲道理，打是不能解决问题的。

大妞说，孩子说的在理，有话好好儿说。

王满堂说，你甭上他这圈套，他这是绕你呢。

门墩说，我干吗要绕？我已经说得再清楚不过了，上班是我的专利，我想上就上，不想上就不上。就跟您似的，想打我就打得我眼冒金星，鼻子蹿血，不想打了就坐这儿抽烟，我说您什么了？

王满堂说，你甭贫，明天给我上班去！再给队里交两份检查，先说说动机，再找思想根源、社会根源、历史根源……两件事，偷材料和交假病假条，分开了说。

门墩说，您都快成刘婶了，动不动就是检查！我长这么大，还没写过检查呢！这根源，那根源，钱是最大的根源。

王满堂吃惊地看着门墩。

门墩说，没钱是万万不行的。

大妞说，可不，没钱是万万不行的。

门墩说，我在队里，一个月的工资是三十二块五，每天平均一块钱。我给老万盖房，全工程给他包下来，净挣一万六，也就是一个月的活儿，您算算哪个划得来？

大妞说，当然是给老万干。

王满堂说，你糊涂，他是国家的正式工人，出去包零活儿算怎么档子事？

门墩说，我情愿不当国家的正式工人。

王满堂说，你说什么？你再说一遍！

门墩说，我就是要过得好一点儿，这没有错吧？这也是政府对每一个中华人民共和国公民的承诺。

王满堂说，光谈政府对你的承诺，你怎么不提你对政府的承诺？我们那时候最讲究的就是做人的信用，为了钱就跳槽，走到哪儿人家都看不起。

门墩说，您那些念念不忘"隆记"的美德只能是历史的自豪了，这些自豪也只属于您这一代人，跟我们没有关系。

王满堂说，放屁！

门墩说，说不过就骂人，这也是您的悲剧。好在我不在乎，有人说目前社会已经进步到喜欢听骂的全新历史时期，我认为这话没错。

王满堂生气地拿起烟袋站起身就走。

门墩说，您不再坐会儿？

大妞说，你把你爸爸气坏了，他真有个三长两短，你让妈靠谁去？

门墩说，靠我。

大妞说，靠你我得喝西北风。快让妈看看，鼻子还流血不？啧，啧，你说这老头子他怎么就下得去手？

门墩说，从小我爸就不待见我，说我是堵青皮墙，明儿我得查查我是不是他亲儿子。

大妞说，胡说，你不是他亲儿子，我是怎么档子事！

门墩撒娇地说，妈，您是我的亲妈，甭管我爸是谁，您永远是我妈。

门墩从柜里拿出一沓钱给大妞，说这是老万给的定金三千块，他知道他妈这几天为钱急得上火。大妞不敢要这钱。门墩对他妈发誓，这钱是他凭力气挣来的，一分一厘都干净清楚。

大妞说要？门墩说要。

大妞说，那妈就要。妈还是头回见这么多钱。

门墩说，妈，往后您就敞开了花吧，您儿子给您去挣。

刨子探进脑袋告诉三叔，他的豆粥熟了。

门墩打听出父亲让他气得到西口小铺喝酒去了，这才放心大胆青着半边脸，腆着肚子大爷一样地跟着刨子到前院来喝粥。桂花将一大碗黏稠热乎的红豆粥端到门墩跟前，门墩问有没有朝鲜辣菜丝？小酱黄瓜也行。桂花没找着辣菜丝，只找到一根老腌萝卜。门墩说也凑合了，就抱着一碗粥呼噜呼噜地喝，烫得直龇牙咧嘴。

梁子不知为什么事回来晚了，李晓莉是不会为他二进厨房的，所以也到妈这儿来蹭饭。梁子让刨子给他来一大碗粥，指明要稠的，要那个蓝边海碗。谁都知道，那一海碗下去就是半锅粥。

门墩有些看不过眼。门墩说，你这是第几回蹭了？你那屋省一顿也省不出个金元宝来，就你那个小市民出身的李晓莉，挣一个恨不得攒俩，大耙子就知道往里划拉，见事就躲，见便宜就占，在院里活得连个人缘都没有，出来进去整个儿一希特勒。

梁子不愿意搭理门墩。他知道只要跟门墩一过招，输的准是他。梁子问爸上哪儿了，大妞说上酒铺喝酒去了，梁子说怪道家里这么安静。

门墩说，你看看我这张脸，为安静付出了多么惨痛的代价。

梁子说，活该！

大妞问梁子这么晚才回来，是不是又进货去了。梁子说是听文学讲座去了。

门墩说，当诗人的心还没死哪？人家说哀莫大于心死，我看应该是哀莫大于心不死。也别说，您整天倒腾的那些铁锅啦，黄土啦，草绳子啦，里头也说不准能翻出一两句诗来。

梁子让大妞猜他今天听的是谁的报告。大妞猜不着。梁子说，是马伟。他还记得我哪，我把当年他给我写的信给他看，他哭了。

门墩说，甭说，你也哭了。

梁子说，你怎么知道？

门墩说，但凡能进这个圈子的害的都是一路病，症状差不多。

梁子问看电视的拴驴怎么不吃。拴驴说他就爱看电视。刨子说刚才一大碗红烧肉，谁都没夹两块，全让拴驴一人吃了，他哪儿还喝得下去什么粥。

拴驴说，俺有三大爱好，第一是爱吃肉，第二还是爱吃肉，第三……门墩说还是爱吃肉。拴驴说不对，第三他爱钱。

梁子跟桂花谈起了修缮故宫角楼时，霜降姐夫送来的临州金砖。梁子说临州既然有黄河细土，干吗不充分利用它们来烧砖？桂花说制金砖的手艺只有麦子姑家的人会，也成立过砖厂，当年让上边割尾巴给割了。那时候全是手工制作，古建队用得量少，还能做出来，要是大批生产就得等拉上电了。麦子姑也有想法，跟大伙儿商量着办厂，现在国家给了政策，说是可以私人办企业了。梁子认为这是一条致富的路子，从销路来说，他们土特产门市部能经营白灰、黄土就能经营砖头。

王满堂为门墩的事来到了古建队的办公室。办公室的墙上，很明显的位置挂着美国某市建造的中国牌楼照片，这就是柱子他们的施工队最近在美国建筑的项目之一。金碧辉煌，龙凤合玺的中国牌楼，在阳光下光彩照人，熠熠生辉，把周围的楼房比得没了颜色。

古建队现在改为古建公司了，下边成立了几个分公司，各公司经济单独核算，一切都与王满堂在的时候不一样了。大摊儿现在是总公司的经理，管的摊子真成了大摊儿，忙多了。师徒俩见面，自然说了不少过去的老事，后来大摊儿拿出了老萧当年的笔记本，说这个东西还是在王满堂那儿搁着合适，档案部门说这个本子归不了档。

王满堂百感交集地接过本子。本子还是原来那个小本，老萧却已经不知所终，一晃十几年过去了，物是人非，王满堂一个劲儿地责备自己……怪我，还是怪我……

大摊儿让师傅以后没事就常来公司，要找他就照着名片上的号码打电话，上边是公司的电话，老有人值班，下边是家里的电话，媳妇老在家。

王满堂说，我要抓门墩那个小兔崽子也是这个电话？

大摊儿说他要跟师傅说的也正是门墩的事情，门墩已经快三个月没上班了，下边反映很大。有几个青工跟着他学，上班三天打鱼，两天晒网，把公家的事不当事干。老石已经退了，昨天新上任的书记跟他谈过了，要整顿纪律，打击不正之风，特别提出了门墩的事，看起来不处理不行了。

王满堂说要处理门墩，怎么处分都行，千万别把他开除了。他闹是闹，可他的手艺在年轻人中间可是拔尖儿的。

大摊儿不说话，只是抽烟。

王满堂说，大摊儿，你我师徒多年，你也知道，师傅从来不张嘴求人，这回你就看在师傅的分儿上，看在你师母疼你的分儿上，让门墩留下来。

大摊儿说，师傅，您这是何苦？这么大的事，连门墩本人都不出面，您替他求情，师傅，党委会都研究过了……

王满堂说，师傅也知道这么低三下四的丢人，谁让师傅养了这么一个不争气的儿子呢？好在师傅不是跟外人，是跟自己的徒弟。大摊儿，不说别的了，你就看看墙上的这个彩牌楼，念柱子领着一帮人在国外为咱们公司争光露脸的辛苦上，给他的兄弟一次机会。

大摊儿很为难地说，师傅，要不您让门墩来队上一趟，我最后再跟他谈谈。

王满堂说，行，我一准儿让他给你认错，在全体大会上做检讨。

电话响，大摊儿接电话，撂下电话大摊儿让王满堂再坐会儿，说马上给他看一件东西。一会儿有秘书将一张纸交给大摊儿，大摊儿看也不看，照直递给王满堂。

王满堂低头一看，吓了一跳。

是王国强的辞职申请。

第九章

早晨，梁子上厕所，在院里遇到刘婶。刘婶对梁子家的电视有意见，都半夜了还哇啦哇啦的，影响大家休息。梁子不好意思地说是李晓莉，她爱看香港武打片，电视里的打斗都是带响的，还爱哇哇地喊叫。以后晚上他一定把电视声音关小点儿，尽量不影响大家。梁子又邀请刘婶没事来他的屋里看带色儿的，说带色儿的看起来跟黑白的感觉不一样，比电影好看。

屋里传来李晓莉尖锐、不耐烦的声音，梁子！

梁子答应一声赶快进屋了。

屋里，正描眉画眼的李晓莉说，你跟他们嚼什么舌头？你看刘老婆子那德行，谁家的事她都打听；谁家什么事都有她一出，整个儿一克格勃。

梁子说了院里街坊嫌电视声音太大的事，李晓莉说她都听见了。那些人是嫉妒，是气人有，笑人无。全院就他们家买了彩电，有些人心里当然不忿儿了。李晓莉告诉梁子，以后院里的事少掺和，全是些没档次的小市民。

梁子说，你有档次，你有档次你看看现在院里的街坊谁还上咱们家来？我几次让人家上咱们屋里来看电视，人家谁也不来，都憷你！你让我见了老街坊们都不敢抬头。

李晓莉说，不来更好，更清静。咱们家又不是电影院，他们来了，我伺候茶水，还得白搭电钱，我犯得着吗？我顶讨厌的就是跟这些小市民们扯些鸡毛蒜皮。

梁子说，你妈是卖豆汁的，你爸是摆烟摊的，你们家难道就不鸡毛蒜皮？

李晓莉说，大早晨起来你就跟我斗嘴是什么意思？我不说你就是了。别人家的男人下班回来，绑个墩布啊，用铁丝窝个衣服架子啊，这儿修修，那儿补补，这才叫男人，这才叫过日子。你倒好，成天写你那破诗，坐在灯底下咬牙切齿地生憋，整个儿一便秘。

梁子说，你便秘！

李晓莉说，你便秘！说着抄起梁子的诗歌本子就撕。

梁子不干，上去就抢，把个脸盆架子碰倒了。刘婶在院里听着西屋踢里哐啷的声音笑着说，这刚才还于无声处呢，眨眼就听了惊雷了。

周大夫扫着院子说，我是没儿子……话音未落，一个很厚的被撕得乱七八糟的笔记本从屋里飞出来，砸在周大夫身上。梁子紧跟着从里面奔出，心疼地整理着零乱的笔记本说，这都是我的心血，你懂个屁！

周大夫蹲下来帮梁子整理散落在地上的纸张。梁子眼泪汪汪拾起几页撕了的纸说这都是他在刘家河插队的时候写的……是他生命的写照……

周大夫接过撕烂的写照，上面是几行用自制墨水写的句子：

黄土峁峁难长草，好地方！
十个工分六分钱，好生活！
春联全靠大碗扣，好新奇！
种地走出二十里，好精神！
脱了棉袄掐虱子，好痛快！
战天斗地改面貌，好气派！
…………

周大夫说下头还没完呢？梁子带着哭腔说让李晓莉扔得找不着了。周大夫让梁子别急，说你先上你的班去，我在家慢慢儿给你糊上，这不就结了。

梁子说，您知道谁挨着谁呀？

周大夫说，要是粘错了位置还能顺着念下来，说明它更是好诗，是放之四海而皆准的好诗。

刨子正往自家的黑白电视上贴彩色硬片。硬片是他花五块钱从电器商店买来的，据说贴上可以产生彩色效果。刨子听二叔那边又打起来了，就问他奶奶过不过去看看。大妞不去，也不许刨子去。

刨子说他二叔够惨的，书都让人撕了。大妞让刨子记着，往后娶媳妇，先看丈母娘怎么样，丈母娘要是混蛋，她闺女也好不到哪儿去。刨子说他将来娶媳妇让奶奶给挑，奶奶比他有经验。一句话把大妞说得心花怒放。

大妞问刨子这几天怎么没给姓万的盖四合院去。刨子说姓万的没经验，把工钱全给付清了，三叔就拿着大伙儿这笔钱上了广州，说是算大家入了他的伙，他赚了人人有份儿，不会亏待了大家。

大妞这才知道门墩上广州敢情是拿了大伙儿的工钱，才知道门墩为什么跟脚底下抹了油似的，跑得那么快。大妞替门墩担心，老万那个没完的工程怎么办？

刨子说，他三叔说了，姓万的也不是个地道人。前几年偷渡到香港，后来又混到国外，手里有了几个臭钱，就不知姓什么了。在外头有老婆，在北京又找了个小的，这房是给那个小的准备的，三叔说得整整那个老兔崽子，不能给他盖完。

大妞问剩下的活儿怎么办？刨子说，大活儿都完了，就剩了影壁上的砖雕，那个活儿我干不了，三叔给姓万的雕了一半就搁那儿了。这几天姓万的正四处找我呢，他找着我，我也没辙。

大妞骂门墩是个招事的祖宗。

斧子拿着书从护城河边念外语回来，边看边走，与刘婶和周大夫擦肩而过。刘婶说，谁呀，这么大的谱，也不知道叫个人？斧子赶紧抬头叫刘奶奶，周爷爷。

刘婶说，我一看就知道你不是刨子，别看你们俩长得一样，做派可大不相同。

斧子说，我好静，他好动。

刘婶说，还不全是这样。

这时，商人老万开着一辆小面包寻到了九号门口。老万从车上下来，一眼看到了斧子，就一把拽住斧子说，我这回看你们再往哪里躲。

斧子在老万的手里挣扎，脸也吓白了，使劲喊奶奶。

老万说，叫你奶奶也没用，要不你给我把活儿干完，要不就跟我上法院。

刘婶说，慢着，我是灯盏胡同居委会的治保主任，这片的治安归我整治，你要拉人也得说出个道理来。

周大夫也说光天化日下不能想拉人就拉人，就是想打架也不是这种打法。正说着王满堂由街上托着几个油饼回来，斧子见了王满堂如同见了救星，说这人要绑架他。

老万说，怎么是绑架？我并没有绑架你，是你要躲，我才抓的。正好你的祖父和街道领导也在这里，我们评评理。

王满堂问到底怎么回事。老万说他在大红门盖了一处房子，还有个影壁没有完工，那个叫王国强的工头就跑掉了，找也没地方找，眼前这个是工头的侄子，他找不着工头就找他的侄子。王满堂问什么样的影壁。老万指着九号的影壁说就是这样的影壁，他让那位国强先生雕些个龙和凤凰，他却给他雕了半个影壁的乌龟和青蛙，完全没有按合同做事情，这样不守信誉以后还怎么和客户打交道。

王满堂说，你想雕龙和凤？

老万说他就喜欢龙和凤凰，龙凤呈祥，皇宫里到处是龙和凤。

王满堂说，龙和凤岂是你能使用的图案，给你雕个福、禄、寿就算顶天了。

老万说，什么福禄寿，我不要，我就要龙和凤，我出了钱，我说雕什么就得给我雕什么。那一墙的青蛙，我不需要。

王满堂让老万先回去，等门墩回来再说。老万说他要求按日子完工，要不然，他要罚款。王满堂说他还想罚王国强的款呢，他现在都不知道上哪儿去找王国强。老万说跑得了和尚跑不了庙，他今天就是要把这个侄子抓去，让他把活儿干完，直到他满意了才能放他回来。

老万朝车里打了个招呼，呼啦啦，从小车里出来三个精壮大汉，一个个捋胳膊，挽袖子，逼压过来。

刘婶说，这是要干什么，你们要在治保主任跟前打架吗?!

大汉们向斧子走过来，斧子吓得腿都软了，直往王满堂身后躲，说他是斧子，是大学生，不会雕砖头。

周大夫说，有话好好儿说，影壁上不就还缺几个王八吗？我们补上就是了。

刨子和大妞出来，刨子说，老万，你不就是冲我来的吗？你抓我弟弟干吗？

老万和众汉一看有两个一模一样的小子，愣了。汉子们问老板，带哪个？老万说都带。大妞说，我当是什么人物呢，原来是几个小混混在这儿起哄。这样的主儿我们老赵家过去见得多了，我们不跟使唤人说话，我们要跟老万说话，哪个是老万哪？老万说他就是老万。大妞说，我爸爸过去老说，树小墙新画不古，此人必定内务府。就是说的你这样的。一百年过去了，什么都变了，怎么你还没变呢？吆了这么几个人上平民百姓家门口来奓翅，好玩是怎么的……

大妞叉着腰，虎视眈眈地向一群人走过去。

大汉们一步步后退。

大妞盯住一个，并不动手，直看得那个汉子头皮发麻说，姥姥，您饶了我吧！

王满堂问大红门的影壁还差多少，老万说差半拉。王满堂说他去给补上。老万有些吃不透，不知王满堂的底细，不敢轻易答应。

周大夫说，算你有福气，你知道这位是谁？这位是王国强的老子，原古建队的老队长，有一手砖雕绝活儿的八级技工王满堂，给你修影壁是高抬了你。

老万大吃一惊，说他是有眼不识泰山，老将出马，他可以加钱。问王满堂要多少，刨子接口说这事得跟经纪人商量。

老万让王满堂给他雕龙和凤。王满堂说不雕。老万说，要不就雕你们家这样的。

王满堂说，我们家这是有品级，带顶子的，你是几品？

老万说他有钱，他的钱很多。王满堂说，钱是王八蛋！老万问王满堂要给他雕什么，王满堂说雕蝎子、长虫、蜈蚣。老万说全是虫子，他不要。周大夫说老万这就是外行了，这叫五毒，是避邪的。老万说避邪的好，就雕长虫，问王满堂什么时候来。

王满堂答应礼拜一。

坠儿准备出版一本名字叫做《中国古代建筑研究》的书，要交八千块钱。这让坠儿很为难，以她每月有限的工资，她没地方弄这笔钱去。王满堂说出书是正事，特别是出古建方面的书，是他想了一辈子而又干不成的事，他这回无论如何要帮闺女一把。

大妞认为出书是次要的，顶要紧的是坠儿得赶紧谈个对象了，都小四十了，还要拖到什么时候呢？

在一家人为出书而商议的时候，刘婶推开门，探了探头，回身招呼说，进来，进来呀，让大伙儿看看。

随着刘婶的召唤，白新生穿着一身白旗袍，打扮得光彩照人地走了进来。虽然已近花甲，仍是当年风韵犹存的大鼓妞。

王满堂不禁脱口而出，筱粉蝶！

大妞和孩子们都惊呆了！他们从来没有看见过白新生一个在刘家悄无生息的媳妇还有这么光彩的一面。刘婶说新生这身打扮，这做派，全北京再找不出第二份。这衣裳还是几十年前的老货，一直压在箱子底，没穿过，就这做工，北京现在的裁缝是做不出来的。斧子说这打扮能上台演出。刘婶说新生还就是要上台演出，参加商业系统职工汇演，电视台还要现场直播。

王满堂问白新生是不是还唱京韵大鼓，白新生说除了这个她不会唱别的。白新生说她想唱《丑末寅初》。王满堂说《丑末寅初》他也很喜欢，开头的词现在还记得。说着就摇头晃脑地唱：

丑末寅初，日转扶桑，
我猛抬头，见天上星，
星共斗，斗和辰，
它是渺渺茫茫，恍恍忽忽，密密匝匝，
直冲霄汉哪，减去了辉煌……

刨子、斧子热烈地给他们的爷爷鼓掌。大妞说，别的记不住，就这些记得清。

白新生说，我干爹是品大鼓的行家，他唱的《剑阁闻铃》，比我们门里人唱得都好……到如今言犹在耳人何处，几度思量几恸情……

从《剑阁闻铃》想起了老萧，一时谁都无话。

礼拜一，是王满堂定好给老万雕影壁的日子。

早晨王满堂就嘱咐两个孙子，今天干活儿要麻利点儿，争取一天给那个姓万的把活儿干完了。刨子说，今天不能给姓万的白干，他既然要给钱，咱们就要，要了钱就给坠儿姑姑出书，给坠儿姑姑出了书就是给古建行办了件大好事。刨子说关于讲价的事情让王满堂交给他，王满堂不要出面。王满堂同意，王满堂干王满堂的活儿，刨子讲刨子的价，但是刨子不能漫天要价。

刨子说，您怕钱多了咬手吗?

斧子提议，把这次行动，叫做“建筑出版基金义干”。王满堂问义干是什么，斧子说现在社会上有义演、义卖，咱们就是义干。

刨子说，待会儿到了老万家，千万不要说什么义干的话，别急着干活儿，等我把价砍下来再抄家伙。干的时候得沉着劲，让他看着你在给他加紧干，可还不出活儿，这一切以我的指示行事。半拉影壁，按爷爷的话说麻利点儿，一天也就完了。你真一天要把活儿干完了，你也就不值钱了。一天的活儿咱们得按着一礼拜的工夫给他拖，这样顾主才觉着没白请你来。

王满堂说，我还没这么干过活儿。

刨子说，您以前都是给公家干，咱们这是对私人，有钱的私人。

王满堂说，我解放以前给大宅门里干，也没费这么大精神。

刨子说，那是您的觉悟不高。

大门口传来汽车喇叭声，老万派人来接了。

刨子让斧子和王满堂沉住气，让斧子给王满堂端着小茶壶，拿着烟袋。王满堂说，我现在不抽旱烟了，我抽烟卷。

刨子让王满堂把“哈德门”先收收，说今儿个千万别露“哈德门”，掉价。王满堂说抽烟袋锅子更掉价。刨子说，这您不懂，这叫派！您到了那儿，老装着看不惯，生气，难伺候的样儿，千万别给那姓万的笑脸。

王满堂说，装一礼拜，我累不累呀?!

刨子说，您就当是为了给坠儿姑姑演回戏。

王满堂问刨子什么时候学会了这一套？刨子说跟着三叔在实践中学的，不能说他们的都错。刨子又让奶奶把爷爷的夹袄拿来，大妞说什么天气啊，还穿夹袄，捂汗包吗？

刨子说，您就拿来吧，这是道具。

九号门口停着两辆小汽车。

一辆是接周大夫去会诊的，一辆是接王满堂去修影壁的。

王满堂在刨子、斧子的簇拥下走出院门。王满堂头刮得精光，穿着对襟白绸子小褂，青布缅裆上腰裤，尖口黄牛皮底布鞋，这一身打扮，仿佛竟使时光一下倒退了几十年。一对长得一模一样的双胞胎，一左一右，一个手里端着茶壶，托着烟袋，一个胳膊上搭着夹袄，提着小椅子，烘托出老爷子王满堂的师爷派头。

紧接着王满堂出门的是周大夫。周大夫一身灰毛料西装，夹着皮包，小背头梳得倍儿亮，鼻子上架着金丝眼镜，风度翩翩，很有点儿国民党军医做派。

可惜，当时时间尚早，胡同里行人不多，没有几个人见到九号门口这精彩的一幕。倒是衣冠不整，邋里邋遢，左右脚拖鞋各异，颇具“名士派”风度的套儿，上东直门立交桥上看日出回来，正好要进门，见到门口情景，兴奋惊呼：是不是要拍电影啊！

两辆汽车里的司机各自从车里出来。

甲司机说，我是接王老去大红门修影壁的。

乙司机说，我是接周老到市立医院参加会诊的。

套儿说，等等再走，我去拿机子。说罢飞快向院里跑去。

王满堂说，老周晚上见。

周大夫说，老王晚上见。

两人各自上了小车。小车一东一西，驶出胡同。

套儿掂着照相机跑出，只有东、西两股汽车尾烟。

王满堂给商人老万干了一个礼拜，不多不少，拿回来八千块钱。八千块，厚厚的一沓，很有些分量。双胞胎趴在桌边很得意地看那些钱在奶奶手里笨拙地一张张数过。大妞说她这辈子还从没数过这么些钱，手指头都捻麻了。刨子说他奶奶的手指头应该多麻几回才好。

大妞说刨子也真敢要，张口就是八千。刨子说他本来想要一万，爷爷死活不让，爷爷说这点活儿连一百也不值。王满堂说不是坠儿出书，他连这八千也不让拿。大妞说往后跟人讲价，就别让你爷爷出面，光让他干活儿就行了。王满堂说他以后再不会干这种事了，不管谁给多少，他也不会去。他是国家正式退休职工，拿着公家退休金再干私活儿，让外人看着，你们家是过不下去了怎么的？让老家儿退了休还出去奔饭吃。大妞说只要干得动，不偷不抢，钱多了不烫手。

王满堂又装了一袋烟，吧嗒吧嗒抽得挺来劲。王满堂决定以后还是抽这个，这个到底比“哈德门”够味儿。

大妞说，是够味儿，能把人呛死。

王满堂说，你跟了我这么些年，也没见呛死你一回。

刘婶在院里风风火火地喊，快开电视，该新生出场了！

刨子问哪个台。刘婶说北京台，当然是北京台。刨子开电视，黑白电视嗞嗞啦啦的不清楚，再加上什么彩色片，屏幕上乱成了一锅粥。斧子调天线，大妞说不能调天线，得动微调。捣鼓了半天，电视也没有什么起色，刨子提议干脆上二叔屋里去看。大妞让斧子先过去侦察一下，看看李晓莉是不是又在闹脾气，要是她在犯病，就趁早别惹她。

转眼斧子回来了，告诉大家李晓莉回娘家了，于是一家人出了正屋奔西屋，上梁子的屋看彩电来了。梁子热情地欢迎大家，从柜里拿出了瓜子，还要给他爸爸沏茶。

刘婶一路小跑又奔向后院，叫周大夫，快上梁子屋来看他们家彩色的新生！

其实离白新生出来的时间还早，心急的刘婶给大家打了一个很大的提前量。大家在电视前坐着，边看边嗑瓜子，王满堂还是抽他的大旱烟袋，弄得满屋子都是烟。斧子问瓜子皮往哪儿扔，梁子说就往地上扔。刨子说这样痛快，待会儿他帮着二叔扫。

大妞坐在沙发上喝着茶对梁子说，这样热热闹闹、亲亲热热的才像一家人。以往，你这屋我都不敢进，我刚一往你门口走，你媳妇的脸就掉下来了。

电视里在表演独唱“军港的夜，静悄悄”。

斧子问套儿他妈怎么还不出场。王满堂说白新生那样的腕儿得搁在最后唱大轴。

门墩用老万给的施工钱跑了一趟广州，趸了不少衣服回来，背着一个特大包袱进了院，一屁股坐在台阶上，累得一点儿劲都没有了。院里没人，看看自家的屋也是黑的，只有梁子的屋里满是笑语欢声。

门墩朝梁子屋喊了几嗓子，没人应声。门墩自言自语地说，朕千里迢迢从广州奔了回来，竟他妈没人接驾。又冲着西屋大声喊，接驾——

还是没人出来。

门墩只好自己把东西弄进去。李晓莉推着车从娘家回来，看见门墩往后院屋里运衣服，李晓莉说门墩这回上广东一定赚了不少。门墩说只是把那边时兴的衣服各样趸回两件来。李晓莉一听眼睛就亮了，说广州的衣服洋气，穿上它就像香港人一样，走哪儿人家都拿另一种眼光看你，那个感觉特别好。再早，兴上海样子，现在上海的不行了，一穿上就看出是沿海小市民的样子，没有气质。李晓莉说在门墩将服装卖出去之前，得让她把衣服先挑一遍。门墩问挑上了给钱不给，李晓莉说按进价给。门墩说那样他不是白跑了一趟。李晓莉说谁让你是我小叔子呢，整个老王家，她最最喜欢的就是门墩。

门墩说，那您跟我哥离婚，嫁给我得了，我保证您天天穿新衣服。

李晓莉看见自家的门开着，灯开着，电视的声音放得很足，就嗔着梁子费电，气冲冲向自家走去。

电视里，穿旗袍的白新生正款款地敲起鼓，不慌不忙，一招一式一看便是行家，是训练有素的。

周大夫说，让她卖酱油醋是亏了她。

刘婶说，化了妆这么一看，我们新生也就三十多岁。

王满堂说，底盘好，美人不老。

白新生唱的是《风雨归舟》，多少年不唱了，嗓子仍旧很亮，一句“获金鳞渔翁摆桨荡归舟”唱出了京韵大鼓的势，唱出了京韵大鼓的韵。王满堂短而有力地叫了一声好，斧子也学他爷爷来了一嗓子，好——

王满堂说，你拉着长声喊那是叫倒好呢，是轰人家下台。叫好也得懂行，得赶着寸劲叫到拍子上，要不然人家会说你是怯勺。

周大夫说，味儿真足。

李晓莉进来了说，味儿是够足了，满屋子烟，一进屋都辣眼睛。

众人一看李晓莉进门，除了两个孩子，其余的人都有些不安。

李晓莉说，看吧，接着看，我不影响你们。说罢李晓莉将门、窗大开。梁子问李晓莉不是说了今天不回来吗？

李晓莉说，我怕你在家里成精。

大妞赔着笑脸说大伙儿都在看套儿他妈唱大鼓呢。李晓莉皮笑肉不笑地说套儿他妈就是干这行的出身，一不留神又把老本行捡起来了。刘婶听李晓莉说话带刺，站起身走了。李晓莉又责怪斧子把瓜子皮都扔地上了。刨子说他不是斧子，他是刨子。李晓莉说甭管是谁，要养成讲文明、爱清洁的习惯，要改掉那些小市民乱吃乱丢的习气。

接下来李晓莉拿扫帚开始不紧不慢地扫地，周大夫坐不住了，说他家的煤气灶上还坐着水。周大夫也走了。

李晓莉告诉大妞门墩回来了。大妞问什么时候。李晓莉说就刚才，她还跟门墩说了会儿话呢。大妞说儿子回来了她得看看去，刨子、斧子对大鼓不感兴趣，也跟着走了。

李晓莉继续扫地，福来也坐不住了……

李晓莉抖床单，梁子很尴尬。

电视机前只剩下了王满堂一个观众，仍旧很投入地看着。

门墩把趸来的衣服一件件抖开，衣服大部分属于奇装异服类，是看起来漂亮，却穿不出去。门墩孝敬他妈，给大妞在衣裳堆里扒拉衣服，挑出一件白缎子长袍，说这件最合适他妈穿，进口的缎子，暗花，还是凸出来的，就跟粘上去似的，其实人家是一块儿织出来的。

大妞说，这件妈不能穿，有前心，没后背。

门墩说，那您来这件。

大妞说，袖子这么细，这么长，胳膊能打弯吗？

门墩说，这件？

大妞说，绿一块紫一块，穿上跟杠房送殡的差不多。

门墩说，您再看这个？

大妞说，裙子后头大开叉，上茅房倒是方便。

门墩说，妈，合算您一件都看不上。

大妞说，你的这些衣服都不是妈穿的。妈身上这件涤卡穿了小十年了，现在还新的似的，它就是穿不坏。妈不试你的衣服了，妈还是给你弄饭去吧。

门墩说他现在是一口也吃不下去，从广州到北京，两天他只吃了一包方便面。

大妞说，那么大个火车，会没卖饭的？车站卖烧饼的也都歇班了？

斧子说，饭是有的卖，怕是三叔兜里没银子了。

门墩说，算你说着了。

大妞说这是饿过劲了，她得先给门墩做点稀的。刨子跟门墩说施工队那些民工等着要工钱呢。门墩说等他这批衣服一出手，三倍地还他们，让他们千万别上家来找。刨子说他最近领着他们承包了几个公共厕所，这是粗活儿，他还敢应，要是修宅门，建亭子什么的，他就玩不转了，现在总算暂时把这些人给稳住了。大妞说门墩给人家干了一半就跑了，让老头子替他擦屁股，老头子窝了一肚子火呢。

门墩说，打小他就没给我擦过一回屁股，这回让他擦擦应该。

大妞说门墩怕逃不过这顿打。

斧子说他有好几年没看见过挨打的了！这一定比白新生唱的那个让人睡觉的大鼓好看。门墩说大不了再像上回似的来个乌眼青，他让刨子给他找两片止疼片来，说现在先吃了。毛主席早就说了，一切都要以预防为主。

王满堂看完大鼓，将门墩堵在屋里，王满堂要好好儿跟门墩算算账。门墩一见父亲那怒气冲冲的样子，立即采取了投降战术，他装出一副小可怜的样子，一边给满堂下跪一边说，爸，您饶了儿子这一回吧，儿子知错了，儿子不敢了……

王满堂让斧子给他拿掸子去！

斧子高兴地哎了一声就往里间跑，被刨子绊了一下，很不乐意地站住。

王满堂说，放着堂堂正正的工作你不干，弄一帮乌合之众在外头糊弄人，最后自己又来了个卷包儿，把七八个伙计都出卖了，你干的这是人事吗？

门墩说，我出卖伙计了吗？我出卖伙计，我的伙计还在北京干着，您出卖的老萧可是连尸首都找不着了。

门墩一下戳到王满堂痛处。王满堂无言可答，顺手抄起墙角的水鸭子朝门墩抡去。大妞用胳膊挡，水鸭子打在大妞胳膊上断成两截，大妞捂住胳膊蹲下身去。

门墩噌地一下从地上站起来说，你打我妈，我跟你拼了！

大妞呵斥门墩，让刨子拉住门墩。刨子不拉门墩却拉王满堂，还是斧子使劲儿抱住了门墩。

门墩说，你老看我不顺眼，你不是我爸爸。

王满堂说，我就不是你爸爸，谁知道你是谁的杂种！

大妞难过地蹲在地上，闭上了眼睛。

王满堂说门墩是个败家的货。

门墩说，你也没让这个家富起来！

父子俩吵过没有几天，门墩就把院里靠东临街的一面山墙推倒了。说是要改造两间门面房，他要做买卖。大妞怪门墩主意太大，刨墙扒房，也不跟老家儿商量一声。王满堂说门墩跟闹耗子似的，这院哪个屋他都住过，眼下悄默声的又来扒房，现在是新社会了，没有告忤逆这一说，要搁过去，他非得上告官府，把门墩拿了去不可。门墩说，也甭说脱离关系的话，将来您还得靠我养老送终哪。

王满堂说，我靠你？呸！

门墩说，您不靠我靠谁？我大哥，经常在国外，连他的孩子都在咱们家放着；我二哥，您跟吗？

王满堂一时没话，让门墩把墙快砌起来，并告诫门墩不许再动古建队的一把沙子，一块砖头。门墩说他已经不是古建队的人了，犯不着再让古建队为他操持，所用的一切料，包括一根钉子，他门墩全部自个儿掏钱买。

王满堂哼了一声进屋去了，灰头灰脑的刨子从半截墙后头站起来。

门墩说，瞧你这德行，你躲什么，我一人做事一人当。

刨子说，我没躲，我在这儿偷着抽烟呢。

门墩说，抽烟还用偷着？你三大爷我上小学就在课堂上抽“大前门”，没人敢说什么。

刨子说，那不是“文革”吗？

门墩让刨子把他的小施工队借他两天。刨子说，那施工队哪儿是我的，那是三叔您的，是您组织起来的呀，您怎么能说跟我借。

门墩说，那就让他们今天都来给我盖门面房。

刨子说，您的料呢？什么都没有您把那些人叫来在这儿窝着，白给开工钱？

门墩说，怎么着，我的施工队给我干活儿还要工钱！

刨子说，别忘了，三叔您还欠着人家的呢，您不是说过，别把那些人往家里领吗？

门墩说他倒把这茬儿忘了。刨子说他调两个才从唐山来的小工来，他们的工钱从他承包厕所的施工费里出，让三叔瞎使唤就是了。

门墩说，合算你不来帮我？

刨子说，我要是帮着您盖门面房，那边就没人管。那边没人管就没人来给您帮忙，您连两个帮工的使唤小子也找不来了。

门墩问刨子有钱没有，他得买料。刨子说没钱，上礼拜跟爷爷挣了几个，全让奶奶收着了。门墩问多少？刨子说八千。

刨子说，那笔钱三叔可不能动，那是给坠儿姑姑的。

门墩说，我就是坠儿姑姑。

门墩鬼头鬼脑地进屋，看满堂不在，松了一口气，问他爸爸哪儿去了。大妞说被队里叫去了，让帮着验收一个工程。大妞让门墩往后别老顶爸爸，说他爸爸在家里待得烦，跟她还老发火呢。当小辈的，该忍就忍忍。哪天妈真的不在了，门墩说得对，还不就是门墩跟着他爸过。

门墩说，妈您放心，真到那个时候，我就把我爸整得跟切糕似的，切什么样他就得是什么样。

大妞说，别价呀，门墩。怎么说他也是你爸爸，哪儿有把爸爸整成切糕的。

门墩说是跟他妈说着玩，又说这个家里还是妈最疼他。

大妞说，你知道就行，也算妈没白疼你。你一个早产儿，又赶上困难时期，身子亏啊。你那小胳膊，老那么细……

门墩赶紧悄悄把衣服袖子往下拉，以遮住粗壮的胳膊。

绕了半天，门墩决定跟老太太来真格的了，他单刀直入地说要借坠儿的八千块钱。大妞说这钱坠儿出书要用的。门墩说出本书不是两三天的事情，光那些书稿就够她坠儿写几年的，赶她写齐了，他的大厂房都盖起来了。

大妞说，你别哄妈。

门墩说，我哄您干吗？您给了我钱，我立马就把房修好。修好房货物一上架，不出三天就得一抢而空。我把您的钱一还，剩下的再跑一趟，那就是纯利了。我算计，不出两个礼拜，这八千块就能还您。

大妞说真俩礼拜？门墩说真俩礼拜，骗您是小狗。

大妞思虑来思虑去下不了决心。门墩的小眼滴溜溜转，门墩说他不让妈为难了，他有辙了。说着向外走去，大妞问门墩有什么辙，门墩说，我卖血去。

大妞啊了一声，差点没背过气去。

门墩说，我现在是一无所有了，除了这血，这肉，还有这头发……头发太短，人家不要，肉没地方卖，只有这血还行。

大妞说，你有多少血能卖呀？

门墩说，一回不够，多卖几回不就行了？

大妞说，你还多卖几回，你卖一回我听着心里都发颤，把儿子逼到卖血盖房的分儿上，妈还是妈吗？孩子，你答应妈，别卖血。

门墩说，妈，这由不得我。

大妞拿出小匣子，将一包钱取出给门墩，让门墩先用，挣了赶快给坠儿还上，别让他爸知道。说身体发肤，受之父母，这血可千万不能卖。门墩还假惺惺地不要。大妞说，拿着，手心手背都是妈的肉，十根手指头咬咬哪个都心疼，只要你们好，当老家儿的能说什么。

门墩拿着钱从里间出来，正碰上要去学校的斧子，斧子冲他一笑说，三叔您真行，卖血，您骗谁呀？

门墩说，小点儿声！你是哪个？

斧子说他是斧子。

门墩说，就是那个能吃不能干的主儿。

斧子说，我是知识分子。

门墩让斧子帮他买灰去，斧子说学校今天开学。

门墩不愧是门墩，没用两个礼拜，九号临胡同的两间门面房就盖起来了，装上了可以推拉的铁栅栏，安上了玻璃门，挂上了醒目的招牌：ROSE 服装店，一切很像那么回事了。

店内各式衣服已经挂起，琳琅满目，五颜六色，让人想起了剧团的服装库。双卡收录机里放着《霍元甲》的主题歌：

昏睡百年，国人渐已醒，
睁开眼吧，小心看吧，
哪个愿臣虏自认。
…………

港式的发音，艰涩的歌词，没有一个人能听得懂录音机里的男人究竟唱了些什么，反正是香港吧。只要一沾了那大舌头似的港广腔，连武清县出身的津门大侠都长发披肩，颇有洋侠风采，更何况门墩这些服装。

几个女的，进来转了几圈又出去了。

有人看，没人买。

门墩关了录音机，索性自己唱：

睁开眼吧，小心看吧，

全都是货真价实。

大妞从后门进来，问卖出去多少了？

门墩说，昏睡百年，就是醒不了，北京说到底还是土，老百姓的意识跟不上时代的潮流，这么好的衣服，就愣没人识货。门墩让大妞替他看一会儿，他说他得出去找马去。大妞问找什么马，门墩说骑马找马，他不能在一棵树上吊死。

大妞说，刚开张你就想跳槽啊。

门墩说，为了适应新的经济形势，脑袋必须转得快，行动也得相应跟上去。

大妞说，你别转晕了，找不着北。

门墩说，有我爸的水鸭子呢，北丢不了。

大妞说，那个水鸭子折啦。

门墩刚走，就进来个女孩。大妞赶紧招呼，说屋里的衣服都是新潮。

女孩将墨镜一挑说，一般。

大妞说，那是闺女眼光高。

女孩问这里是不是ROSE服装店。大妞说这儿不卖肉丝，卖服装。女孩冒出了一句：土老帽。

大妞有点儿窝火，她想问问这丫头谁是土老帽，还没张嘴，女孩跑到外面看了看门上的匾额，进来说是ROSE，她找王国强。大妞没好气地说王国强不在。

女孩说，是他约我来的，他倒不在。这衣服这么挂不行，这么挂不是服装店，是洗染店。女孩说着摘衣服，大妞上去阻拦，女孩说，你是干吗的？

大妞说，我是王国强的妈，我儿子让我帮他看着。

女孩说，哟，是大妈呀？我以为是门墩雇来的伙计呢！我心里正嘀咕呢，门墩怎么雇来个这么大岁数的老伙计呀，真成了老ROSE了。

大妞说，这姑娘说的，我怎么会是老肉丝。

女孩告诉大妞ROSE不是肉丝，ROSE是玫瑰，是门墩给服装店取的名字。

女孩帮着大妞看着ROSE，大妞也不敢离开，她怕这个丫头是小偷，万一卷走几件衣裳她没法跟儿子交代。

直到天快黑，门墩才回来。门墩一进门就和那个女孩拥抱在一起，腻腻歪歪地缠绵了半天。

大妞看不过眼了说，咳，咳，怎么档子事啊，在这商店里头……

门墩给大妞正式介绍说这是跟他一块儿在广州倒衣服的二丫头，叫贾美丽，是他小学同学。二丫头说还是叫二丫头好，二丫头比贾美丽强。

门墩说，妈，这儿没您事了，您歇着去吧。

大妞进了院，嘴里嘟囔着，疯丫头，还美丽呢，亏得姓贾……

王满堂正在院里修理水鸭子，大妞问他晚上想吃什么，王满堂说随便。大妞说随便的饭最难做，什么叫随便哪？

王满堂说，随便就是你做什么，我吃什么。

大妞说，你要真那么随便就好了。

商店分了新楼房，白新生和梁子都要搬过去。刘婶决定儿子要搬儿子搬，反正她不搬，她在灯盏胡同住惯了，全世界哪儿也不如灯盏胡同好。她喜欢平房，平房接着地气，有院子，得活动，还有枣树。楼房鸽子笼似的，哪儿有这儿自在。

大妞说，儿子、媳妇都走了，你一个孤老婆子在这儿待着有什么意思？

刘婶说，她最近常常想起老萧。老萧将来回来奔哪儿？还不是奔他干闺女来。他在北京已经没家了，要是我也走了，他来到这院里不是谁也找不着了？就算找着了，他真能跟着福来他们挤在一个两居的单元里？

刘婶说她活到现在，也算活明白了，下一步就得为自个儿活了。

大妞说，老萧多半已经不在人世了，你不是空等？

刘婶说，空等也是个希望，总比什么念想也没有强。

大妞说，别跟周大夫似的，竹篮子打水一场空。

刘婶说，我比老周强。老周当初是一门心思扑进去了，我是有各种思想准备。我对老萧的感情，就跟那陈年的酒似的，年代越久，思念越深，味儿越浓，我现在越想，老萧越是好人。

刘婶还告诉大妞，街道几个退休的老姐妹组织了一个婚姻介绍所，免费，义务为想结婚又没有目标的人搭桥牵线，愿天下有情人都成眷属。大妞还是头一回听到婚姻介绍所这个词。刘婶说这也是时代发展的新事物，现在全国好些城市都有这样的机构。又让大妞帮她想想，周围这几条胡同还有谁到年龄了还没结婚。

大妞说，那还用问吗？都是明摆着的，光我们家，你看，就有鸭儿、坠儿、门墩、刨子、斧子，你们家有套儿……

刘婶说，鸭儿她妈，你可是忘了一个人。

大妞问谁？刘婶说这个人太重要了。大妞问到底是谁？刘婶说，周一凡，周大夫。下一步，我们要把周大夫作为重点对象，发动街道一切力量，为周大夫寻找目标。

大妞说，你这一说，我还想起了一个人。

刘婶问谁？大妞说就是刘婶。

分了新房，李晓莉提出要把她的爹妈接过去一块儿过。梁子说，把你爹妈接去，我没意见，可我的爹妈怎么办？

李晓莉说，你们家哥三个哪，凭什么你的老人就得跟着咱们？

梁子说，你们家不也是哥三个嘛。

李晓莉说，我爹妈最疼我，我是老大。

梁子说，我的爹妈也疼我。

李晓莉说将来搬到新楼，梁子的这些破书烂本子一概不许带过去，哪天收废品的来了，她准备都给梁子卖了。彩电给他妈留下，并且特别说是白送，不要钱。

梁子迷惑地看着李晓莉。

李晓莉说她怀孩子了。

梁子料到李晓莉不会平白无故撒手什么，就平淡地说，怀就怀了呗……

李晓莉说，好像你不高兴？

梁子说，我怎么不高兴？

李晓莉说，人家的男人知道了女的怀了孩子，都高兴得直蹦高，抱着女的又是啃又是咬的。你倒好，怀就怀了呗，好像我怀的是别人的孩子。

梁子说，又蹦高，又啃又咬那是电视里的表演，是那些编剧没词了，故意拿我们男人当大猩猩取乐呢！生活就是生活，跟艺术是两码事。我妈生了我们四个，你问我爸爸蹦过一回高没有？你这刚一个，还不知道成不成呢，就先让我蹦高。

李晓莉说，你还要当诗人呢，连一点儿激情都没有！就冲你在被窝里那份窝囊，这孩子也好不到哪儿去。

梁子说，我也没指望能当马伟那样的名人。诗人的激情是有条件、有环境的，他不是在哪儿都能发动的。你看枪毙布告上的那些人，厕所旁，高粱地，水沟里，在哪儿都能随时发动起来，那是强奸犯。

李晓莉说，诗人都是阳痿。

梁子说，那是你说的。

李晓莉说，将来这孩子得让你妈给看着。

梁子说，怪不得要把电视给我妈呢！你也不看看我妈那身体都成什么了？

李晓莉说，她能给老大看就不能给老二看？老大还不是亲的，还是双胞胎。

梁子说，那时候我妈年轻，有精神，现在跟个病秧子似的，不行。你甭拿个旧电视收买我妈。

李晓莉说不看孩子也把电视给她留下。梁子有些不解，李晓莉说，十二吋的太小了，咱们借搬家换个大的。再让刨子那个施工队给咱们把新房子的地面和墙壁整整，装个墙裙，安个门套，他好意思跟咱们要钱？

梁子说他的激情是彻底没了。

坠儿和出版社的宋编辑来到家里，谈论出版《中国古代建筑研究》一书的事情。宋编辑提出，书封面的名字不妨让王满堂来写，说王满堂虽然识字不多，可是干了一辈子古建，那些亭台楼阁，那些藻井牌楼，都化在他的血里头了，老建筑工人题的字会别有一番意义。

坠儿也挺高兴，认为宋编辑这个创意很好。宋编辑说要是征订数目能保住本，就可以不用交钱了。

大妞在给一个四五岁的小姑娘梳小辫。小姑娘是宋编辑的女儿，宋编辑今天借着礼拜天来家跟坠儿谈稿子，孩子没人看，就带来了。

梳好了辫子，大妞问小女孩，扎红的还是扎粉的。小女孩说要白的，大妞说不兴扎白的，死人才扎白的呢。小女孩说妞妞的妈妈死了。

大妞这才知道怀里是个没有妈的孩子。大妞把孩子搂紧了说，我的小可怜儿……才几岁呀，就没了娘，真是一棵小白菜。

妞妞说姥姥哭了。大妞说，姥姥没哭，没哭……孩子，你管我叫什么来着？

妞妞说叫姥姥。

大妞说，对，孩子，就叫姥姥，我这辈子还是头一回听见孩子管我叫姥姥呢。孩子，姥姥的小名也叫妞妞，姥姥也是打小没了娘……姥姥小时候也扎白头绳，姥姥三岁就扎上白头绳了。孩子，咱娘儿俩有缘哪！

大妞把这孩子当成亲外孙女了，抱着孩子哄。姥姥给你梳小辫，姥姥给你做小花鞋，姥姥给你做小花衣裳，姥姥给你买好吃的。

大妞站起身喊，门墩，门墩！

门墩从他的商店里跑出来问有什么事，大妞让门墩带妞妞买好吃的去，说孩子要什么就给买什么，这孩子可怜。

门墩说，要什么给买什么，有点儿没谱了。她要前门楼子，您给买吗？

大妞说，你甭抬杠，拣着好吃的买，什么好吃你给她买什么。

门墩问多少钱的标准。大妞说把门墩兜里的钱全用了，门墩问回来报不报销，大妞说实报实销。

门墩这才对小丫头说，走，跟三大爷走。

大妞说，是三舅舅，你是她舅舅，你得背着她。

门墩蹲下来，说他今天给个小丫头片子当坐骑，窝囊极了。

大妞说，我喜欢这孩子。

妞妞爬上门墩的脊背，高高兴兴买吃的去了。

坠儿和宋编辑从屋里出来了。宋编辑要走，大妞说宋编辑的小妞妞真招人疼。这孩子跟她自来亲，一见她，就好像是打小抱起来的似的。坠儿说她妈是老没哄小孩了。大妞说不是那么回事，那个斧子，虽然也在她身边长大，终归是哪儿别扭着，这个妞妞跟她顺……

门墩背着妞妞回来了，妞妞手里举着一根棒棒糖。

妞妞说是三舅舅给她买的，门墩说他的兜里就六分了。大妞想责备他，可当着宋编辑又不好说什么。

王满堂开始了他的练字生涯。大妞除了做饭以外，还充任了红袖添香的角色，干得最多的工作是给王满堂磨墨。王满堂字不识几个，规矩却不少，每回练字不用现成墨汁，必得大妞临时现研墨，稀了字没色气，稠了拉不开笔……挑剔得很。

王满堂练字的架势也很有特点，桌上铺开纸，先围着桌子转几圈，左看右看，东抻西拉，仿佛在审视一块木料，对着白纸琢磨够了才捋胳膊挽袖子，开始运笔写字，那做派整个儿一开刨。

周大夫从政协的老李那儿给王满堂借来几本字帖，有王羲之的《兰亭序》，有颜真卿的《多宝塔碑》，这是基础，还有苏轼的《一夜帖》和米芾的《七绝》，由王满堂任意挑选。

王满堂说都好，这些字都写得很刷溜，老王和老颜的尤其漂亮。

大妞说，什么漂亮，你不是在挑字，你是在挑书皮儿。

王满堂说，什么书皮儿，这叫封面。要不怎么说书的封面很重要呢，一目了然的事，不能马虎。宋编辑把这么重要的事交给我，咱们也不能马虎。说着拉出一本王羲之说，就是它。

王满堂在纸上歪歪扭扭写出了几个字。周大夫说，停！停！你这个老王跟那个老王整个儿不搭调。

王满堂退后几步，细眯着眼睛得意地说，这张我得裱。

大妞小心地问，这么说很快就能写书名了吧？

王满堂说那当然。

大妞说，题了书名马上就出书？

王满堂说，书名都有了还等什么。

大妞眼前一黑……

第十章

大妞得的病是急火攻心。按中医理论是上焦气实而不运行，下焦气逆而不吸纳，是为气厥。周大夫给扎了针，开了南星、木香、槟榔等几味药；急火猛煎，连续服下，病情稍有缓和。只是一夜间起了一嘴燎泡，连米汤也喝不下去了。

周大夫私下问大妞，究竟有什么事让她如此心急上火，大妞不得已，跟周大夫说了将给坠儿出书的八千块钱挪用了。如今门墩一拍屁股走人，连临街的门面房都不顾了，让她一个人抓瞎。周大夫将医院补发的工资让大妞先拿去，说跟谁也别说这件事。

大妞不要……周大夫说，钱这东西，生不带来，死不带去，我一个人，无牵无挂，一人吃饱了，一家子不饿，锁上了门，不怕饿死小板凳。

大妞拿了钱只是感激，只是骂门墩不是东西。

刘婶领来了一个被称为“小钱”的中年妇女。这个小钱是刘婶们的婚姻介绍所推出的一号“产品”，是几个老娘儿们精挑细选，选过了一百八十遍，专门为周大夫挑出来的“对象”。老娘儿们做了多方权衡，无论从学识，从经历，从品貌，小钱与周大夫都是天配的一对，地造的一双。他们没有理由不成。

刘婶无数遍地向小钱介绍，周大夫是好人，解放以前是傅作义所属国民党部队的军医。傅作义一九四八年起义，算是革命的老干部。周大夫本人有技术，没结过婚，脾气柔和。你跟他先处一段，要是彼此都觉着合适，也甭拖着，立马就办喜事。这个岁数了，谁也甭说考验谁的话。毛主席说过，一万年太久，只争朝夕。朝夕是什么意思？朝夕就是早晨跟晚上的意思，也就是说，早晨的事情，晚上解决，具体说就是早晨谈恋爱，晚上结婚……

小钱说她有点儿紧张。

刘婶说，你紧张什么？你都有过一次经历了。人家周大夫还是个童男哪，按说他应该比你紧张。

小钱说，要不，我回去得了。

刘婶说，回去可不成，你是我们介绍所介绍的第一号，大伙儿都等着我回去汇报情况呢。第一号是十分重要的，我们大家都抱定了只许成功，不许失败的决心，这关系到我们介绍所的声誉和下一步工作如何开展的问题。

小钱说正因为意义太重大了，所以怕胜任不了。刘婶说搞对象这事也得下定决心，不怕……干扰，排除万难去争取胜利。小钱说听这话不像去搞对象，像去修水库。刘婶说就当是去修水库，拿出修水库的顽强干劲，一准成。

周大夫在给大妞开药方子，见刘婶领了个女的来，就猜是街道婚介所的老娘儿们在行动了。大妞一看这情景，也明白了八九分，很知趣地出去了。刘婶介绍说，这就是小钱，钱明英，这位就是周大夫，周一凡。

倒了茶，一通寒暄过后，三人三角而坐，谁也不说话。

刘婶没话找话地说，这是小钱，钱明英。

周大夫说刚才介绍过了。

刘婶说，这是周大夫，周一凡。

小钱说刚才介绍过了。

刘婶说，是吗？我介绍过了……

仨人谁也不说话，刘婶也没有走的意思。

墙上挂钟猫头鹰的眼睛一左，一右，滴嗒，滴嗒……

小钱终于憋不住，扑哧一乐。

刘婶说，你乐什么？

小钱又低头坐着。

大妞在窗外低声叫，他刘婶，出来一下。刘婶对两个无语的人说，你们看，我简直忙得连坐会儿的工夫都没有。

大妞把刘婶叫出来说，你把人领进去就得了，你在里头紧待着干吗？

刘婶说她得看看他们说什么，他们要是没话，她给提个头。大妞说人家搞对象不用提头。刘婶说那不一定。说着隔着窗户往里看，却见周大夫在摸小钱的手。刘婶回身对大妞说，有门儿，敢情我刚一出门他就摸她的手了。大妞问谁摸谁的手，刘婶说男的摸女的手。大妞说这么快就摸手了，真看不出，周大夫还是急茬儿的。

周大夫给小钱号脉，诊断小钱是功能性子宫出血，跟更年期有关，给她开了六服药，说先吃着，不好再来，好了就不用来了。小钱很感谢，谈到介绍所提的那件事……周大夫说那个事是扯淡。小钱说扯淡就扯淡。

周大夫将小钱客客气气地送出来，嘱咐一定要小火慢熬，后下阿胶，不是什么大不了的毛病。

刘婶问小钱，这么快就谈完了？小钱说谈完了。问感觉怎么样？小钱说周大夫不错，耐心和气，看问题很准。刘婶说他们婚姻介绍所对每一个被介绍者都是要负责的，他们的介绍所是正规、负责任的介绍所，不是乌合之众，如果将来这事成了，刘婶提醒小钱给婚介所送面锦旗。小钱说锦旗是要送的，“华佗再世”也行，“妙手回春”也行。刘婶问约没约下回什么时候见面，小钱说要是好就不来了。刘婶问什么意思?。小钱说得小火慢熬。大妞说周大夫说得对，是得小火慢熬。

小钱走了半天，刘婶还在琢磨“好就不来了”这句话的意思……周大夫说，你也别想什么“好就不来”，告诉你，以后你少给我找这些麻烦，我不想搞对象，你不要把你的想法强加给我。

刘婶问周大夫对小钱印象如何，周大夫说小钱是功能性子宫出血。刘婶说谈恋爱没谈三分钟就谈到子宫上去了，你这是成心拆我们介绍所的台。

周大夫说他还没收诊疗费呢。刘婶说周大夫的做法是一种变态，一种对幸福生活缺乏追求热情的变态，她非要治治这种变态不可。说了，明儿再给他介绍一个没有功能性子宫出血的来。

门墩穿着高鞠皮靴，扎着宽腰带出现在九号院里。他身后跟着一年轻女子，那女子也穿靴子，着小坎肩，攥着皮鞭子，似马戏团的驯兽师。

大妞看了打扮很独特的儿子问他这些天上哪儿去了，差点儿把妈给急死了。

门墩说，我不是告诉您找马去了吗？

大妞说，你找什么马呀？你先把 ROSE 的那些马给我处理了再说吧。那些衣服压在那儿，你看着不堵心？

门墩说 ROSE 那些衣服他早处理给套儿了，那些搞电影的什么都能穿，什么都敢穿。就是给他们一块兜裆布他也敢穿着上台跳华尔兹。刘婶问门墩什么时候跟套儿还有这笔交易，门墩说在找马之前，五块钱一件，衣服让套儿全抱走了。

大妞说，你个败家子啊，你把钱就这么不当钱，我还指望着你……还骗我说什么骑马找马，我看马把你找着了，你还以为是短耳朵驴呢。

门墩说，妈您别这么说，我还真把马给找着了。现在十几匹精壮蒙古马正沿着张家口的公路，马不停蹄，向着北京城进发呢。

大妞的气又喘不上来了。刘婶问周大夫要扎针不？周大夫说，甭扎了，咱们得赶紧投亲靠友去。听见没有，十几匹马哪，咱们这前后院得改马圈。

刘婶说，门墩，你真要把十几匹马赶进北京？

门墩说，我蒙您干吗？内蒙古有好马，咱们京郊农场需要好马，我从中这么一捏咕，当了个运输队长，净赚小两万。

刘婶说北京城里好像不让跑马。门墩说大街上限制各种车辆的标志都有，就是没有限制马的。周大夫说有限制马车的。门墩说他的马没拉车。周大夫说天安门广场群马奔腾，北京一景，绝了。门墩说这才真是从草原来到了天安门广场哪。刘婶说马大概不认得红绿灯，也不怕警察……

大妞说，我的祖宗，你那些马什么时候到家？

门墩说，不是告诉您了吗？现在还没到张家口，走到北京还得两天。

大妞说，你不跟着你的马走，你回来干什么？

门墩说，我跟桂英先来打前站。你们放心，那些马不进北京城区，从西山那儿往北拐，一直就赶进农场了。

大妞说，你这回别又跟那些衣服似的，五块钱一匹处理了。

门墩说，哪儿能够，那些马就是都死了，我卖马肉，也能把本儿赚回来。您放心，这一切都是经过我和桂英精心算计好了的，人家桂英是正规贸易学校出来的，错不了。

大妞说，桂英？敢情又不是二丫头贾美丽了，才几天你又换了一个？

门墩说，她叫傅桂英，就住南边九条。大妞说，她是穆桂英，你还杨宗保呢！你就折腾吧，早晚得让你爸爸唱一出《辕门斩子》。

门墩说，斩子没斩成是让老太君给救了，那招亲可是成了既定事实。

刘婶说，这倒省事，用不着我们婚姻介绍所。

门墩说，现在自由恋爱还爱不过来呢，谁还用得着您那个脱裤子放屁的介绍所？您那50年代拉郎配的介绍方式趁早收摊儿吧。

周大夫说，这话说得对。

刘婶说，我们这可是80年代的新生事物，你问问你妈，50年代她见过婚姻介绍所吗？

门墩说，得了，不跟您老太太辩。妈，我们还没吃饭哪。

大妞就赶快给儿子去做饭。

饭得了，门墩和傅桂英也不客气，排山倒海地吃着炸酱面。傅桂英人长得秀气吃相却不雅，满不论地咬着大头蒜，喳喳地啃整根黄瓜，一碗面尚未拌匀，半碗已吞进肚里。

大妞说真是个穆桂英。

傅桂英吃了两大碗面，喝了一碗面汤，又饶了半截黄瓜脑袋，这才放下碗掏出烟，啪地用打火机点了，悠然地吐了一口烟说，还是家里舒服啊。

大妞说，不是家里舒服，是有人伺候着舒服。

大妞对门墩说，你爸爸估摸也快回来了，他回来你得把八千块钱的事跟他说清楚，我是不想给你兜着了。

门墩一听他爸爸要回来，抬屁股对傅桂英说，快撤！

傅桂英说，你爸是老虎吗？

门墩说，比老虎还老虎哪，快走吧！门墩扯着傅桂英出门，大妞追出来问晚饭回来吃不，门墩说他跟马一块儿吃。

刨子指挥着两个小工抬回一个大纸箱子，打开纸箱，是一台二十五英寸的大彩电。刨子说这是他给奶奶买的，奶奶老看贴了彩片的电视，把眼睛都看坏了。大妞问哪儿来的这么多钱，刨子说他承包改建厕所挣的。全北京，哪个胡同里没厕所？够他们干的呢。他让奶奶放心，虽说是盖厕所的钱却是干净钱，是他认认真真挣来的。大妞说她让门墩给整怕了，一提到钱就想起奇装异服，就想起奔驰的大马。刨子说他三叔脑子活，主意多，就是脚踏不到实地上。

刨子说着将电视安装好，一开，彩色图像清晰地显现出来，演的是江南细雨中的山水。大妞说是比黑白的透亮多了，就跟真的似的。梁子听到声响，跑过来赞道，好大的电视，日本松下，还带遥控呢！妈，您是鸟枪换炮，一步登天了。

大妞说，妈是得了孙子的济，你们几个，谁也没有刨子孝顺。

梁子拿遥控器频频换台，有小孩在跳舞，有唐僧去取经，有人在唱爱情忘了的角落，有领导在接见外宾，有马伟在进行诗歌讲座。

马伟！梁子一阵惊喜。

马伟在侃侃而谈，诗歌是时代的一面旗帜，是千百万人精神的凝结，是心与心碰撞的火花……楚辞和国风，建安文学和两汉乐府，唐朝诗歌和六朝歌谣……诗歌无不随着时代的发展而发展……

大妞说这就是梁子崇拜的那个诗人，怎么脑瓜顶上一根头发也不长啊？梁子说那是睿智的象征。刨子把电视一关让梁子上自个儿屋跟马伟切磋去，他得帮奶奶给电视找个地方。

梁子二话不说，赶快往自己屋里跑，进屋就直奔电视，拿手指头点频道，嘴里念叨着，马伟，马伟，可别完了啊。

李晓莉看他那着急的样子说，至于吗？

梁子一边找马伟一边说刨子给他妈买了个大彩电，日本原装，能把这一条胡同都盖了。李晓莉把抹布往桌上一摔说，那个双胞胎的刨子是成心跟我斗法呢！阴损奸坏，能成个双胞胎就能比别人多仨心眼儿。

梁子全神贯注在听马伟讲诗：

……这就存在着一个诗学的理论构架和批评术语的界定问题，在艺术创作方法上，我们不要太过，也不要不及，过与不及皆罪也，与生活一样，一切贵在分寸的拿捏上……

李晓莉过来啪地关了电视。

梁子说他刚听到节骨眼上。梁子开电视，李晓莉关电视。梁子说在他家连看电视的权利都没有了，这样的生活真没什么意思。

李晓莉说，你就看着你们家的人这么欺负我？

梁子问谁欺负她了，李晓莉说刨子。梁子说，刨子给他奶奶买了一台彩电，怎么就是欺负你了。李晓莉说，刨子怎么早不买，晚不买，偏偏在咱们要搬家的时候买？

梁子说，你把你那小心眼儿也放放，成天攥仨猜俩的，你累不累呀？

李晓莉说，你个傻帽，什么时候人家把你卖了，你还帮着人家点钱呢！

刨子把电视安在里屋与床相对的位置，他的意思是谁要看谁就看外屋那个黑白的，这个带色儿的是专给他奶奶看的。他告诉大妞，靠在床上，攥着小板儿，手这么一按，可开，可关，还能随便换台，连被窝都甭出。大妞试了试，还真的挺听话。大妞说，我在被窝里坐着，手指头就这么一动，那头就给我变了，你说它怎么就跟我的心似的呢！

刨子说，科学发展到这一步了，您老就踌享福吧，以后新鲜事还多着呢。又对大妞说李晓莉要把那台旧的给您，您可千万别要。他紧着赶着买就是要走在李晓莉的前头。大妞问那为什么？刨子说，她把旧电视给您，您不得知她的情？她马上就要搬家了，她想让我给她的新家铺地砖，贴瓷片，封阳台，这些都是借这台旧彩电的光，白干！这一套活儿算下来，十台旧彩电也打不住。

大妞说，她的小算盘怎么打得那么精呢？

刨子让大妞装糊涂。大妞说，我还用装，我够糊涂的啦。

白新生和福来在紧张地收拾东西准备搬家。刘婶一点儿也不帮忙，好像儿子搬不搬跟她没有一点儿关系。福来还抱了一线希望，动员他妈一块儿住楼房去，但是遭到了刘婶的严厉拒绝。刘婶说她身边还有套儿，套儿明年就毕业了，套儿毕了业就跟着她……眼下，刘婶的心全在婚姻介绍所上，介绍所自成立以来一共介绍了三对，没有一对成功的，当前面临着信誉的危机，在这样的情况下刘婶更不能离开了。

面对着桌上有数的几张表格和相片，刘婶不死心，刘婶还在给周大夫配对。挑出来一个叫张安仪的，五十九岁，血型O，小学教师……让福来两口子参谋。两口子都还没说话，刘婶就已经定了，说就是她了，明天就把她领来，这回得跟姓周的打好招呼：不许说子宫。

第二天，刘婶就领着张老师来了。刘婶向张老师介绍，周大夫是好人，解放前是傅作义所属部队国民党军医，傅作义一九四八年起义，算是革命老干部。周大夫本人有技术，没结过婚，脾气柔和。两人先处一段，要是彼此觉着都合适，也甭拖着，立马就办喜事。这个岁数了，谁也甭说考验谁的话。毛主席说过，一万年太久，只争朝夕。朝夕是什么意思？朝夕就是早晨跟晚上的意思，也就是说，早晨的事情，晚上解决，具体说就是早晨谈恋爱，晚上结婚……

张老师说她有点儿紧张。

刘婶说，别紧张，你紧张什么？你都有过一次经历了，人家周大夫还是个童男哪，按说他应该比你紧张。

刘婶的声音刚传到后院，周大夫就赶紧从屋里迎出来了。周大夫问有什么事，刘婶说，没事还不能上你屋里来坐会儿？周大夫堵住门说他屋里乱，下不去脚。刘婶说单身汉哪儿有不乱的，正因为乱，才更需要谈恋爱呢。周大夫说他连被子还没叠呢。刘婶说没叠也没关系，不顾周大夫的堵截，终于拉着张老师进了门。

刘婶给双方做了介绍，三人三角而坐，谁也不说话。

刘婶没话找话地说，这是张老师，张安仪。

周大夫说刚才介绍过了。

刘婶说，这是周大夫，周一凡。

张老师说刚才介绍过了。

刘婶说，是吗？我介绍过了……

三人谁也不说话，刘婶也没有走的意思。

墙上挂钟猫头鹰的眼睛一左，一右，滴嗒，滴嗒……

张老师终于憋不住了，扑哧一乐。

刘婶说，你乐什么？

张老师又低头坐着。

前几日来相过亲的小钱提着大包小包礼品，领了另一名妇女，来看望周大夫了。周大夫如遇救星般将小钱们让进屋，周大夫说想着她就该来了。小钱说她真得感谢街道的婚姻介绍所，要不然怎么能认识周大夫哪。

刘婶不解地看着周大夫和小钱说，你不是说不来了吗？

小钱说，上周大夫这儿，谁敢夸海口说不来了呢？跟着小钱来的女性是她的表姐，也来看看周大夫。

刘婶问那表姐说是不是高参。小钱说是高珊，珊瑚的珊。

张老师看这情况，主动提出告辞。出了门刘婶还在埋怨，看这事闹的，他明明说跟那个女的不成，谁想还藕断丝连地连着哪，都怪我，怪我调查不周。张老师表示这没什么。

周家，周大夫取出了脉枕，对小钱的表姐说，把手搁上来，伸出舌头……

傅桂英英姿飒爽地冲进九号，手里挥着马鞭子，双腿叉开，站在院子当中高声叫板：王国强，你他妈出来！两个同来的马弁样人物也在一边助威：出来！

傅桂英说，王国强，你别装熊，你躲什么躲？有种你就出来跟姑奶奶对阵！说着鞭子啪地一甩，如炮仗般在院里响了个脆。

大妞、王满堂由屋里出来，王满堂说谁在这儿叫阵？大妞说穆桂英。王满堂说她不在穆柯寨守着降龙木，跑北京来干什么？傅桂英说，我来找你们家门墩！大妞说门墩自打那天跟傅桂英走了就一直没回来。傅桂英说门墩回来了，就在家里。大妞就让穆桂英搜。王满堂说门墩不在家，有事可以找他，他是门墩的家长。傅桂英说，有人承认是家长就好办，跟你家长说吧，你儿子做的马生意，赔了！

大妞说，那些马不是正向着北京前进吗？那天还说马跑得好好儿的呢，它要完也得有个过程不是，总不能集体犯心肌梗死，哗啦都躺下了。

王满堂问赔了多少。傅桂英说十八匹马，你说是多少？王满堂说十八匹他赔不起。傅桂英说您说了，您是门墩的家长，您就替门墩掏钱吧。王满堂说就是一匹马的钱他也掏不起，更别提十八匹。

大妞说，这是什么事啊？解放前有马车的时候咱们都没买马，到如今，街上跑无轨，跑出租，咱们倒想起买马来了。

王满堂说这事还是找门墩说去，他做的事，他自己了。傅桂英说刚才你们说你们是门墩的家长，家长不能不管。大妞说刚才是，现在不是了。

傅桂英说也不用扯闲篇儿，拿钱来吧。大妞问拿多少，傅桂英说五万，这是一半，另一半她担着，既然是两个人一块儿做买卖，是赔是赚就得各自担着。赚了，大家高兴，赔了，也得赔得起，躲起来了算怎么档子事？

大妞说，我们上哪儿找五万去呀？当一个万元户都不容易，这还要五个万元户，这不是要人命吗?!

王满堂说没钱，傅桂英说没钱就拿东西抵。让两个小伙子看看屋里有什么值钱的，一概搬走，平板车就在门口等着呢。王满堂说这样做是犯法。傅桂英说她拿了东西再跟门墩上法庭，中国有说话的地方。

小伙子们将彩电抬出，说值钱的就这一件。大妞不让他们动，说那是才买的。傅桂英说才买的更好。

刨子从屋里出来，威喝一声，放下！

傅桂英说，你是谁？

刨子说，我是谁与你无关，你不能搬我的电视。

傅桂英说，哪儿写着是你的？

刨子掏出发票说，这儿有我买电视的发票，你看，这是日期，这是型号，这是我的名字。

傅桂英一时不知怎么应对，对两个小伙说，搁下，先搁下。

刨子说傅桂英和门墩之间有什么事，是他们之间的事，别人的东西不能动，动了就是犯法。傅桂英说，他们说他们是门墩的家长。

刨子说，门墩多大了？门墩二十五了，你听说过二十五的人还有家长的吗？

傅桂英……

刨子说，该干吗干吗去！你跟门墩做生意你就找门墩，让别人赔得起首先您自个儿得赔得起，甭净想找垫背的。

傅桂英说，谁垫谁的背呀？我现在是门墩的垫背的，那些马还在张家口哪。

刨子说，那您就先奔张家口，再上法院。

斧子进门，傅桂英看着两个一模一样的大小伙子有些犯憷。傅桂英说回头再跟王国强算总账！说完一挥鞭子，骂骂咧咧地走了。

周大夫揪着门墩的耳朵将他从厕所里拎出来，原来他早回来了，躲在厕所里，不敢露面。周大夫上厕所，让周大夫撞见了。

王满堂一见门墩，气不打一处来，上去一脚将门墩踹了个趔趄。门墩说，这能怪我吗？这得怪马！

王满堂问到底怎么回事？

门墩说，那些从草原出来的马都没钉掌，在公路上跑了没两天就四个蹄儿朝上，都躺到张家口了。

王满堂说，我把你也扇个四蹄儿朝上！

刨子是个心细的人，为马的事大妞气得起不来炕，刨子就几天没上他的公共厕所工地，终日陪着，给大妞端茶送饭。大妞说闺女怎么着，闺女也不过如此了。她苦了一辈子，刨子是老天爷给她送下来的礼。刨子给大妞剥橘子，劝慰大妞说，奶，您不能生气，您一生气就犯老病，您自己得控制着点儿。

大妞说，我控制得了吗？都是门墩控制着呢。

刨子说，我三叔，欠揍。他不是我儿子，他要是我儿子，我早把他打半死了。

大妞说，你也是这么说说，到你真有了孩子，你就舍不得了。

王满堂还在练他的字，长进不大却越写越上瘾。大妞病了，不能伺候了，他就抓住了从学校回来的斧子，让斧子给他研墨。斧子哪儿有那份耐心，转两下就算交了差，这使得王满堂很不满意，说当书童也没有耐心的人，怎么能一砖一瓦地盖得了大楼。王满堂写了一张字让斧子评价怎么样？

斧子说，不怎么样。

王满堂说，我写的这是王羲之的《兰亭序》。

斧子说，这是《兰亭序》？

王满堂说，是《兰亭序》。你看，永和九年，岁在癸丑，暮春之初，会于……一张独具王满堂风格的，七扭八歪的《兰亭序》被王满堂挑起，讲解。王满堂说写字跟盖房是一个理儿，横是大梁，竖是立柱，撇是飞檐，捺是斗拱。字的精气神跟建筑的精气神是一脉相通的……

“书法家”讲得很投入，大学生斧子却不买账。斧子看老萧的本子看得入神。斧子问什么叫有气则生，无气则死？王满堂说，人活着就得喘气，有这口气就是生，你奶奶要是一口气上不来，你奶奶就没气了，那就是死。这就是人活行气，人死气绝，以此类推，世上万物，天上星辰，地上五谷，包括山川河流，屋宇建筑，无不与气有关。戈壁滩上为什么有不少死城、废城，那就是城的地气没了，天地不交了。

王满堂看斧子在翻弄老萧的本子，告诉斧子这本子很珍贵，千万别弄坏了。

斧子说，坠儿姑姑的书能出版，这本书也应该能出版。

李晓莉和梁子也在为搬家做准备。两口子往一个个纸箱子里塞东西，纸箱子都是梁子从商店一趟趟运回来的包装箱。有“上海”牌香皂，有“白猫”洗衣粉，有“大白兔”牛奶糖，有“船牌”胶水……

梁子拎着一块褪了色儿的布说，这些破窗帘你也带走呀？李晓莉说，又是给你妈留下，什么都给你妈，干脆，把你给你妈留下最好。破窗帘怎么了，破窗帘带过去就是抹布，有了孩子就是尿布，用途大了。

梁子说，你真会算计。

李晓莉说梁子那些破书烂本别带了，给你妈留下。梁子说在新房子里他得打个书架子，把他的书都摆上去。

李晓莉说，说到底也是个卖土特产的，要书架子干吗？笨狗扎个狼狗势，装什么知识分子。

门墩来了，一副热沾皮的模样，进门就说，嫂子，有吃的吗？给一口。

李晓莉说，听听，跟要饭的有什么两样。

门墩说，咱爸今天不给我饭吃，全因为傅桂英。老头子整人又想出新招，说是以后不打了，他打我累得慌，由触及皮肉改为触及肠胃，饿饭三天，以观后效。

李晓莉说这招损了点儿。梁子说对门墩这样的货也就得采取这种损招。

门墩应下搬家的时候给李晓莉弄辆小四轮，再叫上他那帮哥们儿，李晓莉才答应给门墩下挂面去。门墩提醒说别忘了卧俩鸡子儿。

梁子说，你倒吃得全，还他妈饿饭三天哪！

门墩说哄孙子呢。梁子说他告诉爸。门墩说借你俩胆儿。等饭的时候门墩帮梁子捆书，被一本法律书吸引，蹲在一边看起来。梁子说这是他们单位发的普法的书，他从来都没看过，梁子笑话门墩人模狗样地看法律，是狗看星星，一片明。

门墩说，就是狗看星星他也要看看明的程度，这本书上说了，中华人民共和国刑法第二百六十条，凡是虐待家庭成员的，根据情节依法判处三年以下徒刑。书上解释说所谓虐待家庭成员是指打骂、罚跪、不给饭吃等等。

门墩高兴极了，门墩说，哥，你这本书我要了。

斧子看上了老萧那个小本子，偷偷摸摸拿到学校去了。王满堂知道了骑着梁子的车连夜去追，到早晨了还不见回来。大妞让梁子跟刨子一块儿去找，门墩说，不就是夜不归宿嘛，我常不回来，也没见您这么惦记我。看大妞还着急，又安慰他妈说，您不是让那二位爷接驾去了吗？您就在家安心等吧。大妞说别的不怕，就怕碰上劫道的流氓什么的。

门墩说，《水浒传》里有劫道的，在北京城里想找劫道的难。再说了，我爸又不是美少女，全身上下找不出五毛钱，人家劫他图的是什么呀？

大妞说，我老觉着要出事。

妞妞喊着姥姥，鸟一样飞进来。还没等大妞抱紧妞妞，门墩就说，今天要买吃的得先给钱啊，不能预支。大妞说，你看看你那德行，怎么说你也是个长辈了。

门墩说，有钱是长辈，没钱是孙子。

宋编辑和坠儿让大妞看着妞妞，他们要到书市去看看。刘婶也委托大妞帮着照应房门，今天是礼拜，说不定来介绍所的人多，她得早点儿过去。门墩嬉皮笑脸地让刘婶也给他介绍一个。刘婶说，你还用介绍？不介绍你都一打一打地往家领呢，要再介绍咱们九号能成立红色娘子军团。真该帮忙的是你坠儿姐姐，坠儿，有工夫来我们这儿登个记。

坠儿不好意思地用眼睛瞄了一下宋编辑。大妞明察秋毫的眼神从女儿的神情里什么都看明白了。

王满堂鼻青脸肿地让梁子搀着走进了家门，刨子扛着前轮变形的自行车残兵败将般的跟在后头。一问，原来是撞在了马路边的大树上，好在没骨折，只是皮肤擦伤。大妞埋怨地说，不让你去，你非要去，这多好哇，脸上再擦点红药水、紫药水，你成窦尔敦了。

王满堂不理大妞，从兜里取出老萧的本子，走到宋编辑跟前说，你是管出书的，这个本子是我们古建队萧益土几代人的心血，你给看看，要是能把它变成一本书，或许还能对建筑行有些用处，我的心里也就安稳了，也算是跟老萧没白朋友一场。宋编辑答应拿回去看看。王满堂很郑重地把本子交给宋编辑，说这是老萧的命根子，为这个本子，老萧至今下落不明……

转眼一年又过去了，刘婶还在忙，不是忙婚姻介绍所，婚姻介绍所已经彻底垮台了，刘婶是在忙练气功。练气功是件强身健体的事儿，刘婶叫上大妞一块儿参加了气功学习班，俩老太太每天早晨上公园练功听讲座，认真而积极。有时候为练功，饭也顾不得做，王满堂就乐得在小馆子里吃，一个人也很轻松。他不想过多干预老娘儿们家的事，练功也就只是练练功罢了，不是打鸡血那会儿，还能折腾出个变异反应来。更何况，大妞自练功以来精神的确好了不少，气也觉得顺畅了许多，这是几年来吃药所没能奏效的。但是，王满堂看不惯有些练功人的做派，神神道道的，王母娘娘下凡一般……

这天，大妞和刘婶在枣树下练功，用练者的话说，此刻的她们正处于一种虚无、升腾、飘渺的状态，外人不能打扰。

周大夫扫完地进院，看见呆立在树下的两个人，问正在一边喝茶、抽烟的王满堂，这练的是哪一出？王满堂说宇宙功。周大夫说宇宙功好，宇宙无所不包，划拉的倒还挺大。王满堂让周大夫不要喧哗，说，树底下的两位正跟宇宙人对接呢，说了，要是跟宇宙人接通了，不但可以治所有的疑难杂症，还可以达到天上一日，地上一年的效果。

周大夫说，疑难杂症都这么治了，要我干什么？

王满堂说，现在我天天上公园看热闹，哭的、笑的、地上打滚的、围着水池子跑圆场的、拿脑袋撞大树的，什么都有。有一个老娘儿们，抱着电线杆子使劲叫爸爸，愣说这根电线杆是她爸爸托生的；还有一位傻大爷抡开了大巴掌抽自己嘴巴，脸都抽肿了，拦也拦不住。这景致，你平时想看也看不着。过了这村没这店，明天你也不要扫地了，抓工夫去看看，权当开眼呢。

周大夫说，这不是宇宙功，是《宇宙锋（疯）》哪。

树底下，两位练功者缓缓收功。

刘婶嘘了口气说，收——

大妞嘘了口气说，收——

收了功和常人也没什么两样，刘婶说，今儿这功没练好。

大妞说，没练好。

刘婶指着周大夫说，都让你们给搅了，练功需要绝对的安静，不能分神，你们在一边宇宙功、宇宙疯的，让我们的信息线就在宇宙里胡飘，压根找不着宇宙人。这样最伤人的元气，知道不？

大妞说她一回也没跟宇宙人接上头，没得过功，大概是她的心不诚。刘婶说哪天把大师请家来，进行个别辅导就好了。大妞说大师是师级的人物，哪能屈尊到平民百姓的小院里来？刘婶说心诚则灵，越是大人物，越是平易近人，俗话说，阎王好见，小鬼难缠……

小钱的表姐领着两个妇女拿着礼品来找周大夫给看病。刘婶拉住周大夫悄悄问进度如何，到了怎样一个阶段。周大夫说，人家找我看病，跟你们那个完了蛋的婚姻介绍所没关系。

刘婶说，怎么没关系，最早的头不是我们给你牵的？

王满堂说，要这样你们的婚姻介绍所当初不如叫病人介绍所，名副其实。

刘婶说现在全国哪儿都在反不正之风，老周作为大夫，这么大包小包地收礼不合适。周大夫说她们要送，他也没办法。刘婶说大凡搞贪污腐化的人都是这么说的。

周大夫说，我看病还不要钱呢。

刘婶说，你为人民服务当然不能要钱。

周大夫说他倒搞不清了，他给人看病是为人民服务，人家感谢他是他贪污腐化，这理怎么理不顺？套儿穿着有一百个口袋的坎肩，蓬着一嘴大胡子在自来水前刷牙，一胡子一嘴的白沫子，呜噜呜噜地说周大夫缺少经济头脑。

周大夫搞不清怎么个经济头脑。套儿说这点得向他们文艺界的人学习，文艺界的人可以走穴，走穴就能挣大钱，关键是要守住一个原则，不见钱眼不开，不见鬼子不挂弦。

周大夫说，我还没经济，你奶奶就已经说我贪污腐化了，我要再走穴，游荡于江湖之上，卖狗皮膏药什么的，你奶奶还不一天给我准备十个批斗会。

套儿说，我奶奶的话您就甭听，那些老掉牙的理论只能阻挡时代进步，成为前进路上的绊脚石。

刘婶说，我成为绊脚石？我绊谁的脚啦？

套儿说，您不是退休了吗？您就好好儿练您的宇宙功吧，上天上找您的宇宙人去吧。

刘婶说，这是新生事物。

套儿说，什么在您这儿都是新生事物。套儿建议，把前院梁子的两间敞亮西屋充作周大夫的诊室，挂牌行医，自己有了收益还济世利民。

周大夫说不敢，千万不敢。套儿不理解，有什么千万不敢的？说他要有周大夫的本事，十万八万的都挣了。

大妞来到梁子搬空的屋里，看着空荡荡的屋子说，一个个都走了，就跟家雀似的，长大了，黄嘴丫一褪，就都飞走了，把我的心也掏空了。

刘婶说大妞就是爱多愁善感，她和套儿俩人不是照样过得挺好？顶要紧的是心情要舒畅，身子骨要硬朗，要好好儿练气功。听说府学胡同有个老太太，在炕上瘫了十五年了，练宇宙功练了不到半个月，愣站起来了，现在能自个儿一个人上街买炒肝。

大妞说，孙大师还是请不来？

刘婶说，人家大师，能随便上咱们这小门小户来吗？我跟大师说了，让他有时间了来咱们这儿，给咱们单独传传功，大师说要求单独传功的弟子太多了，他根本就分不开身。

大妞说，还是投缘。

门外有河南腔，问刘大娘得是住这儿？

刘婶、大妞从屋里出来一看，原来是孙大师！俩老太太顿时有一种喜出望外、受宠若惊、得天独厚、地动天摇的感觉。大妞问大师是怎么找来的，大师说，俺就不用找，感觉就把俺给带来了。两个弟子都希望大师上自己家，大师看了看房子，选择了王家。

王满堂一乐，说这回有戏看了。

大师落座，大妞献上香茶，刘婶从自家拿来点心请大师品尝。点心是套儿才从广州带回来的双黄月饼。大师说，不客气，不客气，恁要是客气俺就不好待啦。

王满堂问大师是打哪儿来。大师说打来处来。王满堂知道，下一句如果他再问到哪儿去，大师准会回答到去处去。索性不问，问大师仙乡何处。大师不知何为仙乡，王满堂说就是老家。大师说他老家在太乙山。

王满堂问太乙山在哪里。

大师说，太乙山恁有名你怎会不知道？

王满堂说，听过太白山、太行山……

大师说，太乙山就在平顶山以北，太行山以东，大河县西门有个玻璃纤维厂，厂后门就是太乙山。你不知道，这不怪你，你是圈外之人，自然不知圈内之事。

大妞说，可不是，他什么都不知道。

王满堂说，我知道北。

大师说，能知道北也就不容易啦。北京这大地界，钻进地铁就成了一个混沌大世界，上了地面就是弯弯绕一样的立交桥，有几个能找着北的？不但找不着北，好些人连东直门斜街旅社也找不着。大师说，俺在北京办完了事情，刚才已经上了飞机，飞机刚起飞，俺忽然接到信息，上级让俺到你们这儿来……

刘婶说什么上级？大师说就是宇宙人。

刘婶说，我以为是特务的地下组织呢。

大师说，既然上级让俺来，俺就不敢不来。俺说，别飞啦，别飞啦，落下吧，飞机转了一个圈就把俺给放下了，俺就来了。

大妞说，敢情咱们的想法上级都知道。

大师说，你在地下动一个念头，在宇宙就如同打了一个惊雷……

王满堂一听大师越说越离谱，对大师言语间便多有不恭。好在大师不跟小人一般见识，他已经看出来了，这个家里能给他实惠的是眼前的两个女弟子。弟子们委婉地提出希望大师在适当时候授以功法的要求，大师说这不难，授功的最佳时刻是晚上，星星出齐的时候。王满堂问要是阴天怎么办，大师说阴天不怕，信息的波段可以变换，随时调节。大师说他在发功以前必须静养，闲杂人等不能靠近，刘婶说这院里有的是空房让大师歇息。大妞问忌口不，大师说不忌。

大妞说，不忌就好办，回头我让孩子给您买只烤鸭来，您难得光临我们这小院。

王满堂说，你不怕他让油给糊着。

大妞说宇宙人就不得病。王满堂说他那儿还有瓶红星二锅头，再买半斤蒜肠就齐了。大师说如此甚好。王满堂说你好我也好。

孙大师好酒量，好饭量，一瓶二锅头见了底，一只鸭子全进了肚，连鸭架汤也喝了个净光净。酒足饭饱，大师的神情便有些恍惚，上下眼皮开始打架，于是展被安枕，请大师在西屋卧了。大妞和刘婶在外头轮流站岗，轰鸟看人，怕搅了大师的修行，把个小院整得鸦雀无声。

大师在西屋睡，王满堂在北屋睡，鼾声此起彼伏，错落有致，相得益彰。醒后王满堂说他从来没睡过这么舒服安静的觉，从日头当空睡到日头下山，舒坦！这个好觉全是沾了宇宙功的光。

星星出齐，大师还在酣睡未醒。大妞责备王满堂不该给大师酒喝，王满堂说，谁让你买鸭子呢？

大妞与刘婶不敢睡觉，怕误了接功的大好时机。王满堂不管，王满堂照旧呼呼大睡，白天睡了晚上还能睡，白天睡是醉酒，晚上睡是真睡。

王家正屋八仙桌上的老座钟当当地打了三下，已经是下半夜了，大师总算有了动静。只见大师白裤白褂从西屋走出来，站在树底下，遥望夜空，口中念念有词。刘婶和大妞也不敢怠慢，也赶紧站在大师身后，学着大师的样子，张开双臂，掌心向上，伸向天空……

时间一分一秒地过去，露水下来了，刘婶站得有些麻，她偷偷换了个姿势，瞄了一眼大师，大师双目微闭，一脸肃穆，身体竟如铁铸的一般。

大妞觉得冷，一股寒气从脚心往上冒，先在小腿部分迂回，后顺着腰往左右扩散，到两肩，到脖颈……想到这时候旁边应该有炉旺火，身上应该穿件毛衣，想打喷嚏，使劲憋了，鼻子痒痒，不敢去揉，恍惚间觉得是门墩来了，牵了几匹马，那些马红得像火，一挨近便烘烘地烤人。大妞说，你真的要贩马吗？门墩说他不贩马就没有饭吃，说王满堂不是他的爸爸，他们俩身上流的血不一样。大妞说门墩胡说。门墩说，您说我胡说我就让您看看我的血，说着就拿一把刀往胳膊上一划，只见鲜血直流，那血都是蓝的。大妞抱住门墩说，你不要吓唬我，我已经让你吓过好几回了。说着，眼睛往上翻，浑身打战，再也站不住了，就往下蹲，隐约听见王满堂说那不是血，是蓝墨水，明白自己又被门墩诓了一回……

大师收功。

刘婶亦收功。

大师问刘婶有啥感觉？刘婶说没什么感觉，就是有点冷。大师说，高处不胜寒，上面比这里还冷，你有冷的感觉就说明你与上头的气接通了，上面的凉气传下来了，你就觉得冷。大妞还蹲在地上手舞足蹈，嘴里哼哼叽叽。刘婶告诉她收功了，大妞依旧。刘婶问大师，这是怎么了，大师说这是练功练偏了，是练功中的一种普遍现象，只需纠偏就行了。刘婶就让大师快给大妞纠偏，大师说在纠偏之前他先得看看她这是咋偏的，谁把她弄偏的。

大师又入定了。

大妞哭闹加剧，刘婶按捺不住，跑到窗户根底下叫醒了王满堂。王满堂看了大妞的样子，到后院喊来了周大夫。周大夫匆匆穿上衣服出来的时候，大师也找到偏的原因了。刘婶问大师，是怎么偏的。大师说大妞没接上正神，跟旁门歪道接上了。刘婶问旁门歪道是谁，大师说是红梅山下铁板桥前五百年前的黄鼠狼。刘婶说，乖乖，连五百年前的物件都来了！

大妞直着眼睛说，不是黄鼠狼，是门墩。

大师围着大妞比比画画，嘴里吱吱呀呀地乱转。被周大夫一把推开，周大夫说，别碍事，等太阳出来了把你送派出所。大师不听，还是乱转，周大夫让王满堂找根绳先把这东西拴树上，派人看住，等明天送公安局，看他还能成什么精。大师一听要拴他，说这院的气场不正，就往门口走。刘婶说，大师，天还没亮呢，您怎么走了？

大师说，俺是属鸡的，跟黄鼠狼犯忌。

周大夫给大妞扎了针，大妞长出一口气，悠悠地哭了出来。王满堂问大妞这症状到底是怎么回事，周大夫说是癔病。王满堂不知道什么是癔病。周大夫说这病有个洋名字，一说谁都知道，叫歇斯底里症。

王满堂哦了一声，说领教了。

大妞真是一病不起了。经医院检查，是糖尿病并发心脏心室纤颤，肾脏也有问题。一查出是糖尿病，就这也不能吃，那也不能喝了，偏偏人们来看望病人爱送点心，送水果，大妞只能是看着眼馋，全照顾了门墩那小子。大妞遗憾地说，以前是想吃没有，现在是有了不能吃，我是没享福的命啊！

鸭儿从昌平回来，照顾生病的母亲。

鸭儿的织袜厂处于半死不活的状态。当年那些天之骄子般的尼龙袜子，如今全部积压在仓库里，六毛钱一双也没人买。一度织袜厂改生产领带，针织的领带挂在脖子上，怎么也摆脱不了袜子的形象。后来尼龙袜子不生产了，领带也不生产了，除了厂部的干部还上班以外，大部分工人都放了羊，各干各的了，织袜厂成了一个空架子。

鸭儿一勺一勺地给母亲喂无糖藕粉，这种藕粉是苏三特地从他的家乡给寄来的。鸭儿从来没有感觉到她的母亲这般的虚弱，她觉得这些年，给予母亲的太少太少，作为王家的长女，她实在是不够格，她责备自己的粗心，责备自己对母亲的关切太晚，她的鼻子一阵阵发酸。大妞喝着前女婿苏三寄来的无糖藕粉，心里只是感激，她感念那个只做了半截女婿的苏三，到今天还在想着她这个丈母娘，其善良、细致，是她的几个孩子都不能比的。

大妞说，要说苏三人不坏，是你鸭儿硬跟人过不到一块儿去……鸭儿说苏三已经调上海去了。大妞问结婚了？鸭儿说结了。大妞问有孩子了？鸭儿说有两个。大妞停了半天说，人家都俩孩子了，你还在打独身，让妈怎么放心得下。

鸭儿说她已经死了这条心了。大妞说正因为鸭儿死了心才更让她着急，她这辈子都把心操到儿女身上了……说着，大妞从枕下摸出一个信封，说这是给坠儿准备的出书的钱。前几天坠儿说她那本书订数已经能够保本了，可以不用交钱了。这钱是周大夫的，让鸭儿替她给周大夫还了，说虽然没用上，也要好好儿谢谢人家。又嘱咐鸭儿，别让人看见，也别告诉坠儿。

鸭儿去给周大夫还钱，看见周大夫屋内已有三位等待看病的妇女。鸭儿把钱还了，替她妈说了不少感谢的话。周大夫说，给你妈钱的时候，我猜就用不上，你没看当时把你妈急的，满嘴大燎泡。我不把这个给她，她嘴上那泡就下不去。

鸭儿看见周大夫旁边搁了不少毛线，就问周大夫买这么多毛线干什么。周大夫说不是他买的，都是看病的妇女们送的。一妇女说她们经常请周大夫看病，周大夫从来不要钱，大家的心里头不落忍，就买点东西，权当一点儿心意。鸭儿说怎么商量好了似的，全买毛线。妇女说，听说下月所有商品价格都要放开了，让商人们自己定价，他们还不胡定？眼下大伙儿都在买能存的东西，保值。另一妇女说毛线坏不了，搁三十年以后织出来的毛衣也是新的。

一妇女让鸭儿赶紧也出去给自家划拉点什么存着。鸭儿问有什么可买的，妇女说，买洗衣粉、肥皂、冰箱、电视、衣服料……

周大夫说，都是起哄架秧子。

抢购的事刘婶自然不能落空，信息灵通的刘婶正指挥蹬平板车的外地小伙将几匹白布往家搬。蹬车的说，您老太太买这么多白布干吗呀？

刘婶说，吗也不干，存着。

蹬车的说，也别说，今天我是第三次往人家里拉白布了，跟别人比，您还不是买得最多的。刘婶说她吃完中午饭还要去买，这些只是第一拨。套儿不让把布往家搬，让退了去，刘婶说这是她排了一大早晨队才趸来的。套儿说他奶奶盲目抢购，没有一点儿经济头脑，也不想想买这些有用没有。

刘婶说，搁着就是保值。

套儿说，什么叫保值，您先弄懂了这词再说话。市场经济刚一开始，价格还没放开，您就承受不住了，这只是刚开头，就这么大惊小怪的，往后还活不活了？愚昧，太愚昧！

刘婶说国家不限制价，那酱油还不十块钱一斤？卖东西的谁想要多少钱就要多少钱，乱了！套儿说国家不限制市场，经济规律可限制市场呢，十块钱一斤的酱油要是没人买，它还不得一块钱一斤。刘婶说还是攒点好，攒点踏实。套儿说他奶奶是穷怕了。

门墩咬着一块大蛋糕不知从哪儿钻出来说，就是穷怕了，你们家买几十丈白布倒好处理，赶明儿办丧事孝子贤孙一人一匹就打发了……

刘婶说门墩狗嘴里吐不出象牙来。

套儿说，真要按门墩说的也好，就怕到时候一人一匹都没人要，半尺黑布往胳膊上一勒，至多戴半天就扔了，那还得孝顺的。

刘婶说，我揍你们个小兔崽子！

门墩说刘家买白布比他们家强多了，他让套儿猜，他们家老爷子买了些什么。套儿猜不出。门墩说，我们家买了两个单缸洗衣机。

王满堂得意地看着两个平行而放的洗衣机。一样的牌子，一样的型号，一样的颜色，如同他们家那两个一模一样的双胞胎。依王满堂的想法，这俩洗衣机是给他两个双胞胎孙子买的，孙子早晚有结婚的时候。到那时，一人一台，谁也别挑别拣，他们长得一样，他们的洗衣机也长得一样。王满堂一碗水端平。

鸭儿说买洗衣机还不如买毛线呢，王满堂说他比较喜欢机械。问一台多少钱，说是四百二。鸭儿说两台小一千就白白扔了。王满堂说那不见得，下个月他这两台洗衣机就值两千了。鸭儿说有钱不置半年闲，值一万也是在这儿闲置着。鸭儿问她爸爸兜里还剩多少钱，王满堂说没了，还跟刨子要了二百。

鸭儿说，本来您腰包是鼓的，还有六百块撑着，现在呢，瘪了！

王满堂说，可我的屋里有了两台洗衣机啦！

鸭儿说，加上外头咱们家正使的那台，三台。

周大夫对鸭儿说，别嫌你们家洗衣机多，我们家的毛线都够织一个地毯了。

刘婶说她的白布能缝五十个被套。

并没有出现人们预想的物价大飞涨，相反，北京却在飞速大发展。跟建国初期一样，建筑行成了最吃香的行业，国家的、集体的、个人的，各种建筑队在北京纷纷大显身手，到处都搭着架子，到处都在日夜施工，磕头碰脑，走到哪儿都在盖楼，北京整个成了一个大工地。王满堂深有感触，半个月不上街，就找不到回来的家门。建筑业的那些新材料、新名词、新方法，让他茫然得门外汉一般。他觉得自己被土木行抛弃了，彻底抛弃了，他成了一个大废物，一个只会在家里雕雕砖花的大废物。

灯盏胡同北边，护城河旁边，一座座高楼以一礼拜一层的速度往上长，都三十层了，还没有封顶的意思，王满堂以行家的眼光看，顶层离塔吊的操作台还差得远，看样子这楼还得往上长。

楼底下是忙忙碌碌的人流、车流。路上时常堵车，人的脾气也变得很躁，动辄就骂人，警察也不像大安时候那么和气了，除了罚款的时候敬礼，平时很少给谁敬礼。

最忙的是小字辈，以刨子和套儿为最。刨子经营着他的建筑施工队，已经不是当年给北京修厕所的水平了。他有了自己的人员和成套设备，盖护城河边上那样的大楼绝无问题。应该说，刨子挣了大钱。只有高中毕业学历的刨子搭乘上“改革”这辆车，越走越顺。套儿是艺术人，拍了多少电视剧连他自己也说不清楚，整天的不着家，早晨在东北，中午就上了海南岛，还出了国，一会儿是意大利，一会儿是日本，甚至撒哈拉也出现过他的身影。给人的感觉是套儿把个地球玩得跟地球仪似的。

不变的还是九号小院。

院里晾满了整匹的粉布，刘婶还在水管前漂洗新染的布料，累得满头大汗。

社会闲人门墩靠在竹躺椅上晒太阳。他看着满院的粉色心里有点乱，问刘婶弄这些个粉布做什么，刘婶说做窗帘。

门墩说他以为刘婶是义务为人民大会堂染幕布。

王满堂也没闲着。王满堂将大塑料口袋铺进洗衣机里，将一口袋大米倒了进去。折腾停当了又将一袋面粉倒进第二个洗衣机。

一身白，一脸白的王满堂很艺术地退后几步，欣赏着他的“粮柜”。接着王满堂穿过层层粉帘，来到水管旁边洗脸。

刘婶看看四周没人，小声问王满堂，那些洗衣机怎么样？

王满堂同样小声说，全砸了，现在外头双缸的才三百六。刚才我把它们当了粮柜，挺好，耗子进不去，虫儿飞不出，隔潮、防震。

刘婶跟王满堂商量，她给王满堂一些布，王满堂匀她一台洗衣机。王满堂说他一台机器是四百二，刘婶说按现在的价算，双缸的才三百六，她按三百六给。

王满堂说，可你给我的是布，不是钱。

刘婶说，好像我占了你的便宜似的，你以为我真想把布给你，我这些布搁十年，它还是布。你那些洗衣机放半年就落伍了，再放半年就真成了粮食柜子了。我听人家说现在人家国外，洗衣机都发展成自动电脑控制了，从机子里把衣服一件件拿出来就是叠好了的，熨平了的，喷好了香水的。

王满堂说他得算算，刘婶的布多少钱一尺。刘婶说七毛二。王满堂就算，一尺七毛二，十尺七块二，一百尺七十二，五百尺才三百六……王满堂说，我算清楚了，你把你的布都倒给我，等于便宜买了我一台洗衣机，让我背上洗衣机再加上你的五百尺布，你怎么那么会算账啊！

刘婶说她给王满堂的不是白布，她给王满堂的是粉窗帘，是缝制好了装上铜环的粉窗帘。不说别的，就说从商店往家拉的运费，这染，这做，还不都是钱。王满堂说他的洗衣机也不是打商店飞回来的，也是用车拉来的。刘婶说王满堂甭跟她打马虎眼，她知道，凡是在商店买的大件电器，人家都是免费送货，那两台洗衣机王满堂一分钱运费也没花。

王满堂说，你看看你染的布，红一块，白一块，还硬往外推呢，我情愿要白的。

刘婶说，这是艺术。你见过蜡染吗？那种白一块蓝一块的布，外国人最喜欢，一尺好几十块。我要是按艺术布跟你要价，你一个洗衣机顶多换俩门帘。

王满堂眨着眼算不过账来。

周大夫从布里钻出来说是不是把他那些毛线也算里头。

小院融融的夜色中，所有的房屋的窗帘都变成了粉色。

大妞整理着小山一样的毛线，红的、紫的、绿的、灰的、黑的、蓝的……大妞说，这不是一个地方出的，织出来的衣服就跟这窗帘似的，一块一块的。

门墩说，这是抢购风的烙印。

王满堂说，这是艺术。

大妞说，去你的狗屁艺术。我这一病，没人管你，你就成了精，挺大岁数了，一点儿不老成，还出去抢什么购，老模咯嚓眼的凑什么热闹。

门墩说，越是年纪大越抢得欢。时代发展了，经济变革了，脑袋瓜还停在计划经济的阶段，一句话，跟不上趟了。大妞说，一千块钱，就换来一台洗衣机，一屋子粉窗帘，一堆杂色毛线。

门墩说，这叫五马换六羊。

王满堂说，我乐意。

柱子两口子由国外援建回来探亲。他先回临州老家看了看娘，说娘挺好，指导着拴驴在乡里办起了金砖厂。老太太是厂长，每天忙得鬼吹火似的，雇了一个大学生当小秘，还雇了俩勤务员。

王满堂说，你娘比我有出息。我现在整天在家待着，骨头缝里都是痒痒的。

李晓莉看上了朱惠芬身上的外国连衣裙，非得拉扯着朱惠芬跟她换。朱惠芬说她这件衣服是中国做的，这儿写着 MADE IN CAINA，是中国制的出口商品。李晓莉说是中国制的也要换，有点强行得不讲理了。

大妞看不过眼去。大妞对朱惠芬说，你就跟她换。

鸭儿一人在厨房里忙活，炉子上炖着鸡，电饭煲里煲着饭，盆里泡着虾，鸭儿在刮鱼鳞，开膛破肚。

坠儿和宋编辑父女也来了。坠儿带来了她新出版的书，封面上王满堂题写的“中国古代建筑研究”几个拙朴大字烫金印刷，夺人眼目。

大家纷纷赞扬，说这几个字写得很得建筑与书法的奥妙。柱子说这几个字是心神合一，渗透着古建的韵味，搞古建的人一看就知道是建筑行家所书。宋编辑说这个书名比哪个书法家写得都好。宋编辑还说老萧的稿子他们看了，里面虽然有些封建迷信的东西，但是更多的还是中国建筑的一些理论精华，比如他提到的对古代建筑环境规划的认识、借鉴以及对古代建筑的修复和保护，都很有独到见解。随着改革开放，建筑业的蓬勃发展，国家对建筑传统文化的挖掘和整理就显得非常必要。老萧笔记本的内容，他们也准备修改以后出版。

王满堂激动地说，我替老萧谢谢你了。九泉之下见到老萧，我也有了交代了。

八仙桌被抬到屋子正中，各种菜肴摆了一桌子，大家团团围坐，准备吃团圆饭。刨子问主食吃什么，鸭儿说米饭、馒头。刨子说他要吃面，吃打卤面。大家说鸭儿辛辛苦苦做了一桌子，不必再改饭了。

刨子坚持要吃面。

门墩想起了什么，对王满堂说，爸，改饭吧……门墩说，今天是五月十八……

王满堂说，五月十八怎么了？突然他意识到了什么，把目光投向大妞。

大妞低下头去。

刨子大声宣布，今天是奶奶的生日！

众人都响应吃面，王满堂高声命令：换面！

大妞泪水簌簌而下。

院里街坊听说大妞过生日，也来给大妞祝寿，套儿和福来争着给大妞照相。福来说好日子应该照个全家福。套儿说这事非他莫属，他是摄影系毕业的专业摄影师，在电视剧里不知照了多少全家福。福来说照全家福这样的相片还是得他科班出身的才行，全家福本身就很传统，所以还是得他来传统。套儿说什么时候都不要忘了时代气息，有时代气息全家福里的人才能永远是活生生的。

套儿说着啪地按了一张。

福来将众人摆好了，妞妞举着王满堂题字的书，靠在大妞怀里，宋编辑也加入其中，挨着坠儿站着，柱子夫妇站在王满堂身后，李晓莉和梁子共同抱着他们的女儿咪咪，俩双胞胎一左一右守在爷爷奶奶两边。

福来很认真地按下快门。

一张规矩齐整的彩色全家福在洗印店被冲洗出来。

又一张王家家庭成员神态各异的全家福在套儿的工作室诞生了。

第十一章

大妞去世了。死在了这年的腊月二十，也就是快过小年的时候。没受多少罪，在睡梦中停止了心脏跳动。刘婶说这样的辞世也是造化，大妞辛苦操心了一辈子，有这样理想的结局，正是老天爷的安排、老天爷的怜悯。刘婶对门墩们说，感念你们的母亲吧，她到死都照顾着你们，不给你们添麻烦，这样的老家儿上哪儿找去。说得门墩姐弟几个泪水涟涟。

王满堂明显地老了。大妞一死，不惟他的生活规律全乱了，就连吃饭也成了问题。本来鸭儿说退休回家照顾老父亲，但是工厂转产，生产长筒丝袜，作为老工人鸭儿又被留下了。坠儿已经跟宋编辑结婚，住在出版社的家属宿舍里。梁子当了商店经理，当然现在已经不叫北新桥土产商店而叫北新桥商厦了。柱子两口子正随队转战在美国，盖什么中国园林……孩子们各有各的事情，各有各的世界，九号的家里显得寂寞而冷清。

八仙桌依旧，桌上的座钟依旧嘀嗒嘀嗒地走着。王满堂在八仙桌前给他的水鸭子上漆。他把那两个鸭状的木块描成了两只真正的鸭子，受了友谊商店卖的工艺木鸭子的启发，水鸭子的毛羽也是一丝不苟地画出，反正王满堂有的是时间。不再练字了，主要原因是研墨的人不在了，什么王羲之、颜真卿便也就没了精神，连帖也给人还了。

一阵摩托响，门墩推一辆大红本田摩托雷神一般进了院。门墩把日本鬼子一样的头盔朝里屋床上一扔，对王满堂说大街门的门槛、台阶忒碍事，回回进门他得折腾半天，那个小门把他车上的漆都剐了。哪天他找点水泥，把台阶抹平了，把门框给拆了。

王满堂说，那咱们家就成了大车店了。

门墩说大车店就大车店，只要不挡道。王满堂抬起头，不满地看着门墩。门墩说他又给老爷子跑电话去了，现在安个电话不容易，得排队，他是走了电话局的后门，才给王满堂要来一个号。王满堂说，我什么时候让你给我安电话了？怎么成了给我跑电话？门墩说院里三家人，那两家都安上电话了，咱们也得安。门墩说，您看人家周大夫，举着电话多有派。学着周大夫口气说，喂，在国际俱乐部开会，两点来车接。不行，改三点半吧，我中午得睡一会儿，对，让他们都改。您再看刘婶，门墩又学刘婶，福来吗？妈这两天馋啦，妈就馋肉。你把天福号的酱肘子给妈买两个来，今儿下午就送来啊。您再看您。门墩又学王满堂，周大夫，您这会儿不用电话吧？您要不用我用一下行不？老麻烦您……

王满堂说，你小子学得还挺像，你要安电话也行，我不出钱。

门墩说，将来这电话百分之九十是您用，您不出钱谁出？王满堂一口咬定，谁安谁出，他又不是老打电话。门墩说，其实您是老想打电话。

王满堂死活不出钱。

门墩说，都说人老三不贵，贪财、怕死、没瞌睡，一点儿不假。您手里攥着那么些钱留着下崽啊？您自个儿的工资，再加上儿女们的孝敬，一个月少说也这个数，您比我阔多了。王满堂说常将有日思无日，莫待无时想有时，过日子讲的是细水长流。

门墩说，您攒钱干吗？钱再多，到最后也是二十九斤油，一个木头盒子……

王满堂问什么意思？门墩说进烟筒胡同走啦。王满堂冲门墩瞪眼睛，门墩说，当然了，您钱多，您不用木头的，您可以用金的，24K的，您在那小金匣子里待着多舒坦哪……早晨进去，晚上就得让人给倒了。

王满堂将手里的油漆刷子拽过去。

电话安起来了。门墩将一张纸贴在电话旁边的墙上，对王满堂说王满堂所有认识人的电话号码都在这张纸上头。让他爸爸想谁了就给谁打，说用红笔抄的号码是火警、匪警、急救站、派出所、居委会、失物招领处、西口小饭铺……

王满堂说，全是瞎掰，我不会给谁打电话。

电话铃响了。

门墩接电话说，哪位？……是侯经理，我是国强，对，三千二百块，价格没变。对侯经理没的说，咱们谁跟谁呀？当然是最低价。没错，我这儿有一百吨盘条，你给个价……面议？我很忙，现在我这儿有四个客户正坐跟前等着呢……

王满堂说，说瞎话连磕巴都不打。

门墩说，没有谁，是我的客户在旁边说话呢。

王满堂大声说，我是他爸爸！

门墩说，都是哥们儿，他在这儿开玩笑呢……什么，很幽默，当然，是很幽默。

门墩放下电话又拨新码，一边拨一边对王满堂说，我联系业务的时候您别打岔，您老跟我这么搅和让我怎么开展业务。电话通了，门墩立即换了一种语调说，老李吗？我是王国强，老李，上礼拜跟你说的十三吨水泥的事……什么，还没到货？你跟他们说，要是再拖，我们就不要了……加价？合同都定好了，加什么价？他们这农民企业就是不正规，李自成似的，想起一出是一出，没个准谱。三号以前必须把货运到永定门，晚一天，他怎么拉来还怎么给我拉回去！

放下这头门墩又拨电话，三秃子吗？我是门墩，你给哥们儿赶紧找五吨盘条……拿化肥换，不要支票，这是他妈什么土老帽……什么？中午让我请你一顿，你怎么不早说呢？我刚从王府饭店吃了进门，是湖南一个老板请的，满汉全席，没劲，比炸酱面差远了，下回吧，下回我在马克西姆请你吃西餐……

王满堂说，这电话我没出钱，我真是英明极了。

门墩又拨电话。不通，门墩就一遍一遍地拨，没完没了地拨……

王满堂不耐烦了，王满堂说，王大经理，咱们中午饭还没有着落呢。

门墩说，爸，您没看我这儿正忙着嘛，锅里还有粥，您热热，咱们一人一碗。

王满堂说那粥都三天啦。门墩说它不是还没有变味儿嘛，没味儿就能喝。王满堂说也不能光喝粥。门墩说他的包里还有一块面包……是刘主任吧，我是王国强……

王满堂无可奈何地站起身，来到里间。

里间墙上挂着大妞的遗像，是生日那天套儿给照的。不愧是艺术家水平，照片上的大妞栩栩如生，就像是要从上面走下来一样。王满堂站在大妞像前久久无语，墙上的大妞也无言地望着王满堂。

王满堂说，你听见了没有，一碗剩粥，一块面包……他就这么打发我。

王满堂觉得应该找谁聊聊，要不然他一肚子闷气发泄不出来，转来转去转到了周大夫门前。周大夫的门上挂着一把锁，周大夫现在成了了不得的大红人，成了妇科病的专家，今天这儿请，明天那儿叫，很少有时间在家待着。

王满堂转到刘婶门前，推开刘婶家的门，屋里没人，老太太不知道又上哪儿串去了……

王满堂在院里无事可干，门墩由屋里出来，推上大摩托向门外走去，对王满堂说，爸，粥您一人喝吧，我今天晚上也不回来吃饭！

王满堂没理门墩，回到屋里坐在桌前，与电话久久相对，一会儿王满堂拿起了电话，说，喂——是鸭儿她妈吗……我是……

王满堂的嗓子有点发紧。

电话里传来嗡嗡声。

王满堂撂下电话，在墙上寻找号码，拨通了鸭儿的电话，电话里传来了车间的嘈杂，鸭儿问王满堂有什么事，王满堂说没事，就是告诉鸭儿，家里装了电话，号码是60000888，好记，打四炮，放三枪。王满堂问鸭儿什么时候回来，说他现在还没吃中午饭。鸭儿说都三点了怎么还没吃饭哪，门墩呢？王满堂说兔崽子扔下我自个儿走了。鸭儿让王满堂先出去买点儿点心，说明天是礼拜六，她一大早就回家。

王满堂在墙上又找到了第二个号码。

王满堂说，喂——

是坠儿家的妞妞接的。妞妞说，是姥爷呀，我妈出差了，上西安考察古城墙去啦，得下月回来。我爸，我爸上班了，我？我都上四年级了……

王满堂说，姥爷也没什么事，我就是告诉你，姥爷装电话了，号码是……好记，打四炮，放三枪……你记下了没有？记下了，那我就把电话放下了，记着问你爸爸好。

王满堂继续在墙上找，又拨电话。

王满堂，喂——

经理不在家，是经理太太李晓莉接的电话，李晓莉说他们是王经理，不是什么梁子。冷冷地问，你是谁？王满堂问她是谁，李晓莉说你管我是谁。这回王满堂听出声音来了，王满堂说我是你们家咪咪的爷爷。李晓莉的声音这才缓和了一些，但充满警惕地问有什么事，听口气就有一种随时准备撤退的架势。王满堂心里很不舒服，他甚至后悔打这个电话了，王满堂匆匆忙忙说也没什么事，就是告诉梁子家里装电话了……刚说完号码，对方就挂了电话，王满堂听到里面的忙音，冲着话筒说，我就是想告诉你们电话号码，没别的意思。

王满堂似乎意犹未尽，很不甘心，继续在墙上找号码，又拨电话。

刨子是在奔驰的小汽车里接到了王满堂的电话的，他问爷爷现在正在干什么，王满堂说他正闷得慌。刨子说他派个人陪着王满堂上山东临州转转，王满堂说不想去，想上刨子的工地来看看。刨子说他这几天特别忙，等过了这几天他去接王满堂，把他承包的几个大工地都让爷爷看看。王满堂最后说他还没吃饭，主要是没人给做饭了。刨子问他三叔上哪儿了，王满堂说跑得不见影儿了。刨子说，爷爷，我让人立刻给您送吃的去。王满堂说吃的不吃的不是主要，告诉你，咱们家装电话了，号码是四炮三枪……

刨子对身边的秘书说记下来。秘书说记下来了。刨子吩咐秘书，上萃华楼要几个山东菜，再上稻香村买点萨其马，马上送到灯盏胡同九号去。

秘书问标准，刨子说五百。秘书问要不要把老爷子接工地去？

刨子说，你可千万别价。

王满堂像孩子一样对电话产生了一种游戏心态，尽管在古建队当队长的时候也拨过无数次电话，毕竟跟现在不一样，那都是有正经事情的。现在呢，是玩，纯粹是玩，不花他的钱，花门墩那个兔崽子的钱！想想门墩的可恶行径，想想那些什么金骨灰盒的屁话，不玩小子的电话玩谁的，又拨号。

是周大夫。周大夫说他是周一凡，问王满堂是谁，王满堂说他是王满堂。周大夫说他竟然没听出来，他刚回来，衣服还没换呢。王满堂说他就是看见周大夫进后院了才打的电话，估摸这会儿也就是开了锁刚进门。周大夫问有事？王满堂说没事，就是告诉一声他们家装电话了，号码是……王满堂说他是小人乍富，有了电话就想抖擞抖擞，甭管道远道近，挨个儿打一遍……

周大夫说，这回好了，真方便到家了。

刘婶刚进院子，就听见自家电话响，三步两步奔了进去，对方已经挂断。刘婶说，谁呀，这么性急？

王满堂放下电话，走到窗前，望着刘家，一乐。

老石和大摊儿来了，王满堂如迎亲人解放军一样把二位迎进家门，亲热异常。老石说一退休，连见面的机会都少了。王满堂说一晃三四年了，时间怎么就过得这么快呢？大摊儿说连他都退休了，能不快吗？

王满堂让两位都别走，待会儿他孙子给送好吃的来。老石说有好吃的当然就不走了。

果然一会儿有人送来不少吃食，五百块钱的标准，除了各种菜肴以外还包括饮料、水果。王满堂、老石、大摊儿对着一桌子吃喝，只感觉是“天上掉下个林妹妹”。

王满堂说他在家闲得发慌，除了跟门墩生气，再没有其他的娱乐。老石说他没技术，只好给变压器厂看门，小小的变压器厂，总共一百来人，科级单位，却找了他这么个厅局级的看门人，他比那厂的厂长还有水平。那个厂长一拿不准主意就钻传达室，搞得传达室在变压器厂比厂长室还重要。大摊儿说现在好些仿古建筑的施工单位都缺少技术指导，古建对王满堂来说，那是太熟悉不过的了，他今天来，就是特意请王满堂出山，跟他一块儿去给人家当顾问，顾问费用可以按月给工资，也可以从中提成。

王满堂说不给钱都成，只要是不出土木行，他愿意白干，这比在家里闲着打电话玩强。大摊儿说王满堂付出了经验和技术，这是高级脑力劳动，报酬是绝对应该给的，让王满堂千万不要客气，要的价也不能低了。现在，像王满堂这样有技术的古建老工人，全国也没几个了。

王满堂说，我真这么宝贝？

老石说，我打一解放就说，你是中国的宝贝。

从此以后，王满堂早出晚归跟着徒弟大摊儿参与了不少仿古建筑的施工设计，也是这几年园林大兴，哪儿都在盖亭台楼阁，中央好像有文件停建一批楼堂馆所，但那是对国家机关而言，限制不了民间。民间照样该怎么盖还怎么盖。歇山式、悬山式、庑殿式、卷棚式，飞檐、斗拱、雕栏、彩画，盖戏台，修大庙，活计一件接着一件。

王满堂成了忙人。

门墩的门面房又换了幌子，“丽丽发廊”的大招牌鲜亮而醒目，里头安了大玻璃镜，置办了转椅，满地铺了小花瓷砖……

周大夫要到美国探望他的妹妹了。门墩将周大夫拉到“丽丽发廊”，特意要为周大夫服务一番，让周大夫“鲜鲜亮亮走出国门，以壮我国威”。

门墩端着个小茶壶看着丽丽给周大夫理发。门墩说苟丽丽的手艺没的说，她爷爷是老“四联”的，她爸爸给周总理理过发，她哥哥是老“白玫”的年轻技师，强将手下无弱兵，丽丽的水平在东城首屈一指。周大夫问怎么叫个狗丽丽。丽丽说不是小狗的狗，是草字头一个句字的那个苟。周大夫说闹了半天还是个苟。

丽丽跟周大夫聊天，说理发讲的是舒服、自然，理完了，人精神了，像才睡醒了一个小觉，头发利落了，还得让人看不出是才理过的，这才叫高手。有的理完发，一脑袋青茬儿，死眉瞪眼，跟傻二哥似的就不成。周大夫说丽丽洗头也不把头发打湿了，上来就拿洗发液干抹，这种洗法没见过。丽丽说这是从日本进口的资生堂洗发水，现在洗头都是干洗。周大夫说怪不得闻着这个味儿怪怪的。

丽丽为周大夫修剪。

丽丽为周大夫按摩。

门墩问周大夫感觉怎么样。周大夫说，美。门墩说他找来的人都错不了，他是什么眼力呀。门墩问周大夫上美国还回来不？

周大夫说，我不回来在人家那儿老待着算怎么档子事？

门墩说，您回来干吗呀？外国多好。您看电影里，人家外国吃的、住的，哪点不比咱们强，听说咱们的星级宾馆在人家外国就是贫民窟。

周大夫说，要是贫民窟都上了星，那有钱人得上月亮。

门墩说，岂止上月亮，人家连宇宙黑洞都钻进去了。

丽丽问喷不喷摩丝，门墩说喷。周大夫舒服地闭着眼睛任丽丽折腾，一会儿丽丽说好了，周大夫睁眼看，的确不错。丽丽说，您这个人很传统，所以我就给您理得也很传统。

周大夫说，传统好，传统好。传统多少钱？

丽丽说一百五。周大夫有些傻眼，用目光四下寻找门墩，门墩已不知去向。周大夫说一百五，贵了点儿。丽丽说这叫货真价实，没这个技术也不敢要这个价。周大夫说都是街坊……丽丽说就是看着是街坊，才收一百五，上外头试试，随便哪个发廊，张嘴不要个三百五百的。

周大夫说，我一个月才挣多少，以前剃头才一块五……

丽丽说，您要找街上的剃头挑子，三毛钱兴许就给您把活儿干了。那是什么档次？洗衣粉洗头，十个人一盆水，剪子推子不消毒，用一百个人也是它，风吹着，土扬着，过路人参观着，那不是剃头，那是受罪。我们这儿音乐放着，空调开着，进口材料用着，一百多块钱买个满意舒坦还不值？

周大夫说他待会儿跟门墩算行不行。丽丽小脸一绷说，不行。您瞧，墙上贴着制度哪，概不赊账。

周大夫只好掏腰包。周大夫说，你们这是宰熟……话没说完，套儿披头散发地进了理发店。

丽丽热情地迎上去问，刘导，您近来拍什么片子哪？

套儿说，拍什么呀，一部八集的《日头依然红》就把人搞得屁滚尿流，剧本臭得提不起来，演员个个狮子大张口，服、化、道一个赛一个地不开窍……

丽丽说，刘导，您看要是有适合我的角色，可别忘了我，我这辈子做梦都想当演员。

套儿说没问题，说看丽丽这小模样还行。见周大夫也在，就过来跟周大夫打招呼。周大夫说，套儿，你兜里要是没带够钱就趁早别往那椅子上坐。

套儿说，您放心吧，我有的是钱。

挨了宰的周大夫心里虽然不痛快，还是提着箱子上了飞机场。出国是件大事，王满堂特意请了一天假，把他送到大门口。周大夫觉得脑袋利落了心里还是窝囊，他指着发廊对王满堂说，你得管管，没这么做买卖的。

王满堂说，放心走你的，你一走我就收拾那个小兔崽子去。

刘婶让周大夫到美国就来信，周大夫说他来电话。

王满堂看着汽车走远了，迈步向丽丽发廊走去。

发廊内，套儿已经被丽丽收拾一新，脑后扎了一个马尾巴。套儿要掏钱，丽丽小声说算了。套儿说那就不客气了，说完由后门进了院。丽丽转过身来见到王满堂问，干吗？

王满堂说，上你这儿来能干吗？

丽丽打量着王满堂的光头，料挤不出多少油水，态度就变得冷淡而傲慢，爱答不理地对着镜子描眼睛。王满堂说，我理发。

丽丽说，从这儿出门往东再往北，马路边上有服务学校的学生义务为行人理发，不要钱。

王满堂说他偏要在这理，他就看上这儿了。

丽丽说，您看上这儿了，这儿可没看上您的脑袋。

王满堂说他理了一辈子发，头回听说还有剃头的挑脑袋的。

丽丽说，你往那儿坐什么？你先问问价儿，掏得起你再往下坐。

王满堂问坐那儿多少钱。丽丽说四百！

王满堂说，以为要多少呢！四百，四百不多。全套家伙你都给我上。

丽丽让王满堂想好了，别到时候赖账。王满堂说他从小到老，从没赖过账。丽丽说没赖过就好。说着生硬地把王满堂按在椅子上，遮单子，围手巾，在王满堂的光脑袋上抹洗发液，动作粗暴。

王满堂问用的是进口的吗？丽丽说中国的有这味儿吗？王满堂说他闻着怎么是馊豆汁味儿？丽丽瞪了王满堂一眼，更为粗暴地操作起来，顷刻，王满堂的脑袋上全是泡沫，已经看不出鼻子眼。

丽丽问怎么理？

王满堂说刮。

丽丽在刮刀布上蹭刀。

王满堂说，你可得找准了地方，别把我的鼻子削了去。

丽丽说，少说两句吧你，不会当哑巴把你卖了。

丽丽将王满堂的头刮得精光锃亮。王满堂照着镜子说刮得还行，接下来让丽丽给吹。丽丽说吹什么？王满堂说，你说吹什么？我的四百块钱里头难道没有吹的钱？

丽丽说吹……头皮？王满堂说吹头皮。于是，吹风机嗡嗡响起，在王满堂的光头上来回扫荡。王满堂闭眼端坐，如同一尊佛爷。

一切收拾停当，王满堂闭着眼仍不起来。

丽丽说完了。王满堂说还没按摩呢。丽丽不情愿地开始连捶带打。王满堂说，闺女，我可不是没理过发，知道什么叫按摩，既然你收我四百，就得把活儿做到家……这儿，还有这儿……丽丽动作夸张，应付了事。王满堂说，你还得掐掐麻筋儿。

丽丽说她没掐过麻筋儿。王满堂说，剃头的不会这个还能叫剃头的？还敢张嘴就收四百？知道哪儿有麻筋儿吗？丽丽说不知道，也不想知道！

王满堂说，那我就给你指点指点。王满堂在丽丽后脖梗子某处一点，丽丽哎哟一声，蹲下去，眼泪也流出来了。丽丽说王满堂要流氓。王满堂说，我给你当爷爷的岁数也有了，我还要流氓。丽丽要打110报警，让警察把王满堂带走。

王满堂将墙上的服务公约一类的唰唰撕下，揉作一团，扔在地上说，漫天要价，还要打电话给110，我先打个电话给消费者协会吧。

丽丽说，你打呀，你不打是孙子。

王满堂说，我还真不是孙子。

王满堂是个急性子人，进屋就给消费者协会打电话。因为有了平时的电话游戏，所以动作熟练而准确，三五下将电话拨通，着着实实告了门墩的“丽丽发廊”一状，还特别强调发廊的法人，就是领执照的那个人，名字叫王国墙，国家的国，一堵墙的墙……说他虽然自个儿改名叫强大的强，不过家长不认可……

王满堂放下电话，发现门墩站在身后。王满堂说，有电话是方便多了。

门墩说，我长期的怀疑今天终于得到了证实，您根本就不是我的亲爸爸。从今往后，您是您，我是我，我的事您别干预，您的事我也不管。

王满堂说，我是你的老家儿，你不管我谁管我？

门墩说，您是消费者协会的爹，您有事找消费者协会去。

门墩气愤地出门，站在院里指着北屋说，以后我要再管你叫一声爸爸，我不是人养的。

刘婶说，怎么了？刚才还好好儿的呢，这么一会儿就忽雷闪电的了。

门墩说，有他这么当老家儿的吗？成心堵自个儿儿子的路，往消费者协会告我！我真后悔，干吗要装这个电话！

王满堂说他的眼里揉不进沙子，干什么就得敬什么，平，平不过水；直，直不过线……门墩说现在是商品经济，有人愿买就有人愿卖，两厢情愿。王满堂说那也得有个谱！

门墩说，我知道您看着我不顺眼！打小您就看我不顺眼！行了，我往后让您看不着我行了吧？惹不起我还躲不起？

刘婶说，哪儿也不许去，你走了你爸连口粥也喝不上。

门墩说，消费者协会管他的饭。

王满堂让刘婶别拦着门墩，说你越拦他，他越来劲儿。他爱上哪儿就让他上哪儿，没鸡蛋还做不了槽子糕了！

门墩说，我上法院，宣布跟他脱离父子关系。以后姓王的事再别来找我，本大爷改姓了，随娘的姓，姓赵。

王满堂说，我们姓王的也没你这路货。

刘婶说，这爷儿俩……

王满堂跟门墩彻底掰了，从此爷儿俩见面无话。门墩倒没什么，王满堂的生活却受到了直接影响。有时辛辛苦苦从外面回来，要喝水，拿起暖瓶一摇，空的。饭也没有，连剩了两天的粥和干面包也没有了。

这晚，照旧没饭。王满堂来到胡同口的小饭铺，靠墙坐了，要半斤炒饼。掌柜的说他们这儿雇了个四川厨子，新添了不少川菜，眼下北京正时兴吃川菜。王满堂说他就认炒饼。掌柜的说现在可着全北京找，也找不出几家卖炒饼的了，利太薄，不赚钱。王满堂说以前怎么就赚，现在就不赚了呢？掌柜的说是赚得多少而已，开饭馆的谁不愿意多赚点儿。王满堂听这口气跟“丽丽发廊”的观点一样，有点认钱不认人，唯利是图的感觉。王满堂问饭馆包饭不，他每天晚上回来在这吃。掌柜的说那得看王满堂吃什么，王满堂要是天天吃炒饼，他们就划不来。王满堂说，天天在你这吃大菜我还划不来呢！

门墩披着衣服进了饭馆，见了王满堂也不打招呼，王满堂索性装没看见。掌柜的把门墩往王满堂桌上让，说爷儿俩坐一块儿正好。门墩说他就在临窗户这桌吃，能看外面的夜景。掌柜的多聪明啊？掌柜的马上明白是怎么回事了。

掌柜的将菜谱递上，门墩说他不看了，说听说这儿新来了个四川厨子，让厨子把他的拿手菜尽管往上端。掌柜的问门墩这月包不包饭。门墩说，干吗包饭？我不包。

门墩的菜一样样端上，美丽而丰盛。王满堂的炒饼却还不见动静。王满堂催问他的炒饼，说他比靠窗户那个先来的，怎么那个都吃上了他的还上不来？掌柜的让伙计上后头给王师傅看看，又对王满堂说，不行您就坐过去吃。

王满堂决心死等。伙计告诉掌柜的说，买饼去了。

王满堂说，还好，有盼头，我以为得买化肥现种麦子呢。

门墩在大吃大喝，王满堂在另一桌枯坐傻等。

掌柜的跟伙计说，这爷儿俩有意思。

王满堂的饼终于来了，临窗那边已经吃完，门墩高呼一声，买单。掌柜的算了一共是九十四块三，给九十。门墩说，那盘炒饼算我的。说罢扬长而去。

王满堂吃完了算账，掌柜的说门先生已经给了。王满堂说，他是他，我是我，各是各的账。

掌柜的说，我要再收您的，不就多收了吗？

王满堂说，你这回多收了我的，下回我来就不用给了。

掌柜的说，门先生的菜没吃多少，扔了可惜，我让伙计给打了包，您替他拿回去。

王满堂说，他的事我不管。

也许是因为消费者协会的干预，也许是因为其他，总之，没有两个月，“丽丽发廊”就关门了。门面房上了锁，贴了封条，发廊的招牌半挂半吊在门楣上，半截电线在秋风里悠荡……给人一种“黄鹤一去不复返，白云千载空悠悠”的意境。

门墩背着一个巨大的蛇皮袋子来到刘婶门口，告诉刘婶他要上俄罗斯了……刘婶惊奇地说，上俄罗斯？你爸爸答应？

门墩说，干吗让他答应？我叫赵国强，跟他没关系。这是我屋子的钥匙，您先替我收着，我什么时候回来您什么时候给我。万一要是我回不来了，就把屋里的东西全送给套儿，让他留作纪念。

刘婶说，听这话好像诀别似的。别说您那屋里没什么，就是有什么，套儿也未必就看得上，您也不是哪哪儿的亲王，还给我们留什么纪念品。

门墩和刘婶说话的时候，王满堂就坐在八仙桌前，看着、听着，越来越上气。

院里的门墩告诉刘婶，他背了一口袋旅游鞋，到那儿一卖就是本钱。刘婶说这回还好，还有一口袋鞋，不是空手套白狼。

门墩说，刘婶，一看见您我就想起我妈来了。人说，宁死做官的爹，别死要饭的妈。这话一点儿不假，我现在，跟个孤儿没两样了。

刘婶说，你这孩子，心思还挺重。

门墩说这回他上俄罗斯，不混出个人样儿来，决不回灯盏胡同。刘婶说别说那话，混得好混得坏，都回来，这儿总是家啊。门墩说，我妈活着的时候是个家，我妈不在了，就不是家了。

门墩话音未落，从北屋里飞出一把茶壶，差点儿砸在他的脚上。

刘婶赶紧推着门墩走出大门。

北京的西风一起，天气立刻就凉了。这几年，北京的天气跟世界许多城市一样，没有春秋，只有冬夏，那碧蓝如洗的秋日天空是越发地难见到了。以往，站在长安大街往西看，能看见苍茫的西山，现在只是一片迷茫。西边有高楼，有雾霭，就是没有西山。

一辆小车经过各种车辆的千堵万堵之后，终于停在九号门口，从里面下来一位很有风度的白发长者。长者进门，在雕花影壁前久久站立。

长者不是别人，就是老萧，萧益士。

这如同在九号炸了个雷。

谁也没想到还有今天，老萧说他自己也没想到。老萧说，甲乙运八西方，壬癸路经南域，不是我记着灯盏胡同，是运数该着走到这一步，我必须回来。

王满堂说老萧没变，还是那个老萧。

老萧说他在东北农场，有一天利用上山砍柴火的机会就走了，并不是有计划地算计，完全是随心所欲，想走就走了。先奔了苏联，又从苏联上了欧洲，从欧洲到了东南亚，现在他是南亚某建筑院的院士了。东南亚一带，建筑尤其讲究风水，大凡搞重要建筑，测点风水是第一的，他不点头，设计的便不能设计，施工的便不能施工。

王满堂取出当年为老萧出的书给老萧看。王满堂说这就是老萧因此而获罪的那个本子，他一人收着，终归是收不住，变成了书，大家收着，它也能派上用场。出版社的宋编辑说这里头有不少古代建筑的理论精华，不都是封建迷信，他把没用的删了，有用的全留下了。

老萧激动地拿过书，半天半天，什么话也说不出来……王满堂说，老萧，那年我真对不住你，鸭儿她妈到临咽气还惦记着这件事，让我将来见了你一定替她道个歉……

老萧说，你别说了，咱们哥儿俩，交往了一辈子，磕磕绊绊，谁还不知道谁？马逢丙戌鼠逢壬，刑冲破害祸无尽，我是属鼠的，你是属马的，咱们该有此一劫。

到了吃饭的时候，刘婶认为还是出去吃，找个像样的馆子，好好儿请请老萧。王满堂也说该为老萧洗尘。上哪儿呢？东来顺、全聚德、萃华楼，都是老字号，由老萧挑。老萧说他哪儿也不去，海味山珍，龙肝凤髓，他在外头吃了不知多少，他想吃的就是家常饭，不折不扣的家常饭。

问想吃什么家常饭。老萧说，炸酱面，虾米皮小碗干炸，豆芽菜、黄瓜丝做面码儿，外加两头独头蒜。切面不成，得手工擀的。

王满堂说，这样的面甭说你，我也想吃，我也有日子没吃了，自从鸭儿她妈……我是饥一顿，饱一顿，很少在这张桌子上正经吃过饭。

刘婶为老萧做了一顿地道的北京小碗干炸，面擀得又细又长，肉末黄酱炸出了油，顶花的小嫩黄瓜，晶莹的京东紫皮蒜……三个老人在融融的灯光下吃面，老萧说这才是家的味儿，多少年没有过这种感觉了。

刘婶说，你就回北京来吧，这儿到底是老家。眼下户口不户口的不重要，也不是前几年那会儿了，买粮食还得要粮票，外地人谁想来就来，北京城里你用笊篱一抄，捞出十个人八个是外地的。

王满堂问老萧，这回回来还走不走。老萧说走也行，住也行，有个大老板，要在北京盖座大商城，特意请他来勘察地点……老萧说外边的人盖商店很是讲究，阴阳和合才能春生繁祉，才能民生和利，才能物备而乐成，不是想在哪儿盖就在哪儿盖，想怎么盖就怎么盖的。

王满堂说，外头的人兴这个。

老萧说明天带王满堂到勘察的实地先看看去，让王满堂给参谋参谋。王满堂说行。

老萧和王满堂在谈论勘查商城地址的时候，刘婶赶回去收拾套儿的房间，她得为老萧打点住的地方。老萧从外头回来了，在北京无亲无故，不住九号住哪里？更何况还有一个干亲家的名分在里头。

套儿的屋里脏乱不堪，墙上、地上到处都是剧照，空酒瓶子、方便面的空碗、吃剩下的罐头、臭袜子、脏衣服堆得让人看着眼晕。刘婶将那些臭烘烘的垃圾清出去，将被子套上新被套，往屋内猛喷了不少茉莉花空气清新剂，直干到桌上的座钟已经指到了十二点。

老萧说时候不早，他该走了。王满堂说还没说几句话……

刘婶说，已经把套儿的屋子拾掇出来了，你就住那儿，套儿在剧组拍戏，十天半个月的不回来。

王满堂说门墩上了俄罗斯，老萧住他那儿也行。

老萧不想给他们添麻烦，老萧还是要走，说明天一大早还有事。

王满堂说，不就是实地勘察的事嘛。我跟你一块儿去，咱们豁出去了，不坐公共汽车，咱们也现代一下，打的，打的快，用不了二十分钟就过去了。刘婶说打“面的”比“夏利”能省不少。老萧说他的东西还在旅馆里，王满堂问老萧住哪个旅馆，老萧说住金鱼胡同王府饭店。

王满堂和刘婶一下都哑巴了，面面相觑，再不敢说留的话。

及至将老萧送出大门，他们才看见门口停着的小轿车。司机见老萧出来，赶紧下车将车门给老萧打开。老萧对王满堂说他明天派车来接，说罢很有气派地上了车。汽车缓缓向胡同口开去，给王满堂和刘婶留下两盏红色尾灯。

刘婶感叹地说，没想到……

王满堂说，你知道老萧坐的是什么车？

刘婶说，小汽车呗，皮顶的小汽车。

王满堂说，皮顶小汽车？那是凯迪拉克！一辆车的价儿顶一座楼！

刘婶说，你刚才丢人的，还“豁出去了，不坐公共汽车，打的”。

王满堂说，我说打的是打“夏利”，没像你似的指名道姓打“面的”。

麦子自从50年代末一走，再没有来过北京。尽管为金砖的事，为送口粮的事，她几次派霜降，派桂花到北京来，她自己则尽量不出面。她知道大妞很在意这件事，她不能因为自己的存在而引起大妞的不安。虽然大妞后来几次带信让她来北京看看，麦子都说活忙，给推了。

现在她来了，带着砖厂的负责人拴驴到北京来了，来为他们的金砖寻找用户。

拴驴一副农民企业家打扮，西服穿得如工作服一般随意，袖口上的商标当然舍不得拆去，红领带长得从西服下摆伸出一截子，脚上是一双白旅游鞋。

王满堂一大早就被老萧的车接走了，刘婶将麦子让到北屋，陪着说话。拴驴说要见梁子，刘婶打电话联系了，梁子说一会儿就来。拴驴说这回就是来找梁子叔的，他们跟他说好了，让他帮着卖砖。麦子则对房间的杂乱看不过眼去，桌上的土多厚，掀开钢精锅，里面是半锅长绿毛的挂面，打开碗柜，滚出几个砖一样硬的馒头，铁锅里面有不少剩菜，案板上一批脏碗，被子摊在床上，窗台上一窝烟灰……

麦子叹了口气，开始收拾。

刘婶对麦子说，来了就别走了，就住到一块儿吧。满堂一个人难哪，有时候连口热水都喝不到嘴里，你是没见他那可怜劲儿，就连我这个街坊都看不过眼去。

麦子说这些年，一人过也过惯了，怕也合不到一块儿去了。刘婶让麦子不妨试试，说他们有基础，怎么说当初也是恩爱的结发夫妻。拴驴吸溜吸溜喝着茶，弄得满屋都是他喝水的声音。拴驴说，俺也是这个意思，俺在道上劝了姑奶奶一路了。

麦子对拴驴说，你把那脚从椅子上放下来，进城了也得懂点城里人的规矩。就你这样的跟人谈生意，十个有十个不成。

拴驴说，俺咋舒服就咋待。俺又不是跟别人谈生意，俺是跟梁子叔谈生意，他还能看不惯俺咋的?

梁子回来了。梁子一进门就冲着拴驴说，我一看你就是拴驴。

拴驴说，俺有大号，俺叫程果。

麦子说，他就不愿意人家叫他拴驴，好像叫拴驴就矮了一截似的。乡里人喊他程厂长，他美得屁颠儿屁颠儿的。

梁子说，我一看见他，就想起我爸爸说的，当年他和门墩穿着大喇叭裤上香山的样子，多有意思啊。梁子说麦子大妈来了就多住些日子，他爸一人也是闷得慌，跟门墩在一块儿住着，冤家对头似的，俩人成天打，这不，把门墩打到俄罗斯去了。

麦子说，你爸打年轻就是倔脾气，老爱跟人戗着，你妈这辈子服侍他真是不易，难为她了。你妈是好人，可惜，该过好日子了，她走了……

梁子说，我妈一不在，我爸就可怜极了。我让他跟我过，他死活不去，非要跟门墩这儿凑合，不见就想，见了就打。

麦子说这么着也不是个办法……

梁子和拴驴订了合同，临州的金砖销售由梁子的公司代理，拴驴的砖厂只管放心生产，要保质保量。拴驴也很高兴，他说，以前俺们老为销路发愁，你说一般人盖房谁用金砖哪？价格又高，块头又大，这下好了，俺们省心多了。

麦子用布蒙着头出出进进在打扫卫生，她这个真正的厂长反而不关心合同的事情了。刘婶端着大半碗麻豆腐进院，说是老萧爱吃。刘婶见麦子在打扫卫生，就小声地说，今天你就睡在王满堂的屋里，谁能说什么？都这把年纪了……

麦子说，这怕不合适，俺在乡里咋也是统治着几十号人的金砖厂长呢。

刘婶说厂长才不在乎这个。现在，哪个厂长不跟小秘有猫腻？睡了觉的未必就都是登过记的。麦子说刘婶这几年倒是进步很快，刘婶说她一向都是爱赶在时代的前面，打一解放就怕人说她落后。

王满堂与老萧一边争论一边进了院，麦子跟两人打了招呼，王满堂硬硬地说了一句，来了？老萧停下与王满堂的争执，说麦子看着不显老，还那么少相。

刘婶告诉老萧，给他买来麻豆腐了。老萧说得用羊油和青豆炒，刘婶说那是当然，让老萧待会儿到她屋去吃饭。王满堂说他也想吃炒麻豆腐，刘婶有些不乐意说，卖麻豆腐的天天打门口过，也没见过你说要吃，怎么偏偏今天凑热闹。

王满堂说，卖麻豆腐的天天打门口过，也没见你买来炒，偏偏今天炒了，我怎么就不能吃？

老萧说，这院当初盖的时候没挑好时辰，大概是过了未时起的工，所以住进来的人都爱抬杠。

王满堂说，你还没见周大夫那个大杠头呢，他上美国探亲去了。

麦子说王满堂还是在家吃好，她已经蒸了一锅馒头了。王满堂说现在谁家还蒸馒头啊，街上卖馒头的有得是，三毛一个，又大又白。麦子说她蒸的是山东戗面馒头。王满堂说戗面太硬，他的牙已经掉了仨了。老萧说他吃，他想吃戗面馒头。

王满堂和老萧的争论没有结果。原来根据政府规划，要把小街拓宽，这样使得原本在胡同里的成王府便移到了街面上。王府这一大片地界现在成了大杂院，住了有几十户人家，外商看好了这块地方，要在这儿盖座大厦。王满堂在现场看过以后，认为不但不能修大厦，连政府的大道也不让修。他的理由是扩建小街就得拆成王府前面的大殿，外商的要求是彻底拆了成王府，才能盖大厦。王满堂说成王府是北京王爷府第的建筑精华，五间琉璃瓦的府门，瓦、木、油等活儿都规矩地道；且不说那银安殿，那丹墀的石工，就说它那四进院子的工料就各不相同，风格各异；解放前他当学徒的时候跟着师傅修过中院那座正房，光柱础就二尺五见方，房椽直径五寸，山墙下肩及坎墙都用城砖干摆，挑檐石和压面石有五尺，台阶五层，举架高大，进深两丈四，内里金砖墁地，楠木雕花碧纱橱，上有暗楼，两明一暗的格局，屋里还有戏台。现在当然已经面目皆非了，但是那架子还在，那些工艺还在，是研究中国古建难得的实物材料。目前王府的东院，被幼儿园所占，屋子是筒瓦卷棚式，两卷前廊后厦，特别是小操场东南角冷梅亭的藻井，就是宫里的工艺也没法和它相比。王满堂说当年拆东直门，他都没太拦着，不像老萧，还躺到城墙上去耍死狗。但这回，他不能让他们拆，拆了就没了，谁要看看我们老祖先的精活儿上哪儿看去！

老萧说路一扩开了，那儿就是风水宝地。王满堂说他不管什么宝地不宝地，他要找城建局，阻拦这件事。王满堂说中国古建的精华都在成王府呢，它跟故宫又不同，故宫是辉煌，它是端庄，两种建筑风格，咱们国家既然能保留故宫，就能保留成王府。

老萧说，你知道你这一找要牵动多少部门？我想你没那么大本事，把国家的建设计划全更改了，你是谁呀你？

王满堂说，我是王满堂。

老萧说，我今天真不该让你去看实地儿，我后悔了。咱们俩子鼠对午马，克！

吃饭了，刘婶让麦子送过去几个山东馒头，她说她送过来一盘炒麻豆腐。麦子问干吗非得分开吃？刘婶说，鼠马相冲，到一块儿就掐。

刘婶很认真地为老萧炒了麻豆腐，老萧却说他吃这麻豆腐怎么跟过去不是一个味儿了。刘婶说是老萧的口味儿高了。老萧说以前吃什么都香，能吃回大块炖肉那简直就跟当了神仙似的，现在别说肉，吃什么都吃不出感觉来了。刘婶说以前的鸡多香啊，炖一只鸡半条胡同都闻得着香味儿。现在的鸡，你炖一锅，揭开锅盖搞不清里头炖的是什么。老萧说以前的鸡是放着养，吃的是野食儿，现在的鸡讲的是机械化，但凡什么一上了机械化，它就变成了整齐划一，那些鸡就长得连斤两都差不了一两克。国外的鸡更是这样，吃鸡肉就跟吃木头渣子似的。

刘婶犹豫了半天问老萧，在外头就没找个人？老萧说那些外国娘儿们他都看不上，追他的不少，他很清楚，那些娘儿们看上的不是他，是他的钱。

刘婶问老萧有目标了没有，老萧说有了，但还不太明确，还需要进一步考察。这么多年都过来了，他对国内许多情况已经不太了解，所以这事不想急着定。刘婶问那个……目标……

老萧说她是属牛的……还指不定成不成呢。

刘婶说，怎么会不成？

刘婶就是属牛的。

第二天，王满堂找来了大摊儿和老石，一块儿商量保护成王府的办法。王满堂认为，这不是一个王爷府的事情。这是要保住清朝乾隆年间一群高精尖建筑的事情，北京的王府多了，拆哪个都不心疼，唯独这个成王府，它太具代表性了，它是清朝建筑的顶峰。

老石说这件事光凭嘴说不行，最好写个报告递上去，这样上边才能知道你的意图，才能改变方案。商量结果，要动笔，还得老石，老石当了一辈子书记，写这种情况反映当是没问题。老石说他下午就能写好，复印三份，市长一份，建委一份，文物局一份，三份都寄出去，总有一份是管用的。大摊儿说应该复印四份，咱们还得留个底，记着挂号。

王满堂说，挂什么号，我自个儿送去。

梁子的女儿咪咪已经四五岁了。李晓莉对女儿宠爱有加，管束也相当严格，送进电子琴班学电子琴，送到少年宫去学舞蹈，送到少年英语班去培训，总之，梁子的女儿比梁子当年条件优越多了，也忙碌多了。

李晓莉改不了她的碎嘴毛病，她的脑筋总得转动，她的嘴总得说话，咪咪，我跟你说过多少回了，不要到处扔糖纸，咱家才铺了地毯，粘上去抠都抠不下来。你要习惯过现代化的生活，别像你爸似的，乱扔东西，邋里邋遢，一副小市民相……瞧瞧，我正说着你又把可乐罐搁在地毯上，你拿起来上头就是一个印儿，没一点儿记性，这遗传因子太可怕了……

李晓莉用抹布擦地毯。

梁子经理在书房里高声朗诵刚写好的诗：

潇潇的雨将心田拨动，
踏出了生活的泥泞。
我把爱情留在昨天，
留住了青春留住了梦。
负重前行，
前行负重；
不能忘却的，
是那风雨中的叮咛……

李晓莉不满地说，过日子嘛，讲的是柴米油盐，讲的是四毛二一吨水，三毛六一度电。我看你是把梦留在昨天了，今天还没醒。一天到晚爱情啊，负重啊，也亏了我是大家闺秀，不跟你计较，你要真找一个小市民式的媳妇，光醋也喝饱了。

梁子不屑地瞥了一眼李晓莉，李晓莉正往肚子上抹减肥霜。梁子说，甭抹了，那不是肉，那都是囊膪，再抹也下不去。

李晓莉说人家外国女的穿连衣裙都系腰带，看着特精神，她身上的油都长在腰跟肚子上了。

梁子说，你系上腰带就成了黑猫警长了，比外国人精神。

李晓莉想了一会儿说，梁子，你爸那个前妻到北京来是什么意思？

梁子说，跟我们公司订合同。

李晓莉说订合同有拴驴一个人就行了，麦子干吗来？梁子说以前她也来过，走亲戚呗。

李晓莉说，那不一样，以前是你妈没死，她来了是看大儿子，是客。现在就不一样了，你爸是老光棍，她是老寡妇，以前俩人又在一个被窝里滚过……

梁子说，你说话怎么这么难听。

李晓莉说，我们这些实在的人说的自然是实话，不像你似的，又是斜的雨，又是泥的路，有话不直说，成心跟人绕圈子。

梁子说，你胡想什么呀，我爸都七十五了。

李晓莉说，七十如狼，八十如虎。现在是什么营养？过去是什么营养？人说中国目前普遍人们的年龄都减轻了二十岁。

梁子说，狗屁逻辑。是三十如狼，四十如虎。你不是老说我不行吗？

李晓莉说，你能和你爸比？你爸生了几个？五个，要不是你妈有病，我看你们家再添五个没问题。

梁子说，我爸再有本事他现在也生不出来了。

李晓莉说，但是他能给你再生出一个后妈来，再给我生出一个后婆婆来。明摆着的，那个叫麦子的这回上北京就是跟你爸重续旧好，重温鸳梦来了。要不，她为什么早不来，晚不来，偏偏这个时候来？

梁子说，你想得忒多。

李晓莉一人独自思考半天，对梁子说，得给鸭儿、坠儿她们打电话，一块儿合计合计这件事。她麦子没有工资，没有劳保，自然也没有退休金，老了老了，找到王家来了，攀个妈的名义，将来让大家养活，合算平白无故咱们认个妈孝敬着玩……你说老太太这账算的，难怪是厂长呢……我看，八成今天她跟咱爸就睡到一块儿去了。

梁子说睡到一块儿又能怎么样？

李晓莉说，你是真傻假傻？睡到一块儿这名分就定了，她就是你妈，是我婆婆，她就成了你们老王家的当家人。李晓莉说，明天是礼拜天，我叫上那两位姑奶奶，明天必须回去一趟，把话说清了。

礼拜天，孩子们都回到了老宅。李晓莉把鸭儿、坠儿叫到鸭儿的屋里，谈起麦子的事情。李晓莉说她不承担对后婆婆的抚养义务，她犯不上。坠儿说八字还没一撇呢，人家来了也不一定有这个意思。鸭儿认为有这个意思也未必是坏事。李晓莉说现在看着不是坏事，过两年两个老的都落了炕，还不得我们大家轮着来伺候？从财力到精力，都得大家摊，若是对孩子们有养育之恩，我们没的说，问题是她跟我们压根不搭界，我们欠着她是怎么的？坠儿说得看父亲的意思，父亲要是愿意，谁也拦不住。李晓莉说但至少得提出大家的看法。坠儿想还是顺其自然。李晓莉坚持不能顺其自然，得防患于未然。

李晓莉让鸭儿待会儿挑头说，在这关系到大家利益的关键的时候，只有大姐出面最合适。

鸭儿说，我不说。

坠儿说，我也不说。

在一边玩的咪咪说，我说。

麦子在厨房擀面，梁子在厨房照了个面，说面好香，问是什么面。麦子说是杂面，是把黄豆、绿豆、云豆、豇豆，各种豆跟荞麦磨到一起的杂面，这种面营养价值最高，听人说多吃这种杂粮能降血脂，降血糖，降胆固醇，在日本这种面的价钱是一般精白面的十倍。梁子说他有个想法……

麦子说，你没说我就知道你想什么。

梁子说，大妈，您也想到这儿了？

麦子说，他日本人活得金贵，咱们的人就不金贵？

在大学里读研究生的斧子说粮食归国家统购统销，二叔想从山东往北京倒粮食怕是犯禁。梁子问说话的是双胞胎的哪一个。斧子让梁子以后记住，那个一身名牌、说话爱打手势、啤酒肚渐渐发起来的是刨子；这个一脸穷酸，说话底气不足的就是他本人，斧子。

梁子说，怪不的，我说刨子说不出这么不懂政策的话来。现在都什么时候了，粮食市场早放开多少年了，你好像是什么都不知道，念书念得不食人间烟火了。

梁子很有经济头脑。梁子说他要搞杂面，就搞杂面的深加工，比如杂面方便面，杂面挂面，这样比纯杂面销路要好。麦子说，就把厂子办在俺乡里，俺们有了砖厂，再办一个面厂，捎带手的事情，反正都是俺那儿的特产。

梁子说关键是得找投资。斧子说让刨子投，刨子有钱，现在他肥得厉害。

老王家一家人难得地围着桌子吃饭。

王满堂说杂面味儿不错，就是有点拉嗓子。梁子说这是粗纤维，对身体再好不过。

李晓莉给鸭儿使眼色，鸭儿装没看见，李晓莉又拿眼睛瞄坠儿，坠儿摇头。这一切小丫头咪咪都看在眼里。李晓莉在下面用脚踢鸭儿，鸭儿把脚挪了，李晓莉踢在王满堂腿上，王满堂奇怪地停下筷子看李晓莉。

李晓莉遮掩说，我让梁子给您再捞一碗面。

王满堂不满地哼了一声，鸭儿低头不语。小丫头咪咪忍不住了，大声说，我不要后奶奶！

众人纷纷停了筷子，看麦子，麦子一时不知说什么好。梁子啪地打了咪咪一巴掌，让她不要胡说。咪咪哭了说，她们都不说，我只好说。

麦子搂过咪咪说，都别说了，妮儿，不哭，不哭。

王满堂对咪咪说，你给我住声！

咪咪不敢再哭泣。

王满堂说，还没怎么着呢，就坐不住了？我今天给你们说明白了，我的事，你们几个谁也不要管。

李晓莉说，您这话说得早了点儿，现在不管，将来呢？

王满堂说，我将来也不会靠你！我早看出来了，事都是你挑起来的，你还踢我，说什么盛面，瞎话倒来得快！你这样怎么在你的孩子跟前当老家儿？

麦子说，柱他爹，你别说了，你给孩子留点脸。

王满堂说，今天咱们家除了那个败家子的门墩跟国外的老大，你们几个都在，往后你们谁要敢在我跟前指手画脚，搬弄是非，趁早别进我的门。

李晓莉嘴里嘀嘀咕咕。

王满堂说，这里头好像就你不服气，跟你说，我这话就是对着你说的。

李晓莉恼羞成怒，将火发向梁子。李晓莉说梁子，你他妈真窝囊！

梁子说，我……我怎么了？

李晓莉站起身拉起咪咪就走。麦子还想拦，王满堂说，甭拦她，让她走。

斧子来到麦子的身后说，奶，您甭跟这样的人一般见识。

王家的纠纷坚定了麦子回山东的决心，她决定马上就走，不再给王家添乱。将王满堂洗好的衣服叠好，放在箱子里，又把自己的东西打成一个小包，麦子走到大妞的像前，用袖子擦拭镜框。

相片中的大妞温和地看着麦子。

麦子说，这儿是你的家，俺还是回去，回去了。

拴驴和俩双胞胎看见麦子收拾的行李，都很奇怪。拴驴说，咱们来时不是说好了，完了事俺先回去，你再多待几天嘛，怎么俺还没说回你就说回了？

麦子说，姑奶奶老了，老了的人就恋家。

斧子说，奶，您别为昨天的事生气，我姑跟我叔不是都没说什么吗？

麦子说，奶奶刚强了一辈子，奶奶不贱。

斧子说，奶，您别往心里去，咱老王家也不都是后窝的，还有我爸和我们呢。

刨子说斧子这话说得不合适，斧子说又没外人。刨子指着墙上大妞的相片对斧子说，咱那位奶奶对你也不错，可没把你当前窝的看，你说话不能昧良心，我看你是念书念糊涂了。

斧子说，我一点儿也不糊涂，你是一直在这个院里长大的，你是嫡系，我怎么说也是外围。

刨子说，一边待着去，整个一个不熟。又对麦子说，奶奶，昨天我有事，没顾得上过来看您，今天我开来了车，带您上八达岭转转去。

麦子说，逛什么八达岭，就是一片山罢了，要说山，咱们老家有得是。你们都忙，都有自个儿的事，俺在这儿待着让你们都不得安生，俗话说客走主人安，你们安了，俺也安了。

拴驴说毛主席都说了，不到长城非好汉，咱们不能当孬种。麦子说没上过长城的多了，都是孬种？拴驴说，您就不想看看长城上那砖，看看那砖的成色？

麦子说，你看就行了，俺还是想回去。这回去以后，俺就把砖厂全交给你，俺也该好好儿想想俺自个儿的事了。

斧子对刨子说奶还生昨天的气呢！昨天李晓莉欺负咱奶，不让咱奶在王家当奶。

拴驴说，不让当奶也是奶！

刨子说，你让我说什么，该说话的是爷爷，连咱爸都没说话的分儿，你们在这儿瞎掺和什么。

拴驴说，俺也看出来了，你们家那些后窝的不大欢迎俺姑奶奶。俺看，俺姑奶奶还是回去跟着俺过，在俺那儿，姑奶奶活得舒心、充实、自在……

斧子说，你懂什么？这是名分！

麦子说，你们都别说了，俺不爱听。

年轻人还是要上八达岭。问及王满堂，麦子说一大早就出去了，说是上市政府递状子。刨子问他爷爷要告谁？麦子说告政府。刨子说这老爷子是闲得厉害了，没事找事呢。正说着王满堂疲惫地进屋，将手上的黑人造革兜往桌上一扔说连传达室也没进去，大门口有兵拦着，一听说是送状子的，让去信访办公室，信访室在哪儿他找了半天没找着。麦子说政府已经定好了的事，不容易再改，别瞎费精神了。王满堂说那不一定，五七年打了那么些右派，不是也都改正了吗？刨子说那也有个过程，对任何事情总得给别人一个认识过程。

王满堂说，我等他们认识过来，那个古建群就没啦！我现在做的就是要把中间这个过程揪下来，让开头和结尾接到一块儿。

刨子说这不可能，王满堂说可能。刨子告诉王满堂这个商业大厦将由他二姑坠儿来设计，光设计费就快上千万了，您这一搅把二姑本人连她们单位的财神都给踢飞了。王满堂说甭管谁设计，不能建就是不能建。既然是坠儿他们设计的就更好说了，他马上就上设计院。找坠儿去。

拴驴说今天上长城，明天再去找坠儿。王满堂等不了明天，说明天成王府就没啦。刨子说，爷，您上坠儿姑姑那儿我不拦着，可您得打的去，西北郊哪，您挤公交车，晚上也到不了。说着掏出几张票子给王满堂，作为“的”费，王满堂不客气地收了。

斧子说，我今天是特意请了假陪您和我奶奶上长城的。

王满堂说，我又没让你请假，我不领你这份情。

斧子说，我发现您越老越倔。怪不得我三叔老跟您打，现在看也不能都怪我三叔。

王满堂急急火火地要上设计院了。临走对麦子说，我上坠儿那儿去，晚上就回来，你给我熬粥，烙肉饼。

麦子说，熬绿豆的吧，绿豆粥下火。麦子将王满堂送至房门口说，他爹，你好好儿照顾自个儿。

王满堂说，我什么时候没好好儿照顾自个儿了，还用你提醒。

刨子说老爷子认准了的事，你就让他干，千万别拦，你越拦，就跟上了发条似的，他越上劲。

斧子说，说不定他哪天要给景山的亭子加个罩呢。

刨子说，只要国务院批准。

拴驴还是一门心思上长城，催刨子、斧子快走。看刨子和斧子都穿着皮鞋，就说他住的屋里有门墩叔留下来的一箱子旅游鞋，一人不妨去拿一双。斧子说准是门墩上俄罗斯剩下来的，就跑到门墩屋给他和刨子一人挑了一双。麦子看俩双胞胎试穿新的旅游鞋，就说你们这样穿了人家的合适不？

刨子说，您放心，门墩没数。

拴驴说，既然没数我也穿一双。

刘婶问几个小青年热热闹闹干什么去，斧子说上长坂坡。刘婶说长坂坡？你们还救阿斗呢！嘴里老没实话。拴驴说，俺们上长城，您老不一块儿去？

刘婶说她不去，说萧爷爷点着名儿要吃炸饹馇，她得给他满世界淘换饹馇去。斧子说这回萧爷爷回来除了吃，没别的。刘婶说这是活到了顶峰了。

麦子送走大家，先是熬粥后是烙饼，最后挎着包袱由王家出来，回身将门轻轻对好。麦子来到后院，看着修饰一新的小东屋感到了一种陌生，想起当年在这里等待王满堂跟她回临州，想起与大妞在南墙下的厮打，想起在土灶上蒸出来的一锅锅带红点儿的馒头……竟是梦一样的模糊……

麦子走过空落的院落，在影壁前停住，老剩儿似站在影壁前向她笑，老剩儿说，麦子大妈，您得照顾好我师傅……

麦子一定神。

是影壁上那只活泼的兔儿。

麦子毅然走出了大门。

王满堂回来的时候，麦子早走了。肉饼已经变冷，粥也凝固在锅里，王满堂没了任何吃的欲望，一人坐在八仙桌前昏黄的灯光里，显出了衰老与孤独。让当年结发的老妻就这样满怀委屈地走了，一句话没说地走了……他感到对不起麦子，想着想着，一行清泪由王满堂苍老的脸上流下来。

刘婶给王满堂送过一盘炸铬馇，刘婶贴近看了看王满堂说，哭啦？别价呀，想让她回来还不容易，还至于掉眼泪？以前的你可不是这样，你是个拿得起，放得下的人，现在你那魄力都哪儿去啦？愣能让儿女们给拿捏住。

王满堂说，我窝囊……

刘婶说，是够窝囊的。先吃饭吧，我这铬馇是刚炸出来的，这儿有蒜汤，本来是给老萧准备的，他没来，搁明儿就酸了，今儿就照顾您了。

正说着，刨子、斧子、拴驴一窝蜂般的进来了，见到炸铬馇，狼一般的扑过去。

拴驴问这是啥东西，这么好吃，比昨天喝的那洗脚水一样的豆汁强了一百倍。斧子说拴驴没吃过的多啦，就吃吧。拴驴说他要是北京人，就成天泡在小吃店里不出来，他要吃一百个糖耳朵，一百个芝麻烧饼，一百块炸糕，一百碗面茶……斧子说那就是地道的吃货。拴驴说，俺可不是吃货，俺是金砖厂的副厂长，俺管着几十号子人咧。

刘婶问他们怎么这晚才回来？

斧子抬起脚让刘婶看，刘婶低头看几个人的脚，斧子的鞋已经开了口子，鱼一样地张着嘴，刨子的鞋底已经断成两截，拴驴的鞋底和鞋帮彻底分了家，成了有面没底的鞋罩。

斧子说，这就是我三叔背到俄罗斯的吃饭资本。

刘婶说她现在不想别的，她想的是门墩靠这个在俄罗斯怎么活。王满堂说门墩那样的坑蒙拐骗，早晚有倒霉的一天。

听说麦子回了山东，拴驴埋怨王满堂怎的不把她拦住。王满堂说他要知道她走能不拦吗？斧子一个劲儿地说他奶受了委屈。

刨子轻轻揪斧子的衣服，让他别给爷爷上眼药了。

斧子喊，我上什么眼药？这是明摆着的事，咱奶是让李晓莉那娘儿们给挤对走的，那小娘儿们忒不是东西。斧子说，爷，我要是您，早不在这儿坐着，我早追下去了，为了爱情，应该什么都舍得！英国那个温莎公爵，为了媳妇，连王位都不要了，结果怎么着？流芳千古！您也应该给我们小辈做出个追求爱情的光辉榜样来！

拴驴说，还用姑爷爷去追，俺去追就行了，追到家，俺也就到家了。

斧子说，你不懂爱情，这种事情谁也替不了。

拴驴说，俺咋不懂爱情？追俺的小妮儿十几个，个个儿都是俺乡的人尖子，俺天天在爱情里泡着呢。俺就看不上她们，俺要找大学生，俺娘说了，要找能生双胞胎的大学生。

刨子与斧子哭笑不得。

拴驴说，姑爷爷，俺明天回临州，您跟俺走，俺们在老家给您跟俺姑奶奶大操大办一回，热热闹闹的，请它四十桌，再把县剧团的角儿们请来……

王满堂说，你别给我丢人现眼了。我哪儿也不去，我明天上文物局。

斧子说，还是那档子事吗？

王满堂说这是正事，是大事。

斧子说，结婚才是正事，大事，万一我奶奶要一气在乡下找一个年轻小帅哥，您黄花菜也凉了。

刨子将斧子推出去了。

刘婶说，这斧子，越长越咧，小时候挺文静顺溜的，大了说话不着调。

大家都散了，屋里只剩了王满堂和刨子。刨子从公文包里拿出一沓发票复印件给王满堂说，爷，您把这些个票底替我收着吧，我那儿没地方搁。

王满堂问，会计那儿也有一份？

刨子说，有，两份保险。

王满堂说，你心细，几个孩子里头就你踏实，爷愿意帮你。

刨子说他昨天签了一份建古文化一条街的合同，一条街都是仿明清建筑，大概得忙一阵子。

王满堂在外头跑了一整天，回来累得一屁股坐在台阶上，掏出烟来半天打不着火。刘婶问今天见着领导了没有，王满堂说见了个干事，把信递上去了。刘婶说能见个干事就不错了。

王满堂看见刘婶手里的铬馇说，老萧他不会来，人家在王府吃的是满汉全席，说爱吃你的家常饭是客气，是怕你麻烦，你还就当了真。

刘婶说她这人实在，它满汉全席再全也不会有炸铬馇。王满堂说刘婶是剃头挑子，别人不知道老萧，他还能不知道老萧？当初老萧追筱粉蝶也是穷追不舍的，不过筱粉蝶看上你们家福来就是了，他就只好当了干爹。刘婶说，好你个王满堂，你们当初那些酸事到今天你才全给我抖搂出来，怪不得我们新生两口子对老萧不太热情呢。

王满堂说，是没你热情。

刘婶说，那都是几十年前的陈谷子烂芝麻了，年轻时谁还没荒唐过，老了讲究的就是安定团结。老萧都跟我说明了，他就是要成个家，找个属牛的。

王满堂说，如今这年月，办什么，得到了手才算数，订了合同签了字的都不一定算妥。你得给自个儿多想几条路，别一棵树上吊死。

刘婶说，你那叫不专一，是爱情生活的大忌，怪不得你犯重婚罪呢。

王满堂说，满脑袋白头发了，还老爱情爱情的，真给你个爱情你啃得动？

刘婶说，老了难道就没爱情？你看人家“夕阳红”里头的老头儿老太太，那精神，那穿戴，那状态，跟你坐台阶上这形象比一比，一个天上，一个地下。真把你这模样照到“夕阳红”里头去，头天播了，第二天电视台门口就得有几千老头儿老太太举着小旗抗议，说是污蔑老人形象。

王满堂说，你是被胜利冲昏了头脑，找不着北了。

刘婶说，你是看着我太幸福了就嫉妒。你的幸福昨天长着小翅膀刺儿地一下飞了，飞临州去了，所以你就看什么都不顺眼，关键是你心里不平衡。

刘婶从信箱里找出一封信来。王满堂说一定是俄罗斯来的，拿过信就撕，边撕边说，这兔崽子，还知道灯盏胡同有个爹，还有脸往回写信！

刘婶说，你慢点撕，里头好像还有相片哪。

王满堂从信封里抽出信纸，让刘婶给念念。刘婶让王满堂自己看，王满堂说他看不见。刘婶说，我也没戴镜子，你以为我看得见吗？

王满堂说，敢情你眼睛也花了？

刘婶说，我也七十了，能不花？

王满堂说，我以为你二十五呢，还是虚岁。

刘婶问王满堂是什么意思？

王满堂回到屋里先找了半天花镜，再找光亮的地方看信。信上是娟秀的小字：

一凡：

我思来想去，整整斗争了十年才给你写这封信，我与那个“文革”的造反干部在十年前就分手了……

王满堂一下停住，翻过来看信封，是南京来的，王满堂跑到门口，向着外面大声喊，他刘婶！刘婶！刘婶系着围裙跑过来，王满堂说信错了。刘婶说还以为煤气罐着火了呢。王满堂说这不是门墩的信，是江南小妹妹的信。刘婶说那就快封上。

王满堂拿来胶水，和刘婶手忙脚乱地粘信，看来恢复原样是不可能了，只好跟周大夫实话实说。刚要粘口，刘婶突发奇想地要看一眼江南小妹妹……王满堂说，要说刚才看信，那是误拆，你现在要看江南小妹妹，那可是有意，是成心，罪加一等。

刘婶说就看一眼。

王满堂说，我抹上胶水了。

刘婶说，你不是还没粘嘛。

王满堂说那就看一眼？刘婶说就看一眼。

相片由信封里慢慢取出，一个风韵犹存的妇女显露出来。

刘婶说，也不怎么样。

王满堂说，比你强多了。

第十二章

鸭儿退休了。她利用门墩开辟出来的两间门面房开了个小饭铺。

饭铺今天开张。

小饭铺里收拾得利落干净，几个桌子都摆上了盘盏，厨房里有一个大师傅在忙碌，一个雇来的小丫头跑进跑出，准备菜肴。鸭儿告诉王满堂，街坊邻居，该请的都请到了，连大安他妈都请来了。鸭儿说为开张，刘婶送来了红包，包了二百块钱，斧子送了十个大碗……

柜台上电话响，是刨子打来的，说是因为忙，不能过来了。王满堂看菜谱，上面有家常豆腐、小葱拌豆腐、鱼头炖豆腐、麻婆豆腐……王满堂问怎么都是豆腐。鸭儿说这页就豆腐。王满堂又往后看，炸酱面、酸汤面、打卤面、菜焖面、肉丝炒面，还有热汤面。王满堂说，甭说这篇都是面了……

电话又响，鸭儿将电话递给王满堂，是坠儿。坠儿告诉爸爸待会儿要在古建公司开会，关于扩建小街方案的听证会，让爸爸一定来。王满堂搁下电话兴奋地说，我这一个月的状没白告，有门儿。

街坊们都来了，有的送镜框，有的送花，一时小饭铺里热闹非凡。

鸭儿招呼大家坐下。既然是开张就得有人讲话，大家推举王满堂说几句。王满堂为听证会的事心情正好，也不推辞，站起来说，今儿个闺女开张……

刘婶低声纠正，是闺女的饭铺开张！

王满堂说，今儿个闺女的饭铺开张，我借这个机会把咱们灯盏胡同的老街坊们都请了来，大伙儿聚聚。几十年了，咱们在一块儿，风啊雨啊的，不容易啊！我记得困难时期，谁送谁半斤粮票，那是多大的恩情啊，可是那时候咱们灯盏胡同的街坊们硬是给我们家送了五斤黄豆！五斤黄豆啊，是大家伙从嘴里一粒一粒抠出来的。为了什么，就为了照顾我跟大儿子是建筑工人。说我们是修复故宫，修复东直门，修建人民大会堂的有功之臣，应该多吃点……我记着这件事，我记着大伙儿的情义，一辈子也忘不了……我常琢磨这件事，那时候大伙儿凭什么那么关照我们？现在，我明白了，老街坊们冲的不是我王满堂本人，冲的是我跟儿子和许许多多建筑工人在那困难的时候还在给北京添砖加瓦，大伙儿是冲着咱们北京，冲着咱们建筑行……

斧子带头鼓起掌来。

王满堂说，那些老的旧的挡道的，该丢就得丢，咱们北京得朝前迈，但话又说回来了，也不能为了换钱把什么都不当回事……

斧子提醒爷爷，说跑题儿了。

王满堂说，跑题儿了？跑题儿就不说了。闺女的饭铺还得仰仗着街坊，大伙儿都端起杯子来，该吃吃，该喝喝。我本该跟大伙儿一块儿乐乐，刚来个电话，让我开会去……

古建公司非常现代化的会议室里，已找不到昔日的丝毫痕迹。但墙上仍挂着周总理当年与建筑工人们的合影照片，照片上的柱子笑得依旧是那么灿烂。黑白的照片被放得很大，很醒目地占据了墙的重要位置。

大摊儿搀着王满堂进来的时候，会议室里已经来了不少专家、学者。老石和公司领导迎上来，给王满堂介绍，这位是文物局的领导，这位是城建部门的领导，这位是香港某集团的副总裁侯仁峰先生，这位是我们的老朋友，南亚建筑院的院士萧益土先生，那位女士是建筑设计院的高级设计师王国兰同志……

有谁说墙上照片总理旁边站着的那个人就是王满堂的儿子，大家不由得对眼前这个白头发的老头儿多了不少敬重。

会议开始，王满堂阐述了成王府不能拆的理由，大摊儿亮出他和王满堂、老石设计的小街扩建设想方案，挂在墙上向大家讲解。在设想中，扩建后的小街在成王府分了岔儿，而后又汇合，一批古建筑刚好在环岛之中。

众人凝神而听。

老石没有参与讨论，老石靠窗站着，从会议室高高的二十层楼望下去是北京的街景，千变万化的高楼，峡谷般的挟持着川流不息的车流人流，灯亮了，脚下是一片辉煌……

刘婶带着一饭盒炸饹馇来到了王府饭店大厅，跟前台小姐打听，萧益土住在328房间。一联系，328房间有人，请刘婶上去。

慑于宾馆的豪华，刘婶有些不知如何举手投足了。小姐告诉刘婶，那边有电梯。

刘婶寻寻觅觅，好不容易来到了328。在门口用手拢拢头发，整整衣服，定了定神，按响了门铃。

一年轻女子穿着睡衣，湿着头发打开房门，问刘婶找谁。刘婶一下蒙了，赶紧说对不起，走错门了……

对方把门砰地关了。

刘婶在走廊里转了几个来回，越想越不对，便再次来到328门前，按铃。还是那个年轻女子开的门，刘婶这回直截了当地说她找老萧，萧益土。女子说萧先生不在，开听证会去了。刘婶说，我是他亲家，姓刘。

女子问什么亲家？

刘婶说，是这么着，他老萧的干闺女是我的儿媳妇，你说这不是亲家是什么？

女子闪身，让刘婶进来了。

老萧住的是套间，房间很阔绰，与刘婶给老萧收拾的套儿的房间比，那是天上地下。桌上有牛的木制工艺品，姑娘的睡衣上也有牛的图案。

刘婶问，小姐是属牛的？

女子说，是属牛的，萧先生说我是栏内之牛，五行属木，精良之木。

刘婶说，老萧是益土，你是良木，土木相生，益良得当。你说你们俩是怎么配的！

女子说他们是好搭档，自从萧先生到了东南亚，她就给萧先生当助手了。

刘婶说，这屋里真干净，真阔，比老萧当初一人窝在狗尾巴胡同的小平房里强多了。小姐，你是没见过老萧当年那个惨，那个穷，他每回上我们灯盏胡同，不泡顿热汤面他就不挪屁股回家。热汤面算什么呀，可那个时候，他连热汤面也吃不起，直到最后也说不上个媳妇，主要是没人跟，他那屋里头除了一张床板一个凳子，什么都没有……

女子说刘婶要是有事，不妨跟她说。她是萧先生的秘书，萧院士所有的事情，没有不经过她的手的。

刘婶说，老听说小秘小秘的，这回我可真见着小秘了，原来就是这样的。姑娘我问你，老萧就是拉屎撒尿这样的事也经过你？

女子说，我没有时间开玩笑。

刘婶说，小秘，有些事你替得了，有些事你就替不了。比如说这个——刘婶打开饭盒，将浇上蒜汁的炸铬馇亮在茶几上。刘婶说，这是老萧一直想吃又没吃到嘴的，想了几十年的老北京吃食，你替得了吗？

女子扇着鼻子尖叫着，唉呀，臭死了，臭死了！

刘婶说，臭？

女子说大蒜的气味是让人不能容忍的。说着奔过去开窗户，又奔过来开门。

刘婶说，一个蒜就把你折腾成这样，你要是自个儿拉了屎还不撅着屁股上前门楼子上散味儿去。

女子说，太俗了！

刘婶说，是我俗还是蒜俗？

女子说，我不想和你们这样的人打交道。

刘婶说，我们怎么了，我们虽然吃大蒜但我们知道廉耻！打一进门我就看出来了，这个房子里只有一张床，你跟老萧是黑夜白天都滚在一块儿。

女子说，那有什么，他没娶，我没嫁，我们的行动没有危害到任何人，谁也没权利干涉我们的自由。

刘婶说，萧益土都能当你的爷爷了。

女子说，是爷爷、是丈夫是我们自己的事，与你无关。女子将饭盒塞给刘婶说，这些东西你还是拿走吧。

刘婶说，你以为我愿意在这儿待？我还嫌这儿臭呢！

刘婶匆匆下楼，连电梯也没坐。来到大厅，总算长出了一口气。刘婶将饭盒丢进王府饭店门口的垃圾箱里，正巧老萧下车，刘婶说她给老萧送炸铬馇来了。刘婶说，你要想吃，上那里头挑挑，也许还能挑出几块。

鸭儿在择菜，刘婶抱来一只小黄猫，刘婶对鸭儿说这猫是从黄大姨那儿抱来的，一窝下了五只，数这只好看，小老虎似的，刚断奶，她给猫取了个名儿叫黄黄儿。刘婶说黄黄儿是咱们北京土猫，她喜欢土猫，皮实，好养活，亲近人，不像波斯洋种，歌星似的，老端着个架子，往后，这黄黄儿就是她的伴儿了。

鸭儿说，挺可爱的小老虎猫。

刘婶问鸭儿对个人问题有没有考虑，鸭儿说没有。刘婶说其实比苏三好的有的是，现在妇联办起了婚姻介绍所，完全是站在妇女的立场上挑选男人，跟原先街道的比，范围扩大了，挑选的余地也宽了，有登高望远的感觉。她说要是鸭儿愿意，她就上介绍所先看看，把他们的男档齐齐地过一遍，不信没有合适的。

鸭儿低头不语。

刘婶说，当初我给周大夫也介绍了不少，都是一顶一的美人，一顶一的知识分子，我觉着挺般配，谁知道无论哪个，只要一进了老周的门，那关系就变了，变成了病人跟大夫的关系。这回她一定花大精力给鸭儿物色一个，也不管鸭儿说愿意不愿意，刘婶就对鸭儿说，这事就这么定了。

王满堂从正屋出来，听见刘婶的话，王满堂说，当然就这么定了，老萧昨天到最后一句话也说不出来了。他那个大厦，再过几年可以拆了重建，可是这成王府要是拆了就建不起来了。国家圣明，最后还是同意把方案改了，把大厦建在小街的西边，小街也由一股道改成两股道，这么一改，至少得多花几个亿，花几个亿也值，说明国家想的和咱们想的一样。他刘婶，你的那个老萧可是彻底输了啊，你要见他得多安慰他几句，别让他太懊丧了。

刘婶说，你这人怪，怎么是我的老萧？我什么时候说过老萧是我的了？

鸭儿笑着说，有了您几位这院里就有了生气，就有了热闹，咱们灯盏胡同九号就不会闷得慌。怪不得我几次要给我爸买只鸟养着解闷，他老说用不着……

王满堂说，我不喜欢那叽叽喳喳的东西，看着就心烦。

刘婶说，你趁早别养鸟，我养猫了。

王满堂看了看刘婶怀里的小猫说，不是什么好猫。

刘婶说，我就爱养这不是什么好猫的猫。

王满堂说，料你也养不出什么正经猫来。

刘婶说，我这猫怎么不正经啦？这小女猫才仨礼拜，它怎么不正经啦？黄黄儿，待会儿奶奶给你买太子奶，奶奶把你喂得胖胖儿的，你跟奶奶说，你想吃什么？

王满堂说，它要说出它想吃什么来，你得吓得背过气去。

刘婶说，我们黄黄儿的嘴不会说，可我们黄黄儿的眼睛会说。

王满堂对鸭儿说他今天要上老石那儿串串去，大摊儿也去。刘婶说，我知道你们是去分享胜利的喜悦。

王满堂说是又怎么着。

王满堂正要出门，迎面碰上了门墩。门墩一副穷途潦倒相，脸黑、发长、胡子拉碴，瘦得人灯一样晃进九号大门。跟着门墩进来的还有一个提箱子的高大英俊的金发碧眼洋人。

门墩悲惨地叫了声爸，王满堂用鼻子哼了一声。刘婶惊喜地说，咱们大展宏图的门墩回国了！

门墩身后的洋人向着鸭儿和大家笑。

王满堂说，你先倒服装后倒马，现在又开始倒洋人了。

门墩说，洋的比土的值钱，这个金发碧眼的洋人就跟波斯猫似的，光凭模样就比刘婶怀里的土猫高贵，其实张嘴一叫唤，洋猫土猫一个味儿，拉的屎也没有区别。

刘婶说这门墩走了这么些日子，人变了嘴没变。王满堂说狗改不了吃屎。

门墩说这位洋人是他的恩人兼哥们儿，前苏联学校的人民教师马斯洛夫·别里盖维奇同志……王满堂说跟洋人拉扯，是给这院里招事，到时候扣一个“里通外国”就吃不了兜着走。门墩说都什么时代了，现在出趟国就像回趟姥姥家，连签证都不要了，还什么“里通外国”。王满堂说那是偷渡，这样的事报上常登，什么时代也内外有别。咱们中国的安全部不是还没撤销吗？前几天还抓了一个台湾特务，电视里都演了，美国的特务骑着导弹满天飞。鸭儿说骑导弹的是电影，是美国大片。

刘婶转着看洋人，洋人也不怕她看，冲着刘婶笑。刘婶说这个洋人看着还挺顺溜，不像有的那些，浑身长黄毛，一眼绿，一眼蓝，头发跟狮子狗似的，鼻子带钩，还臭胳肢窝。刘婶问门墩是怎么把这个洋人诓来的，门墩说不是诓来的，是他非要跟他来的。

王满堂说，你不骗，他能来？你指不定跟他胡说了什么呢，我还不知道你。王满堂又对洋人说，你从哪儿来还回哪儿去，要是没盘缠我们大伙儿给你凑。你千万别听这败家子儿的，他四六不通，他是半疯，他有精神病，他是青皮，他是北京的大混混儿。老实跟你说，这些年了，他事干了不少，女朋友交了不少，可没一样成的。你跟着他干，只有吃亏上当的份儿，到最后说不定连你都能当波斯老猫给卖了……

门墩说，整个一个揭老底战斗队。您这样的应该到电台说评书去，让您在家闲着真委屈了您。

洋人只是笑。

刘婶对王满堂说，你说那么多他不懂，他跟咱们差着种呢。

王满堂说，说的也是。

洋人突然冒出一口流利的北京话，王大爷，刘婶，鸭儿姐姐，你们真认不出我啦？我是别佳，老马家的别佳。

大家就围着别佳看，已经没有谁能认出这是当年的外国小男孩了。半天，刘婶说，走路上碰见是认不出来了，可细看还是有点小时候的模样。

别佳到中国来是想进语言学院，进修汉语言专业，这些年他在俄罗斯一直教汉语。刘婶说别佳的中国话说得挺好的了，不看长相光听说话，谁也听不出他是外国人，干吗还要进修？别佳说汉语很复杂，不是能说就行。刘婶让快进家里说话儿去，别佳说他一进这院就有种回家的感觉。

给别佳的接风饭是一锅热气腾腾的大窝头。有臭豆腐，有几样传统又不值钱的北京菜，芥末墩、豆酱一类。别佳还是那个别佳，吃起来既不客气又不论，也不知道让，抓起一个窝头很麻利地抹上臭豆腐，狠狠地咬了一大口，嘴里一时倒不过来，还要说，香油，香油，臭豆腐里缺点儿香油！

门墩说，你慢点吃，窝头都是你的，没人跟你抢。

王满堂问别佳，老马他还好？别佳说他爸爸大前年去世了，他妈还在，跟他的两个小孩在莫斯科。问起别佳的爱人，说是马戏团耍狗熊的。刘婶说老娘儿们耍狗熊，头一回听说。别佳说她是个功勋演员呢。鸭儿问门墩怎么遇到的别佳，门墩说那天他在莫斯科地铁里看着大石头柱子一筹莫展，饿得一点儿劲也没有了，后来就靠着柱子往下出溜，俩眼冒金星……兜里连买盒洋火的钱也没有了。

王满堂说，你大哥在外国为咱们中国增光添彩，受人尊敬，再看看你，德行在家里散不够，竟散到外国，散到莫斯科去了。

门墩说龙生九种，九种各一。

鸭儿问后来呢？门墩说后来他就碰上了别佳，应该说是别佳碰上了他，把他领到老马家，马大婶还记得他，抱着他又是掉眼泪又是亲……王满堂说丢人现眼算是现到家了。刘婶说门墩这回出去准又是白跑一趟，赔了个一塌糊涂。门墩说，怎么叫赔了个一塌糊涂？这趟出去，朕开了眼界，长了见识，积累了经验，蹚开了门路，收获是不能用金钱来衡量的。

王满堂说，先别海阔天空，你先说说你下步怎么打算吧，你不用指望我还能养活你。

门墩说，我什么时候让您养活了？虽说是没挣下多少钱，可我也没闲着不是，我们不能老是钱钱的，俗！人活着得有点精神，得有抱负，有理想，得朝远处看。

王满堂说，饿你三天，你哪儿也看不见，就看见锅了。

老萧来了，看见别佳，夸别佳英俊漂亮，有风度，有气派，说猛一看还以为是施瓦辛格呢。门墩说萧叔真会捧人，怎么不说别佳是侏罗纪公园里的恐龙呢？别佳说他愿意当恐龙，当了恐龙辈分就大了。

老萧吃了一口窝头，直说香。说北京什么吃食都变了味儿，只有窝头没变味儿。

电话铃响，门墩抢着接，拿起电话就变了调，拉长了声音……什么，送三斤带鱼，四斤基围虾，老价钱，三斤鱼，你喂猫哪，至少得三万斤，一车皮最好，不要冷冻的，要新鲜的，飞机运也行……什么，你们的带鱼都是冷冻的，我就不信，它南极冰山底下的带鱼一上来就是冻好了的……

鸭儿从饭铺那边跑过来，让门墩把电话放下，这是她联系给饭铺送鱼的电话。门墩说什么时候又安了分机？

电话又响，门墩照旧理所当然接电话，这回的确是他的。……喂，我是王国强，小顺子吗？我回来了，顺子，我跟你说件事，当然是好事了，不是好事我能找你吗？是这么回事，我在贵州买了三个小水库。你把这摊子接下来最合适，绝对划得来，养鱼，养珍珠，旅游，舢板，潜水，可发展的项目多了，当然，你要把它们运到北京来就更能赚了。我？我现在太忙，我正准备承包一段铁路……我分不开身，但得我有时间，能把这么好的机会让给你吗？你想想吧……

王满堂说，简直是没谱了，下个月他说不定给前门下头安上四个轱辘卖了。

老萧说，这孩子云山雾罩的。

王满堂说，随你。

老萧一来，刘婶就从欢迎别佳的饭桌上撤了，刘婶不愿意和老萧在一个饭桌上吃饭。刘婶给新要来的小猫拌猫饭，一边拌一边跟猫说话，别急，别急，你叫唤什么呀，还挠我，你这毛病可不好……

老萧一挑门帘进来了，刘婶看了一眼老萧，明是训猫，实为训人，我可不愿意再听你喵喵了，说到底你也是个小……畜生。

老萧问刘婶昨天怎么走了。刘婶说她昨天让属牛的给轰出来了，不走也得走了。老萧说 Marry 年轻，脾气不好……让刘婶不要跟一个年轻人致气，Marry 是协助他工作的，在外头都这样……其实没什么。刘婶说老萧有点做贼心虚。老萧说不是做贼，是观念问题。

刘婶说，不管怎么说我还是老派儿，比不上坐凯迪拉克的您。您把我们这儿当成什么了，我们这儿不是下脚料的收容所，我们有我们的自尊，我们有我们的人格，我们当然也有我们的活法，我们没您阔，但是我们不贱，我们也很高贵！

老萧说，谁说你贱了？你——

刘婶追小猫出门，黄黄儿，你再跑丢了，我就不要你啦！

几个顾客吃完离去。鸭儿抹桌子，收拾碗盏，送到后面，看见别佳在帮她刷碗，鸭儿说她可雇不起帮工。别佳说他在家常帮老婆刷碗，这点活儿小意思。刷完碗，别佳从上衣口袋里拿出一张相片给鸭儿看，是别佳一家四口的相片。

别佳说，这是我爱人，叫菲利娅，这个是儿子尤拉，那个是女儿娜嘉。尤拉比我小时候还淘，给邻居谢尔绍夫家的狗戴上了口罩，谢尔绍夫是外科医生，上班老戴着口罩，所以他的狗也就被医生化了，直折腾得那条狗戴着口罩上蹿下跳，跑出四趟街去。我说中国有俗话是“狗戴嚼子——胡勒”，跟尤拉的狗戴口罩很有异曲同工之妙。这小子老听我夸北京的豆汁。一门心思要来北京喝豆汁，他说中国的豆汁和俄国的酸黄瓜搁在一块儿吃，大概味道很不错。

鸭儿说，别佳，你除了长得不一样，跟我们真是没一点儿区别。

别佳说，我打小是在灯盏胡同长起来的，童年的经历是奠定一个人一生的基础。应该说我的思维方式，我的为人处事，都是中国式的，比如说，我对门墩就很能理解，比你爸爸还能理解……

李晓莉来找鸭儿，很严肃地告诉大姐，她要跟梁子离婚。鸭儿不知为了什么，李晓莉明确告诉鸭儿原因有两个，第一，梁子干了多少年的商店经理，名称挺好听，每月薪金只有千儿八百块，够什么呀？别人都奔了小康，他们家还在底下趴着，翻不了身，不是没机会，是没本事。现在梁子又跟临州一块儿折腾金砖，金砖，金在哪儿呢？就是一般的烂砖头罢了。他一下跟临州订了十万，那边把砖运到了地方，买砖的却夹着包没影了，敢情是个骗子。十几万块钱套在里头，车站货场扔了长城似的十万大砖，那些砖搁一天收一天场地费，一天的场地费岂止他一个月的工资能打发得了，甭说看，听着都堵心。昨天他又跟我要家里的存款，十几年家里就存了这么一万块钱，他要全拿走，您说我能给吗……

鸭儿说想法把砖卖出去不就有钱了。李晓莉说，卖？这种比小皮箱还大的金砖压根就卖不出去，眼下哪个地方盖楼用金砖，偷工减料还来不及呢。梁子他又傻又笨，做生意只有赔的份儿，不让他干，他偏要干，结果怎么着，傻眼了！趁着我和咪咪还有口饭的时候，我要跟他分家，我和孩子不能跟着他一块儿倒霉。

鸭儿说，梁子现在正是爬坡的时候，晓莉，你得帮他。

李晓莉说，帮也得有希望才帮，不能盲人骑瞎马地瞎帮，货场的钱一天天地滚，我总不能帮他把砖都搬我们家来吧？本来日子就不行，架得住这么折腾？我这时候再不离婚，将来就得背他一半债。

鸭儿说，你们是夫妻呀……

李晓莉说，不说夫妻我还好，一说夫妻我更来气，这是我要离婚的第二条理由。跟您明说了吧，他有两年没跟我那个啦……也就是遇上我这个好说话的罢了，要是搁别人，半年……在人家国外，一礼拜不干那个就离啦……我下头还有大半辈子哪！

梁子急急火火地找来了，当着大姐的面就和李晓莉吵。原来，李晓莉不打招呼，就让娘家人把家里的东西搬了个精光。她是彻底不想过了，她说梁子忙他的砖头，挣他的大钱，她不沾光也不眼热。当然，她也不给他背债。梁子说如果李晓莉在外头有人了，说清楚了，他决不拦着。

李晓莉说，我猜你就得往这想。你这种小市民压根就不懂什么是精神，难道一提离婚就非得有外遇？我是绝望了，我过够了，咱们到此为止吧。东西我拉走了，孩子我带走了，房子是你们单位分的，你住着，礼拜一你跟我到办事处办手续，离婚这事没外头人说的那么复杂。

梁子大喊，我不离！

王满堂打开小箱子将刨子新交给他的一些票据存单放进箱内。西屋还在吵架，王满堂让刨子帮帮二叔，刨子说他帮不了，这怪二叔太轻信，现在社会上的骗子比街上的汽车多，稍不留神你就让人坑了。王满堂说这他知道，比如门墩就是一个坑人的，目前但凡会喘气儿的，谁都想做买卖，都往这条赚钱的道上挤。有人编了顺口溜，十亿人民九亿倒，还有一亿在思考；十亿人民九亿商，还有一亿待开张。

刨子说，做生意这种事情，简直就是如履薄冰，你掉冰窟窿里去了，连捞你的人都没有。李晓莉为什么离婚？就是看出下一步来了，她不愿意跟梁子一块儿下冰窟窿。

王满堂说刨子现在正建明清一条街，应该用得着金砖。刨子说用不着，说是明清建筑，不过是外表，里头全部是现代化，用金砖，只有特定的古建才用，全北京用量也极有限，除非是太和殿拆了重盖。王满堂还是托刨子帮忙打听着，看哪儿用金砖。刨子说打听可以，希望不大，金砖成本太高，现在的仿古建筑，哪儿有用金砖的。

刘婶上婚姻介绍所，溜溜儿去了一天。说是把全北京的未婚男性细细过了一遍，这回鸭儿的对象不是百里挑一，也不是千里挑一，是万里挑一了。

门墩问刘婶那里头有没有适合他的，也给他万里挑一。刘婶说，你不是说你找对象不要介绍人吗？

门墩说，不要介绍人的都让我挑完了，剩下的都是要介绍人的了。

刘婶说，把你急的，人家鸭儿都不急。

门墩说，不是我急，是我爸急，我爸急着要抱我养的儿子呢！

王满堂说，呸！

刘婶说，你爸孙子、孙女都有，单要抱你给他养的孙子？王满堂说，我上动物园抱只猴来也不抱他的儿子，你看看他交的那些女的，什么二丫头、贾美丽、穆桂英，还有那个剃头的……狗丽丽……

刘婶说她这回给鸭儿介绍的这个人是个熟人儿。王满堂说熟人好，熟人知根知底儿。门墩说该不是外交部长？刘婶说这个人哪，熟到了门墩叫人家外号的程度。门墩说被他叫过外号的人多了，他还管日本首相叫过娄阿鼠呢。

王满堂说，你快说是谁？

刘婶说，是王学理王老师。

门墩嚷道，就是那个把鞋踢上房的臭脚啊！

刘婶说王老师的爱人前年去世了，跟前只有一个女儿，女儿叫王青青，在机床厂当会计。姑娘挺开通，找到婚姻介绍所给他爸爸登了记。刘婶跟她说了当年王老师跟鸭儿这档子事，姑娘当时就替她爸爸做了主，说这是缘分，住得又不远，就在干面胡同，姑娘说了过两天就陪她爸爸来咱们这儿串门。

门墩说上回姓王的是让他给挡回去的，这回他怕是挡不住了。王满堂说门墩净办缺德事，当年要不是门墩插那一杠子，鸭儿也说不定不会有今天这样。

门墩说，那不见得，我要不插那一杠子，说不定前年死的就不是那姑娘她妈而是我大姐。

门墩问刘婶，那个叫青青的姑娘漂亮不。刘婶说，我知道你又打什么主意了，你娶谁也不能娶那丫头，你想想，你要是跟那丫头真成了，你得管鸭儿叫妈。

门墩抓着脑袋说，这是不太对了，鸭儿怎么会成我妈了呢？

别佳说，不是妈，是丈母娘。

按照别佳的布置，王老师来的这天采取了俄罗斯式的招待。树底下几张桌子并成一个长条桌，铺着白布。桌上摆着一大瓶怒放的红玫瑰和一个巨大的俄国大列巴。刀叉盘子是门墩从维多利亚餐厅借来的，维多利亚是怎么回事，谁也搞不清，听说过维多利亚舞厅，没听说过维多利亚餐厅。反正是门墩的关系，大概是属于狐朋狗友，狗皮袜子一类，阿猫阿狗水平。

王满堂是主座，顶着桌子头坐着，下边分散着刘婶、鸭儿、王老师们，别佳系着围裙在给大家分汤。

刘婶说，不怕笑话，我还是头回吃西餐，不用叉子，还是来双筷子吧。

王满堂也要筷子。看着眼前一盘子稀汤，王满堂寻思，饭还没吃，先灌个水饱，他外国人怎的这么会过日子，这要搁中国人，就是失礼。王满堂把盘子端起来像喝水一样喝汤，汤里有奶，有面包丁，也有青豆，都是些想不出来的怪东西，味道跟中国汤也不一样，有股煮过了头的烂葱味。

门墩告诉他爸爸怎么喝外国汤。说得用勺很文雅地从里向外舀着喝，不能出声也不能拿嘴去够盘沿，门墩边示范边拿眼睛扫着桌对面的王青青。王青青长得很漂亮，深眼窝，大眼睛，像个洋美人。

发现门墩不住地看自己，青青就说玫瑰花很好看。斧子说是他哥刨子买的，青青就向刨子递过去一个甜甜的笑。

刨子装作没看见。

青青看着刨子和斧子说，真有意思，你们俩长得一样，我只见过小双胞胎，还没见过你们这么大的双胞胎，将来要是长成老头儿双胞胎那就更有意思啦。

门墩说，小双胞胎长大了就是大双胞胎，就跟动物园的小老虎似的。小老虎长大了就是大老虎。大老虎一窝一般下俩，俩小老虎在一块儿玩啊，闹啊，谁看见谁稀罕，说这是一窝下的。老虎一大，就没人理会了，俩大老虎在一块儿滚只能让人理解为闹老虎，要地震。

俩双胞胎同时瞪了门墩一眼。

王老师称赞菜的味道很正，说别佳这手艺真不赖。别佳说他没这么大本事，这些菜大部分是刨子在俄国餐厅定做的，他不过做了几个小菜。

刘婶不住地为王老师和鸭儿搭话。刘婶说王老师是个球迷，他半夜起来看球，不睡觉。王老师赶紧说也不是老这样，只有世界杯赛的时候才这样，只是看看而已。鸭儿刚要说话，门墩把话抢过去了，门墩说王老师现在大概再没演过鞋上房的绝活儿。

王老师很尴尬，脸一下红了。

那边，王满堂让酸黄瓜闹得挤眉弄眼。

宴席很愉快，很完满，至少在刘婶和王满堂的感觉里，是为鸭儿和王老师的爱情做了不坏的铺垫。

周大夫探亲回来了，第一个看见周大夫的是别佳。

周大夫开门锁，别佳在他身后叫了一声周大爷。周大夫慢慢回过身来说，你是别佳。

别佳说，周大爷，咱们院只有您一眼就把我给认出来了。

周大夫说，你走到哪儿我都认得你。

别佳帮周大夫把行李拿进屋。周大夫的情绪似乎不高，别佳认为周大夫是太累了，时差没倒过来，就让周大夫先睡会儿。周大夫说，我坐会儿，坐会儿。

别佳问周大夫到美国见着妹妹了，周大夫点头，又摇头。周大夫说，我妹妹去世了……子宫癌……我治了一辈子妇科病，要是早点去她或许不至于……我在她身边，一直到她咽气……分别了五十年，团聚了五天……

王满堂、刘婶都过来看望周大夫，知道了周大夫的情况，大家都很难过。刘婶说要是第一次周大夫申请的时候能很快批准就没有这遗憾了……已然这样了，难过也没用，好在见着面了。

周大夫说，你们不知道，亲妹妹死了，她临死之前紧紧抓着我的手不松开。她就我这么一个哥哥，离别几十年，见面就是死，生离死别，撕心裂肺啊。

王满堂说，这一切都是政治原因造成的，咱们的下一辈绝不会有这样的事了。眼下回来就好，回来咱们老哥儿俩还能就个伴儿，你走这几天，可把我闷坏了。

刘婶说，你走了以后，事情还真不少。这个学会请，那个医院叫，病人一拨拨地来找……你在咱们这片可是个少不了的重要人物。对了，这儿还有你一封信，南京来的。

周大夫接过信看也不看慢慢将信撕了。

王满堂告诉周大夫，这封信他没留神，当门墩的信给拆了，所以就看了……里头说江南那位想跟周大夫重续旧好，周大夫要是有意就给她回封信，别让人家傻等。刘婶说过去的事情就别在意了，电视剧里说了，宽恕也是一种幸福，谁不愿意幸福啊。

周大夫说，我没精神幸福。

刘婶说，得给你上点弦，明天咱们这院子和大街还得归你扫。

门墩在屋里正在展开一个恋爱计划。他把斧子从学校里叫回来，跟斧子说他看上青青这妞了。主要是因为她长得不错，比贾美丽、傅桂英们有气质……斧子让三叔甭想入非非了，据他观察，那丫头看上了刨子。她在饭桌上看刨子那眼神，都带钩。门墩说那不叫带钩，叫放电。说着就给斧子做示范，斧子让三叔甭放了，说三叔的小绿豆眼，放什么电人也看不清楚。

门墩猜不透那丫头究竟看上刨子哪儿了，他认为从各方面说刨子也没有他有派，他是个潇洒的公子，一个充满活力的自由职业者。斧子说三叔是 Playboy，就是那只竖着俩大耳朵的小眼睛兔子。门墩说斧子骂他，斧子说他哪儿敢骂三叔，Playboy 是世界名牌，大名鼎鼎的“花花公子”。门墩说大耳朵兔子就大耳朵兔子，是兔子也比刨子有派头。斧子说这不是派不派的事，要说派，他跟刨子不差分毫。用三叔的话说是：一窝下的，不分彼此。那丫头不给他放电专向刨子放电，她八成是冲着刨子是大老板去的。

门墩说他发现，那丫头放出去的电都是飘的……斧子问怎么是飘的。门墩问斧子见没见过天上打闪。斧子说见过。门墩说那闪一道又一道，连着天和地，两头抻得结结实实的。那天的饭桌上呢，那两道电就在刨子身上扫过来扫过去，刨子愣没打开关，也就是说有发射，没接收，白搭。斧子说三叔看得真仔细。门墩说他对这些个门清，他这回真看上那丫头了，让斧子无论如何要成全他。

斧子说，我怎么成全您呀，您是我长辈，只有您成全我的份儿。

门墩说，你得给我装几回刨子。

斧子说，让我装大老板？我没钱，我是个穷研究生。

门墩说，没钱你不会装抠门儿吗，怎么散德行你就给我怎么装，我非让那丫头的两道电甩到我身上来不可。常有这样的事，搞对象没看上对方倒看上介绍人了。

斧子明白了，他三叔走的是曲线恋爱的道路。

门墩要在王青青面前充分表现自已的优点。让斧子装作刨子，充分表现刨子的缺点，让那丫头看不上刨子看上他。斧子说他没时间干这个，他下月论文要答辩。

门墩说，辩什么辩，上去先十三不靠地抡两圈。把提问的抡糊涂了，就不知道谁辩谁了。昨天电视里报道了美国一个叫洛化滋的混沌学家，这位混沌学家提出了一个混沌口号，叫作“混沌制造新学科”。我是不想当科学家，我要当科学家也要当这样混沌的科学家，把大家都搞混沌了，我就是明白人了。

斧子说，三叔，我算是知道什么叫胡搅蛮缠啦，混沌学是一门科学……

门墩说他没有否认它不是科学。

电话响，门墩说是青青来的，让斧子注意进入角色。门墩先接电话，喂，我就是王国强，是青青吧？对，是我呼的你。其实也不是我呼的你，我是替另外一个人呼的你，他本人不太好意思。谁？就是我侄子，当建筑公司经理的那个。他约你礼拜一上北海，吃仿膳，请我作陪，看你有没有时间……

斧子着急地说，三叔，吃仿膳我没钱！

门墩说，你问他为什么自己不跟你说？他这个人比较传统，很内向，用老百姓的话说是三棍子打不出一个屁来。什么？你要让他自己接电话，好，你等着——门墩对斧子说，你给我好好儿表演。

斧子说，您说您干的这是什么事呀，这不是让我坐蜡吗，我斧子长这么大，什么时候干过这个……

门墩说，不是斧子是刨子。

斧子对电话说，不是说您让我坐蜡，是说我三叔哪，他硬拉我上阵，其实我不是斧子，我是刨子……

门墩说，这才真正是他妈混沌学。

斧子说，王青青同志，我说咱们别在仿膳吃了。我三叔点的地方是不错，问题是他不出钱，到时候还得我背着，我没那么些钱。我们食堂每天四块五一个小炒我吃着都心疼，我这人没什么别的爱好，就是爱钱。不好意思，我说漏嘴了，哪能让您出，是我们请您出来逛。我看咱们也甭逛北海了，您住干面胡同，我们住灯盏胡同，胡同对胡同，我们上西口，您上东口，咱们就逛胡同得了。既省了时间，又省了车钱。然后再在我大姑这儿蹭一顿，各自回家闷一小觉，我就完成任务啦！糟糕，我怎么连这个都说出来了……您说我很直率，的确，我说的都是实话，不掺一点儿假。什么？过日子就得讲实际。您爱跟谁过跟谁过去吧，我得挂电话了。

门墩说，闹了半天你没搞过对象？

斧子说，我跟女的连手都没拉过。

门墩说，怪不得我看你说话的时候腿直打哆嗦。

斧子说，我不知道都瞎说了些什么。

门墩说，说得很好，很真挚，连我都感动了。

斧子说，那女的也一定感动了。

门墩说，她感动？她算看透你的本质了。

斧子说，没我事了吧？我该回学校了。

门墩说，礼拜一下午还得借你用用。

斧子说，借我用用，好像我是个东西似的。这事您将来或许还能落个媳妇，您说我跟着您这么哄，我图了个什么呀？

门墩说，图了个革命友情。咱们爷儿俩互相之间还能讲图什么吗？你三叔我，1958 年大跃进生人，出来的时候跃进了一下子，没把握准火候，早产。成长的时候又跃进了一下子，没收住脚，把找媳妇那段蹿过去了，这会儿让你帮忙把我拉住，你还讲图个什么，你可是我的亲侄子……

斧子……

门墩说，找对象就得这么互相帮助，这才叫一家人。要不怎么说打虎亲兄弟，上阵父子兵呢，这样的事，找套儿就不行，那是外人。

斧子说，这话不对。要是让您跟我爷爷一块儿上阵，这阵就全乱了，你们自个儿先掐起来了。

门墩说现在不说老爷子的话，礼拜一斧子怎么着也得帮他一把。斧子说他是个高级知识分子，不会骗人。门墩说高级知识分子搞对象更会骗，骗得更惊心动魄。《红楼梦》里头哪个不比斧子学问大，偷梁换柱，偷鸡摸狗，偷香窃玉。都是偷，都是骗……当然了，他也不能亏了斧子，下午他上刨子的公司，让刨子给斧子拆兑出俩月的伙食费来。

斧子说，我哥从不给我零用钱。

门墩说，那是对你。我一去，往他那大转椅对面一坐，不出半个钟头，他就把钱自动地给我点出来。

斧子问门墩有什么高招，好让他也借鉴一下。

门墩说，你就不停地跟他说话，他最怕听我说话，怕我把他说死。

斧子说，这招也就您能使。赶明儿您应该给知识分子们写本《骗爱大全》，一定很实用，比《中国古代建筑研究》畅销。

门墩让斧子记着，从今天起，别洗脸，别换袜子，礼拜一一定要穿件破衣裳来。斧子说现在没地方找破衣服去。门墩告诉他跟着废品车走，准有，拿它一件，给他钱就得了。斧子说还得他花钱。门墩说上他这儿来报销。斧子说要那样他还得让收废品的开发票。

从美国回来的周大夫每天仍旧抡着笤帚扫街。街道清洁工说，周大夫，您比我还早，我一看这片街，就知道您回来了。

周大夫说，多年养成的习惯，原先是打太极剑，“文革”说是四旧，不让练了，让扫地，我就扫地。这一扫还扫出瘾来了，一天不扫，就不舒坦。一个骑车的小伙子正从周大夫身边过，听了这话说，归根结底还是一个字：贱。周大夫冲他喊，我是学雷锋！

两辆小车几乎同时开到九号门口。

王满堂从院里走出来，周大夫说，哪辆车是接你的？

王满堂看车牌说……这辆是接我的，那辆是接你的。

周大夫扛着笤帚对司机说，你等我把笤帚放回去，拿了包咱们就走。

别佳出来说他得搭顺车。王满堂问他上哪儿，别佳说上语言学院。王满堂说语言学院就语言学院，上车。司机说语言学院在大西郊，王满堂今天要上故宫博物院的雨花阁，差了十万八千里。周大夫让别佳搭他的车，他上医学院。

别佳钻到周大夫车里，两辆车轰轰烈烈地开出胡同。

老萧有事来灯盏胡同找梁子。梁子自从家被李晓莉搬光了以后，连睡觉的铺盖也没有，只好在家里混。上李晓莉娘家找了几回李晓莉，人家不见，一点儿办法也没有。老萧来灯盏胡同的时候，九号只有鸭儿一个人在张罗她的饭馆。问人都哪儿去了，鸭儿说她爸爸去了故宫雨花阁，周大夫上了医学院，刘婶去逛自由市场，梁子去上班了，门墩去跟人商量在八达岭修建爬山小火车的事。老萧说都忙得厉害呢！这年月，就让人闲不下来。老萧问鸭儿的生意怎么样。鸭儿说不行，说现在的人好像就摸不准他想吃什么。大鱼大肉已经不稀罕，山珍海味说是没胃口。家常菜又趋于一般化，先是川菜，又是粤菜，后来又是东北菜，口味疲软得让人以为中国人都得了厌食症。开一天门赚不回一天的水电钱。

老萧说得想个法子，开发点新内容。鸭儿说要钱没钱，要人没人，开发什么呀？老萧说得往新鲜的上头想。

刘婶拎着一捆菜从早市转回来了。刘婶手里这捆小白菜不是一般小白菜，是她从菜堆里挑的带虫子眼儿的小白菜。有虫眼就说明了它没打农药，至少也是打得不多。刘婶数了数，一共五棵菜，二十三个虫子眼儿，不算多。

刘婶问老萧什么时候来的，老萧说刚来。老萧告诉刘婶，他在花市东里买了一处房，四室两厅，离灯盏胡同不远，四站路。刘婶说，老牛爱吃嫩草，你这老耗子爱吃嫩牛，四室两厅正好当个牛圈。

老萧说牛不进圈。

刘婶说，拿钱引哪，你不是有的是钱吗？

老萧说，你少挖苦我两句行不行？在国外我是萧院士，回来了我就又成了老萧，我什么也不是。老萧说他今天要在刘婶这儿吃炸酱面。刘婶说她本来想吃炸酱面，这会儿她又改主意了，她要吃疙瘩汤。刘婶说完进屋去了，再不招呼老萧。

老萧说，还挺大脾气。

梁子下班回来吃饭。老萧告诉梁子，西山要修复清朝演兵的团城。一座城楼，四围的高城墙，十万块砖是打不住的，这座团城，解放初我们修东直门还拆过它的城砖，那是地地道道的金砖……梁子说这消息对他太重要了。老萧点着自己的小本说，我这儿还有几个线索哪……

鸭儿说，萧叔，您算是救了梁子。

老萧说，人不能老倒霉。

老萧和梁子正在吃饭，实施恋爱计划的门墩、斧子进来了。门墩西服革履，油光水滑，一个典型的 Playboy 形象，斧子一身带补丁的旧衣服，光脚穿一双已经很少见的破解放鞋，脏兮兮的脸，像是才从收容所出来的盲流。

老萧说，三爷这身行头不错，后头还跟一个马弁。

鸭儿惊奇地对门墩说，你不是跟人谈修小铁路的事去了吗？

斧子说，修小铁路？得了吧，修小马路还差不多。斧子累得一屁股坐在椅子上，大声说，水——

门墩说，德行，进门不说人话，就知道水——水——跟《智取威虎山》李勇奇他妈似的。

斧子说，你们喝了四瓶矿泉水，给我一口了吗？

门墩说，那是为了表示你的节约。

斧子说，花你的钱，我节约干吗？

门墩说，这更透着你小气。

老萧问斧子，搞得这身灰土是上哪儿给人家拆房去了？

斧子说，我拆房？我帮我三叔搞对象去了。

老萧说，你三叔搞对象还会用人帮？太阳打西边出来了。

鸭儿给斧子拿来一罐可乐。斧子咕咚咕咚喝完说，再来一罐。

鸭儿说，怎么渴成了这样？

斧子说，我还饿哪。从干面胡同到灯盏胡同，从灯盏胡同再到干面胡同，我来来回回遛了十三趟半。

梁子说，你们是压路机呀？

门墩说，你走着，我也没坐车呀？我不是陪着你一块儿走的嘛。

斧子说，谁陪谁呀？是我一人陪你们俩。你们俩又说又笑的，我在后头傻帽儿似的干走。总共我说了没三句话：遛遛，再遛遛，接着遛。

梁子说，你这个斧子就是缺心眼儿。

斧子说，我是刨子。

鸭儿说，连自个儿是谁都忘了。

门墩说，你很投入。

斧子说，我不是投入，我是本质！

老萧说，这种搞对象法在旧社会我也见过，这叫找陪衬人，成功的不多。

门墩让老萧给他算算，看这门婚事成不成。老萧说他在国外给人算一回是五十美金，要是给集团什么的算就要按收益提成，他老萧不是轻易给人批八字的阴阳先生。门墩说他这回是真看上这丫头了。鸭儿说门墩哪回看上谁不是真的？

门墩还死乞白赖地缠着老萧，让老萧给算。老萧捏咕了半天说，这个闺女从命星上看是你们王家的人，夫妻两个相亲相爱，也能白头到老。只是有坎坷，不小的坎坷。命中无嗣。六亲无靠……

门墩说，不管六亲，也不管子嗣。她只要有钱，爱我，管他坎坷不坎坷呢！

老萧冷笑一声说，你与她无缘，从时辰上你就没挑对。相亲之日，六仪日为吉。今天是阴历五月初七，九土鬼日，忌议婚、嫁娶、求嗣，你跟她百分之百不成。

斧子说既然不成就不干了，我那篇论文还搁在那儿哪。门墩说老萧算得不准。老萧说，我不准？我这是道破天机了，折我的阴德哪！你见算卦的有几个有好下场的，他们把不该说的都说了，老天报应呢。你说不准，不准就不准，最好是不准，算我看错，但问题是我老看不错。

青青来电话找刨子，鸭儿接的。鸭儿告诉青青刨子在他的公司呢，刨子的电话是64000151。斧子说，三叔，您完了，人家直接联系上了，您前功尽弃。

门墩埋怨鸭儿怎么把刨子的电话告诉她了。鸭儿说你也没让我别告诉她呀？

老萧优哉悠哉地喝着茶。

鸭儿和王老师约会了两次，两人感觉都还“可以”。彼此挑不出什么毛病，也没有多少激情。这种情况让刘婶来解释就是，都是什么年龄了，活透了，也熟透了，早过了谁娶不了谁就抹脖子、谁嫁不了谁就上吊的阶段。人们，包括鸭儿本人也都想，大概第二次婚姻就是这个样子。

对象就是要“搞”。王老师常来，青青也常来，有事没事的，体现了对鸭儿的关心。人们已经在私下议论，大概过不了春节，九号的街坊们就要喝喜酒了。

这天，刘婶在院子里大声喊，开会了，开会了，九号的街坊都开会了！

周大夫第一个由后院走出来。周大夫说，我一听见你喊开会就心跳，你都让我坐下病根了。

王满堂也从屋里出来说，用不着喊，喊来喊去，这院里也就咱们三个老东西，年轻人没人开你的会。你说吧，今儿个咱们是学《为人民服务》还是学《纪念白求恩》？

刘婶说，你这是什么话，毛主席著作要学到老，用到老，我真组织你们学你们也得好好儿地学，说这些话干什么。刘婶说刚才居委会开会，让一家去一个人，她看王、周都忙，就当了他们的代表。王满堂说准又是哪儿受灾了，让大伙儿捐钱捐物。周大夫说他的棉袄棉裤都捐出去了。

刘婶说，就这冬天也没冻着你，去了棉的你换羽绒的了。是这么着，咱们这片属于拆迁范围，人家让咱们下个月就搬家，咱们这儿要盖大楼。

王满堂一脸的狐疑。

刘婶看了王满堂的模样说，我没瞎说，就是拆，那个红头文件我都见着了。

周大夫说真是下个月？刘婶说可不真是下个月。刘婶说现在祖国的大建设真正到了一日千里的阶段，一天等于二十年。说拆就拆，咱们九号一定要走在前面，不能当钉子户，拖整个搬迁的后腿，让人看笑话。

王满堂说，这是我们家的房，我们家有产权。

刘婶说，你们家有产权但是你们家没有土地所有权。这情况我已经打听清楚了，虽然你们家在光绪那会儿盖了房，但是光绪并没有下圣旨说这块地给了你们家。像那些有档可查的王府，就说故宫吧，现在他爱新觉罗家的人也不敢说那就是他们家的房不是？

王满堂说他就不搬！

刘婶说，我就知道毛病得出在你这儿。

王满堂说，这院房是我师傅盖的，精工细做，磨砖对缝。就影壁上的砖雕，跟颐和园东宫门影壁的砖雕也有一拼，都是我师傅雕的。这是工艺品哪，拆了，拆了不行！

刘婶说，你爱那影壁的砖雕，你把它拆下来带走。

王满堂说，拆下来？拆下来它就没了精气神儿，这院子的精神全凭它提着哪！离了这院子，它就是烂砖一堆。

刘婶说，反正你得搬，你这会儿甭跟我犟，睡一宿明儿再给我回话。

王满堂说，明天我也不会答应搬。

周大夫问拆了这儿，往哪儿搬？刘婶说政府在花家地给咱们安排了二十五层的高楼。周大夫说离城太远了，都过四环了，进趟城得住旅馆。

刘婶说，你别夸张。那儿附近有燕莎，有自由市场，卖什么的都有，比城里安静，空气也新鲜。

王满堂说，我不住高楼，我就住平房，谁能把我怎么样！

刘婶说，你那叫不讲理。

正如刘婶说的，“祖国的大建设一日千里”，没几天，一干部拿着登记册就开始挨家挨户登记了。干部来到九号，让各户报一下人口、居住面积。以原有建筑为准，后来搭建的小厨房、小棚子什么的不算数；人口以户口在册为依据，临时户口不算。

周大夫先报。周大夫说他就一个人，住了后院三间北屋，大约就是四十五平方米吧。干部核对了一下说没错。又问刘婶。刘婶说他们家四口，住三间南房，要说自己搭的不算面积，那他们家跟周大夫一样，也就四十五平方米。干部说刘婶说四口，户口上怎么只有您跟孙子呢？刘婶说她儿子在南池子有套房，将来……干部说只能按俩人算。刘婶说她让儿子把户口迁回来。干部说要是早半年或许还行，现在冻结了。

门墩挤过来说，该我们了，该我们了。

刘婶说，你们家户主呢？

门墩说，我们家户主在炕上躺着运气呢！

干部问门墩能拿事不。门墩说，这是什么话，我能拿事不？跟你说，我拿的事比你的重要多了。拿笔，记！我们家七口七户，一千二百平方米。

干部说，是篮球场吗？要打篮球你们家还差三口，得十个人上场。

门墩说，你听着我给你算。这前院，后院，加上北屋三间，东、西南屋三间，还有……甭算了，这院的房都是我们家的。

干部说，院子不算面积。

门墩问为什么。干部说，不为什么，算的是居住面积。院子是院子，房是房，结构不一样，院子没顶，房有顶。

门墩说，以有没有顶棚来计算，谁规定的？我问你，工人体育馆和工人体育场要是也在拆迁范围，你能说体育馆算面积，体育场它就不算面积？体育馆是房子体育场它就是院子？再说了，你们卖房的时候院子不也照样算面积，让买主交钱，没听说过有白送院子的。

干部说，叫你们家大人来。

门墩说，我还不够大？旧社会都能当爷爷了。

干部说，你们家的面积得重新计算，户口也不对，这上头只有一户，户主王满堂，儿子王国强。

门墩说，没户口不等于我们没人。我有大姐二姐，大哥二哥，大侄子小侄子，他们都曾经在我们这户口本上安过家。

干部说，现在这本上就剩了两个人，按这个，我们可以分你们三室两厅，多余的面积折钱给你们。

门墩说，您得给我们两套，两套最好不挨着，离得越远越好。我不跟我爸住，别人都走了，就把我跟他拴着，我老在水深火热之中。您得趁这个机会把我解放了。

刘婶说，门墩你可不能这样，你爸跟前就你这么一个了，他不靠你靠谁？再有不是，你也得担待，谁让他是老家儿呢。

门墩说，我怎么这么倒霉呀，抗日战争八年还有个胜利呢！我一想起跟我爸爸在一屋待着，老受他压迫，前途简直一片黑暗。

王满堂舍不得这个院子，舍不得门口这个精雕细琢的影壁。夜深人静，他睡不着，来到院里，在月光下看着小院，看着影壁。想起当年师傅手把手教他雕砖的情景，想起他在古建队当队长的情景，想起老剩儿穿着志愿军服在影壁前与大家告别的情景。也想起他把老剩儿雕的小兔嵌上影壁的情景，想起了“文革”时他用泥糊抹影壁的情景……

这曾经都是活生生的现实，与这影壁上的砖雕共存的现实。砖雕不存在了，现实便也就没了依附。他王满堂是与这影壁共存的，影壁又是与小院共存的。他的生活中，不能没有这个影壁，不能没有这个院落。这是他的根……

周大夫走来了，周大夫说他也睡不着。看王满堂抚摸着影壁不说话，周大夫说，后补的这只兔已经跟原来的浑然一体，看不出是后续的了。

王满堂说，建筑这行，甭管隔多少年，隔多远，隔几代人，他都能通过物件本身接上，使建筑的精神一贯到底。你一看太和殿，你就知道当年建太和殿的工匠在活儿里跟你说了些什么。他们没死，他们都在活儿里活着呢！就好像他们都回家歇班了，这会儿该你干了……东西要没了，他们人也就没了，你就看不见他们了。

周大夫说，可咱们现在盖的高楼大厦又起来了，又接上了，再过几百年咱们的后代又能在这些活儿里看见咱们了。

王满堂看了看影壁说，我还是舍不得。

周大夫说，舍不得也得舍了。

灯盏胡同九号的住户们都在收拾东西，准备搬家。政府照顾到老街坊，将大家照旧安排得很近。给刘婶和周大夫安排在三楼门对门，将王满堂安排在他们的头顶上，十楼。

过去的老话儿说，搬一回家，等于着十回火。是说搬家损失之大。眼下旧东西进了新房子，总是不和谐，就逼得人们在居家上彻底大换血，旧的不去，新的不来。周大夫说他在美国看人家搬家，屋子一换东西全换，什么都扔了。可咱们，什么都是好的，连个空饼干盒子都舍不得丢，吃完了酱豆腐瓶子刷干净了也是个有用器皿。其实全是垃圾。周大夫拉出刘婶杂物筐里一个黑乎乎的东西说，这个物件也搬过去吗？说着扔到墙角。

刘婶说，这是我的锅，锅都不要了，我拿什么吃。

门墩也从屋里往外扔东西，衣服一件件飞到院里。门墩心里真是纳闷儿，家里哪儿来的这么些破烂。翻开一个包袱，里头都是碎布头，扔了出去；翻开一个包袱，里头是他小时候穿过的小鞋、小围嘴、小屁帘儿。门墩将屁帘挂在屁股上，扭了几扭，而后毫不吝惜地扔出门去。继而扔出来的有他的大衣，王满堂的棉袄，成包的火柴，成箱的中华肥皂，一床床棉花套子，一包包过期几年的药片……

王满堂一动不动地眯着眼睛坐在椅子上晒太阳，周围的一切似与他无关。

一只小鞋砸在他身上，王满堂拾起鞋，是当年坠儿穿过的小红鞋，绣着蝙蝠的小鞋，出自麦子的双手。鞋穿破了，又经大妞用彩线细细地缝补过了的……王满堂将鞋爱惜地在手里抚摸，又恋恋不舍地将小鞋丢到门墩扔出的衣服堆中。

又有东西不断从屋里飞出。

王满堂索性闭眼不看。

水鸭子从屋里也飞出来了，咣当砸在地上。

王满堂一下睁大了眼翻身跃起，将水鸭子紧紧抱在怀里，冲着门墩喊，你给我停住！停住！

门墩出来问怎么了？

王满堂说，你搬你的东西，你别碰我的。

门墩说就是不搬家，这些陈年的老破烂也该处理处理了。王满堂说谁敢说它们是老破烂？门墩说就是老破烂，就是没用的东西。王满堂顺手抄起小椅子就往门墩身上砸。门墩一边躲一边故意嘶着声地喊救命，让周大夫赶快来救驾。

周大夫拉住王满堂说，心里不痛快也不能这样啊，这是干吗哪这是？

坠儿回来了。刘婶说，二姑娘回来了？快劝劝你爸吧，猴急了，要打人哪。

王满堂说，坠儿，咱们这院要拆啦！你知道不？

坠儿说她知道，规划方案就是他们设计院定出的。王满堂一听就冒火，说拆哪儿不行，偏拆咱们灯盏胡同！坠儿说这儿拆了要盖一座大楼。王满堂说哪儿拆了不是盖大楼，咱们北京还缺大楼？坠儿说这座大楼还真是缺，全国独一份。王满堂说这院房，这影壁也是全国独一份。坠儿说拆了这片民房要建一个博物馆。王满堂说就是那些搁死人骨头、死人碗的博物馆？坠儿说是中国古代建筑博物馆，重檐庑殿顶，玉石须弥座，斗拱飞檐，一派古色古香。这是个重要工程，是归结咱们土木行建筑精华的殿堂。

王满堂说，你没骗我？

坠儿说，我骗您干吗？

王满堂说，那我看看你的图纸。

坠儿将随身拿来的图纸打开。大家围上来，一片辉煌展现在阳光下。

周大夫说，好气派呀！

刘婶说，就是台阶多了点。

王满堂说，那不是台阶，是房顶，你看倒了。

别佳帮鸭儿在往纸箱子里收炊具。鸭儿已经和王老师说好，明天去婚姻登记处登记。

院里淅淅沥沥地下起了小雨，别佳说下雨了。

鸭儿显得有些不安。

傍晚，雨越下越大，雨中传来别佳的歌声，他唱的是梁子的诗：

潇潇的雨将心田拨动，
踏出了生活的泥泞。
我把爱情留在了昨天，
留住了青春，留住了梦。

鸭儿寻着歌声推门而进，坐在别佳对面听他唱歌。别佳唱完了，鸭儿说别佳唱得好。别佳说，你就不问问我的情况？

鸭儿不知道别佳有什么情况，将目光投向桌上的相片，那是别佳一家幸福的合影。别佳说菲利娅已经不在人世了，三年前死于车祸……我们是一对恩爱夫妻……我很想念她。

鸭儿说，别佳，原谅我。我不知道……真不知道，你从来没说过……

晚上，鸭儿给王老师打电话，说下雨了，改天再去登记。

搬家了。

刨子指挥几个民工进进出出。王家的大大小小都来帮忙。柱子和朱惠芬也从国外回来了。刘婶说，柱子你真会赶，刚好赶上我们搬家，你要是晚回来几天，可就找不着灯盏胡同了。

周大夫问朱惠芬，这回回来住多少日子？朱惠芬说不走啦。周大夫说彻底回来啦？朱惠芬说彻底回来了。

为了防止门墩再胡乱扔东西，王满堂亲自监视着门墩将桌椅板凳搬上车。一民工搬来一个绿瓦盆，问还要不要。门墩看了王满堂一眼说，要，装车！

大瓦盆上了车。

又一民工拿来水鸭子问要不要。门墩说，要，装车！

王满堂说，等等，别装。

门墩说，您终于觉悟了？

王满堂说，留下它，我把它跟影壁上的砖雕一块儿捐给建筑博物馆。

坠儿说，这算得上博物馆的精品了。爸，那个玉坠要是还在多好，这样就齐了，就能让后代看看老祖先们建北京用的都是什么家什了。

东西都装齐了，门墩让大伙儿再看看有没有什么落下的。刨子里里外外仔细看了一遍，说都空了。门墩说空了就好，门墩走到司机跟前悄悄说，师傅麻烦您把这车东西拉到废品站，全卖了，一半算您的车钱，一半您给我。司机说这车东西卖不了多少钱。门墩说就看会不会卖了。司机说他还没干过这样的差事。门墩说改革开放了，每人每天都会遇到许多新生事物，没干过的事情很多，要适应新的形势，新的变化。作为司机，头脑自然也要变得灵活一点儿，并不是纸票子才是钱。

司机发动汽车，汽车缓缓驶出。司机探出头来说，上交道口废品站吧，那儿的秤准。

王满堂说，怎么？你把这车东西都卖啦！

门墩说，一车破烂，您留它们一点儿用没有。那边全套家具我们几个都给您准备好了，您就睛享用吧。

王满堂追着汽车使劲喊停，梁子让他爸爸别追了。王满堂说，你妈的相片还在车上哪！

门墩说，您怎么不早说！

门墩追着汽车大声喊，等等——我妈在车上哪！

王满堂在儿女们的簇拥下最后巡视一遍院落。空荡荡的房屋，墙上有挂相片的痕迹，贴画的痕迹。院里的枣树，结了一树的红枣，默默地与众人相对……这里曾经是家，是温馨的家……

王满堂来到影壁前，不忍离去。坠儿说，爸，我下午就让人把它取下来。

王满堂说，别碰坏了。

套儿背着照相机跟在大伙儿后面。套儿说，王大爷，最后留个念想吧，我妈我奶她们已经照过了。

大家意识到，这是在灯盏胡同的最后纪念了。

众人在影壁前站好，别佳游离于众人之外，被鸭儿拉入队中。

一张全家福定格。

第十三章

阳光明媚的住宅小区，与灯盏胡同相比，完全是两个时代了。多了许多现代化，也少了许多人情乐趣。王满堂、刘婶、周大夫不能抬杠了，这实在是个太大的遗憾。在老宅里抬杠斗嘴，对三位老人来说是一种绝佳的精神按摩，是一种友情的黏合剂，更是一种即兴而来的机智与幽默。

这一切，随着各家的封闭而消失。三个老人，竟然难得有见面的机会，除非是彼此有意的相约。那种在小院里的锅勺相碰，那种经意不经意的不期而遇，再也没有了。

王满堂家三室两厅的宽大房屋完全被现代化陈设所填充。王满堂坐不惯那一陷半人深的沙发，屁股底下不踏实，不透气，痔疮频犯；看不惯那如同电影屏幕一样的大彩电，人影晃动，眼晕，血压猛升；听不惯那嘭嘭的音响，连玻璃杯都能震得跳跃，更何况是王满堂的心，搬到新楼就增加了早搏症状。但这一切都是按照门墩的思想来设计的，充分体现了门墩的精神。王满堂认为，离开了灯盏胡同的那一刻起，他就失去了自我，就彻底地败在了门墩手下。他的地位，他的威风，他的权力，好像都随着那些破家具被那个卡车司机给卖了。现在的他，只是一个陌生现代家庭的参观者，这一切都不是他的，都不是他喜欢的，也不是他所需要的。他无法坚持他自己，正如他无法再和刘婶们抬杠。这种无奈深深地嵌进他的心里，使他更为苍老，更为固执。在这高楼之上，他唯一能不妥协的，就是将大妞的遗像挂在客厅的墙上。尽管不和谐，尽管一进门就有些阴森森的感觉，但王满堂愿意。这是他从灯盏胡同带来的唯一纪念，是他坚守的最后一块阵地。

早晨，王满堂由厕所出来，不高兴地砸门墩卧室的门。门墩受不了老爷子的干扰，早早地就在家里弄出这些响动。要是在小院里，老爷子砸谁的门也不会砸他的门。现在，老爷子除了砸他的门不会再砸别的门。门墩睡意蒙眬地问有什么事？王满堂说他拉不出屎来。门墩说拉不出来多坐会儿。王满堂说平时蹲惯了，坐着拉不出来。门墩说还是不憋，要是蹿稀，在钟楼顶上都能蹿出来。王满堂说他有一礼拜没拉屎了。

门墩说，不是给您买果导片了嘛，还有番泻叶、麻仁丸，您吃啊。

王满堂说不是泻的事。是厕所的事，他让门墩给他把厕所改了，改成蹲坑的。他蹲了八十多年坑了，他没坐着拉过屎。门墩说没听说过有这么改的，这是进步向落后的倒退，是违反历史发展规律的反动。王满堂说历史爱怎么动怎么动，但是他得拉屎。门墩说实在拉不出来可以上下头的公共厕所，那里是蹲坑。王满堂说去是可以去，但不是长久之计。上一趟公共厕所交两毛，这月还没过半，他八块钱已经出去了。照这么着，他一个月十五块打不住，一年光上厕所得小二百……

门墩说，您买月票。

王满堂吼道，买月票?！我让你给我改厕所！

门墩根本不理王满堂。门墩看了一下表，匆匆跑到电视机前扭开电视，电视里正播报股市行情。

王满堂说，你指望那个就能赚？做梦吧！猜仨攥俩的小伎俩，没意思极了。有钱还是存银行，保险！谁垮了银行也垮不了。

门墩对王满堂说，您的观念忒落后。人家深圳一个没文化的家庭妇女，炒股愣炒成了一个亿万富婆。您怎么就不想当个亿万富翁呢。

王满堂说他从来就不做那样的梦。指不定哪一天，亿万富婆就成了一无所有。

据电视报道，门墩买的股跌了。门墩的心情变得很不好，抬头看见母亲的遗像，就对王满堂说，您把这个像摘了，一进门迎头就是一个死人，晦气。

王满堂说，那不是死人，那是你妈！

门墩说，人家的厅里都供关公，供财神爷，供招财猫，没见供死人相片的。您要想看我妈，挂您自个儿屋里去，一人爱怎么看就怎么看。

王满堂说，这可是你妈。你妈在几个孩子里头，最疼的就是你。

门墩不再理王满堂，走到冰箱前拉开门拿橘汁，却见冰箱里全是剩菜。装蔬菜的格子里塞满了东西，拉出来一看是件皮袄。门墩说，您这是干什么呀？糟蹋冰箱呢！几根炒疙瘩丝、半碗棒子面粥，一小碟酱瓜。这电钱比您这棒子面粥钱还贵，也真有您的，把皮袄还塞冰箱里。

王满堂说，这楼上没地方晒，我怕它长虫子。

门墩说，亏您想得出来。屋里冬天有暖气，要皮袄干什么？将来哪儿受灾，捐了得啦！

王满堂说，捐皮袄？这是上好的滩羊皮，我跟你妈结婚那会儿你姥爷给我买的。这件皮袄二十块大洋哪，说不要就不要了？旧社会的地主老财也没阔到这地步。我们临州仁记棺材铺掌柜，是有钱的主儿，他穿的皮袄也不过是二道毛的，比我这个羔皮差远了。

门墩说，您的生活水平早超过地主老财了。旧社会您要过今天这日子，一解放就得把您枪毙了。

王满堂说，把你枪毙了。

门墩说，大早晨的我不跟您磨牙，我得上股票交易所。您快点拉您的屎去，拉回来接着玩您的各种保健器械。

王家大厅的一角搁着不少保健器械：摇摆机、按摩器、频谱仪、血循环机等等，都是儿女们的孝敬。门墩说，您把这些练完，就到了吃晚饭的时候了。

王满堂说不想练，腰疼。门墩说腰疼才更应该练。王满堂说他腰疼是睡软床睡的，门墩得给他换床。

门墩说，您有完没有？我再不走，您得让我给您换儿子。

王满堂说，我还真有这想法。

门墩出门了，扔下话说晚上不回来吃饭，家里又剩了王满堂一个人。王满堂从客厅转到阳台，从阳台无聊地往下看，楼底下有几个人在走动，有一个半大小子在甬道上一趟趟溜滑板，技术不怎么样，只要两只脚全站到板上去就摔跟头；不成荫的小柳树底下有胖女人在遛狗，准确说是狗在遛女人，女人被绳牵着跟着狗跑；南面喷水池旁边，有个卖西葫芦的正跟小区管理员争吵。吵的什么，听不见……

有叮咚门铃声。王满堂兴奋地跑去开门，是刨子和已经挺起大肚子的青青。王满堂说，我正闷得慌呢，这楼房不是房，是个监狱。把我关进这笼子，我一天也见不着一个人，连个说话的也没有。你们来了好，跟爷爷待一天。

刨子说他们是路过，顺便上来看看。刨子说他在东边大陈庄承包了一套工程，他们要盖个仿古大礼堂。王满堂说盖礼堂，顶棚跨度大，全凭两边的立柱吃劲，材料要选好，木头要硬棒。刨子说现在不用木头，全改水泥了。王满堂说要这样钢筋得吃得住劲。王满堂要跟刨子一块儿去大陈庄看看，刨子说那儿的条件太差，道不好走。爷爷已经八十四了，万一有个闪失，门墩也不会答应。王满堂说门墩巴不得他早点弯回去呢，天天折磨他，虐待他，他想向消费者协会投诉这个儿子。

青青听了就乐。青青说，您马上就能看见重孙子了，就该四世同堂了，将来让重孙子陪着您，比门墩强。

刨子说他刚才带青青到医院查了一下，是男孩。王满堂说头生还是姑娘好。青青说现在就让生一个，没什么头生末生了。王满堂说，我还是喜欢姑娘，你奶奶她喜欢男孩。

刨子看了看大妞的遗像，拿出手绢将上面的土擦干净。刨子说，咱们家里，我奶跟我最好……要是她能见着重孙，不定乐成什么样了呢。

王满堂说，要是她还活着，我也不至于闷成这样。哪天你们还是给我把临州的奶奶接来，跟我做伴，给我做饭。那年让梁子媳妇那么一闹，她再不想来了。

刨子说这事得跟他爸爸商量。说着拿出一沓票据让王满堂替他收着。王满堂拿出小匣子，小心地将发票装进匣中。

青青说，李晓莉跟梁子叔已经离婚了，她管不着临州奶奶的事了。

王满堂说，现在又缠着要复婚呢。

这两年，梁子已经发展得相当不错了。用老萧的话说是否极泰来，翻过来了。从他做成第一笔金砖生意算起，他的土特产公司一线直上。下属有几个分公司和仓库，人员增加到数百，业务做到了全国各地以至日本和东南亚。随着国家商贸进出口权力的放开，梁子的公司有了自营出口的权力，生意一下就搞活了。梁子不但在建国门大楼有了自己的办公地点，有了自己的大办公室，也有了自己的轿车和秘书。今非昔比了。

这天，总经理王国梁在办公室里接待前妻李晓莉。李晓莉来了有些时候了，也说了不少话，坐在梁子对面不住地抹眼泪。

李晓莉在跟梁子谈复婚的问题。

女秘书小范将第三杯水放在李晓莉跟前，对梁子说，总经理，广州来的客人在会客室等着呢，是不是让他们改个时间？

梁子说，告诉他们，我马上就去。说罢站起身对李晓莉说，我还有事。

李晓莉不能再待下去。以她的想法是。那个女秘书和梁子在给她做戏。什么广东客人？根本就没这回事！

李晓莉最后得出结论，要想这件事办成，还得老爷子出面，单靠她磨不行。

问题是王家老爷子对她没有好印象。

寂寞的王满堂给老石打电话，让老石没事过来聊聊。老石说他得看孙子，他老伴儿年初殁了……王满堂又给大摊儿打电话，对方说不认识他。原来是大摊儿的儿媳妇，儿媳妇说大摊儿瘫了，半身不遂……给刘婶和周大夫打电话，都不在家……

下午的时候，坠儿和老萧来了，找王满堂说建古建博物馆的事。

坠儿摊开图纸说，爸，您的意思说博物馆的主体要靠东建，萧叔的意见是靠西建，往西移二百米。

老萧说，西边土好，承重力强。

王满堂说，我们九号就在东边。我师傅说当初建这座院子的时候，师爷是经过“阳基辨土法”反复验证的。九号底下的土红黄滋润，细而不松，油润而不燥，鲜明而不暗，是得到地气的好土。

老萧说，西边的土壤结构更好。往西移二百米，就躲开了地下水的水脉，别忘了在你们院里曾打出了一口甜水井。西边的土五色兼备，是上好吉土。

…………

满堂、老萧争论不休。

两人正在各不相让之际，冲进一个花花绿绿的人来，细一看是刘婶。刘婶头上插花，腮上抹红，腰系彩绸，着红挂绿，打扮得妖艳又夸张。

老萧倒退几步吸了口冷气，王满堂等人也为刘婶的打扮惊奇。老萧说：你没病吧？

刘婶说，我好末当央的有什么病？我们这是扭秧歌。

老萧说，不对了，我看这是不对了，得叫救护车。

满堂到电话跟前，找号码，找急救中心，急救中心……

老萧说，什么急救中心，没用！得往精神病院打，打安定医院！

刘婶一把按住电话问，往哪儿打？

王满堂说安定医院。

刘婶说他们这是老年秧歌队，大伙儿天天在活动室扭秧歌，既娱乐又锻炼身体，老哥儿们老姐儿们在一块儿乐着哪。来叫王满堂，让王满堂也参加。王满堂看着刘婶的大红嘴唇说，我不参加。

刘婶说，这有什么，连周大夫都加入了。老周，老周，你进来。躲什么呀……周大夫被刘婶从门外拉进来。大家一看周大夫，打扮得更出色——

周大夫成了刘媒婆。

门墩带了一只八哥回家，这只八哥是一个月以前在东直门立交桥上买的。据卖主说，八哥是上好八哥，聪明极了，摹仿力特强。就是不留神，学脏了口，一天到晚装收废品的。养鸟的主家忌讳这个，便宜处理。门墩正巧从桥上过，就把它买了下来。买了也不急着拿回家，交给他的一个朋友调教。让八哥再不要收废品，说些个吉祥话，博老爷子高兴。门墩的朋友跟门墩是一类人，给八哥教不出什么正经好话来，只教了一句：我是你爸爸。

门墩拿了这只爸爸八哥，有些哭笑不得。后来一想也好，让八哥替他跟老爷子作战也省了他很多精神。于是兴冲冲把鸟拿回家来，又买了不少吃食，准备跟爸爸好好儿喝一盅。

门墩进了门却听不见王满堂的回应。推开厕所门，没有。推开卧室门，也没有。推开所有的门，都没有。他不知道这么晚了王满堂会上哪儿去，打了一圈电话，哪家也没有他的爸爸。看墙上的钟，已经十点半。

门墩无力地放下电话，瘫在沙发上。事态很严重——爸爸丢了。

笼里的八哥清脆而响亮地重复：我是你爸爸，我是你爸爸。

得到消息最先赶来的是柱子和朱惠芬。柱子问爸什么时候出去的，门墩说不知道。问爸身上带钱了没有，门墩说不知道。柱子说，你怎么什么都不知道！

门墩说，我不能一天什么不干，光看着他！这老爷子一天比一天难伺候，就每天这泡屎，不把你折腾个贼死不算完。我算是够了！下一步咱们大伙儿商量商量怎么办吧，屎盆子不能光让我一人顶着。

朱惠芬说，别说这话了，赶紧找人要紧。

门墩说该找的地方都打电话了，包括失物认领处……柱子狠狠地瞪了门墩一眼。门墩说，你甭瞪我，万一谁要把咱们老爷子送那儿去了呢？

朱惠芬说这一片大楼都一个模样，老爷子会不会找不着家门在楼之间瞎转悠啊。柱子说有这种可能，他头两回来在楼底下转了半天，不知道该进哪个门。门墩说这片小区面积大了，汽车三站路呢，甭说转一宿，两宿也转不出来。柱子说要是这样就得下去找。他找东片，门墩找西片，朱惠芬在家等电话。

八哥冒出一句：我是你爸爸。

柱子一听就来气，说门墩一天到晚提笼架鸟，没有一点儿正经。门墩说这鸟是给老爷子买的。柱子说买个什么鸟不成，非弄这么一个讨厌的东西。

八哥说，我是你爸爸，我是你爸爸。

夜色中的小区楼群，门墩在楼下喊爸爸。刘婶从窗户探出身来问，还没回来哪？

柱子说没有。刘婶跟周大夫就也下来帮着找。

门墩在楼与楼之间使劲喊爸爸——

有几个半大小子在阳台上答应，哎。门墩说，你们再应一声我可跟你们急啊！

门墩再喊，爸爸——

小子们更为响亮地，哎——

有大人出来，对小子们呵斥，小子们进去了，那人对门墩说，兄弟，对不起啦！别着急，慢慢找吧。门墩望着阳台气得说不出一句话。

门墩气急败坏地喊，王满堂——

找了半宿，也没有王满堂的影子。刘婶、周大夫、柱子、门墩在楼底下碰头。周大夫说今天下午跟老萧一块儿说话他还好好儿的呢，也没听他说要出去。门墩说八成是上公共厕所，出来走丢了。柱子说他明天就得想办法解决厕所的蹲与坐的问题。

门墩说，你早该解决。

鸭儿在别佳的支持下开了个俄罗斯餐厅。经别佳介绍，又从俄罗斯雇来了一名大师傅和三名服务小姐，这就使得俄罗斯餐厅真的成了俄罗斯餐厅。

上午，小姐们做着营业前的准备。鸭儿告诉伊娜，她的中国话要加强练习，不能动不动就说俄语，这样不允许。来吃饭的图的是舒畅，让人感觉到一点儿不方便都不行。伊娜说她在努力。鸭儿问今天的特价菜是什么，伊娜说是俄式炸肉卷。鸭儿让写出来，摆在门口。

鸭儿看见王满堂到餐厅来了，就问她爸爸昨天上哪儿了，让门墩找了一宿。没等王满堂回答，她赶紧就给门墩打电话让别找了，说爸在她这儿呢……

王满堂说他昨天上灯盏胡同了。王满堂让鸭儿赶快给坠儿打电话，他要立刻见坠儿，有要紧事。

没一会儿工夫，坠儿就来了。

王满堂对坠儿说他昨天在灯盏胡同蹲了一宿，他赞同师爷的观点，要证明他对，就必须拿出证据来。他根据赵家传下来的办法，在东西两边各挖了一个一尺二见方，一尺二深的坑，把挖出来的原土筛细了，再填回到里头。过了一夜，要是土拱起了一层，这就说明了这个地方地气旺。地气旺说明土壤结构好，对建筑的承载力大。要盖大屋顶，地气是很重要的。

坠儿说，就为这个您在俩坑跟前守了一夜。

王满堂说，谁要是不留神把坑踩一脚，我不是前功尽弃了。

坠儿问结果怎么样，王满堂说俩坑都没塌，但实际俩坑是有差异的。他在东边和西边各取了一寸土，称一称就知道了。

鸭儿拿来秤，王满堂从左后腰上摘下一个塑料口袋，说这是西边的土。鸭儿称了，八两三钱。王满堂从右后腰上摘下一个塑料口袋，说这是东边的土。鸭儿称了，九两二钱。王满堂说，东边比西边的土重，说明东边比西边的土质好。老辈儿人为验土质常这么干。重九两以上为吉地，六两以上为中吉，四两以下为凶地。

坠儿说，您说的有道理。中国有个叫郭璞的人，用这种方法定下了温州城。后来勘探资料也证实了温州城的地质状况优于附近所有城池，才成为“控带山海，利兼水陆，实东南之沃壤，一都之巨会”。土密实性大比重也大，承载力也大；承载力越大，越适合做地基。您说的四两以下的凶土大概就是我们说的含水极高的有机土了，六两以上的吉土大概相当于砂土或黏土。至于十两以上的大吉土，相当于密实的碎石土了。我回去以后把这两包土做一次细致化验，再下结论。

王满堂说坠儿把大楼主体建在九号的位置上，没错。

柱子、梁子、门墩们接到了鸭儿的电话，纷纷来了。大家都抱怨父亲这种不打招呼就出门的做法不妥。门墩更是委屈，门墩说趁着大伙儿都在，他把话说开了，爹是大家伙的爹。不是他门墩一个人的爹。对爹的照顾也得大家轮着来，不能光让他一个人摊着。

王满堂说，你够了，我还够了呢！你以为我活得舒服，饥一顿饱一顿，关在那个笼子里，没人说话，连口热水都喝不上。

门墩说，我给您买了太空水饮水器，一年四季那个小灯都亮着，随时给您供应开水，想喝您一按开关就行了。

王满堂说，我看了说明，你那是纯净水？什么是纯净水，纯净水就是蒸馏水，是洗澡堂子过滤出来的，我知道。以前澡堂子整大瓶整大瓶地卖蒸馏水。现在换了包装了，玻璃瓶改塑料瓶了，可里边的内容没变，我干吗要喝洗澡堂子出来的水？那水泡出茶来是什么味儿，闹不好我再喝出一口胰子沫来。

门墩说那不是洗澡水。王满堂说，不是洗澡水你怎么不喝？别以为我傻，我观察过你，打买来这个大瓶子，你就没喝过一回。你不是喝可乐就是喝芬达。

柱子建议，爸爸在几个家轮着住。王满堂说甭玩这花样，这花样不新鲜。上半月在你那儿，下半月在老二那儿，到了十五号那天你把我搁到墙头上对老二说：那头接好了啊，咱爸爸过去啦。那头要是没人，我就得在墙上骑着。

梁子说，您说的那是《墙头记》是戏。您看现实生活中，我们谁不孝顺您哪？

王满堂说，你们谁也不孝顺。

门墩说王满堂这叫不讲理，越老越钻牛角尖。照这样，谁也跟他过不到一块儿去。王满堂说他们的妈就能跟他过到一块儿去。

门墩说，我倒真盼着我妈能起死回生。现在能克隆羊，不知道能不能克隆妈。

王满堂让孩子们把临州的柱他娘给他接来。

大家面面相觑。

柱子说他接过娘，娘不来。说在乡下住习惯了，有桂花跟霜降照顾着，挺好。王满堂说，你娘不来，是因为我没说话。现在我让她来，她能不来？

门墩说，您又不是皇上，让谁来谁就得来。

王满堂说，我们是两口子！

柱子让他爸别急，他先给霜降打个电话，把这事提一提。他娘今年也八十一了，到北京来生活能不能自理，这还是个事。王满堂说他能伺候她，让她放心来。

门墩说，一个八十四就够受了，再来个八十一的，说不定哪天半夜我又得满世界喊妈去。我这是干什么呀我！

梁子说，轮着住跟接大妈来，都是下一步的事。当务之急，应该给咱爸雇个小保姆，每天洗衣做饭，陪老爷子聊天。

梁子在办公室给秘书小范交代工作……往陕西调三十万临州砖，三月二十二号运到，延误一天要罚款百分之五；杂面加工设备的调试还不尽如人意，给临州打个电话，问问原因究竟在哪儿。要是技术问题就让他们派人来培训，要是设备问题就直接派人到厂交涉。这个工作今天下午要落实……小范边听边记。梁子说，另外，你给我父亲找个保姆……小范问什么条件。梁子说，会管家务，会做饭，没脾气，人要老实本分的……不要太漂亮。

小范离开的时候很不好意思地对梁子说，她也很喜欢诗。梁子问她自己写过没有，小范说写过。说着从夹子里抽出一张纸，上面有几行，请王总斧正指点。梁子看那诗写得也还有味儿，不觉朗诵了几遍：

阳光让我迟疑，
生活将我托起。
我不能松手，
命运要我紧紧抓住你。
…………

梁子就对小范有点儿刮目相看。

鸭儿正式向父亲提出了她要跟别佳结婚的想法，王满堂为这件事特地把周大夫和刘婶叫到家里来商量。以王满堂的想法，这件事无论如何不能答应。别佳再好也是外国人，他没有给洋人当老丈人的思想准备。刘婶说现在开放了，涉外婚姻多了，也有过得不错的。周大夫说别佳是个好孩子，这孩子心善，没坏毛病，这打小就看出来了。刘婶说没想到锅炉爆炸还炸出一段姻缘来。王满堂说不是炸锅炉炸出来的，是开饭馆开出来的。刘婶说鸭儿比别佳大着好几岁呢，别到时候过不了几天就……周大夫说大不大不要紧，都这个年龄了，不会感情用事了，他们也一定是经过深思熟虑才做出这个决定的。所以，做老家儿的不要轻易给予否定。

王满堂说，到时候再给我们家生出一个小二毛子来，我们老王家自此就串了秧，变了种了。

刘婶说，我们那只黄黄就是配错了种。本来是只土猫，最近下了一窝杂毛，不长不短，不白不黄，有的眼睛绿，有的眼睛蓝，还有俩瞎眼儿。猫可以给人，要是人，你说窝心不窝心。

王满堂说，要是这样，赶明儿我抱着外孙子回临州，乡亲们围上来准说，你怎么抱只卷毛狮子狗回来了？

门墩由自己屋里探出头来说，您几位是吃饱了撑的，杞人忧天。您也不算算我大姐今年多大了，她还生得出二毛子来吗？

王满堂说鸭儿今年五十七了。

门墩说，五十七甭说生二毛子，就是生三毛子，生土造也是奇迹。门墩说，人家跟您打个招呼是礼貌，是表示把您这老家儿搁在头里。您倒好，较起真儿来了，就以为您真是了不起的一家之长呢！我说呀，该闭只眼就闭只眼，别什么都门儿清，那样招人讨厌。

周大夫说门墩说的有道理。到了他们这个岁数，最好是装聋作哑，装傻充愣。有话说，不聋不哑，难做阿翁。就是这么回事。王满堂说依你们，这事不管？周大夫说不管，刘婶也说不管。

王满堂说那就不管。

这天，王满堂正在跟那只只会当爸爸的八哥对话，李晓莉提着大包小包来了，说有事。王满堂说有事找门墩，现在门墩是户主。李晓莉让王满堂做梁子的工作，跟她复婚。门墩说这事李晓莉弄反了，她是跟王国梁复婚，她得先跟王国梁商量好了再来给老爷子打报告，没听说先批了报告再商量的。王满堂说是这么个理儿，门墩也有不糊涂的时候。

李晓莉哭泣着说本来这事还有转机，只是梁子身边多了个年轻的姓范的秘书，有事没事地在梁子跟前晃悠，还往家跑。明摆着，咪咪要有后妈了。

正说着，小范带着保姆来了。李晓莉悄声对王满堂说，就是这个人。

小范说她是王总的秘书，姓范。王总让她给家里找个保姆，她今天带来了。王满堂说家没小孩，不用保姆。小范说保姆是专为照顾王满堂的。

小范对保姆说，你都看见了，家里情况比较简单，活儿不多，但要求高质量。今、明两天彻底打扫卫生。所有的被套床单必须一礼拜换一次，厕所一天刷两次；房间要随时保持整洁，窗上桌上不能有灰；饭一天三顿，要少而精，不许给老爷子吃剩饭，营养要搭配。三天跟老爷子结一次账，实报实销，不许弄虚作假。一礼拜我要查你一次，合格给奖金二百元，不合格扣工资，三次不合格，辞退。

保姆说她会好好儿干的。

小范说，你也知道，找这么清闲的人家不容易，你得珍惜这份工作。

保姆说她懂。小范在交代这些的时候，李晓莉有些坐不住，李晓莉说，梁子也是，干吗雇保姆呀？我已经下岗了，在家闲着也是闲着，每天过来给您干点活儿不就是捎带着的事嘛！我明天就过来。

王满堂说，你别来，我用不起俩保姆。

李晓莉说，我不是保姆。

王满堂说，那你是什么？

李晓莉语塞。

保姆就在王家住了下来。多了一个人，王满堂觉得这个家好像变得很拥挤，很陌生，有种不是自己家的感觉。保姆却有着随遇而安的舒展和到家了的平静。保姆似乎并不善于收拾房间，不善于料理家务。来了几天，竟没做出一顿正经的饭来。不会使煤气灶，不会用微波炉。只会看电视，专看爱情片，而且把电视声音开得很大，致使嗲里嗲气的爱呀爱，永远填塞到王家每一个角落，让你没处躲没处藏。王满堂已经想好了，下次姓范的秘书来，一定要让她把这个保姆带走，不求别的，求个消停。

近些日子，门墩又招回了一个姓黄的丫头，称为密斯黄。俩人不分昼夜地混在一块儿，或拥或抱，净在王满堂眼皮底下干些有伤风化的事，让王满堂心里不痛快。到早晨了，门墩的房门还紧紧关着，一男一女在里边不知干些什么。王满堂决定不让这对男女自在，每隔一会儿就敲敲门墩的房门，提示注意影响，提示自己的存在。

门墩完全明白父亲的意思，也并不与他说什么。在王满堂第五次敲过门之后，门墩打开了门，拥着密斯黄要往外走。

王满堂叫住了这对男女。王满堂说，这姑娘你昨晚上在门墩屋里待了一宿，你给我说说，你们登记了没有？

密斯黄说，王大爷，这还能当个事吗？

王满堂说，姑娘，看你也是有文化的人，用不着我开导你。当女人呢，凡事得自爱，得自己把自己当个事。世界上怕就怕认真二字，我们共产党人就最讲认真。

密斯黄听了哈哈大笑。跟门墩说，你爸真有意思，特幽默。

王满堂说，我是为你好，你以为王国强是正经人吗？他虽然是我儿子，但打小就不走正道。偷鸡摸狗，九岁就开始搞对象，工作换了有一百个，对象换了也有一百个，没一个能成的。姑娘，将来你要跟他过日子，他根本就靠不住。不怕你笑话，我的儿女有俩打离婚的了，我们老王家有这个传统，你将来别成为第三个。

密斯黄说，这年代，谁也别指望着靠谁。我要真靠门墩，我就是傻×。甭说将来，就是现在，我也没打算跟门墩在一块儿过。

王满堂瞠目结舌、无言以对。

门墩说他爸爸的老皇历这篇该翻过去了。王满堂说翻到哪篇也得有个谱，不能胡来。又对姑娘说，我不反对你们谈恋爱，我也不是那老古板，但是你不能一上我们家就……我怎么跟你妈交代呀？

密斯黄说，您甭跟我妈交代。我都不跟我妈交代，您跟我妈交代什么？

王满堂气得说，你们，你们怎么像一群猫狗一样。

门墩让王满堂甭操这份闲心了，有那精力把八哥那张臭嘴纠一纠。它不能一天到晚老是“我是你爸爸”。

门墩与密斯黄勾肩搭背地走了。王满堂无奈地坐在沙发上，屁股下面一硌，一拉是烙饼的铛。王满堂对在一边不知干什么的保姆说，一大早起来你都干了些什么，到现在了有早饭没有？

保姆说，你要吃我下去给你买。

王满堂说，我要不吃呢？

保姆说，就不买。

王满堂说，买早点，亏你也说得出来。

保姆说买个煎饼省事。

王满堂说，省事我要你干什么？

保姆说，王大爷，趁这会儿没人，我得跟您说件事。

王满堂让保姆说，保姆说她说了王满堂一定得原谅她。王满堂说不论多大的事，只要说实话，他都原谅，贩卖毒品除外。保姆说卖毒品，她没有那个胆。王满堂问保姆到底干什么了，保姆说不好说。王满堂说偷人东西了？保姆摇头。王满堂说借了高利贷了？保姆摇头。王满堂说裹到黑社会里了？保姆摇头。王满堂说让人强奸了？保姆还是摇头。王满堂说，你到底怎么了嘛！

保姆说，我怀孕了。

王满堂说，怀孕？怀孕了你上我们家干吗来了？你在我们家挺着个大肚子……我得跟我儿子说……让你走。说着，王满堂就抄电话。

保姆拦住王满堂说，王大爷，您先听我说……保姆把缠在腰上的布一扯，一个巨大的肚子就挺出来了。

王满堂目瞪口呆，王满堂说，你想怎么着？

保姆说，我求您让我在这儿待下来。

王满堂问保姆家在哪儿，保姆说在西边的山里。那儿太落后，她婆婆说了，生下来要是个儿子就留下，要是个丫头就……就……就闷死。王满堂说什么时代了，竟然还有这样顽固的婆婆。这老太太大概是没有受过儿子的害，要是把门墩这样的换给她，她保准是生下儿子就闷死。保姆说她想过，生下来无论是男是女，都是一条命，都有生存的权利。所以她就跑出来了，她要生在外头。要是男孩，就抱回去，要是女孩……就给人，好再生。保姆要求王满堂别把这件事告诉范秘书，因为范秘书知道就该把她辞了。她好不容易找了个安身落脚的地方，又遇上了王满堂这么个好心肠的老人，她得珍惜。王满堂说用时髦的话说是抓住了机遇。

保姆说到临产的时候她就走，她不会把孩子生在王家，她会生在医院里。她说王满堂是个大好人，她打一进这门就知道自己遇上了活菩萨，说王满堂是她肚里孩子的大救星。

王满堂说，别说这话，大救星是毛主席，我算什么。你坐着，我给咱们做饭。

王满堂找遍冰箱、厨房，找不到一点儿吃的，他记得家里还剩下三包方便面，昨天夜里门墩把三包方便面都吃了。

李晓莉来了。王满堂说来得正好，把屋子打扫打扫，做顿中午饭。问保姆中午吃什么，保姆说想吃炖肉。笼里的八哥不知怎的也突然来了灵感说，吃炖肉，吃炖肉。王满堂也同意吃炖肉，就让李晓莉赶紧去买肉。

李晓莉不满地看看歪在沙发上的保姆，又看了看在笼里跳上跳下的八哥，接过王满堂递过来的钱。王满堂说，念你是下岗工人，我也不白使唤你。你先在我这儿干，咱们按钟点算钱，我给的价比别处高。

李晓莉弯下身仔细看了看保姆说，这不是前几天来的那个保姆吗？怎么一下变成这样了？这肚子少说也有八个月了。这么重的身子上王家来，不会是来当保姆的吧？

王满堂说王家的事情钟点工不要掺和。李晓莉说她觉得这事蹊跷。王满堂说干活儿拿钱，闲话少说。李晓莉说她上王家来是为王满堂服务的，是来义务的，不要钱。王满堂说没有白用人的道理。李晓莉说都是一家人，不能老提钱。王满堂说这话说的有点儿早。

李晓莉想了想，把手一拍说，我这会儿才闹明白，他王国梁现在堕落得没边了！把人家女的肚子搞大了，就往他爸爸这儿一塞，狡兔三窟，他想得美！表面像个人似的，一肚子男盗女娼！他不跟我复婚，不复婚我就把这一切都抖出来！

自认为抓到把柄的李晓莉，再不管什么炖肉不炖肉，拉开门就往外走，头也不回，直奔梁子的公司。

梁子正在办公室接待一个叫作“奔腾”的报告文学作家。梁子想，这人叫奔腾，跟电脑牌子一样，不知是什么水平。上赶着给企业写报告文学，求得些许赞助，挺大的岁数了，也是不容易。

奔腾作家很谦卑地跟梁子握手，说些久闻大名，如雷贯耳，今日一见，三生有幸一类的套话。梁子审视着作家，有似曾相识之感。梁子说，我看着你像一个人……奔腾说他的模样比较大众化，不少人看着他都眼熟。梁子肯定地说，我在哪儿见过你，不止一次地见过你。你真的就叫奔腾？

作家说奔腾是笔名，写报告文学也是这几年才涉及，以前他是写……梁子说，你是写诗的，你叫马伟。马伟，马老师！没错，您是马老师。

马伟说，你怎么会认识我？

梁子说，您忘了，50 年代，您在十二条小学给我们作报告，您还给我的本子上题了字。后来我还给您写过信，您回了信，我们老师把您的信贴在了墙报上，让大伙儿都看。后来，我还听过您的文学讲座。马老师，您比过去可是老多了，比在电视里办讲座的时候也显老了。

马伟说，顶都秃了，一天到晚操心的事太多。这几年到处写报告文学，不瞒你说，就是为混俩钱。

马伟说现在写诗实在没有太大出息，现今这时候大家都比较崇尚实际，谁还读诗？这诗歌，要么就古，要么就洋。古就古到汉乐府去，洋就洋个后新生代。至于中间的，就算了吧。但是世界上的事情就在于谁都想有个完美的句号，他还想出一套他的诗歌集，自费出版……为了诗，他就得挣钱。把自己叫了个奔腾，实在的是有自嘲和调侃的意味。平心而论，他现在跟个电脑也没什么区别了，成了写作机器，把企业家往好里吹，往大里吹，吹得越美他们越高兴，越高兴给的钱越多……

梁子望着年轻时崇拜的偶像，心中五味杂陈。

马伟说，现在我除了诗什么都没有。

梁子说，现在我什么都有就是没诗。

两人相对一笑。

马伟看到了梁子桌上小范写的诗：

阳光让我迟疑，
生活将我托起。
我不能松手，

命运要我紧紧抓住你。

…………

马伟摇摇头说书生意气，太浅显、太幼稚。梁子说这首诗很有马伟的风格。马伟说就是他写的。梁子不信，马伟说一共十首，发在一九九〇年《江南潮》杂志第二期。梁子说原来是这样，说他一直做梦当个诗人……多少年了，他这个梦一直圆不了！今生怕是无缘了。马伟说还是不圆的好，当什么也别当诗人，这是一个最没出息的行当。虚的，一切都是虚的。梁子说这是一种精神，马伟说光靠精神进商店连块糖也拿不出来。

梁子说，马老师，我们公司的报告文学您别写了。

马伟说，我也正思量这件事。

梁子说，我帮您把诗集出了。

马伟说，这……这不合适……

梁子说，您腾出工夫来，再给我们写点好诗，我们都爱读您的诗。梁子握着马伟的手说，马老师，您永远是我的老师，是我精神的家园。

送走诗人，梁子站在窗前对着外面的景致发呆，桌上放着小范让他“修改”的诗。小范进来说，那位作家说您不让写报告文学了……要不我们换种宣传方式？

梁子让小范帮他找本杂志，小范拿出笔和本。梁子说，一九九〇年《江南潮》第二期……小范的笔停住了，没有往本上记。梁子问有困难吗？小范说没有。

小范前脚出门，李晓莉后脚就一头撞进来，李晓莉说，王国梁，我今天才看透你！

梁子让李晓莉有话好好儿说，不要无理取闹。李晓莉说，是我取闹还是你胡闹！你把个大了肚子的姘头偷偷藏在老爷子那儿，假充保姆遮人耳目，以为神不知鬼不觉。告诉你，没有不透风的墙。

梁子说，你别瞎说。

李晓莉说，亏你想得出来！我把咪咪搁你那儿，真担心你把孩子影响坏了。

梁子说，你别嚷好不好？

李晓莉说，敢情你也有怕的时候啊！

梁子给下边打电话让小范来一下。进来一个员工说小范辞职了。梁子问什么时候，员工说刚才。梁子走到窗前向下看，见小范从大楼里走出，进了一辆出租车。

李晓莉说甭遗憾了，走了的好。

梁子对员工说，准备车。

员工说，去追？

梁子说，上我爸爸那儿。

柱子给王满堂做了个木架子，让用的时候往便池上一搁，蹲上去跟蹲坑一样。王满堂说架子用不上了，他昨天坐着拉出来了。柱子说那最好不过，其实坐着省劲，老人上厕所都是坐的。

保姆挺着大肚子给柱子倒水。柱子问这个人是干吗的，王满堂说是梁子给介绍的保姆。柱子说这是开玩笑，让保姆马上离开，这儿不是产院。保姆不想走，王满堂也说让她个重身子上哪儿去。柱子说哪儿来的上哪儿去，这事没有商量的余地。保姆还在哀求，说她要回家她孩子的小命就保不住了……

刘婶来了。刘婶见到保姆说，哈，你又藏到这儿来了，我说这几天怎么找不着你了呢。

王满堂说，你认识她？

刘婶说，怎么会不认识，她叫牛玉娥。社区治安抓住她有好几回了，她滑得跟泥鳅一样，几回都从保安手底下溜走了。

王满堂问抓她干什么，刘婶说她是外地来的，没办任何手续，跟着她男人四处流窜。他男人摊煎饼，她就负责生孩子……刘婶说这是第四个了。

王满堂对保姆说，你说你这人，你怎么骗人呢？我还真以为你……

柱子说，现在这时候，千万不能随便做好人。

梁子赶到家，那个保姆已经让刘婶给带走了。王满堂批评梁子说，你那个家也该修理修理了，你们复不复婚跟我有什么关系，成天往我这儿跑，我这又不是办事处。

柱子说梁子跟李晓莉要是没有太大分歧就合到一块儿算了，梁子说合起来他下半辈子也不得安生。梁子说他现在让女人给整怕了，他看哪个女的都像女特务，都跟他在玩花活儿。王满堂说关键是梁子没遇着好女人。柱子让王满堂到他那儿住些日子。王满堂说他哪儿也不去，他让柱子把山东的娘给他接来。柱子说他怕……给门墩增加负担。王满堂说，门墩从来就没有过负担。

晚上，王满堂在看电视，电视里在说四川的事情。门墩告诉王满堂，他现在在搞一项大买卖。王满堂说一定是又在倒腾水库，门墩说比倒腾水库大。

王满堂指着电视说，该不是你把咱们的四川给倒到俄罗斯去了？

门墩说，把四川倒出去不行，四川出去了咱们地图中间就成了一个大窟窿，成油饼啦，透风。

王满堂说，甭说，四川那形状跟油饼那窟窿还挺像。

门墩说他这回干的买卖，是全球性的。王满堂说那就是把南极的冰倒到北极去，把白狗熊和黑企鹅来个大调个儿。

门墩说王满堂也不知跟谁学的，越老越贫，越老越没正经。

王满堂说他头回听这话，敢情门墩也知道什么是没正经，他门墩什么时候又有过正经？门墩说他这回就很正经，他干的是一桩正儿八经的买卖，搞传销。搞传销能挣大钱。他传的这种叫“赛日比德”的药能治高血压、心脏病、肺结核、神经衰弱；疝气、脚气、鼻子不通气；肝癌、胃癌、肺癌、血癌、食道癌；肾病、糖尿病、艾滋病、精神病；红白痢疾、跌打损伤、男女不孕、习惯流产；还可以美容、减肥、增加身高、增强记忆力……

王满堂说这就是大力丸。

门墩说“赛日比德”是外国进口的科研新产品。王满堂说，那就是外国的大力丸，化开了贴上就成了狗皮膏药。

门墩说，您这一说提醒了我，“赛日比德”的外用效果也应该得到开发和宣传。

王满堂说，卖大力丸的早年就有，你小子少见多怪，不新鲜。

门墩说，我们不是撂地摊，我们是传销。我的上线发展了我，他挣了我的钱，对我来说这叫投资；我再发展下线，下线再发展下线，这不是一加一的简单算术，这是几何数字的递增……

王满堂说，你小学算术从来没考及格过，这会儿又跑我这儿说什么几何来了，你哄谁呀？

门墩说，这么一算下来，我挣的就多了。发展到一定数量我就可以当三裁，再发展当二裁，最上边是总裁……

王满堂说，我听着怎么跟发展一贯道似的，那可是反动会道门。

门墩说，这就把钱挣大了，有的人干了俩礼拜，上边奖励了一套小别墅。三河县有个八十岁的老太太，干了三天就得了一辆本田150的大摩托。

王满堂说，是老太太骑摩托呀，还是摩托骑老太太呀？

门墩说，现在，咱们中国有一半人都卷到传销活动中来了，您就说这市场有多大吧。门墩说，社会发展进步的标志是买东西不用进商店，靠传销就可以解决一切问题。老百姓方便了，我们也富了。爸，我今天把您当我的下线，我发展了您，我就可以挣您五百块呀！咱们坐着说说话的工夫，就净落五百。有人算过，凡是参与传销的人，以三个小时平均赚六千的速度在致富，您说划得来划不来？

王满堂说，你挣了五百，可我买你的“赛日比德”就得花出去三千。

门墩说，您再发展下线哪，刘婶、周大夫、我哥、我姐，能发展的多了。您一人挣他们五百，再挣他们的下线每人五百，您想想，您能不发嘛！

王满堂说，小子，你甭骗了，我不上你这个罗圈屁的当。

虽然习惯了坐在抽水马桶上拉屎，但是王满堂还是喜欢上公共厕所大便，这毕竟也是一条下楼的理由。王满堂没有买菜、逛自由市场的习惯，要是不为了拉屎下楼，他就没有理由出来了。外面的阳光很诱人，外面的空气跟十层楼上的不一样。在楼上看汽车像个大茶缸子，在楼下看可比茶缸子大多了。

隐隐传来咚咚呛的锣鼓声，是老年秧歌队在排练，也就是说是刘婶和周大夫们在那儿“金蛇狂舞”。王满堂爱用“金蛇狂舞”来形容老年秧歌队和一切摇滚乐队。他喜爱“金蛇狂舞”这个词，这个词是一首很欢快的、很有名的乐曲名称。现在很少听到了，过去老放，特别是“五一”“十一”，在天安门广场上狂欢的时候，这是必放的曲子。你一听就高兴，就由不得想狂舞。现在的狂舞是什么？王满堂认为现在的狂舞是一阵没有名堂的噪音，一通连敲带打的大杂烩，引得一帮疯男疯女吃了摇头丸般的抽。王满堂反感摇滚乐，连带着也反感秧歌队。他觉得从本质上看，摇滚乐和秧歌队没有什么区别，不过是相对的两个年龄组合。

看厕所的看王满堂过来，赶紧撕了一张纸给预备着。

今天，王满堂并不急着进厕所，而是仔细端详厕所的建筑。

看厕所的说，我猜您老爷子今天是憋得不厉害。

王满堂说，我看这个厕所设计得别扭，不土不洋，不中不西，四六不沾，十三不靠……

看厕所的说，有坑，隔开男女就行，哪儿那么些讲究。

王满堂说，以前我来了照直往里跑，没好好儿看过它。这回我一看，毛病大了。

看厕所的说，您要说这厕所毛病大了，您是鸡蛋里挑骨头。咱这厕所是根据小区风格统一建的，多少还承担着美化景致的作用。比起北京城里那些灰头灰脑的公共厕所来，咱这儿称得上是四星级了。

王满堂说，甭说几星级，单说厕所顶上用的是什么，是黄琉璃瓦。过去什么人用黄琉璃瓦？皇上。连王爷都不许用黄瓦，得用绿的。你再看飞檐上的装饰，几个？十六个！十六个是什么数？飞檐上的装饰必须是一三五七的单数，太和殿的级别最高，十一个，其他的都没超过七个的。东直门该算气派了，东直门才五个，咱们这小小的厕所安了十六个……

看厕所的说，您不说我还真没留神。

王满堂说，露怯，露大怯了！没有规矩不成方圆，干什么不能一知半解地胡来，让人笑话。拿纸来，我给你重新画个厕所。

看厕所的说，您今天不拉了？

王满堂说，我在家拉完了来的，你还真天天憋着挣我两毛钱哪。

看厕所的说，您那个月票的想法很好。这么着，您甭设计厕所，您给我设计个厕所月票得了。

王满堂说，我就会画房子，不会画月票。拿纸来。

看厕所的说，我这儿只有手纸。

王满堂说，手纸也凑合了。说着，接过纸，在上面认真地画起来。

有个中年男子上厕所，看见王满堂在画的厕所草图，也站在一边看。王满堂画完了，问看厕所的怎么样。看厕所的说比眼下的这个好点儿。王满堂说岂止是好点儿，好多了，天壤之别！

中年男子说，老先生，您是搞古建的吧？

看厕所的说，这是咱们北京有名的古建老师傅王满堂啊！

中年男子说，难怪，我从王老在纸上勾出的几笔里，就看出这是位古建的大行家。

王满堂说不敢，不敢。跟看厕所的开个玩笑而已。

中年男子说他也是搞建筑的，最近要在西山修个仿古园林，老年公寓是其中的主体建筑。现在正在进行图样设计招标，他邀请王满堂也来参加。

王满堂说，搞设计，我不行，我闺女行；搞施工，我闺女不行，我行。

中年男子问王满堂的闺女是谁，王满堂说是王国兰，建筑设计院的王国兰。中年男子立刻一副敬慕神态说，就是那个在世界得奖的女建筑师王国兰？

王满堂不无自豪地说，她是我闺女。

中年男子说，哎呀，那我们可是求之不得的，您跟您女儿一块儿设计吧。

王满堂说，这得看我闺女有没有空。

中年男子说，王老，能有您跟王设计师的参与，我们的工程就成功大半了。这是我的名片，上头有地址。我怎么找您哪？

王满堂说就住对面楼，十层。

王满堂从厕所回家的时候，正赶上秧歌队散场。周大夫穿着小粉坎肩，扎着大绿绸子和脑袋上戴满了花的刘婶走在他的前面。王满堂没好意思叫他们，他知道，只要他一张嘴，转过来的那两张脸能把他吓晕过去。

周大夫和刘婶并不知道他们身后跟着王满堂，许是秧歌场上的延续，在王满堂的眼里，那动作就有点“不正常”。比如说，周大夫拍刘婶的肩膀，王满堂就觉得不对劲儿。这要换他，他不会拍刘婶的肩膀。

进了楼，周、刘没乘电梯，直接爬楼梯，相约着待会儿一块儿上鼓楼去吃炸灌肠。王满堂也很想跟他们一块儿去吃灌肠，想了想，还是没说。他知道，自己的牙不行了，跟着去了也是白去。

总之，他心里不大舒服。

下午，把坠儿叫回来，说了设计老年公寓的事。坠儿让王满堂设计，由她来修改。王满堂说他要设计就得按老规矩走，按口分设计。坠儿说行。后来王满堂跟坠儿说起他对刘婶和周大夫的感觉，坠儿说这是大好事，让他父亲千万别搅和。王满堂说都七八十岁的人了，年轻人似的，还拍肩膀，还吃炸灌肠，就不信他们的牙口就那么好……坠儿说人不论到多大岁数，都需要爱，都需要吃炸灌肠。

王满堂说，他们在一个院里住了几十年都没有爱，成天拌嘴、抬杠，这会儿忽然又爱起来了。周大夫是我多少年的朋友，当局者迷，他现在是迷着呢。

坠儿说刘婶有什么不好，刘婶就不是咱们多年的朋友啦？王满堂说反正她配周大夫不合适。坠儿说，爸，您以后应该多出去走走，别一个人老在屋里关着，我真怕把您关出病来。您没觉着吗？这半年您的性格变化挺厉害。

梁子很晚了才回到家里。轻轻推开房门，咪咪正在灯下做功课，咪咪已经是高中生了。咪咪叫了一声爸，继续低头做她的功课。梁子知道孩子这学期面临着五门会考，是很吃力的一年。他捏了捏咪咪的细胳膊说，咱们家就你苦，就你累。

咪咪说，是啊，考砸了哪一门我高中都毕不了业。

梁子来到卧室，发现床头多了一个镜框。镜框里面是放大了的黑白相片，相片中当年的梁子与李晓莉在农村破旧的窑洞前，手拉着手，笑着。梁子隔着房门问女儿，相片是不是她搁的。咪咪说今天是父亲节，这是她送给爸爸的礼物。

梁子有些不知说什么好。

咪咪说，还有母亲节呢，我也送妈一张。

梁子倚着床在一根接一根地吸烟。

黑白相片放在床头。

第二天，梁子来到俄罗斯餐厅，找到了别佳，跟童年的伙伴诉说自己的心情。别佳说，其他什么都不说了，关键是你还爱不爱她。

梁子说，不爱。

别佳说，那你干吗还这么痛苦？

梁子说，为孩子。

别佳说，孩子有孩子的将来，她有她自己的幸福。我们的一生不能全为孩子活，我们也得有我们自己。你的孩子将来是会明白理解这一切的。

梁子说，那是你们俄国人的观点，中国人不行，中国人孩子是压倒一切的。

别佳说，那我就没办法了。

梁子说，我觉得我到现在其实是一事无成，简直让人沮丧极了。

别佳说，你只是家庭不顺利，家庭顺了一切都顺了。

梁子走出餐厅，沿着隆福寺往东走，走到东四电影院，买了张票，进去看了场莫名其妙的电影。电影院里连他在内也没有十个人，梁子想，这个片子肯定是赔本的。有一搭没一搭地看，看到最后，连电影是哪一国的也没搞清。

出了电影院，天已经黑了。人影稀落的剧院门口，只有一个卖糖葫芦的胖女人在吆喝，兜揽生意。见梁子走出来，卖糖葫芦的说，大哥，蘸一串吧，山里红的，酸甜酸甜的，脆着呢。

梁子不睬，走过。

卖糖葫芦的继续她的吆喝。

梁子走了几步停下来，回过身去。卖糖葫芦的说，大哥，别犹豫了，就两块五毛钱的事，您尝尝，还是以前的味儿。梁子说，英子……

卖糖葫芦的也认出了梁子，说，王国梁！真没想到是你！

梁子说，我也没想到是你呀！梁子问英子现在怎么样，英子说今年下岗了。刚下来那会儿还真不习惯，后来一想，干什么不是挣钱？

凭劳动吃饭，抱着国营的饭碗不一定就是好。梁子问英子怎么没找他去，他会给老同学帮些忙的。英子说，听说你当了大经理反而不想找了，我能自食其力干吗要找别人？我现在也挺好，挺自由的。不看谁的脸，一切都是我自己说了算。

英子给梁子现蘸了一串山楂的。梁子尝了一口，说还那么好吃。英子说，梁子，你还记得咱们背的那篇课文不？

梁子问哪篇？英子说就那篇《天上没有玉皇》。梁子说怎么不记得，梁子就跟着英子一块儿背：

天上没有玉皇，
地下没有龙王。
我就是玉皇，
我就是龙王。
喝令三山五岳开道，
我来了！

梁子帮着英子扛着糖葫芦床子，英子推着车回家。两人有说有笑地走在夜深人静的街上。

英子唱起一首歌，你看那万里东风浩浩荡荡……

梁子马上接上，你看那漫山遍野处处春光。

两个人边走边唱，唱了《少年儿童队队歌》，唱了“麦浪滚滚”，唱了《下定决心》，唱了“抬头望见北斗星”，唱了《听妈妈讲过去的事情》……

梁子说，英子，你还是小时候那样……

王满堂在桌前认真搞他西山园林的设计图，老萧在一边看。老萧说，应该从公寓后边引条水过来，他们选的这块地气运呆滞，有些发死。好地点的选择是先看水口，次看野势，再看山形，再看土色，再看水理。这叫地理五法。

王满堂问老萧怎么把这块地方了解得这么详细，老萧说他把西山都勘察遍了。石为山之骨，土为山之肉，水为山之血脉，草木为山之皮毛。充满生机的山林应该是紫气如盖，云蒸霞蔚，土香而腻，石润而明。老年公寓地方不错，缺的却是明丽和润畅。为什么？就是因为血脉不通。

满堂看着图沉思。

老萧说，你也不必把这个向他们说破，只作为装饰从这儿引条清清流水就是了。这么一来，这一片都活了。

王满堂说老萧的话有些道理。

谈论完山势，老萧告诉了王满堂一件事。老萧说刨子的工程偷工减料，以次充好。仿古一条街是刨子盖的。有天他上那个县去逛街，刚好下了几天雨，就看见那粉墙的墙皮一块块往下掉。露出灰浆的地方拿手一抠，能把水泥抠下来。

王满堂说，不至于吧？刨子在我们老王家几个孩子里头是懂事听话的，你要说这是门墩干的，我信；你要说是刨子干的，我不信。刨子是个本分人，不多言少语，就知道闷着头干活儿。

老萧说，蔫驴踢死人。

小区的秧歌队这几天在加紧排练，为的是参加北京市的秧歌大赛。刘婶、周大夫已经全身心地投入其中，排练到了最后冲刺阶段。

这天，秧歌队扭得正热闹时，有个妇女拉着旅行箱走过来，默默地站在一边看。待到休息时，妇女走到周大夫跟前叫了一声，一凡。

周大夫那张抹画得很生动的脸突然僵住。面对着妇女愣了半天，语无伦次地说，我都认不出来了，你……打南京来？

妇女点头。

周大夫提前退场，领着他的江南小妹妹回去了。

没了对手，刘婶也练不下去了。她匆匆收拾了，走出了排练场地。刘婶没想到江南小妹妹还会找来，她以为一切都已经结束了，结果没有。刘婶的心里很乱，回到家也不知该干些什么。抱着黄猫，在屋里转了几个圈，又拉开大门，往楼道里看。对面周家的铁门关得紧紧的。

刘婶索性上楼，她要把这件事情告诉王满堂。

王满堂和老萧还在谈论刨子的工程质量的事情。刘婶说周大夫的那个江南小妹妹来了。王满堂说来了是好事，两人精神恋爱了一辈子，到老了才走到一块儿，不容易。老萧也说来就来了，省得周大夫闷得慌了。王满堂和老萧谁对那个江南小妹妹都没有太大兴趣。刘婶扯不起这个话题，忧心忡忡地走到阳台，望着外面不再言语。

老萧对刘婶说，明天是刘婶的生日。刘婶说老萧要不提醒她还真忘了。老萧说明天他来，刘婶说他当然得来。老萧得寸进尺地问给刘婶送什么，蛋糕？玫瑰花？刘婶说她都要。

晚上，王满堂跟门墩学怎么跟新买来的电脑打麻将，周大夫夹着被子进来了。周大夫说晚上得在王家混儿宿。门墩说周大夫是多此一举，都什么岁数了，还男女避嫌，就是睡到一块儿了谁能说什么。王满堂说，谁像你呀，猫狗似的，男的女的动不动就滚一块儿去了。

王满堂点了根烟，问周大夫有什么打算。周大夫说他也不知道。王满堂说相逢一笑泯恩仇，过去的就让它过去了，别较真儿。都是快入土的人了，何苦互相记恨。

周大夫说彼此除了陌生以外还是陌生……

王满堂说，我知道你为她死过。“文革”那个时候，有些事情就没法按正常想法办。那时候大伙儿都出了轨，乱了。

周大夫说，给我根烟。

第二天，刘婶过生日，刘家的人全回来了，热热闹闹一大屋子人。王满堂也被请了来，夹在刘家的人当中。周大夫没来，周大夫说来了客人，婉言谢绝了。这使得刘婶心里非常不自在，大喜的日子，心里老像坠了一块石头，怎么也乐不起来。

套儿不在电视剧组干了，自己开了个婚纱影楼。套儿告诉王满堂，影楼很赚钱，名堂也多。不光有结婚照，还有金婚照、银婚照、钻石婚照、离婚照，跟他爸爸当年那个小照相馆大不一样了。

老萧喜欢玩新奇的。他抱着一大抱红玫瑰，提着大蛋糕来祝贺生日。因为他的到来，刘家一阵忙乱，给花找瓶子，给巨大的蛋糕安排地方……王满堂说老萧就爱弄这些华而不实的东西，跟门墩一样爱赶新潮。老萧说这表示了一种感情，一种气氛，一种美好祝愿，一种热切希望。

大家都说老萧的心态越活越年轻了。

坠儿在十楼细读王满堂设计的草图。她知道父亲画的这张图，现在已经没人能按这个干得出来了。门墩说他早就跟老爷子说过，给个口分就造宫殿。以前行，现在不行了……坠儿把图纸卷起来说她得按这个样子重新设计，让门墩别把这事告诉父亲，怕打击他的积极性。

门墩说，现在谁都哄着他，顺着他，他简直比皇上还皇上。

坠儿帮着收拾屋子，将洗衣机里洗好的衣服拿出来晾。坠儿说门墩现在除了股票就是传销，也没见赚了多少。门墩说先赔后赚。坠儿说门墩快四十了，连个媳妇都没混上。问门墩最近又谈了几个。门墩说三四个，比较固定的就是密斯黄。

刘家生日宴会的人都已散去，只有老萧和王满堂还不想走。年轻人都忙，人家急着回去干自己的事情。他们没事，他们回去不回去一个样。与其这样，不如就待着。随时有饭和茶水供应，也挺好。

老萧帮着刘婶收拾厨房，王满堂坐在电视对面看球赛和打瞌睡。

对门有响动，刘婶赶紧出去看。是周大夫拿钥匙开门，江南小妹妹提着不少吃食在后面站着。见到刘婶，妇女礼貌地点点头。刘婶说要是没吃饭她屋里还有面。周大夫说吃过了，在都一处吃的烧麦。刘婶说要不过来喝喝茶，老萧和王满堂都在她的家里。妇女说不了，周大夫说他刚陪着她到过去读书的艺文中学看了看，现在是二十八中。一切全变了，都不认得了。

妇女说，我们从中学到大学，在一块儿念了十年。

刘婶说，我们在一块儿住街坊，住了五十年了。

…………

王满堂歪在椅子上发出了鼾声。刘婶从楼道进来脸色变得更阴沉。老萧给刘婶倒了一杯水，小心地端过来说，你也歇歇，坐这儿咱们好好儿聊聊天。

刘婶说有什么好聊的？老萧说怎么能没什么好聊的？这么些年了，难道就没一点儿话说。刘婶不说话，老萧说他回来，为的是有个家……刘婶说，你的小牛跑了，你又想起我了。你掐掐算算的一辈子，难道就没算出咱们这一步？

老萧说，咱们都七八十了……我希望你能跟我一块儿走完人生最后这几步……

刘婶说，过了这村没这店，咱们谁都不能倒着活。

老萧激动地说，你就不能骗骗我？

刘婶说，我不能。

老萧说，你就假装说你喜欢我，要跟我在一块儿过日子……

刘婶紧闭着嘴，一声不吭。

老萧说，你对我难道就连一点儿情分也没有？我们总还是亲戚吧，亲戚！

老萧的喊声将王满堂惊醒。王满堂说，你嚷什么，咱们进球了？还是零比零嘛！

第十四章

梁子到东四电影院门口找过几次英子，都没有见到她，他不知道英子到哪儿去了。没有了英子，他突然觉得在心的某个角落里有点空，这个空只有英子和她的歌可以填补。英子不漂亮，连徐娘半老这样的词用在她身上都不合适了。粗短的身材，花白的头发，暗淡的服装，整个一个北京老娘儿们形象。她往糖葫芦车前一站，十分的和谐、贴切。你绝不会想到这个卖糖葫芦的还会唱“你看那万里东风浩浩荡荡”……

找英子，成了梁子一下班的主要活动。可以说是寻找，也可以说是一种游戏。总之，让梁子有点牵肠挂肚了。东城找过了找南城。找北城，找西城。梁子开着车在北京大街小巷转，天天晚上转，转了两个月。

终于，在一个地铁出口，梁子看见英子在吆喝着卖糖葫芦。

梁子将车远远地停在一边，向英子走去。英子看见了他，招呼说是梁子啊。英子蘸了一串山楂的给梁子。

一切都平静而自然，好像他们昨天才见过面。

梁子掏出五块钱给英子，英子找了他两块。梁子说不是两块五吗，英子说上个月山里红涨了，几乎翻了一倍。梁子问英子怎么不在电影院门口摆摊了，英子说那儿晚上要没电影就不在那儿，黑灯瞎火的连个人影儿也没有。梁子说车站这儿好卖？英子说后头一溜四个歌舞厅，对面是小吃夜市，天越晚买卖越好。

说话间有几个人来买糖葫芦，英子忙着招呼生意，梁子就帮着英子串山楂。英子告诉梁子，得按大小个儿来，上头的大，越往下越小。梁子说吃的时候可没留神这个。没有买主，他们就各谈各的家。英子说她丈夫……会修电器，能装空调，能疏通管道……除了脾气不太好，也挑不出什么毛病。梁子问怎么脾气不好。英子说爱吃醋，小心眼儿。嘴笨手就勤，有时候话跟不上了，手就上来了，没轻没重的。梁子说爱吃醋不好……英子说，这说明他爱我。

英子问梁子怎么样，梁子说离了。英子说大款都是喜新厌旧，有了钱第一件事就是换老婆，梁子虽然是老同学，看来也没逃出这个规律。梁子说，是她看不起我，现在又要跟我复婚，整天缠着我。孩子上高中，跟着我，是个懂事的姑娘。

两人都不说话。梁子帮着英子串，串得比卖得快，已经串了一堆。

梁子轻轻地哼起了一首歌：

> 我们有火焰般的热情，
> 战胜了一切疲劳和寒冷。
> …………

英子说，有时候就是想找谁说说话，没别的意思。

梁子说，是，没别的意思。

王满堂常有些至理名言，让人敬佩。他说20世纪最伟大的发明有两样，一样是小板，另一样就是电脑了。王满堂所指的小板就是电视遥控器。他说小板实在是了不起的东西，拿手指头轻轻一点，就能从黑龙江一下蹦到香港，从华盛顿的白宫一下蹦到中南海的紫光阁；一秒钟的事，神仙驾云也没这快。这小板，想灭谁就灭谁。你刚在电视里一犯嗲，我这儿就把你掐了，换个猴，猴不会犯嗲。所以，王满堂就对那个小板看得很重，怕落上土，用塑料纸包了，手枪一样地放在随手可得的地方，看电视永远在手里攥着。后来，门墩在地摊上给老爷子的小板买了一个专用的黑色塑料套，这一下，王满堂的小板就更像手枪了。

小板以外，王满堂还深深地喜爱着门墩买的那台电脑。王满堂不懂程序，不会英文，更不知道什么是DOS和MIN。王满堂用他的办法，照样可以将电脑玩得很溜。王满堂和电脑的关系主要是麻将关系，他爱和电脑打麻将，一边打还要一边和电脑说话，电脑比他的八哥可爱。

建筑学博士生斧子坐在爷爷旁边看他和电脑里的“人”打麻将。王满堂敲击着键盘大声喊，和，和，可是电脑就是不让他和。王满堂问门墩，我要和是按这个梯子吧？

门墩说，什么梯子，那念H。

王满堂说，我看它像个梯子，就是蹬儿少了点儿。这个是曲尺，这个是墨斗，这是瓦刀，那个是抹子，小抹子还带把儿呢……

斧子说，爷，那是Q。

王满堂说，明明是个抹子。

门墩说他真后悔教会了老爷子跟电脑打麻将。门墩说，一天到晚吃、碰、和，占着机子不撒手，除了麻将您没别的，把我的正事都给耽误了。我买了机子我用不成，您看看吃、碰、挺、和这几个键都让您按成黑的了。吃完油饼就上机！我这台586的电脑它在商店待着的时候绝想不到自个儿会有这下场，我要是这台电脑，我得自杀，我活得亏。

王满堂哪顾得上门墩的揶揄，仍旧很投入地自言自语，干脆碰，碰，碰是瓦刀。瓦刀在哪儿呢？瓦刀……哈，你小子躲在这个小角落里，别以为我找不着你……

门墩对柱子说，成天这样，半疯似的。亏了我还没把下象棋跟打扑克教会了，等老爷子会玩鼠标了，非成精不可。

柱子说，这是你自找。

斧子说他爷爷的指法不对。王满堂说这就是爷的指法，一指禅。斧子说怪道他当不了爷爷。

斧子考上了伦敦大学的博士研究生。门墩问斧子什么时候走，斧子说开春。门墩说斧子是王家第一个留洋的博士。斧子说为这个博士他把媳妇都耽搁了，当初跟着门墩在灯盏胡同进行了一次实战演习，到现在也没有进行到实质的战争阶段。门墩说出去以后有的是洋妞追，让斧子稳住了劲儿，别挑花了眼。要是看着有合适的，给他也划拉一个过来，他过去也行。

突然，啪的一声把两个人吓了一跳！原来王满堂大巴掌拍在键盘上，对着电脑大呼，不讲理，耍赖！

门墩心疼他的机子，拉住王满堂不让他再拍。王满堂说，该我和它愣不让我和。我三五条对倒，来了个五条它不让我和。忒不讲理，我灭了它。

门墩说，咱们把电门关了就把它灭了。

王满堂气忿忿地离开电脑，对门墩说，你给315消费者协会打个电话，告这个几八六。

斧子说是586。

王满堂说，告它，说它心数不正，就许它和不许别人和。你给我换台只许我和不许它和的来。

门墩对正给阳台拴铁丝的柱子说，你看这不是半疯是什么？

柱子压根不知道几八几，对这边发生的事也毫不关心。柱子说，铁丝拆了也不知道拴上，你们洗了衣服往哪儿搭？

门墩说，我们就不洗衣服。

一阵急促的电话铃。柱子接电话，说他立刻就去，柱子的紧张神情引起了大家的注意。柱子放下电话说，爸……萧叔死了。

王满堂说，不可能！我们才在刘婶那儿吃过打卤面，给刘婶过的生日。

柱子说，是急性心肌梗塞，医院打来的。萧大爷没有一个亲人，我得去医院。王满堂也要去。门墩不让，门墩说，您在那儿一难受，再来一个心肌梗塞，就伴跟老萧一块儿就走了也有可能。王满堂说，走了就走了，他这个岁数还怕这个！

老萧的丧事办得快捷又简单。没有亲人，用不着等谁，头天咽气，第二天就火化了。一个人的突然消失给人们产生了一种错觉，老萧没死，只不过跟大家开了一个玩笑，说不定什么时候就会推门进来。就像当年他从国外回来，突然走进灯盏胡同一样。

送走老萧回来，王满堂、周大夫、刘婶每人臂上都戴着黑纱。不用谁招呼，自动聚在了刘婶家。默默地坐着，谁也不说话。

许久，周大夫说他有种兔死狐悲的感觉。王满堂说他跟老萧对头了一辈子，也要好了一辈子……

刘婶在厨房里发现了给老萧炸的饹馇，原本是要祭奠老萧的，却忘了给老萧带走！刘婶看着饹馇泪如泉涌。刘婶对王满堂们说，我欠他的，我这辈子欠着他的，就这几块炸饹馇我都没给他，那天他临走时跟我说，你就不能哄哄我，说假话骗骗我……他其实已经算出他要走了，他是想带着一个满意走。哪怕这个满意是假的，他也知足了……可我，当时就没明白他的心！我要知道昨天晚上他就……我怎么也不会是那种态度……我现在才知道，老萧是真心对我好，什么也来不及了。

周大夫说从老萧的死，他悟出一个道理。王满堂问什么道理，周大夫说，活着就好好儿活着。

王满堂说，对，好好儿活着。想怎么活就怎么活。

出了刘婶家，王满堂没有上楼，他直接奔了大儿子家。从老萧的死似乎想透了很多，他有一种抓住好日子的紧迫和弥补遗憾的决心。

柱子对父亲这个时候的到来感到奇怪，他们父子下午才在火葬场分手。朱惠芬料定王满堂还没吃晚饭，要给他下冻饺子。王满堂说他从来不吃什么冻饺子，商店里那冷冻的东西他从来不沾，他要吃烙饼，烙春饼。

朱惠芬说，您今天晚上先凑合凑合，我明天白天给您烙。

王满堂说，我不凑合，我不留任何遗憾在人间。

朱惠芬说今天晚上吃不上春饼不算遗憾。王满堂说怎么不是遗憾？大遗憾！

柱子明白他的父亲，柱子让朱惠芬去烙饼。朱惠芬说你看看都几点了。柱子看墙上的表，表的指针已指向十一点。

柱子说，烙！

朱惠芬说，那就烙。

朱惠芬进厨房，翻冰箱，找出了一个天福号的酱肘子。也巧，还有一包全聚德的甜面酱……

青青挺着大肚子，剥着葱从厨房里出来。对王满堂说，爷爷，我就佩服您这做派，说一不二。

王满堂问青青最近见刨子了没有，青青说刨子在下头给人家承包礼堂，忙得连睡觉的工夫都没有。她也有日子没见他了。

王满堂说，他不是有手机嘛，你给他打电话，就说我要见他。

青青说行。王满堂说现在就打。青青只好拨电话，电话通了，王满堂对刨子说，刨子，是你，你抓工夫给我回来一趟，我有要紧话问你……回不来？回不来也得回！怎么老沙拉沙拉响？没电了。

王满堂撂下电话说，怎么早不没电，晚不没电，偏偏等我打电话的时候就没电？

…………

春饼的桌子已摆好，上面有甜面酱、酱肘子、摊鸡蛋、炒黄花粉、葱丝。菜不全，但也说得过去。门墩找爸爸，找来了，柱子说他是赶饭来了。门墩说他不但晚饭没吃，连午饭也没吃呢。看着桌上的菜肴，门墩挑剔地说还缺豆芽菜跟小肚。朱惠芬说半夜三更没地方弄豆芽菜去。王满堂说还缺小米粥。柱子吩咐朱惠芬，熬小米粥。

爷儿三个围着桌子卷饼吃。

墙上的钟打了一点。

王满堂说，吃完了你们俩给我直接奔火车站，上临州把你娘给我接来。

柱子被这突如其来的决定冲击得不知说什么好。

门墩被一口饼噎住，那张脸已经变了形。

梁子站在英子的糖葫芦摊前聊天。地点换了，不是在地铁出口，又换了雍和宫门口。英子说来雍和宫的老外多，老外图新鲜，卖得快。梁子说英子这样打一枪换一个地方，地方工商不管吗？英子说这就要眼观六路耳听八方了，查的人来了，手脚麻利点，没事。就是把你的摊收了，你跟他说是下岗的，北京户口，十有八九，人家也不会太难为你。人心都是肉长的，他们家的媳妇说不定也是下岗的呢！

梁子说英子要是困难，不如上他的公司。英子不干，英子说，现在咱们是同学，咱们还能很轻松地站这儿聊聊天；真到了你的公司，咱们就不是同学了，咱们也就不能这样聊天了。

梁子说他一直打不定主意跟不跟李晓莉复婚。

英子说，谁都不是完人，我要是挑剔我们家那口子，十个婚都离了。

梁子说他的生活里缺少诗意，他一直比较追求精神的东西。英子说过日子就是柴米油盐，就是得有小心眼儿，小算计。

梁子说，我觉得你唱歌的时候就是当年的英子，你谈起生活来就是今天的李晓莉。一个人怎么会有两种面孔？

英子说，李晓莉可能也跟我一样，有两种面孔。我的丈夫看我，看的也就是柴米油盐的一面，我看他也是。其实他上初一的时候还参加过大型舞蹈史诗《东方红》的演出呢！应该说是个很浪漫的人。英子举起一串糖葫芦开玩笑地说，诗意就在糖葫芦里。

咪咪穿上了一件新衣服，告诉梁子是妈妈给买的。看着咪咪穿着新衣服在穿衣镜前晃来晃去的身影，梁子感到女儿已经长大了。衣服从色彩到款式，对女儿都很适合，这使他想到李晓莉还是很有审美品位的。点上一根烟，想跟女儿说些什么，又不想说什么。倒是女儿说她明天要到爷爷那儿去，有重要的话要跟爷爷说。

梁子问有什么重要的话，咪咪述说是让爷爷做做爸爸跟妈妈的工作，她不希望爸爸跟妈妈老是这样……咪咪说，我妈是个小市民，还老爱说别人是小市民。您呢？要是老跟我妈较劲，那不也成小市民啦！

梁子问咪咪明天什么时候去看爷爷，咪咪说明天上午没课，她骑车去。

当时梁子并没什么感觉，直到第二天咪咪骑车在四环附近出了事，梁子才觉出没有提醒女儿注意交通安全是他的疏忽。梁子赶到医院，咪咪正在抢救室抢救。有护士举着血浆进去，梁子拦住护士，问孩子的情况，护士让梁子坐着耐心等待。

梁子木然地在椅子上坐下来。旁边有女人在哭泣，是李晓莉。

梁子说，咪咪是去找她爷爷……

李晓莉说，你别说了，是我让她去的。

…………

刘婶有几天没有到社区扭秧歌了，周大夫也没去。周大夫天天陪着他的客人到处逛，十分忙碌。这天，很突然的，周大夫的女朋友、那位江南妇女敲开了刘婶的门，要跟刘婶“聊聊天”。刘婶自然要沏茶倒水，尽量体现出老北京好客的礼数。

妇女说早就说过来看看，这几天一直在外头跑。解放前她一直在北京念书，后来到了南京。刘婶说，这些周大夫都说过，以前住灯盏胡同那会儿，我们常见您给周大夫来信。

妇女说他们是老同学了。刘婶说青梅竹马。妇女笑了笑说，您是好人，周大夫跟我说了。

刘婶说，哪儿啊？我跟周大夫打了一辈子，我们是针尖对麦芒。

妇女说，我跟他才是针尖对麦芒。我扎了他一辈子，扎他的心……

妇女有些伤感，说她来北京看看年轻时候待过的地方，看看他，也就心满意足了。刘婶说好日子还在后头呢，周大夫是个懂情义的人。妇女说她这回是硬着头皮找上门的，她知道她不该来，可是不来，不看他一眼又不甘心。刘婶说人到了这把年纪，把什么也都看开了，有些心事该了就得了，不能把它们带进棺材里去。妇女说该找的找了，该看的看了，她也该走了，得回去准备准备自己的事了。

妇女说，一凡有您在身边我也放心了。

刘婶说，你跟周大夫打年轻就有过那个意思，虽说经过了这些年的波折，现在总算到了一块儿了。我为你们高兴还来不及，哪能会……我虽然文化不高，做人的道理还是懂的。这些年，周大夫等你也是等得苦。

妇女说，所以我对不起他，我最后要来看看他，求得他的原谅，要不然我走也走不踏实。大姐，我得了肺癌，已经扩散了，到了晚期，要走也就是下个月的事了。

刘婶说，你……你怎么早不来呀！

妇女说，大姐，现在也不晚。

刘婶说，你多住几天，你一定多住几天。

妇女说，我已经支撑不住了……

周大夫过来告诉妇女说东西都收拾好了，车就在楼下。妇女说，大姐，我该走了。

刘婶搀着妇女下楼。在汽车前，妇女拉着周大夫的手不愿松开。最终，一狠心进车，彼此挥手告别。汽车远去，混入车流中。

西天一片凄艳的晚霞。

被医院抢救过来、暂时脱离危险的咪咪这次伤得不轻。脾脏破裂，大量失血。能够保住性命已是万幸，将来能否像正常人一样生活尚是未知。这个打击无论对梁子还是李晓莉都是巨大的。

梁子在女儿床前守护了整整一夜，已经疲劳到极点。李晓莉提着饭盒进来，见到女儿插着一身管子，面无血色，一动不动地躺在床上；梁子一身疲惫，一脸忧郁地趴在床沿……眼泪在眼圈里打转。

李晓莉将尚温的牛奶荷包蛋递给梁子，梁子摇摇头。李晓莉也并没有勉强，其实她也是什么也没吃。李晓莉问咪咪夜里的情况，梁子说，睁了一会儿眼睛，说不出话来。

到下午，咪咪才渐渐苏醒。梁子与李晓莉都紧张地凑过去看，咪咪的眼睛似睁似闭，目光有些游移……

梁子说，咪咪，爸在这儿。就攥住了女儿的手。

李晓莉说，孩子，妈在这儿。

夫妇两人一人攥着咪咪一只手，一家人的手连在一起。

王满堂和他的八哥都在打蔫。王满堂这只八哥有人来疯的毛病，屋里人越多，它越闹得欢。除了“我是你爸爸”以外，还时不常的冒出两三句惊人的脱口秀来。没经受过训练，完全是自学成才。真到了屋里没人，王满堂需要它来解闷的时候，它则比王满堂还闷，任你怎么逗，怎么哄，就是不张嘴。逗急了就背向着你，把尾巴一抬，咕叽，冲着你的脸拉一泡。王满堂常常气得没法，恶狠狠地说，我红烧了你！八哥马上接过来说，熬锅粥，熬锅粥。

门墩问他爸爸怎么不打电脑了，王满堂说没劲，打来打去就是那一套。王满堂问柱子上临州走了有几天了，门墩说三天。王满堂说三天该回来了。门墩说，早着呢！上临州又不是上通州，来回怎么也得一个礼拜。您急什么，又不是燕尔新婚。

王满堂说，我就是燕什么婚。柱子娘来了，我还要带她上套儿那儿照结婚照呢。

门墩说，您照裸体照我都不拦着您。现在您是玩新潮呢，您有钱，什么新鲜您来什么。

王满堂说那是。

门墩说，现在咱爷儿俩整个调了个个儿，您成了老小孩；我呢，成了您爸爸。

王满堂说，放肆！

门墩说，还“大胆”呢，把电视剧里皇上的话都学来了。也就是我，没心没肺地跟着您混。您这几个孩子，换了谁，谁也跟您过不到一块儿去。人家首先受不了您这份折腾，一会儿一个主意，一会儿一个做法。没有规律，全凭感觉，生活里满是主观随意性。半夜里一点吃春饼，也就是您，我要这样，您非说我是精神病不可。

王满堂说，你小子在含沙射影说我精神不正常。

门墩说，我哪儿敢有那意思。您是谁呀？您是咱们老王家的天。

王满堂说，我就是天！我今年八十六了，还当不了你们的天？

门墩说，我大妈来了您得把我妈的相片请下来，太刺激人。

王满堂问刺激谁？门墩说，您的新媳妇。

王满堂说，你说的是柱他娘，她是新媳妇？她算什么新媳妇！

门铃响。反映最快的是八哥，它扑扇着翅膀，在笼子里一通转圈，尖着嗓子说，我是你爸爸！

王满堂兴奋地说，柱子他娘来了！

门墩说，在感情上您也注意兜着点，含蓄点，别太外露。您想媳妇都想疯了，坐飞机也没这么快。

王满堂说，保不齐他们坐的是火箭。

进来的果然是麦子，后头跟着柱子和拴驴。

麦子已经成了一个地道的农村老太太。从王满堂看到她第一眼起，就觉得她老了，不是过去的麦子了。头发依然浓密，却寻不到一根黑，脸上满是皱纹，沟壑纵横，显出了风吹雨打的痕迹。只有那笑，眼睛弯弯地一笑，使王满堂认出了，这还是当年的麦子，温柔坚韧的麦子。

老夫老妻四目相视，万语千言，不知从何处提起。

门墩说，拥抱哇，这个时候不拥抱还等什么时候！

柱子一把拉开了他兄弟，让他在这关键时刻不要裹乱。王满堂说，来了？这么快就来了。

麦子说是坐拴驴的车来的，要不也不能这么快。

门墩问拴驴驾的是不是村里的驴车，拴驴说他驾的是“三菱”。门墩说大概是走私的。拴驴眼一瞪说，你才是走私的。

麦子说，没正经，这门墩还是没正经。

麦子的到来使王家最大的变化是变作了养鸡场，麦子喜欢鸡。楼下常有挑着大笸箩卖小鸡小鸭的贩子推销“产品”，贩子笸箩里的鸡鸭，无一不被涂染成绿的、紫的、红的，冒充是外国品种，将来会长成红鸡、绿鸡……麦子当然不会上这个当，但是麦子是真喜欢鸡，就买。一买买十只，让卖鸡的过几天再来。十只色彩怪诞的毛茸茸的小鸡雏在王家屋里互相追逐，幸福地啄着小米，自由地随处排泄。有时上到床上，有时上到桌子上，有时上到门墩的电脑上，景致美丽极了。

阳台上的八哥发出了小鸡的叫声，惟妙惟肖，可以乱真。王满堂气愤地说，谁让你学这个的？八哥一撅屁股：我是你爸爸！

门墩偷着乐。

王满堂提着鸟笼子找麦子算账，麦子正像在乡下扫土炕一样趴在床上扫席梦思。麦子对王满堂说，这炕忽闪忽闪的像船，俺一上船就晕，俺往这活动炕上一躺，也晕得站不起来。

门墩在厅里打着哈哈说，听说过晕车的，没听说过晕炕的。

王满堂不理会麦子晕不晕的话，王满堂让麦子把那些鸡给他处理了。目前他的八哥已经不是八哥，变成黑鸡了。麦子说她就爱养鸡，在乡下她养了二十四只鸡，没有鸡她就跟没有孩儿似的。如果王满堂不让她养鸡，她还能养什么呢？

王满堂说，你养我。

麦子说，你以为你比那些鸡好养？俺这回来才发现，你比那鸡难伺候多了！俺那鸡顶多吃点小米，你咧？又是电温脚，又是电摇摆，一天折腾不完。还挑食，肥肉不吃，猪肝不吃，鸡蛋黄不吃。你那黑鸟跟你一样，刁钻古怪，吃虫，还得是面包的，喝水还得是矿泉的……

王满堂说，我就爱这只鸟，这只鸟是我儿子。

八哥在阳台上喊：我是你爸爸！我是你爸爸！

麦子说，俺说了，俺也就爱养鸡，鸡是俺儿子。俺走到哪儿就得把鸡养到哪儿。以前俺来北京，从来都是带着鸡来的。

门墩说，一个爱鸟，一个爱鸡。我明儿弄只夜猫子养，这才是猪八戒玩老雕，什么人爱什么鸟。

刘婶和周大夫邀请麦子参加他们的秧歌队。麦子说扭秧歌她不犯怵，他们村年年正月都耍社火，她就好个热闹。她会扎跑驴，他们砖厂的跑驴队一耍出去，看的人成千上万，能把县城的交通都阻塞了。

王满堂想，半疯队伍里再冒出几头小跑驴儿来，添彩。

周大夫和刘婶听说麦子有扎驴的本事，更加鼓动麦子加盟，认为有了这些小跑驴儿他们的秧歌队在大赛中一定能胜。王满堂说，要驴去也可以，但必须要保证家里的食品供应，不能断了给养。

刘婶说，饿不死你。

刨子听说奶奶来了，没工夫陪，托人到旅行社报了个名，让奶奶和爷爷上新马泰旅游一趟去。王满堂没有新马泰的概念，只知道有个唱评戏的叫马泰，是个角儿，演《夺印》里的何书记，就是烂菜花追着喊着吃元宵的何书记，演得好。久不见唱了。这新马泰是老马泰的儿子也未可知。还是麦子告诉他，新马泰是三个国家，指东南亚的新加坡、马来西亚、泰国。

门墩笑话他爸爸还不如乡下老太太。王满堂说麦子是瞎猫碰着死耗子，逮着一句说对了。麦子说，俺怎么是瞎猫碰死耗子？去年拴驴和霜降到新马泰考察了大半个月，跟人妖照回来一大摞照片。给俺带的小瓶子香水，俺抹了一回，半个村都是香的。门墩说人家老太太除了晕炕以外，哪点都比他爸爸有见识。他爸往南走，最远到过高碑店，连保定也没到过。

刘婶和周大夫听说王满堂老两口要上新马泰，也商量着搭伴一块儿去逛。说四个人比两个人好，四个人热闹，好抬杠。

门墩的股票全折进去了，传销的事也被国家禁止了……门墩急得在屋里转圈跺脚，咬牙切齿，把那些鸡赶得满屋子转。

正扎纸驴的麦子说，啥事啊，把俺儿子愁成了这样？

门墩说他的那个上线密斯黄裹着传销的钱跑没影了。他投进去五千，全打了水漂。股票也全赔进去了。十几万，就剩了三千。

麦子将一片黑纸贴到驴脖子上，用小扫帚抹平展了说，剩三千就剩三千。你倒的那些票子本来就是虚的，不像拴驴做砖头买卖实在……

门墩说他现在是一无所有了……

麦子拿笔给小黑驴画白眼圈说，那你就是无产阶级了。

门墩说，可不，咱们老王家现在就数我惨了，这会儿我打这窗户跳下去的心都有。

麦子说，别价，好死不如赖活着，跳下去，这十层楼还不把你摔瘪了。不就是赔钱了嘛，看你小子这肚量，既然干这个，你就得有风险意识。

门墩说，您老给我指条明路。

麦子说，毛主席说了，穷则思变。一张白纸，没有负担，好写最新最美的文字，好画最新最美的图画。当初湖南的“痞子”还不是因为穷才运动起来的？现在的企业也有宣布破产一说，你都破了产了，谁还能把你怎么样？你这些兄弟姐妹谁还不给你一口饭吃？实在不行你到拴驴那个厂子去摔砖，一个月也能挣个两千来块钱儿。

门墩说，哎哟我的妈，看不出来，您老太太的学问大啦！您老的精神实质我完全领会了，总结起来六个字：打土豪，分田地。咱们王家贫富不均，我得来一次民主革命。接下来门墩就开始算计跟谁要多少，让谁给予什么支援。越算越兴奋，越算越来劲……

王满堂买了不少吃食用品，其中包括避蚊子水，痱子粉，说是上新马泰用得着。麦子说他花这些钱是浪费，王满堂说，他设计的西山老年公寓得了奖了，奖金四万块。四万块，且花不完呢，买点痱子粉是小意思。王满堂说，我就说我今年顺，干什么都顺。这钱，哗哗地往怀里流，挡都挡不住。你说天上的馅饼，它怎么专门就往我脑袋上掉呢……

门墩听得直咧嘴，门墩说，臭美什么呀？您画的图，人家坠儿就没交上去。您得的设计奖是人家坠儿给您重新画的，连图带表一共十三张哪。

王满堂说，你再说一遍？

门墩说，甭说了，再说也是这事。

王满堂说，要是这样，就是弄虚作假，偷梁换柱。我得把钱退了。

门墩让王满堂把钱给他，他给退去。王满堂说，让谁退也不能让你去退，瞧你那黄鼠狼给鸡拜年的模样，没安好心。

电视里播放新闻……昨天晚上，一座正在施工的礼堂突然倒塌。据了解，倒塌时有数人在下面施工，除一人死亡外有七人重伤。目前事故原因正在调查中……

谁也没把这条新闻当回事。

麦子去秧歌队指导她的“驴”，如何扬蹄，如何尥蹶子，如何撒欢儿蹦高。快十二点了，王家还是冰锅冷灶。王满堂教他的八哥说“民以食为天”，八哥不睬，拿小眼睛斜视着王满堂，半天冒出一句：我是你爸爸。王满堂气得拿黑布把笼子蒙了，跟那些鸡塞到一起。

门墩在打电脑，问他爸，“无赖”的“赖”汉语拼音怎么拼。王满堂说他连无赖的赖怎么写都不会，更别说怎么拼了。门墩就建议他爸爸学汉语拼音，说有了电脑，只要会拼音，只要认识那几个拼音字母，就能写字。现在他的学问大了，抵得上大学中文教授……

王满堂说，你这几天怎么又跟电脑较上劲了，还接着炒股吗？

门墩说，炒股没劲，我在写电视剧。套儿开着影楼也办着影视公司，现在各影视公司都在抓好本子。写一集电视剧，少说也是一万块收入。

王满堂说，连你这样的都写开电视剧了，那谁看电视剧呀？

门墩说，傻瓜看。

王满堂问门墩现在写的是什么电视剧，门墩说五十集连续剧《醒不了就睡觉》。王满堂说叫《睡不着就醒着》更好。门墩说看他爸这样，也快入这道了。王满堂说睡也罢，醒也罢，咱们中午没菜。

门墩一看，果然没菜。

王满堂说，盼星星，盼月亮，指望着有人来做饭。没想到厨子没盼来，倒盼来个糊驴的，比你我都忙。

门墩看着阳台上走来走去的正脱毛的小鸡子问王满堂想不想吃炒子鸡，王满堂说想。门墩一指阳台，王满堂心领神会，爷儿俩向鸡扑去。

一时阳台上鸡飞鸟叫，乱成一团。

战斗正酣时，麦子拿着菜进屋了。麦子一声喝，谁敢动俺那鸡！

父子俩狼狈不堪地从阳台上站起身。

麦子说，趁俺不在，你们就想欺负俺那鸡。俺那鸡还小，你们比日本鬼子还日本鬼子，当年鬼子进村还知道找大鸡吃哩！你们就馋得等不到它长大，哪天俺把你那八哥也炖了，看你咋说？

正说着，门铃一阵猛响，刨子挂着胳膊一头扑进来。刨子顾不得其他，奔到王满堂跟前急切地说，爷，礼堂塌了……

王满堂猛然想起昨天的新闻，如同一盆凉水浇下来，一句话说不出。刨子说，爷，您得给我拿个主意。

王满堂脑袋里一片嗡嗡声，乱糟糟理不出个头绪。刨子说，爷……我怎么办哪？

王满堂说，老萧活着的时候就跟我打过招呼，说你非出事……我给你打电话让你回来，你说手机没电了。

刨子说那回是真没电了。

王满堂说，我叫了你多少回你都不回来，说忙。现在怎么回来了，现在不是更忙？

刨子……

王满堂说，盖房的把房盖塌了，寒碜！你还有脸往我跟前跑？

麦子问，砸死人了？

刨子点头。

麦子说，这可怎么得了！

王满堂说他师傅家在建筑行干了十几代人，也没出过这么丢人现眼的事。到刨子这儿，怎么就变成了这！刨子说他知道错了，王满堂说，晚啦！你得进监狱！

王满堂的一句话使得屋里的人一惊。

王满堂说，你姥爷以上十几辈人搞建筑行，那是提着脑袋干。稍不精心，一点儿疏漏就是满门抄斩的罪。我跟你爸爸干这行那也是实打实，一丝不苟地干。干这行咱得对得起良心。还是那句话，平，平不过水；直，直不过线。任何时候，有人没人，你都得觉得身后头有个人在监督着你，你不能有一丝一毫的怠慢。这是什么，这就叫敬业。你懂吗？

刨子说他现在懂了。王满堂说，其实你什么也没懂，小时候我看你聪明，肯学，是个搞建筑的料；可怎么就忽略了你的另一方面？归根结底还是在我……

刨子说人家在调查事故原因，麦子让刨子好好儿配合人家，把事情搞清楚了。王满堂说问题绝对在刨子，老萧说过，刨子搞的仿古一条街质量差得码子太大。王满堂问，水泥几号？……钢筋几号？……灰浆的比例是多少？……王满堂说，你偷工减料了。

刨子……

王满堂生气地说，畜生！你不是我王家的后代！你给我滚，滚，滚出去!

王满堂气得浑身发抖。门墩对刨子说，跟你比，我是孙子，你比我胆大。

楼下警车响，来了两个公安人员，将刨子拘留了。看着亮闪闪的手铐戴在孙子手上，王满堂心如刀绞。刨子颤颤地叫了一声爷爷，王满堂闭了眼睛，挥了挥手。

刨子走后，王满堂很长时间一动不动地呆坐着。

门墩走来走去的只有一句话，敢情说逮就逮呀!

王满堂说，你别在我跟前晃了好不好?你让我安静会儿!

过了一会儿，王满堂给坠儿打了个电话，让坠儿来。坠儿来了，王满堂把坠儿叫到卧室里，关上门，将匣子打开，把刨子让自己收藏的票据复印件都拿出来，让坠儿帮着查看。王满堂说，你看仔细了，我的眼花了，现代建筑材料有些型号也闹不清，你看看这里边到底是怎么回事。

坠儿细细查看。查的结果是刨子用的建材大部分都是次品，是不够标准的建筑材料。王满堂说，这就是问题所在了，这是证据，是证据啊!怪不得他让我保存，他心里什么都清楚!

王满堂将匣子紧紧抱在怀里。这个匣子里的内容太重要了。

没过两天，青青带着将要临盆的重身子来到了王满堂家。青青开门见山，张口就提到了票据的事。青青说票据的收藏只有爷爷和她知道，目前对刨子案件的审理，缺的就是证据。这些东西的存在，对刨子是很不利的……青青说这些东西千万不能交出去，这些东西要是到了法律部门的手里，刨子就完了……刨子真有个三长两短，她怎么办？马上要出生的孩子怎么办……青青说她这几天就要生了，她不能再跑了。让王满堂看在快出世孩子的分儿上，把那些东西给她。

王满堂说他不能把证据随便交给谁，在这关键的时候，他得自己拿主意。青青一听就给王满堂跪下了。王满堂说，你不要这样，我不会因为你跪就变主意。青青抱住王满堂的腿，哭着说，爷爷，您得救救刨子，您是世界上最疼他的人。您救救他吧，救救他吧……

麦子看不过去了说，孩子，起来，有什么事奶奶替你爷答应。

王满堂说，这是人命关天的大事，你和我都做不了主。

青青哭倒在地，王满堂看着青青的重身子，看着青青那肿胀的脚，叹了一口气说，什么儿女啊，整个是冤家对头。

青青趁王满堂一个疏忽，抱起桌上的匣子就走。王满堂说，这孩子怎么这样……跟出门去。

青青抱着匣子来到电梯口，按电扭，电梯迟迟不上，青青转身向楼下跑。王满堂说，你不要跑……

青青更是奔得快了，没跑几层，一脚踏空，连人带匣子滚下楼去。

一个衣服烂旧、憔悴不堪的老汉找到王家。老汉操着一口陕西话，一看就是远道而来。老汉问这里得是盖礼堂的王刨家。王满堂说就是。老汉拽住门就往里挤，说可把你给找着咧，可找着咧！

门墩使劲把老汉往外推，说这儿不是王刨家，是王刨他爷爷家，王刨家在西城。老汉说他不管什么爷爷不爷爷，是王家就行，他就不走了，他要王家的人给他儿子偿命。王满堂让老汉进来，有话好商量。门墩说不能让进。请神容易送神难，谁知道这老头子要在咱家干什么。王满堂说老头儿没了儿子够惨的了，不能让他再流落街头，那样我们成什么人了。门墩还是不让进。王满堂说，这个家我死了以后才能轮上你主事，靠边去。

门墩说要是这样，出了事他概不负责。王满堂说，什么时候要你负过责?!

老汉就进来了。农村人，也不会说什么话，只是一味地掉眼泪。王满堂心里老大不忍，恨不得把家里所有的吃的都拿出来给老汉吃，又是茶水又是橘汁，堆了一桌子。老汉说，我来难道就是为了吃吗?

王满堂说，已然这样了，我心里比你还难受。

老汉说，你难受，你难受个啥?我屋里还有瞎眼的老伴儿，还有吃奶的碎娃哩!我的人就这么咯噔一下没咧，你这是把我屋的房梁给拆了，你叫我屋这一家人咋活哩嘛……

王满堂说，兄弟，公司赔你多少我不管，我把我这一辈子的全部积蓄都给你。

老汉说，我们难道就是为这几个钱吗?

王满堂说，你说怎么办，要不把我这个儿子赔给你……

老汉望了一眼横眉立目的门墩，吓得一哆嗦，只说是儿子死得惨……

王满堂说，兄弟，以后你家里的事，就是我家里的事，我和我的几个孩子全包了。

老汉说，你当这是城里跟乡下帮穷结对子哩，我跟谁结对子也不能跟你结，跟你结对子我堵心一辈子。

王满堂说，往后，我就是你的老哥，我的几个孩子就是你的孩子。

老汉说，好哩嘛，你还有几个，我就一个，还让你们给害死咧。我今天就不走，我跟你们要儿子！我不要你的儿子，我也不要钱，我要钱做啥？我要钱做啥！

王满堂说，是我对孩子管教不严，现在，这家里没有别人，你，你就把我美美儿打一顿，解解你的气，我这心里头也好受些。

老汉说，我打你，我打你有啥用哩？你看你这屋，阔气的。沙发咧，彩电咧，笼子里还养了只败兴的老鸹。我屋里穷得当当儿的，我屋五口人，三个碗，吃饭都得轮着；五个人，三床被，我儿出来打工还拿了一床。我靠的就是这个儿，还殁了，你让我们老两口靠谁哩嘛！

老汉越说越伤心，王满堂无言相慰。

柱子抱着匣子进来了。王满堂问青青怎么样，柱子说大人保住了，孩子……没救活。王满堂说，怪我，我不该追她……她男人在拘留所里，我……

老汉说，咋？娃死咧？

王满堂说死了，那个肇事人的娃死了。老汉说，死得好，这才叫善有善报，恶有恶报。

王满堂们都不语，老汉似觉不妥说，不对嘛，大人有罪娃没有罪嘛，小小个碎娃可怜得很哩！善良的山村老汉对早逝的娃娃充满了惋惜说，这事难缠得很，我们那达穷，但是我们那达的人懂理。我们的人死了，但是我们绝不会胡搅蛮缠。我们就是要弄个明白，为啥这楼会塌？我们要跟你们要个说法，我们的人不能白死。

王满堂说，兄弟，在这件事上，我绝不偏袒我的孙子。柱子，你领你叔先住下，把你叔安顿好。

柱子将匣子交给王满堂。柱子说，爸，这里面的东西我都看了，给您吧，由您处理。

刨子的案子很快有了结局，王满堂和麦子在看电视播放的新闻：

……关于礼堂坍塌事故，经调查是建筑商使用不符合规定的建筑材料所致，其中主要责任者王刨因犯重大责任事故罪被判处有期徒刑五年……建筑质量问题不容忽视，这要求建筑部门引起重视，严格制定出一套有效的规章制度，把好各项关口，杜绝各种漏洞，谨防不法分子有可乘之机……

画面上的刨子已经被剃了光头，旁听席上坐着柱子夫妇和表情严峻的陕西老汉。

空气很是沉闷，王满堂将电视关上，慢慢走进卧室，躺下了。仿佛一下他老了很多。

麦子说王满堂不该把那个匣子交出去。王家折了一个孙子已经让媳妇够难受的了，现在又把她男人往绝路上推。王满堂说不是绝路，这是一条生路。

麦子说，你往后咋见孙媳妇呢？

王满堂说，我不知道。

刘婶与周大夫已经登过记了，连结婚大照片也由套儿给制作出来了。刘婶和周大夫夹着大照片往家走，正碰见戴着墨镜的门墩携着一个穿靴子、着皮超短裙的女友站路边拦出租车。刘婶看门墩手里的旅行兜，问他是不是又上内蒙古去贩马。门墩说他不去贩马，他去拍电视剧。刘婶问怎么不写电视剧了，门墩说演电视比写电视挣得多，还轻松，不用翻腾汉语拼音。周大夫不相信门墩这样也能演戏。门墩说导演说他长得像蒙古人，试了回镜头，没人能比，当下就说定了。刘婶奇怪门墩这丑模样，导演会看上。门墩说越丑越有人爱，现在是丑星大红大紫的年代，小白脸吃不开了。

周大夫说，但愿你能成个角儿。

门墩说，您瞧好吧。我长了这么大，到今天才找准人生坐标，原来我最适合的职业是演员。

周大夫说，或许。

刘婶问门墩，他爸没再说上新马泰的事，门墩说他爸把票退了，把钱给了死者家属。现在他爸蔫了，什么心劲儿也没有了。刘婶说真大义灭亲了也不是那么容易呢。

门墩和超短裙钻进了出租车，刘婶和周大夫也回来了。他们将婚纱大照挂在墙上，像看新奇一样地看他们的结婚照。

照片上的人摩登而陌生，似在水中似在烟里，幸福而温馨。刘婶认真地欣赏着手持鲜花、长裙曳地的自己，难以相信自己在漫长的一生中竟然也有这么漂亮的时候。刘婶说，让人这么一化妆，我还不显老，看上去顶多四十岁。

周大夫说，你要真四十就好了，现在让你从四十岁再重新活你干不干？

刘婶说，我四十多的时候正干什么呢？那是哪年来着？那是困难时期，“文革”前夕，一九六二年。算了吧，我宁愿现在这样。

周大夫说，谁都愿意过好日子。

周大夫和刘婶商量也把去新马泰的票退了，损失虽然不少，但明年找机会跟王满堂们一块儿去似乎更好。

建筑博物馆落成了。开馆前夕，王满堂作为特邀顾问到博物馆作最后巡视。灯盏胡同九号的邻居们当然要同行，大家都想看看在自己曾经居住过的地界盖起来一座什么样的殿堂。毕竟，那座殿堂的根和他们生活过的根是建立在同一块吉土之上的，是重叠也是延续……

早早的，王满堂就带着斧子单独走了。斧子问上哪儿，王满堂说上火神庙。斧子问看火神庙干吗？王满堂说火神庙是他出师以后干的第一个活儿，庙虽然小，但是活儿干得地道、漂亮，悬山顶，海棠滴水瓦，江米汁和灰抹墙……不能不看。

出租车司机问火神庙是不是在复兴路西边小街上，王满堂说那是真武庙。司机说他还真不知道火神庙在哪儿，王满堂说十条豁口路北第一个胡同一百米。

十条豁口路北第一个胡同一百米，汽车停在一座大厦前。

哪儿有什么火神庙，过来过去的人流显示出了这里的忙碌和重要，没有庙的踪迹也看不到什么海棠滴水瓦……

王满堂说变了。

司机说，早变了，这座大厦盖起来有十几年了。

……东直门。

司机说，老爷子，东直门也是您盖的吗？

王满堂说，是我祖先盖的，我修过。

东直门立交桥车水马龙，上上下下的车与人让人眼花缭乱。斧子问他爷爷，原先的城门楼子立在哪儿？王满堂说在那儿——

王满堂指处，是一块巨大的广告牌。

汽车在德胜门前停下，在故宫角楼前停下，新华门、前门、成王府、集福寺，后来，来到人民大会堂前。

大会堂巍然屹立，五星红旗在蓝天下高高飘扬。

司机说，老爷子，您对咱们北京有功啊！

王满堂说，北京就是我，我就是北京。

斧子说爷爷这话说得对。人跟建筑融为一体了，真正达到了天人合一的境界。

司机问还上哪儿？王满堂说，灯盏胡同，中国古代建筑博物馆。

汽车围着一座宏伟大厦转了几个圈。司机称赞大楼漂亮，有气派。王满堂说这是二闺女设计的。

爷儿俩下了车。斧子几步跑上博物馆台阶，指着一块地方说，爷爷，咱们家的北屋当初是在这儿吧？那个位置应该是枣树……

王满堂说一辈子也忘不了。斧子说岂止一辈子，几辈子也忘不了。

博物馆里，灯盏胡同的街坊都来了。大家都说对这座大宫殿没有陌生感，这主要是因为他们对脚底下这块地方太熟悉啦。房子变了，地气没变，还直通着九号人的心。谁都能在这儿找到当年留在这儿的感觉，留在这里的一个个梦……

博物馆的干部很郑重地向王满堂颁发了收藏证书：今收到皇帝宫苑建筑师赵氏家族传人王满堂先生捐赠祖传文物，明朝永乐年水平校正仪一件……清朝光绪年砖雕一组，以上文物由我馆珍藏。特此证明，并予以表彰。古代建筑博物馆，一九九九年八月。

王满堂说，这些东西，比我自己收着好。搁博物馆能让大伙儿都看看，看看我们老祖宗是用什么工具，怎么干活儿的。可惜的是那个丢失了的吊线玉坠，横平竖直，缺一不可，现在只有横平，未免遗憾。

干部说馆里已经根据王国兰同志提供的图样复制了一个，与水鸭子一并展出。王满堂说复制终归是复制，总是遗憾。套儿说王满堂是个完美主义者，残缺有残缺的魅力，是种大境界。王满堂说搞建筑的从来都追求一种完美，活儿要干得完美，人要活得完美，世界才会完美。

王满堂给西山老年公寓设计的草图，也作为展品展出了。坠儿说宋朝人根据熟练的工匠经验总结出了中国建筑《营造法式》一本书，父亲的设计图很有代表性，通过这个图可以让大家了解在西洋建筑学没进入我国建筑领域之前，我们的工匠们是怎么用图的。

周大夫说，王满堂的图怕是中国90年代建筑设计图的独一份了。

门墩说，你们干脆把我爸爸弄去展览得了。他集水鸭子、砖雕之大成，还会画老式营造图，难得的很哪！

王满堂说，难得的是坠儿，是斧子，是下一代……

在建筑博物馆前，灯盏胡同九号的全体人员站好，套儿按下快门。

一张大“全家福”定格。

图书在版编目 (CIP) 数据

全家福 / 叶广芩著. — 北京 : 北京十月文艺出版社，2022.1

(叶广芩文集)

ISBN 978-7-5302-1804-4

Ⅰ. ①全… Ⅱ. ①叶… Ⅲ. ①长篇小说—中国—当代 Ⅳ. ① I247.5

中国版本图书馆 CIP 数据核字 (2021) 第 064518 号

全家福
QUANJIAFU
叶广芩　著

出　版　北 京 出 版 集 团
　　　　北京十月文艺出版社
地　址　北京北三环中路 6 号
邮　编　100120
网　址　www.bph.com.cn
发　行　新经典发行有限公司
　　　　电话（010）68423599
经　销　新华书店
印　刷　河北鹏润印刷有限公司
版　次　2022 年 1 月第 1 版
　　　　2022 年 1 月第 1 次印刷
开　本　880 毫米 ×1230 毫米 1/32
印　张　16.25
字　数　360 千字
书　号　ISBN 978-7-5302-1804-4
定　价　65.00 元
质量监督电话　010-58572393
如有印装质量问题，由本社负责调换。